Fantasy

Von **L. E. Modesitt jr.** erschienen in der Reihe
HEYNE SCIENCE FICTION & FANTASY:

Schwerkraftträume · 06/6393

Der Recluce-Zyklus

1. *Magische Insel* · 06/9050
2. *Türme der Dämmerung* · 06/9051
3. *Magische Maschinen* · 06/9052
4. *Krieg der Ordnung* · 06/9053
5. *Kampf dem Chaos* · 06/9054
6. *Sturz der Engel* · 06/9055
7. *Der Chaos-Pakt* · 06/9056
8. *Die Weiße Ordnung* · 06/9096
9. *Die Farben des Chaos* · 06/9097
10. *Der Magier von Fairhaven* · 06/9098
11. *Sturm der Barbaren* · 06/9099
12. *Freiheit für Cyador* · 06/9100
13. *Die Waffenhändler von Hamor* · 06/9101 (in Vorb.)
14. *Der Malachit-Thron* · 06/9102 (in Vorb.)

L. E. Modesitt jr.

Freiheit für Cyador

Zwölfter Roman des Recluce-Zyklus

Deutsche Erstausgabe

WILHELM HEYNE VERLAG
MÜNCHEN

HEYNE SCIENCE FICTION & FANTASY
06/9100

Titel der Originalausgabe
MAGI'I OF CYADOR
2. Teil
Übersetzung aus dem amerikanischen Englisch
von Siglinde Müller

Das Umschlagbild malte Steve Stone

Umwelthinweis:
Dieses Buch wurde auf chlor- und
säurefreiem Papier gedruckt.

Deutsche Erstausgabe 5/2002
Redaktion: Angela Kuepper

Erstausgabe bei Tom Doherty Associates, LLC, New York
(A Tor Book)

Dieses Werk wurde vermittelt durch die literarische Agentur
Thomas Schlück GmbH, Garbsen
http://www.heyne.de
Printed in Germany 2002
Umschlaggestaltung: Nele Schütz Design, München
Technische Betreuung: M. Spinola
Satz: Schaber Satz- und Datentechnik, Wels
Druck und Bindung: Elsnerdruck, Berlin

ISBN 3-453-18874-8

Für
Robert Edward Janes
im Gedenken an seine Träume

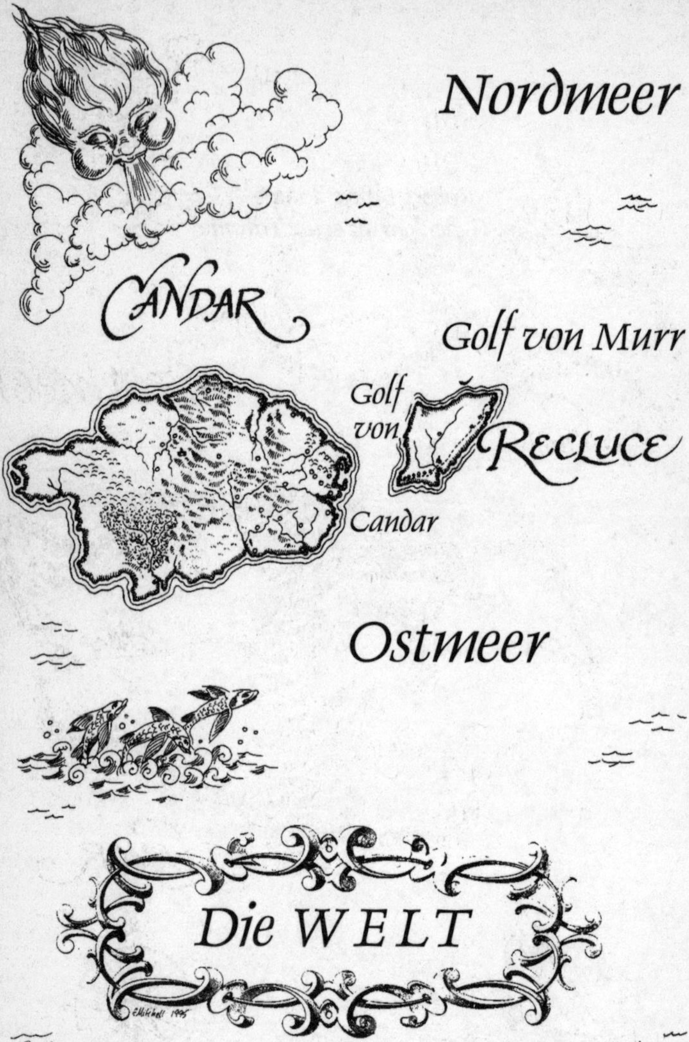
Nordmeer
Candar
Golf von Murr
Golf von Recluce
Candar
Ostmeer
Die WELT

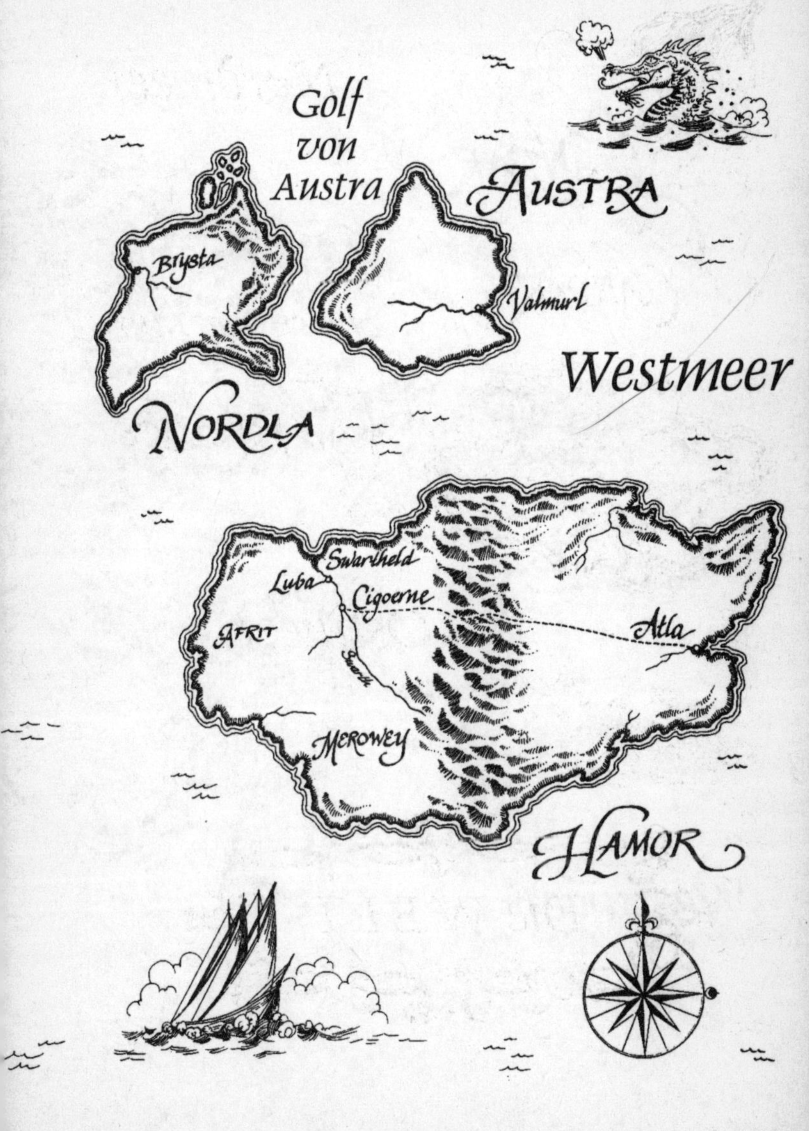
Golf von Austra
Austra
Brysta
Valmurl
Westmeer
Nordla
Swartheld
Luba
Cigoerne
Afrit
Atla
Swarth
Merowey
Hamor

Gandar
Westklippen
Rulyarth
Devalonia
Armat
Bleyans
Suthya
Dosai
Große Steppe
Carpa
Sarronnyn
West-
hörner
Lornth
Mitteltal
Jera
Bornt
Sarron
Eisen-
holzwald
Nordfluss
Jeryna
Rohrn
Berlitos
West-
wind
Biehl
Jerans
Dach der Welt
Delapra
Südfluss
Clynya
Die
Steinhügel
Sommerhafen
Dellash
(Esalia)
Cerlyn
Südwind
Kupfer-
mine
West-
hörner
Südhafen
Steinhügel
Naclos
Der Große Wald
Rybatta
Grasland
Das
Leere
Land
Diehl
Westmeer

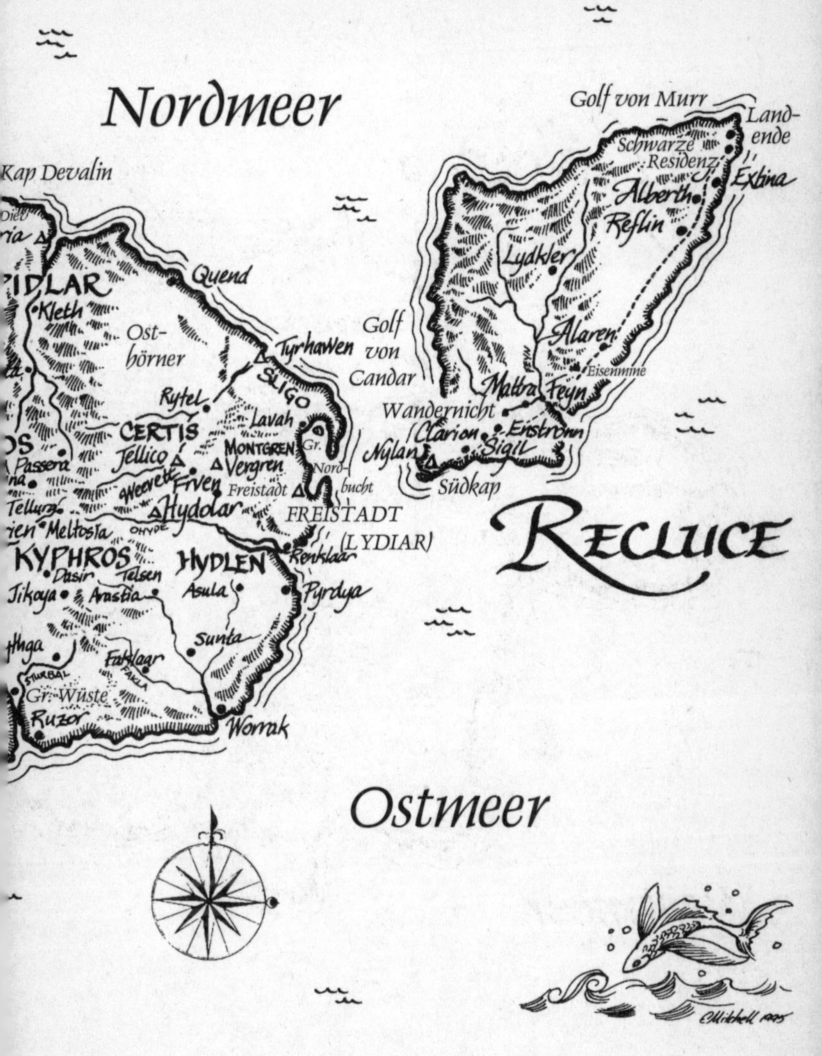

Nordmeer
Kap Devalin
Quend
Kleth
Ost-
hörner
Tyrhaven
Sligo
Golf
von
Candar
Rytel
Certis
Lavah
Jellico
Montgren
Gr.
Nord-
bucht
Vergren
Fiven
Freistadt
Hydolar
FREISTADT
(LYDIAR)
Ohyde
Meltosia
Kyphros
Hydlen
Renklaar
Dasir
Telsen
Jikoya
Arastia
Asula
Pyrdya
Sunta
Fahlaar
Fakla
Sturbal
Gr. Wüste
Ruzor
Worrak
Golf von Murr
Land-
ende
Schwarze
Residenz
Extina
Alberth
Reflin
Lydkler
Alaren
Feyn
Eisenmine
Mattra
Feyn
Wandernicht
Clarion
Sigil
Nylan
Südkap
Recluce
Ostmeer

Personenverzeichnis

Kien	Magier, Oberlektor, »Vierter Magier«
Lorn	Sohn des Magiers Kien
Vernt	Jüngster Sohn des Kien
Jerial	Ältestes Kind und Tochter des Kien
Myryan	Jüngstes Kind und Tochter des Kien
Toziel'elth'alt'mer	Kaiser von Cyador
Ryenyel	Gemahlin des Toziel'elth'alt'mer, Kaiserin von Cyador

MAGI'I

Chyenfel	Erster Magier und Hochlektor
Kharl	Zweiter Magier und Oberlektor
Liataphi	Dritter Magier und Oberlektor
Abram	Oberlektor
Ciesrt	Magier
Hyrist	Oberlektor

LANZENREITER

Rynst	Major-Kommandant, Spiegellanzenkämpfer
Luss	Hauptmann-Kommandant, Spiegellanzenkämpfer
Brevyl	Sub-Major [führt das Kommando in Isahl]
Dettaur	Lanzenkämpferoffizier
Juist	Unteroffizier
Maran	Major [Patrouillen-Kommandant, Geliendra]
Meylyd	Kommandant [Geliendra]

ANDERE

BLUOYAL	Handelsberater des Kaisers
DUSTYN	Kommis für Spirituosen [Jakaafra]
EILEYT	Buchhalter
FUYOL	Oberhaupt des Yuryan-Klans
RYALTH	Händlerin
SHEVELT	Händler-Erbe [Yuryan-Klan]
VELJAN	Händler [Yuryan-Klan]

LORN'ALT, JAKAAFRA

I

Beim Quietschen der Räder schüttelt der rundgesichtige Magieradept der zweiten Stufe, der Lorn gegenübersitzt, heftig den Kopf. »Sie müssen besser gewartet werden.« Seine Augen blitzen gelegentlich golden auf, was ihm in einigen Jahren die sonnenäugige Erscheinung eines gereiften Magi'i verleihen wird. Obwohl der Adept bestimmt nur wenige Jahre älter ist als Lorn, bilden sich bereits kleine Fältchen um diese Augen.

Lorn nickt dem Magier zu. Alle paar Meilen dröhnt ein lang gezogenes, ohrenbetäubendes Quietschen durch das Vorderabteil des Feuerwagens, der auf der Großen Oststraße gen Jakaafra unterwegs ist. Das Geräusch scheint von den Vorderrädern zu kommen und dauert jeweils einige Sekunden an, bevor es wieder verstummt.

»Feuerwagen sollten leise fahren«, nörgelt der Magier weiter. »Denkt Ihr nicht auch so, Hauptmann?«

»Sie sollten so gut wie möglich gewartet werden«, antwortet Lorn.

Mit einem entschlossenen Nicken wendet sich der Magier dem Unteroffizier rechts neben Lorn zu. »Meint Ihr nicht auch, Unteroffizier?«

»Ja, Ser«, erwidert der dunkelhaarige Unteroffizier, auf dessen Stirn einige Schweißperlen stehen, aber er macht keine Anstalten, sie wegzuwischen.

Lorn sitzt auf der linken Seite des Abteils in Fahrtrichtung und beobachtet den Magier, aber der Mann im weißen Schimmertuch schließt bald die Augen. Nach einiger Zeit folgt auch der dunkelhaarige Unteroffizier seinem Beispiel.

Der Einzige, der am Nachmittag zumindest noch halb

wach zu sein scheint, ist Lorn. Er reibt sich das Kinn und fährt mit der Hand über die Bartstoppeln und den Schmutz, der sich während der langen Reise im Feuerwagen Schicht um Schicht auf seinem Gesicht abgelagert hat. Geliendra werden sie voraussichtlich nicht vor dem Spätnachmittag erreichen. Lorn rutscht auf dem zu dünn gepolsterten Sitz mit der gekrümmten Lehne hin und her und wirft einen Blick aus dem Fenster. Das alte Glas der Scheibe lässt die Landschaft, Felder und Häuser, an denen sie vorbeirauschen, leicht verzerrt erscheinen, unwirklich, als sähen sie nicht so aus wie sie eigentlich sollten.

Nachdem der Feuerwagen die wenigen Meilen der Oststraße zurückgelegt hat, die an der nordöstlichen Ecke des Südlichen Graslandes verlaufen – etwa in der Mitte zwischen Cyad und Geliendra –, wird das Land neben der Straße viel üppiger als um Syadtar, ja selbst grüner als die fruchtbaren Gebiete um den Ausbildungsstützpunkt in Kynstaar. Erwartet hat Lorn trockenes, eingerolltes graues Winterlaub, aber nun ist er von Grün umgeben. All seine Erwartungen in dieser Hinsicht werden übertroffen. Fyrad und der Südosten von Cyador sind wärmer, viel wärmer als das kalte Cyad, zumindest im Winter

Schweigend betrachtet Lorn die vorbeiziehenden Ortschaften und die gepflegten Siedlungen. Aber trotz all des Wohlstands, den die Häuser aus glasierten Ziegelsteinen zur Schau stellen mit ihren kunstvollen grünen Keramikwandschirmen, den makellosen Nebengebäuden aus Ziegel, den Holzstößen, die so genau aufgerichtet sind, dass jeder Buchhalter seine Freude daran hätte … trotz all dem fühlt sich Lorn irgendwie unwohl. Ist es, weil diese Häuser das wahre Cyador zeigen, cyadorischer wirken als die riesigen Gebäude aus Sonnenstein und Granit in der Hauptstadt? Oder weil diese Regelmäßigkeit nicht ganz zusammenpasst mit dem

Chaos, auf das sie sich stützt? Oder gibt es noch tiefere Gründe?

Lorn runzelt die Stirn und lässt seine Ordnungs-Chaos-Sinne ausströmen, hinaus aus dem Feuerwagen und weit über die behagliche Wärme der Chaos-Zellen im hinteren Teil des Fahrwagens hinaus.

Nach dem, was er dort spürt, ist die Gleichmäßigkeit der Siedlungen, an denen der Feuerwagen ihn vorbeiträgt, nicht nur Schein. Und dennoch … irgendetwas ist nicht richtig. Oder kann es sein, dass sein Gefühl nicht übereinstimmt mit diesen gleichmäßigen Häusern und dem, was sie darstellen? Er kann das Chaos-Glas in seiner Tasche fühlen, als würde es darauf brennen, endlich herausgenommen zu werden. Lorn weiß, dass das Glas selbst kein Chaos enthält und nur als Verstärker dient.

Er atmet tief und langsam ein, schließt die Augen und hofft, dass er noch ein wenig schlafen kann auf der langen Reise nach Geliendra.

II

Als der Kutscher die Pferde zügelt, wirft Lorn einen Blick auf die zwei Säulen aus Sonnenstein, die die Tore halten und breit genug sind, um drei Kutschen nebeneinander einfahren zu lassen. Dann sieht er die Tore aus Weißeiche, sie sind zwar sorgfältig geölt und poliert, aber doch alt, wie die tiefgoldene Farbe verrät. Zwei Spiegellanzenkämpfer stehen vor jeder der zehn Ellen hohen Säulen, die Tore selbst sind nach innen in den Hof hinein geöffnet; ein sicheres Anzeichen dafür, dass sie nicht dafür gebaut sind, einer wirklichen Belagerung standzuhalten.

»Wir halten vor dem Tor, Sers«, verkündet der Fahrer

der offenen Kutsche. »Das macht insgesamt vier Kupferstücke.«

»Danke.« Lorn gibt ihm fünf Kupferlinge, öffnet die halbe Tür vorsichtig, damit sein Säbel nirgends dagegen schlägt, und geht über die Granitpflastersteine zum offenen Gepäckträger der Kutsche, wo er seine zwei grünen Taschen herausholt. Einem Gefühl folgend, blickt er nach unten. Die Pflastersteine sind glatt und sauber, wie überall in Cyador, aber sie scheinen von feinen Haarrissen durchzogen zu sein.

»Ser … ich kann selbst bezahlen …«, meint der Unteroffizier, der ebenfalls nach seiner Tasche greift.

»Das stimmt, Nythras, aber betrachtet es als einen Gefallen, den Ihr zurückzahlt, wenn Ihr einmal Hauptmann seid«, erwidert Lorn mit einem Lächeln.

»Danke, Ser.«

Keiner der beiden Wächter würdigt die zwei Offiziere eines Blickes, als diese durch die Tore schreiten. Im Innenhof angekommen, bleibt Lorn stehen und blickt Richtung Norden auf die weitläufigen ein- und zweistöckigen, weißen Granitgebäude innerhalb der viereckigen Mauern, welche jeweils mindestens eine Meile lang sind. Der Kasernenhof in Geliendra ist zweimal so groß wie der in Syadtar … wenn nicht sogar größer.

Der Unteroffizier blickt Lorn von der Seite an.

Lorn lächelt. »Auch für mich ist es neu, Nythras.«

Obwohl sie sich mitten im Winter befinden, ist die Luft warm, so warm wie im Spätfrühling in Isahl und so feucht wie der Seewind, der im Hafen von Cyad weht. Lorn atmet langsam ein, um die verschiedenen Düfte und Gerüche zu erkennen, eine Mischung aus verfaulendem Stallstroh, Freesien und anderen Blütendüften, die er nicht kennt.

Lorn studiert für einige Augenblicke die Anordnung der Gebäude und geht dann zielstrebig auf das erste große, weiß gestrichene Haus zu. Er hat zwar bemerkt, dass Offiziere und Soldaten in einem Gebäude weiter hinten ein und aus gehen, doch Lorn entscheidet sich für das erste Haus. Er duckt sich durch den Eingang und findet sich vor einem Untertruppenführer wieder, der am Ende des kurzen Flurs an einem schmalen Tisch sitzt, so ähnlich wie Kielt in Isahl.

Der Truppenführer blickt auf. »Hauptmann, Ser?«

»Hauptmann Lorn. Ich melde mich zum Dienst. Ist dies das Hauptquartier des Kommandanten?«

»Äh ... ja, Ser.«

»Wo soll ich mich melden?«

»Drei Häuser weiter, Ser, der zweite Eingang.«

»Danke.« Lorn lächelt und geht wieder hinaus. In der feuchtwarmen Luft Geliendras und besonders mit der Winteruniform in der direkten Sonne beginnt er langsam zu schwitzen. »Drittes Haus«, teilt er dem Unteroffizier mit.

»Ihr habt gewusst, dass es nicht das erste Gebäude ist, nicht wahr?«

»Nein, das nicht. Aber es geht schneller, wenn man fragt, anstatt alle Eingänge auszuprobieren.« Lorn grinst. »So erweckt man nur einmal den Anschein der Unwissenheit.«

Lorn geht voran auf dem Weg zum dritten Gebäude, ein niedriges, einstöckiges Granithaus, das trotz der Sauberkeit und der geraden Linien alt wirkt. Ein beleibter Truppenführer – der dickste Lanzenkämpfer, den Lorn jemals zu Gesicht bekommen hat – bläht sich hinter dem breiten Tisch auf, auf dem bestimmt zehn Holzkästchen stehen, die überquellen vor Papier. Er blickt auf, als die zwei Offiziere eintreten.

»Können wir uns hier zum Dienst melden?«, fragt Lorn.

»Ja, Ser.« Die Stimme des Truppenführers entpuppt sich als sanfter Tenor.

»Hauptmann Lorn meldet sich zum Dienst, Truppenführer.« Lorn lächelt ungezwungen.

»Unteroffizier Nythras«, fügt der schwarzhaarige junge Offizier hinzu.

Lorn zeigt seinen Siegelring vor und reicht dem Truppenführer die Befehle. Nythras tut es dem Hauptmann gleich.

»Truppenführer Kulurt, Sers.« Der dicke Lanzenkämpfer überfliegt die zwei Schriftrollen, bevor er weiterspricht. »Hauptmann Lorn …« Der Truppenführer nickt, worauf seine dicken Hängebacken heftig zittern. »Kommandant Meylyd erwartet Euch. Er hat mich gebeten, ihm sofort Bescheid zu geben, wenn Ihr angekommen seid. Wenn Ihr Euch einen Augenblick gedulden wollt …«

Lorn nickt.

Kulurt hievt sich aus dem Weißeichenstuhl, nickt den beiden Offizieren noch einmal zu und verschwindet im dunklen Flur hinter dem Tisch.

Nythras wirft Lorn einen Blick zu. »Sie wissen, wer Ihr seid.«

Lorn bezweifelt, dass dies etwas Gutes bedeutet. »Sie wissen auch, wer Ihr seid. Ihr werdet sehen.«

Kulurt kommt schon nach wenigen Augenblicken zurück, schwer atmend. »Unteroffizier Nythras, der Kommandant wird Euch empfangen, wenn er mit Hauptmann Lorn gesprochen hat«, erklärt Kulurt dem jungen Offizier, bevor er auf den Flur deutet. »Die Amtsstube des Kommandanten befindet sich hinter der ersten Tür auf der linken Seite, Hauptmann Lorn.«

»Danke.« Lorn lässt sein Gepäck an der Wand stehen und drückt sich am Truppenführer vorbei. Die Tür steht offen und Lorn tritt ein. Die Amtsstube besitzt eine Größe von etwa fünfzehn Ellen im Quadrat und beinhaltet nur wenig außer einem Schreibtisch und einem Stuhl: ein einziges hüfthohes Bücherregal rechts vom Schreibtisch und fünf einfache Stühle, die im Halbkreis vor dem Schreibtisch aufgestellt sind. An der Wand gegenüber der Tür befinden sich zwei große Fenster; Fensterflügel und Läden sind geöffnet und lassen Licht und eine angenehme Brise in den Raum. Alle Möbel sind aus Weißeiche, die mit der Zeit dunkelgelb geworden ist. Auf dem Schreibtisch stehen drei Kästchen, die mit Papier gefüllt sind, ein Tintenfass und ein Federhalter. An der Wand hinter dem Schreibtisch hängt ein grün eingefasster Wandbehang. Auf ihm sind vier goldene Türme mit Rautenmuster eingearbeitet. Vier kleine Blitze verbinden die Türme und auf einem Blitz ist eine Raute mit den schwarzen Umrissen eines blattlosen Baumes zu sehen: ein Baum mit vier knorrigen Ästen, die aus dem Stamm herauswachsen. Die Spitzen der Äste drehen sich von den Blitzen weg.

Kommandant Meylyd steht hinter der golden glänzenden Schreibtischplatte, als Lorn den Raum betritt und sich verbeugt.

»Hauptmann Lorn, Ser.«

Der große, schlanke Kommandant lächelt herzlich – mit Mund und Augen. »Hauptmann Lorn ... ich freue mich, Euch hier begrüßen zu können.«

»Ich freue mich auch, hier zu sein, Ser.«

»Da bin ich sicher ... nach der langen Reise im Feuerwagen«, antwortet Meylyd, zeigt auf die Stühle vor seinem Schreibtisch und nimmt selbst hinter dem Schreibtisch Platz. »Ich nehme an, Eure Reise von Cyad bis hierher verlief ohne besondere Vorkommnisse.«

»Sie war lediglich lang.« Lorn entscheidet sich für den ganz linken Stuhl, der gleich neben dem Fenster steht.

»So verlaufen auch die Patrouillen hier – meistens jedenfalls.« Meylyd nickt und lehnt sich in seinem hölzernen Lehnstuhl zurück. Für einen Augenblick presst er die Lippen aufeinander. »Was wisst Ihr über unsere Arbeit ... oder über den Verwunschenen Wald?«

»Nun, Ser, ich weiß, dass der Verwunschene Wald der Überrest von der wilden Ordnung ist, die einst ganz

Candar beherrschte – vor den Erstgeborenen. Sie drängten diese Ordnung zurück und verbannten sie hinter Mauern und Sperren. Berichten zufolge bricht diese Ordnung von Zeit zu Zeit aus diesen Sperren aus und muss wieder in ihre Schranken gewiesen werden.« Lorn zuckt mit den Schultern. »Ich habe erfahren, dass die Lanzenkämpfer an den Mauern entlang patrouillieren und die Magi'i und Spiegelingenieure dabei unterstützen, die wilde Ordnung des Waldes hinter die Sperren zu verbannen.«

»Das ist in der Tat ungefähr das, was wir hier tun. Ihr wisst mehr als die meisten, so wie man es erwartet von einem Offizier, der in der Stadt des Lichts aufgewachsen ist.« Meylyd schürzt die Lippen und lehnt sich nach vorn. »Ihr werdet die Zweite Kompanie in Jakaafra anführen, Hauptmann Lorn. Es gibt zwei Kompanien dort an der Nordseite. Ihr werdet mit Eurer Kompanie an der nordöstlichen Mauer patrouillieren, um sicherzustellen, dass der Wald hinter den Sperren bleibt. Die Erste Kompanie ist für die Ortschaften außerhalb der nordwestlichen Mauern zuständig.« Der Kommandant erhebt sich. »Es ist mir eine Ehre, Euch kennen zu lernen.« Er nickt zur Tür. »Major Maran wird Euch über die Einzelheiten unterrichten. Er führt das direkte Kommando über alle Überwachungspatrouillen. Er erwartet Euch bereits. Die nächste Tür.«

»Ja, Ser.« Lorn springt auf.

»Ich habe von Euren außergewöhnlichen Fähigkeiten gehört, sie werden Euch hier zugute kommen. Wenn Ihr etwas braucht oder wenn Ihr glaubt, ich sollte etwas wissen, dann sagt es ruhig Major Maran oder mir persönlich.« Der Kommandant lächelt ein letztes Mal warm und herzlich.

Lorn verbeugt sich und verlässt den Raum.

Major Maran muss Lorn gehört haben, denn auch er hat sich bereits erhoben, als der Hauptmann seine Amtsstube betritt, eine Kammer, kleiner als acht Ellen im Quadrat und noch spärlicher eingerichtet als Kommandant Meylyds Amtsstube.

»Major.« Lorn verbeugt sich, richtet sich wieder auf und blickt dem Offizier ins Gesicht. Major Brevyl hat Lorn zwar vor Maran gewarnt, aber warum er sich vor ihm in Acht nehmen soll, hat er nicht gesagt.

Maran ist etwas über vier Ellen groß, einen guten Kopf größer als Lorn, er trägt das hellbraune Haar kurz, hat sanfte braune Augen und einen dünnen Schnurrbart.

Seine breiten Schultern und der muskulöse Brustkorb verjüngen sich zu schmalen Hüften und verhältnismäßig dünnen Beinen. »Seid gegrüßt, Hauptmann Lorn, und willkommen in Geliendra.« Maran schenkt dem jungen Hauptmann ein freundliches Lächeln. »Bitte, setzt Euch.«

»Danke.« Lorn nimmt den linken der beiden Stühle, die vor Marans Schreibtisch stehen.

»Es kursieren viele Geschichten über den Dienst hier«, sagt Maran und setzt sich auf den Stuhl hinter dem Schreibtisch. Plötzlich schnellt er vor und klingelt mit der Glocke, die auf einer Ecke des Schreibtischs steht. »Oh … das hätte ich beinahe vergessen.«

Lorn fragt sich, was Maran wohl vergessen hat, er belässt das Lächeln auf seinen Lippen und konzentriert sich mit seinen Chaos-Ordnungs-Sinnen auf die Tür, die sich öffnet.

»Ser.« Ein junger, schmalgesichtiger Truppenführer kommt mit einem Tablett herein, das er auf dem Schreibtisch abstellt.

»Danke, Quenst.« Marans warme Stimme vermittelt echte Herzlichkeit.

Eine Karaffe und zwei Becher stehen auf dem Tablett, außerdem etwa ein Dutzend dicke Weißkäsestreifen und genauso viele Scheiben hartes Brot. Neben dem Käse lockt ein frisch aufgeschnittener Apfel.

»Bedient Euch«, drängt ihn Maran. »Wenn Ihr so seid

wie die meisten hier, dann esst Ihr nicht viel während der Reise mit einem Feuerwagen.«

»Das stimmt.« Lorn lässt seine Chaos-Sinne über die Karaffe und die Lebensmittel streifen, aber er entdeckt keinen Chaos-Fluss, der auf Gift hinweist oder auf andere unerfreuliche Stoffe. Also kostet er einen Streifen von dem Käse, ein Apfelstückchen und eine Scheibe hartes Brot und kaut alles sorgfältig.

Maran gießt Saft in die beiden Becher. »Rotbeeren.«

»Danke.« Lorn nimmt den nächststehenden Becher und nippt daran.

»Patrouillen am Verwunschenen Wald sind denen in den Hügeln des Endlosen Grases nicht unähnlich«, erklärt Maran, »und doch unterscheiden sie sich grundlegend.« Er lächelt entschuldigend.

»Ich weiß nun, wie man mit Barbaren umgeht«, sagt Lorn, »aber wie genau patrouilliert man am Verwunschenen Wand?«

Marans warmes Lächeln wird ironisch. »Der Wald und die Barbaren ähneln sich sehr. Sie versuchen beide in Cyador einzufallen, um uns die Früchte des Chaos und des Wohlstandes zu rauben. Der Wald ist eine Schöpfung der wilden Ordnung, die alles in Cyador vernichten und es zurückverwandeln möchte in eben jenen Wald, wo jede Kreatur Männer, Frauen und Kinder zu zerstören sucht, denn die wilde Ordnung erkennt uns nicht als Teil ihres ureigenen Musters an.« Maran hustet, trinkt einen Schluck aus dem Becher und fährt fort. »Die Erstgeborenen drängten die wilde Ordnung zurück auf das kleinstmögliche Gebiet und verbannten sie hinter die Sperren. Es gibt ein Dutzend Chaos-Türme, die die Chaos-Energie für die Sperren zur Verfügung stellen. Jeder Turm erzeugt genügend Chaos-Energie, um die Sperren auf einer Strecke von sechsundsechzig Meilen zu betreiben, sodass jede Sperre Energie von zwei Türmen erhält. Es gibt pro Mauermeile acht Sperren, gleichmäßig verteilt, und alle sind durch Cupridiumkabel verbunden, die umhüllt sind mit glasartiger Keramik.«

Lorn nickt und wundert sich, wie der Wald solchen Chaos-Sperren wohl ausweichen kann.

»Ihr fragt Euch jetzt sicher – wie die meisten anderen Lanzenkämpferoffiziere auch –, wie der Wald solch einem Gefängnis entkommen kann.« Maran unterbricht seinen Vortrag und nippt am Rotbeerensaft. »Es gibt mehrere Wege. Erstens: Einigen Bäumen gelingt es, ihre Samen über die Mauern hinweg zu verteilen. Wenn solch ein Schössling erst einmal Wurzeln schlägt, wächst er schnell. Aus diesem Grund wird ein Streifen von einer halben Meile Breite vor der Mauer regelmäßig gejätet und mit Salz bestreut, um ganz sicher zu gehen, dass dort nichts wachsen kann. Zweitens: Die Bäume des Waldes sind so hoch gewachsen, dass ein Ast, der herunterbricht, über die Mauer fallen kann. Auch ausgewachsene Bäume stürzen um, selbst wenn sie keinerlei Anzeichen von Fäulnis oder Krankheit aufweisen. Bäume oder Äste durchbrechen die Sperren und Tiere benutzen sie dann als Brücken, um zu fliehen. Wir haben Chaos-Katzen mit einer Länge von acht Ellen gefunden – sogar zehn, wenn man den Schwanz dazurechnet –, die mehr als fünfzig Stein gewogen haben. Ihr werdet Euch heute Abend im Speisesaal der Offiziere selbst davon überzeugen können, dort hängen die Überreste der Haut einer riesigen Wasserechse, die hier vor zwanzig Jahren getötet wurde. Sie misst zwanzig Ellen in der Länge. Man musste sie mit einer speziellen Feuerkanone töten. Drittens: Gelegentlich gelingt es auch einem Baum, seine Wurzeln unter den Fundamenten der Mauer hindurchwachsen zu lassen. Obwohl die Fundamente mehr als fünfzig Ellen tief in den Boden hinein reichen.« Ein schiefes Lächeln erscheint auf Marans Gesicht. »Der Verwunschene Wald ist ein gefährlicher Gegner.«

Lorn wartet ab.

»Schösslinge können mit Feuerlanzen vernichtet werden, aber wenn Ihr einen solchen zerstört, schickt sofort einen Lanzenkämpfer als Boten zur nächsten Spiegelingenieur-Abordnung, und zwar mit dem *exakten* Standort des Schösslings. Man kann den Standort leicht bestimmen, weil jede Sperre an der Mauer nummeriert ist. Die erste Sperre östlich des nördlichsten Punktes ist die Nordsperre eins Ost; die zweite ist die Nordsperre zwei Ost … Verstanden? Die Wurzeln sind gefährlicher, wenn auch nicht so häufig. Alles was Ihr tun könnt, ist das Gebiet abzuriegeln und alle Tiere zu vernichten, die durch die Wurzeln hindurchklettern. Ja … sie können hohl sein. Heruntergefallene Äste sind am anstrengendsten, weil Ihr alle Tiere töten müsst, die versuchen, den Ast als eine Brücke zu benutzen. Die Sperren zerstören die Äste nach einiger Zeit, doch das kann zwischen einem Tag und einem Achttag dauern …«

Lorn bemerkt, wie er nickt.

Maran reicht ihm ein dünnes Buch. »Dies ist das Patrouillenhandbuch. Ihr müsst es Euch so schnell wie möglich einverleiben.« Er zuckt lässig mit den Schultern. »Es ist ganz einfach. Patrouilliert bei den Sperrenmauern. Tötet die wilden Kreaturen des Verwunschenen Waldes, wenn die Mauer durchlässig ist. Beschützt Eure Lanzenkämpfer und setzt sie klug ein. Ach ja … bei uns gibt es noch eine Besonderheit. Wir haben einen Truppenführer weniger in jeder Kompanie. Das bedeutet, dass Euer Haupttruppenführer ebenfalls eine Einheit anführt.« Das herzliche Lächeln kehrt zurück. »Ich erwarte, dass Ihr die Zeit findet, das Handbuch gründlich zu studieren. Von hier aus ist es ein guter Viertagesritt zum Posten von Jakaafra.«

Lorn nimmt das Handbuch entgegen. Der lange Ritt, um nach Jakaafra zu gelangen, leuchtet ein, denn Geliendra liegt am südlichsten Punkt der rautenförmigen

Mauer, die den Wald umgibt, und Jakaafra über dem nördlichsten Punkt.

»Euer Haupttruppenführer wird Olisenn sein ... Man erwartet von Euch, dass Ihr jeden Tag dreiunddreißig Meilen patrouilliert und am vierten Tag ruht. Es gibt alle dreiunddreißig Meilen einen Zwischenposten und an jeder Ecke der Sperrenmauern einen Außenposten.« Der Major hustet. »Morgen, wenn Ihr ausgeruht seid, werden wir als Erstes einen Ritt zur Mauer unternehmen. Es gibt keine andere Möglichkeit, sie zu verstehen.« Maran zuckt mit den Schultern. »Manches muss man mit eigenen Augen sehen, sonst ergibt keine Erklärung einen Sinn. Übermorgen werdet Ihr dann die Ersatzlanzenkämpfer für Westend und Jakaafra anführen. Ihr könnt an der Mauer entlang reiten, wenn Ihr wollt, das kommt einer etwas schnelleren Patrouille gleich.«

Der Major steht auf. »Bis dahin werden wir Euch eine Kammer für Besuchsoffiziere zur Verfügung stellen. Ich führe Euch kurz herum und dann könnt Ihr Euch waschen und Geliendra kennen lernen. Seht Euch ruhig auf dem Kasernengelände um, wir alle stehen Euch selbstverständlich für Eure Fragen zur Verfügung.«

Lorn erhebt sich ebenfalls. »Sehr freundlich, Major.«

»Unsinn. Je mehr Ihr wisst, desto besser könnt Ihr arbeiten.« Maran lächelt erneut warm und herzlich und deutet zur Tür.

III

Die Luft am Spätnachmittag ist viel wärmer als in den letzten Tagen, als Bluoyal'mer auf den Balkon tritt, wo Luss'alt bereits auf ihn wartet. Er wirft einen Blick zum Hauptmann-Kommandanten und dann einen nach hinten über die Schulter; erst dann verlässt er die Schwelle zum Palast des Lichts.

Der zweithöchste Befehlshaber der Spiegellanzenkämpfer sagt nichts, er wartet darauf, was Bluoyal, der Handelsberater des Kaisers, zu sagen hat.

»Der Erbe des Yuryan-Klans wurde ermordet. Ich möchte mit Euch darüber sprechen.« Bluoyal verneigt sich leicht.

»Das wurde mir berichtet, eine höchst unerfreuliche Nachricht, aber Fuyol von den Yuryans hat glücklicherweise noch viele andere Erben, wie ich höre.« Luss runzelt die Stirn, er fragt sich, warum Bluoyal ihn um dieses Treffen ersucht hat.

»Bevor ich mit dem Hochlektor oder dem Zweiten Magier darüber spreche ... möchte ich mich mit Euch darüber beraten.«

»Worüber, Bluoyal'mer?« Hauptmann-Kommandant Luss gibt sich keine Mühe, seine Verwirrung zu verbergen. »Die Stadtwache untersteht dem Major-Kommandanten, aber es gibt immer wieder Pechvögel in dieser Stadt, die durch eine Klinge sterben, und das trotz der Bemühungen der Stadtwache. Warum sollte ein solcher Mordfall für die Magi'i von Interesse sein ... oder für mich?«

»Ah ... Ihr wisst nichts davon.« Bluoyal nickt erfreut. »Das ist am besten.«

Luss wartet.

»Der Erbe wurde mit einem Lanzenkämpfersäbel getötet. Ein einziger Schnitt mit einem Lanzenkämpfersäbel.«

»Ich wünschte, ich könnte behaupten, dass kein Lanzenkämpfer so etwas einem Händler antun würde, der für seine Überheblichkeit bekannt ist. Oder dass so etwas jemals zuvor geschehen ist.« Luss zuckt die Achseln und lächelt. »Ja ... manchmal finden sich diejenigen plötzlich ohne Stimme wieder, die sonst ihre Goldstücke sprechen lassen.«

»So wie es Shevelt widerfahren ist«, bemerkt Bluoyal. »Wisst Ihr mehr darüber?«

»Nein. Ich wünschte, ich könnte behaupten, es sei nicht passiert. Oder dass alle Lanzenkämpfer so präzise arbeiten. Aber es ist nun einmal geschehen. Außerdem ... dieser Händler wurde zu Fuß überfallen und in der Dunkelheit getötet, wenn ich mich recht erinnere. In solchen Taktiken werden Lanzenkämpfer nicht ausgebildet. Außerdem habe ich etwas von einem Dolch gehört ...« Luss zieht die Augenbrauen hoch.

»Es gab einen Dolch. Aber der hat ihn nicht getötet. Ein Heiler wurde hinzugezogen. Es wurden Spuren von gebündeltem Chaos an der Wunde gefunden. Die tödliche Wunde wurde dem Händler durch Cupridium zugefügt. Nichts schneidet so gut wie ein Lanzenkämpfersäbel.«

Luss runzelt nachdenklich die Stirn. »Das klingt mehr nach einem abtrünnigen Magier, der eine Klinge gestohlen hat, als nach einem Lanzenkämpfer, den ich kennen könnte. Außerdem ... ein einfacher Lanzenkämpfer im Handelsviertel? Das wäre undenkbar in Cyad. Man hätte ihn sofort bemerkt.«

»Auch das haben wir untersucht. Jemand stahl eine Handelsplakette der Dyjani und benutzte sie als Vollmacht, um einen brystanischen Säbel mit Cupridium beschichten und fein bearbeiten zu lassen ...« Bluoyal lässt die Worte langsam ausklingen.

»Ihr seht selbst ... es kann kein Lanzenkämpfer gewesen sein. Lanzenkämpfer dürfen keine solchen Waffen behalten, und sicher wäre es jemandem aufgefallen, wenn eine ausländische Klinge bei uns neu beschichtet worden wäre. Jeder Lanzenkämpfer, der solches versucht, würde sofort entdeckt werden.«

»Wie ich schon sagte ... der Mann wurde bemerkt.«

»Aha? Vielleicht könnt Ihr mir dann endlich erklären, wie ein Lanzenkämpfer in diese Sache verwickelt sein soll.« Luss wartet.

»Der brystanische Säbel wurde neu beschichtet … unter falschen Angaben.«

»Das habt Ihr bereits gesagt.« Luss' Stimme verrät eine Spur von Zorn.

Bluoyal lächelt schief. »Es gibt nur eine … Schwierigkeit.«

»Die wäre?«

»Der brystanische Säbel wurde erst am Tag nach Shevelts Tod in der Werkstatt abgeholt.«

»Warum erzählt Ihr mir das alles?«, verlangt Luss zu wissen. »Ihr behauptet, dass der Mann mit Chaos getötet wurde, das man einer Cupridiumklinge zugesetzt hatte, die jedoch erst am Tag nach dem Mord zur Verfügung stand. Kein Lanzenkämpfer wurde je damit gesehen und die Waffe wurde auch nicht von einem Lanzenkämpfer geführt. Oder ist es eben das, was Ihr wissen wollt?«

Bluoyal zuckt mit den Schultern. »Es wäre hilfreich. Ein Buchhalter hat die Klinge in Auftrag gegeben und sie auch wieder abgeholt. Aber niemand weiß, wer dieser Buchhalter war. Man weiß nur, dass er mittelgroß war, das Gewand eines Oberbuchhalters trug und zehn Goldstücke und eine Handelsplakette der Dyjani besaß.«

»Zehn Goldstücke? Damit hätte man einen halben Zug Meuchelmörder anheuern können.«

»Seht Ihr?«

Luss runzelt die Stirn.

»Ihr seht es ein. Es gibt in diesen Fall zwei wichtige Tatsachen. Erstens: Wer auch immer diesen Shevelt getötet hat, möchte vermeiden, dass die Tat auf ihn – oder sie – zurückgeführt werden kann. Shevelt stellte eine Gefahr für jemanden dar. Oder er wusste etwas. Aber das ist vermutlich ohne Bedeutung. Der Grund könnte auch eine Frau gewesen sein. Oder eine Beleidigung. Einfach alles. Aber … da gibt es jemanden, der das Risiko auf sich genommen hat, eine Handelsplakette zu stehlen, und dem es zehn Goldstücke wert war, einen brystanischen Säbel in eine Lanzenkämpferwaffe zu verwandeln. Doch niemand ist mit dieser Waffe getötet worden. Und die Klinge war nicht einmal fertig, als der Mord an Shevelt verübt wurde.«

Luss schüttelt den Kopf.

»Noch etwas …«

Luss starrt den Kaiserlichen Handelsberater mit harten Augen an.

»Der Geselle, der mit dem Buchhalter verhandelte, schwört, dass der Mann nichts von Klingen verstand. Ich glaube, Ihr wisst, was das bedeutet.«

»Ich befürchte, ja. Da steckt mehr dahinter und es ist nicht nur eine Person darin verwickelt.«

»Dann würdet Ihr es nicht falsch verstehen, wenn ich diese Sache mit Lektor Kharl bespreche?«

»Vielleicht sollten wir das gemeinsam tun«, schlägt Luss vor.

»Ein höchst exzellenter und ehrenwerter Vorschlag, Hauptmann-Kommandant.« Bluoyal wischt sich das Gesicht mit einem schimmernden grünen Tuch ab. »Höchst exzellent.«

IV

Im frühen Morgenlicht reitet Lorn neben Maran; die beiden Lanzenkämpferoffiziere nähern sich der Mauer, die den Verwunschenen Wald in Schach hält. Lorn reitet einen mittelgroßen, weißen Wallach und Maran einen mürrischen weißen Hengst, dessen Schulter drei Handbreit höher ist als die des Wallachs.

»Ihr habt Glück, es ist klar heute«, bemerkt Maran. »Im Winter haben wir es hier häufig mit Morgennebel zu tun, besonders um die Mauern herum. Das kann zum Problem werden, wenn der Wald versucht, einen umgestürzten Stamm als Fluchtbrücke zu benutzen, denn man bemerkt es erst, wenn es zu spät ist, die Riesenkatzen schon entkommen sind und Vieh und Bauern getötet haben – oder wenn eine Wasserechse ein ganzes Gespann gerissen hat.«

Lorn nickt, er lauscht aufmerksam den Worten und versucht sie im Gedächtnis zu behalten, aber weder bejaht er, was der Major sagt, noch lehnt er es ab.

Selbst aus einer Entfernung von einer Meile scheint sich der Verwunschene Wald bis in den Himmel zu erstrecken, eine Anhäufung von Grün, die mehr wie eine dunkle, niedrige Wolke wirkt als wie ein Wald. Die Krone des Waldbaldachins reicht mindestens zweihundert Ellen in den Himmel und die Sperrenmauer wirkt dagegen wie eine dünne, schimmernde weiße Linie, welche die Bäume umsäumt.

Das Grasland, durch das die schmale Straße verläuft, verschwindet allmählich und die weißen Pflastersteine des Weges in Richtung Mauer verlaufen durch gräulich weißen Schmutz, der das rote Chaos von versalzener, toter Erde verströmt. Der leichte Wind wirbelt hier und da pulvrige Erde über die Straße. Lorn kann deutlich ein Rest-Chaos fühlen, vermutlich stammt es von Feuerlanzen oder von Magierblitzen oder vielleicht auch von den speziellen Feuerkanonen, die Maran am vorigen Nachmittag erwähnte.

»Sie ist wahrhaft erstaunlich, wenn man sie das erste Mal zu Gesicht bekommt«, meint Maran. »Kaum zu glauben, dass jemand in der Lage ist, etwas so Großes und Langes zu bauen. Man darf nicht vergessen, dass der unterirdische Teil der Mauer zehnmal so tief reicht wie das, was wir hier sehen.«

Als sie sich der Wand nähern, blickt Lorn hinauf zu den Bäumen mit den dunklen Stämmen, die in gleichmäßigem Abstand hinter der Mauer stehen. Die Stämme scheinen nicht weniger als dreißig und nicht mehr als vierzig Ellen voneinander entfernt gepflanzt worden zu sein. Auf der Höhe des oberen Mauerrands schätzt Lorn den Durchmesser der Stämme auf zehn bis fünfzehn Ellen.

Maran bringt seinen weißen Hengst gut fünfzig Ellen vor der Mauer zum Stehen und Lorn folgt dem Beispiel des Majors.

Von dort kann Lorn die Mauer genauer studieren: Es handelt sich um einen Wall mit einer Höhe von etwa fünf Ellen, sodass Lorn gerade darüber hinwegsehen kann, wenn er auf dem Pferd sitzt. Jeder der weißen Granitsteine ist rechteckig und zwei Ellen lang, eine Elle hoch und annähernd eine breit. Die Mauer misst etwa drei Steinreihen in der Dicke. Lorn blickt nach Südosten, doch dort scheint die Wand nach weniger als einer Meile zu enden, an einem Punkt, der durch ein fünfzig Ellen hohes Granitbauwerk markiert ist, das etwa eine viertel Meile entfernt von der Mauer steht: der südlichste Chaos-Turm. Der Turm ist fensterlos und wirkt trutzig.

Dann lässt Lorn den Blick nach links schweifen, wo die Mauer sich endlos nach Nordwesten zu ziehen scheint; eine weiße Linie, die immer dünner wird und dann am graugrünen Horizont verschwindet. »Es sieht aus, als könnte jeder dieser Bäume umfallen und die Mauer zerstören.«

»Wenn es eine gewöhnliche Mauer wäre, könnten sie das wohl. Die Rinde und die äußeren Holzschichten der Stämme splittern ab, aber das Kernholz saugt sämtliches Chaos auf und speichert es für lange Zeit, wodurch alle möglichen Tierarten den Stamm als Brücke benutzen können.« Maran schnaubt. »Um den Baum dann schließlich sachgerecht von der Mauer entfernen zu können, benötigt man eine spezielle technische Ausrüstung. Die Ingenieure haben alle Hände voll zu tun damit. Manchmal findet man auch Samen, die bereits zu keimen beginnen.«

»Selbst in dem salzigen Boden?«

»Selbst dort, und manchmal gelangen die Samen und Holzstücke sogar über den Randstreifen hinaus.«

Lorn wendet den Blick von der Mauer zur Straße. Einer der größten Bäume würde etwas weniger als ein Viertel der Strecke bis zum Beginn des Graslandes bedecken. »Wie oft passiert das?«

»Dass ein ausgewachsener Stamm umstürzt? Vielleicht zehnmal in einer Jahreszeit – in einer schlechten Jahreszeit, fünf in einer guten. Vor zwei Jahren zählten wir fast sechzig im Herbst. Das waren so viele wie nie zuvor.«

Lorn runzelt die Stirn. Zwischen zwanzig und vierzig Baumstämme fallen jedes Jahr auf die Mauer. In einem schlechten Jahr könnte das bedeuten, dass fast jeden Achttag einer umstürzt.

»Riesenkatzen und Wasserechsen sind genauso gefährlich wie eine Horde Barbaren.«

»Wie viele Lanzenkämpfer verlieren wir jedes Jahr?«, fragt Lorn.

»In manchen Jahren ist es nur eine Hand voll. Vor zwei Jahren haben wir fast zehn Züge verloren.« Maran zuckt die Schultern. »Das war sehr viel.« Der Major lenkt sein Pferd nach rechts auf die weißen Pflastersteine der zwanzig Ellen breiten Straße, die an der Mauer entlang bis zum Chaos-Turm führt.

Lorn folgt ihm, Augen und Sinne untersuchen jedoch weiter die Mauer.

Alle zweihundertfünfzig Ellen befindet sich ein glitzernder Kristallwürfel auf der Mauer, der Chaos über den weiß gewordenen Granit strahlt. Eine stärkere, aber weniger gut sichtbare Chaos-Linie verläuft von Sperre zu Sperre durch die Cupridiumkabel, die mit weißer Keramik umhüllt sind und unter dem Fundament der

Mauer verlaufen; es sind die Kabel, die die Würfel miteinander verbinden.

Die ganze Mauer funkelt nur so vor Chaos und Macht, und doch erscheint sie fast unbedeutend im Vergleich zu der unsichtbaren Mauer aus dunkler Ordnung, die der Verwunschene Wald in sich birgt. Lorn schaudert zwar nicht gerade, aber er fragt sich, wie Maran den Wald einfach so hinnehmen kann. Er schickt seine Chaos-Ordnungs-Sinne nun zu Maran so wie vorhin zur Mauer und muss sich zusammennehmen, um nicht im weißen Ledersattel zu erstarren. Unter dem freundlichen Äußeren und der Uniform des Lanzenkämpfers steckt ein Magier – oder besser gesagt, ein Lanzenkämpfer mit der Macht eines Adepten der zweiten Stufe.

Lorn setzt ein Lächeln auf. Er hebt den Blick und betrachtet die Straße und das Gebäude, das vor ihnen liegt: ein weißes Granitbauwerk, einer von den Dutzend Chaos-Türmen, die dazu dienen, die Sperrenmauer aufrecht zu erhalten und zu verstärken. Eine niedrige, mit Chaos verstärkte weiße Granitmauer – nach dem Muster der Sperrenmauer erbaut – verläuft vom Chaos-Turm auf geradem Weg zur großen Mauer. Obwohl sich der Turm fast fünfzig Ellen über den toten und versalzenen Boden erhebt, wirkt auch er zwergenhaft im Gegensatz zu dem großen und mächtigen Wald im Hintergrund.

Welche Art von Chaos-Macht haben die Ehrwürdigen wohl eingesetzt, um den Verwunschenen Wald so einzusperren? Und wie konnte Cyador diese Sperren so lange aufrecht erhalten?

Mit dem Wissen, dass er mehr Probleme hat, als nur herauszufinden, wie die Sperren mit Energie gespeist werden, blickt Lorn von der Mauer zu Maran und wieder zurück zur Mauer.

V

Die Sonne am östlichen Horizont vermag die Wipfel des Verwunschenen Waldes noch nicht zu erhellen, als Lorns Ersatzlanzenkämpfer am zweiten Zwischenposten an der südwestlichen Sperrenmauer aufsitzen. Der Zwischenposten ist einfach ausgestattet: niedrige Ställe und Unterkünfte für drei Züge, drei Offizierskammern und ein Offiziersspeiseraum. Ein fünfköpfiger Kader führt diesen Posten. Die Mauern sind aus dem gleichen weißen Granit erbaut wie alle Gebäude, die mit der Sperrenmauer irgendwie in Verbindung stehen, und das Dach ist mit harten, grünen Keramikziegeln gedeckt.

Lorn hat noch einen Grund herausgefunden für den verspäteten Aufbruch. Hätte er Geliendra einen Tag früher verlassen, hätten seine Einheiten und die Fünfte Waldpatrouillenkompanie zusammen im selben Zwischenposten übernachten müssen – das wäre eng geworden. Die zwei Patrouillen hatten sich tags zuvor sozusagen gerade verpasst.

Lorn lenkt den Wallach in die Mitte des Hofes und wartet. Er führt auf diesem Ritt nach Westend das Kommando über zwei Einheiten, denen jeweils sehr junge Untertruppenführer vorstehen.

Es dauert nicht lange und die zwei Truppenführer reiten vor.

»Ser?«, fragt Kusyl, der ältere der beiden Untertruppenführer. »Sollen wir zuerst die innere Straße nehmen?«

Es gibt zwei verschiedene Straßen, die beide um das Gebiet der Sperrenmauer führen. Die innere Straße verläuft in einer Entfernung von fünfzig Ellen parallel zur Mauer, die andere, die Perimeterstraße, mehr als eine Meile entfernt, etwa hundert Ellen außerhalb des versalzenen Gebietes. Während einer Patrouille reiten die Männer in einer Reihe nebeneinander, eine Einheit in einer Reihe von der inneren Straße nach außen und die andere von der Perimeterstraße Richtung Mauer.

»Du hattest gestern Nachmittag die Perimeterstraße?«, erkundigt sich Lorn.

»Ja, Ser.«

»Dann beginnt deine Kompanie heute an der inneren Straße. Ich reite mit euch.« Lorn dreht sich im Sattel um. »Fynyx ... du reitest mit deiner Einheit von der Perimeterstraße herein.«

»Ja, Ser.«

Kusyl ist bereits zu seinen Lanzenkämpfern zurückgeritten, die sich um die Stalltür herum versammelt haben. »Formiert euch! Erste Einheit beginnt an der inneren Straße!«

Fynyx folgt ihm. »Zweite Einheit, hierher! In Zweierreihen aufstellen!«

Als die Einheiten sich formiert haben, erstattet Kusyl Bericht: »Erste Einheit bereit, Hauptmann!«

»Zweite Einheit ebenfalls, Ser«, meldet Fynyx.

Lorn nickt und gebraucht die Ferse, um den Wallach anzutreiben, hinaus durch die offenen Hoftore. Bodennebel, nicht höher als eine Elle, bedeckt das Gras im Süden und Westen des Zwischenpostens und kriecht über den salzigen Boden dahin, der an die Sperrenmauer grenzt.

»In einer Reihe aufstellen!«, ertönen die Befehle der Truppenführer.

Seite an Seite reiten Lorn und Kusyl auf den Verwunschenen Wald zu und schwenken auf die innere Straße ein. Die Kolonne folgt ihnen, bis die Lanzenkämpfer wieder in einer Reihe nebeneinander reiten. Dann begibt sich die Erste Einheit hinein in den Schatten, den die hohen Waldkronen auf den Boden werfen, und das, obwohl die riesigen Stämme erst siebzig Ellen hinter der Mauer in die Luft ragen.

Gedämpfte Geräusche, die Lorn nicht zuordnen kann, dringen über die verhältnismäßig niedrigen Sperren an seine Ohren, sie sind kaum zu hören neben den Hufschlägen auf den weißen Granitsteinen der Straße. Gelegentlich steigt auch ein Geruch, der teils von Pflanzen stammt und teils von anderen Quellen, in Lorns Nase. Seine Nasenflügel beben, während er versucht, die Gerüche zuzuordnen ... was ihm jedoch misslingt.

»Ruhiger Morgen, Ser«, bemerkt Kusyl. »Ist es in den Grashügeln auch so ruhig?«

»Manchmal ist es dort noch viel ruhiger ... bis auf den Wind. Der bläst beinahe unaufhörlich.« Lorn steht in den Steigbügeln und versucht sich wieder ans Reiten zu gewöhnen, denn fast eine halbe Jahreszeit hat er auf keinem Pferd gesessen.

»Manchmal ... kann man die großen Katzen schreien hören ... schaurige Schreie schießen über die Mauer wie Pfeile.«

»Das ist mir neu«, gibt Lorn zu.

»Ihr werdet sie schon noch kennen lernen«, verspricht der Truppenführer. »Das werdet Ihr ... ohne Zweifel.«

Die Einheit reitet in gleichmäßigem Schritt parallel zur Mauer, lässt Sperre um Sperre hinter sich, während die Sonne höher und höher steigt, bis Lorn und die Lanzenkämpfer schließlich im Sonnenlicht reiten und nicht mehr im Schatten.

Am Vormittag ist Lorn bereits zum Gähnen zu Mute. Nach zwei Tagesritten entlang der Mauer und den vielen Stunden, die er abends und nachts mit dem Studium des Patrouillenhandbuchs zugebracht hat, tränen ihm die Augen, wann immer er auf das Chaos blickt und die weißen Granitmauern, die den Verwunschenen Wald einsperren. Doch genau das wird seine Hauptaufgabe sein in den kommenden Jahren.

Lorn wirft einen weiteren Blick auf die Mauer und spürt die Chaos-Netze, die die dunkle Ordnung zurückhalten.

»Ser?«

Lorn folgt dem Ruf und dem Fingerzeig eines jungen Lanzenkämpfers. Mitten im toten Boden, etwa hundert Ellen westlich der inneren Straße, wächst aus dem versalzenen Boden ein grüner Spross: ein Trieb mit einer Höhe von fast drei Ellen, der sich bereits anschickt, die ersten Äste auszubilden.

Lorn vermag den Puls der dunklen Ordnung in dem Grün zu fühlen, und es kommt ihm beinahe so vor, als könne er dem Schössling beim Wachsen zusehen. »Lanzen bereithalten«, befiehlt er Kusyl.

»Erste Einheit! Aufstellen! Lanzen bereithalten!«

»Lasst sie vorrücken und feuern.«

»Die ersten zwei! Vorrücken und feuern!«

Lorn beobachtet den Vorstoß der ersten beiden Lanzenkämpfer. Sie reiten auf den grünen Spross zu, bleiben zehn Ellen davor stehen, zielen und feuern. Weißlich goldenes Chaos ergießt sich über das Grün, doch nur wenig geschieht. Die Pflanze, die den Pferden fast bis zur Schulter reicht, zittert gerade mal ein wenig.

»Die nächsten zwei!«

Während das erste Paar die Pferde herumnimmt und zurück ans Ende der Reihe reitet, kommen die nächsten zwei Lanzenkämpfer nach vorn und wiederholen den Vorgang.

Lorn sieht zu. Sechs Lanzenkämpfer sind vonnöten, erst dann wird das Gewächs langsam schwarz und fällt in sich zusammen; vier weitere Schüsse aus den Feuerlanzen sind notwendig, um das Grün vollends zu vernichten.

»Ser! Es scheint zerstört zu sein«, ruft Kusyl.

»Gut. Lass die Einheit Aufstellung nehmen, während ich die Meldung an die Ingenieure schreibe.«

»Ja, Ser.«

Lorn lenkt den Wallach zur Mauer und hält ihn etwa fünf Ellen vor dem schimmernden Granit neben einer der vor Chaos pulsierenden Kristallsperren an. Dort nimmt er den Fettstift heraus und notiert die Sperrennummer auf der weißen Kurierschriftrolle: ›*Westsperre 163 Süd, 150 Ellen unmittelbar westlich der inneren Straße. Ein Schössling, drei Ellen hoch. Zerstört durch Beschuss mit Feuerlanzen.*‹ Dann unterzeichnet er das Schreiben, rollt es auf und reitet damit zurück zur Einheit, die bereits wieder Aufstellung genommen hat. Lorn macht auch für sich eine Notiz über den Standort.

»Ser?«, fragt der Truppenführer.

»Kusyl, hier ist die Nachricht für die Spiegelingenieure in Westend. Schick einen Lanzenkämpfer voraus, um sie zu überbringen.«

»Ja, Ser.« Der Truppenführer überblickt die Reihen. »Prytr! Vortreten!«

Ein kleiner, drahtiger Lanzenkämpfer reitet an der Kolonne vorbei. »Ja, Ser?«

Kusyl reicht ihm die Schriftrolle. »Du übernimmst den Kurierdienst. Bring die Schriftrolle des Hauptmanns auf kürzestem Weg zum diensthabenden Spiegelingenieur in Westend.«

»Ja, Ser.«

Während Prytr davonreitet und die Erste Einheit den Patrouillengang an der Mauer und am Ödland entlang wieder aufnimmt, wirft Lorn einen Blick zurück auf das verbleibende Chaos, das über der Stelle schwebt, an der gerade massive Schwarze Ordnung und gebündeltes, weißgoldenes Chaos aufeinander getroffen sind. Die Feuerlanzen haben den Schössling zerstört und den Stamm mit genügend Chaos gefüllt, um das Wurzelwerk zu zerstören, soweit Lorn das fühlen kann. Doch das wird er niemandem erzählen. Es waren zehn volle Lanzenladungen erforderlich, um dieses schmächtige grüne Gewächs zu zerstören.

Unter der für die Jahreszeit zu warmen Wintersonne heftet sich sein Blick auf einen Punkt in weiter Ferne, wo sich die weiß schimmernde Sperrenmauer vereinigt mit der dunklen Masse des Verwunschenen Waldes und dem Horizont. Etwa zwanzig Meilen weiter befindet sich der nächste Chaos-Turm; der Chaos-Turm, der die Hälfte ihrer Wegstrecke markierte, liegt dreißig Meilen hinter ihnen.

Die Chaos-Türme in ganz Cyador werden schwächer. Wie lange werden sie noch erhalten bleiben, und was wird den Verwunschenen Wald zurückhalten, wenn sie erst einmal versagen? Lorn schnaubt. Wenn er keinen Weg findet, mit dem Wald und Maran auf möglichst unauffällige Weise fertig zu werden – bevor Maran mit ihm fertig ist –, wird er selbst lange vor den Türmen versagen.

Er reitet weiter, seine Augen prüfen die Mauer und das tote Land, das sich um das Chaos-Bollwerk aus weißem Granit erstreckt.

VI

Die Kaserne in Westend ist eine kleinere Ausführung der Anlage in Geliendra: weiße Granitgebäude innerhalb einer viereckigen Granitmauer, glatt polierte Eichentore, die offen stehen, und ein weiträumiger Hof mit glatten Granitpflastersteinen, die so eng aneinander verlegt wurden, dass selbst die dünnste Messerklinge nicht mehr dazwischenpasst.

Die Sonne steht gerade noch über den westlichen Mauern des Hofes, als Lorn die zwei Einheiten Ersatzlanzenkämpfer durch die Tore führt. Noch bevor Lorn absteigen und seinen Wallach in den kleinen Stall führen kann, der für die Offiziere reserviert ist, die hier in Westend stationiert sind oder auch nur durchreiten, kommt eine Gestalt über die sauberen weißen Pflastersteine gelaufen.

»Hauptmann!«

Lorn dreht sich im Sattel um und erblickt einen Mann in einer lanzenkämpferähnlichen Uniform, die aber aus dem schimmernden weißen Stoff der Magierkleidung geschneidert ist; außerdem trägt er eine Tunika mit roten Paspelierungen. Die drei Streifen eines Majors und die gekreuzten Blitze der Magier prangen auf dem Kragen.

»Ja, Ser?«

»Gebynet, Major, Spiegelingenieur. Ich nehme an, Ihr seid Hauptmann Lorn – derjenige, der heute den Kurier geschickt hat?«, fragt der Spiegelmajor.

»Ja, Ser.« Lorn steigt vom Pferd und wartet, dass der andere fortfährt.

Gebynet lächelt. »Es ist alles in Ordnung. Ich wollte Euch nur danken für Eure Sorgfalt und den genauen Bericht. Und ich wollte Euch fragen, ob Ihr mir wohl im Speisesaal der Offiziere etwas Gesellschaft leisten wollt, wenn Ihr Eure Lanzenkämpfer untergebracht habt ... da gibt es noch ein paar Dinge, die wir durchgehen sollten.«

»Ich hoffe, ich habe nichts falsch gemacht.« Lorn setzt ein besorgtes Stirnrunzeln auf.

»Nein. Der Bericht entsprach vollkommen den Vorgaben des Handbuchs. Aber ... nach diesem ersten Zwischenfall passieren vielleicht noch ärgere auf dem Weg nach Jakaafra ... diese Dinge geschehen sehr plötzlich und ich möchte Euch darauf vorbereiten ... nur für den Fall ...«

Lorn erwidert das Lächeln. »Ich bin für alles Wissen dankbar, das Ihr mit mir teilen wollt.«

»Dann erwarte ich Euch gleich nachher.« Gebynet, einen halben Kopf kleiner als Lorn, dreht sich um und eilt geschäftig zurück quer über den Hof.

Als die Sonne schließlich hinter den Kasernenmauern versunken ist und Schatten die weißen Granitpflastersteine bedecken, führt Lorn den Wallach in den Stall, blickt sich um und sucht eine Möglichkeit, das Pferd unterzubringen.

»Hauptmann … ich kümmere mich um Euer Pferd, wenn Ihr nichts dagegen habt.« Ein Stalljunge kommt aus einem Stand und stellt die Heugabel an die Wand.

»Danke.« Lorn übergibt dem Jungen die Zügel, dann schnallt er die zwei grünen Taschen hinter dem Sattel ab.

»Ich stelle ihn in den zweiten Stand hier.«

Lorn sucht nach einem Kupferling.

»O nein, Ser. Wir werden von den Spiegelingenieuren bezahlt.«

»Nun … dann vielen Dank.«

»Bitte, Ser.« Der dunkelhaarige Junge führt den Wallach lächelnd in den Stand.

Lorn schürzt die Lippen, dann nimmt er seine Sachen und verlässt den Stall.

Zwei Offiziersräume stehen zur Auswahl, in beiden befindet sich nicht mehr als eine Pritsche, ein Tisch mit einer Lampe darauf und ein paar Haken an der Wand, um Uniformen und Gepäck aufzuhängen. Lorn entscheidet sich für das zweite Zimmer, das ihm etwas größer erscheint, und schiebt die Taschen unter die schmale Pritsche. Dann schließt er die Tür und hofft, dass sein Gepäck – und der darin eingepackte Säbel – in dem Zimmer sicher ist. Es sollte so sein, aber man weiß nie. In der Schule hat er etwas über Sperren gelernt, aber das ist Jahre her, und er hat einmal gelesen, wie man mithilfe Chaos-geformter Ordnung einen Lichtschild aufbauen kann.

Vielleicht sollte er das versuchen … aber nicht jetzt, beschließt er und macht sich auf den Weg zum Speisesaal der Offiziere.

Gebynet steht neben einem Viderertisch zusammen mit einem anderen Spiegelingenieur; beide warten offensichtlich bereits auf den Hauptmann der Spiegellanzenkämpfer.

Lorn durchquert den Raum, in dem es insgesamt nur vier Tische gibt, die jedoch alle verwaist sind. Er verbeugt sich vor den beiden Ingenieuren.

»Es freut mich, dass Ihr uns Gesellschaft leistet, Hauptmann … Lorn?«, begrüßt ihn der Major.

»Lorn. Ich bin Euch sehr dankbar, dass Ihr Euch die Zeit nehmt, mich zu unterweisen.«

Gebynet deutet mit dem Kopf zu dem anderen Ingenieur. »Das ist Hauptmann Sherpyt. Er ist der Anführer der Zweiten Kompanie der Schweringenieure hier in Westend.« Der ranghöhere Ingenieur macht eine Handbewegung in Richtung des kleinen Speisesaals. »Beide Lanzenkämpferkompanien sind heute Abend draußen bei den Zwischenposten.« Dann schnaubt er. »Jede Kompanie verbringt sieben von acht Nächten außerhalb der Kaserne. Danke, da bin ich lieber Ingenieur.«

Die drei setzen sich, Lorn mit Gebynet zu seiner Linken, Sherpyt rechts von ihm.

Auf dem blanken Holz des Tischs stehen vier tiefe Teller, vier große Löffel, vier dicke Kelchgläser und eine Flasche Wein – Byrdyn, der Farbe und dem Aroma nach zu urteilen. Gebynet füllt die drei schweren Gläser.

»Das Essen hier ist nichts Besonderes«, erklärt der Major. »Wir essen alle das Gleiche, aber im Speisesaal der Kompanie ist es viel lauter und außerdem ist die Bedienung hier besser.«

»Aber nicht viel«, meint Sherpyt. »Deshalb müsst Ihr auch den Wein selbst mitbringen.«

»Natürlich.« Gebynet lächelt. »Während wir auf das Essen warten, fange ich schon einmal mit meinen Ausführungen an.« Der Major nimmt einen Schluck Byrdyn. »Wie groß war der Schössling, den Ihr beschossen habt?«

»Drei Ellen, vielleicht auch etwas größer.«

»Hm ... Es ist noch keine zwei Tage her, da hat die Fünfte Waldkompanie in diesem Gebiet patrouilliert – und sie hat nichts davon berichtet«, bemerkt Gebynet, den Blick auf Lorn gerichtet.

»Ich kenne keine Pflanze, die an einem Tag eineinhalb Ellen wächst«, meint Lorn.

»Es könnte eine Wurzel oder ein Sämling aus dem Wald gewesen sein.«

»Wenn es eine Wurzel ist, werdet Ihr morgen früh schweres Gerät hinausrollen hören«, fügt Sherpyt verdrießlich hinzu. »Dann haben wir Arbeit für einen guten Achttag.«

Lorn hütet sich, sein Wissen preiszugeben, dass keine Wurzel aus dem Verwunschenen Wald im Spiel ist. »Ich hoffe, es war keine Wurzel«, sagt er stattdessen.

»Es hätte auch ärger kommen können. Wärt Ihr nicht vorbeigeritten, wäre der Schössling weitergewachsen und hätte bei der nächsten Patrouille bereits eine Höhe von acht bis zehn Ellen erreicht.«

Lorn streicht sich übers Kinn. »Ich glaube nicht, dass alle Feuerlanzen zusammen etwas so Großes hätten niederbrennen können.«

»Deshalb kommen hier auch Sherpyt und sein schweres Gerät zum Einsatz«, erklärt Gebynet. »Aber die meisten Bäume wachsen nicht so schnell.« Er hält inne. »Ihr seid ganz sicher, dass das Gewächs diese Größe hatte?«

»Ganz sicher. Es reichte den Pferden bis zur Schulter.«

Der Ingenieurmajor schüttelt den Kopf, dann trinkt er einen Schluck. »Es könnte sein, dass wir kurz vor einer neuen Ausbruchperiode stehen. Dann wachsen überall Schösslinge und Wurzeln und allerorten fallen Baumstämme über die Mauer. Wasserechsen kriechen in die Dörfer. Vieh wird von den Großkatzen gerissen ... all solche vergnüglichen Dinge.«

»Wie bringt man diese Tiere zur Strecke?«

»Wir finden sie nicht alle. Deshalb gibt es Wasserechsen und Krokodile im Großen Kanal und in den Flüssen. Deshalb streunen überall in diesem Teil Cyadors riesige Katzen herum … aber die Nachkommen der Tiere sind kleiner als die, die direkt aus dem Wald stammen.« Gebynet lächelt und spitzt dabei die Lippen. »Die Tiere sind nicht das Problem, es sind die Bäume, die Kletterpflanzen und Büsche.«

»Das meint auch nur Ihr, Major«, setzt Sherpyt dem entgegen.

»Nun ja … vielleicht betrifft es Euch nicht, Hauptmann Lorn, aber die Katzen und Wasserechsen scheinen sich besonders für Menschen zu interessieren, die Chaos handhaben, also für Magier und auch für Ingenieure wie Sherpyt, die Chaos-betriebenes Gerät bedienen.«

»Seid Ihr schon einmal angegriffen worden?«

Sherpyt schiebt den Ärmel hoch. Eine lange, rote Narbe kommt auf der Länge des ganzen Unterarms zum Vorschein und reicht bis unter den Ärmel aus weißem Schimmertuch. »Am Bein habe ich noch eine. Zwei verschiedene Angriffe.«

»Aus diesem Grund tragen alle diensthabenden Ingenieure außerhalb der Kaserne kurze Feuerlanzen bei sich«, erklärt Gebynet.

Ein Dienstbote in Dunkelgrün kommt mit einem Topf und einem Brotkorb herein; wortlos verschwindet er wieder.

»Wir sollten anfangen, solange das Essen noch warm ist.« Gebynet nimmt sich zwei Kellen von dem Hammeleintopf, der hauptsächlich aus Fleischstücken, Karotten und einigen anderen Gemüsesorten besteht, die Lorn nur durch Augenschein nicht zu erkennen vermag. Gebynet gibt den Topf weiter an Lorn und bricht sich ein Stück vom Roggenbrot ab. »Nehmt Euch nur ordentlich.«

Der erste Löffel des Eintopfs schmeckt einfach nur salzig. Die Karotten sind verkocht zu orangefarbenem Brei und die Wurzeln nur noch eine weiche Masse, die von faserigen Fäden zusammengehalten wird. Lorn wechselt zwischen Eintopf, Brot und sehr kleinen Schlucken Byrdyn ab.

»Was genau machen die Ingenieure hier?«, fragt Lorn nach einigen Bissen. »Außer dass sie sämtliche Gewächse vernichten, die aus dem Wald kommen. Oder ist das schon alles?«

»Wir sind diejenigen, die die Mauer reparieren, wenn sie Schaden erlitten hat. Das geschieht aber nicht oft«, erklärt der Major. »Und wir bringen auch sonst alles in Ordnung.«

»Wie oft im Jahr muss die Mauer repariert werden?«, fragt Lorn hartnäckig weiter.

Gebynet runzelt die Stirn. »Nur etwa ein- oder zweimal, und dann sind es auch keine großen Brüche – meistens sind nur ein oder zwei Steinreihen wieder aufzumauern und die Kabel zu erneuern. Das ist allerdings der schwierigere Teil der Arbeit, weil man dazu die Verbindungen zwischen zwei Sperren unterbrechen muss – und das bedeutet für gewöhnlich auch, dass man diese ebenso erneuern muss.«

Lorn hebt die Augenbrauen und hofft, dass der Ingenieur noch mehr erzählt.

»Fortwährender Chaos-Fluss lässt jedes Material spröde werden. Durch die Sperren fließt ständig Chaos. Sie sind sehr robust, solange sie an ihrem angestammten Platz stehen, aber sobald das Chaos-Netz durchbrochen wird oder man die Sperren bewegt, zersplittern sie.«

Lorn nimmt sich noch etwas Eintopf und Brot und so viel vom Wein, dass das Ganze etwas Geschmack erhält, und denkt währenddessen über das Gesagte nach. »Dann seid Ihr eigentlich eher Magier als Lanzenkämpfer …«

»Fast alle Spiegeloffiziere sind zu vergleichen mit Magieradepten der dritten oder vierten Stufe«, pflichtet Gebynet ihm bei. »Irgendwann wurde uns allen nahegelegt, dass unsere Talente bei den Ingenieuren besser aufgehoben wären.«

»Wir sind Magi'i mit Werkzeugen, Lorn«, fügt Sherpyt hinzu. »Mit weniger Macht und von viel niedrigerem Rang.«

Lorn runzelt die Stirn.

»Habt Ihr jemals einen Spiegelingenieur in Cyad gesehen?«

Der Lanzenkämpferoffizier schüttelt den Kopf.

»Das werdet Ihr auch nicht.« Sherpyt spricht diese Worte so sachlich und nüchtern aus, dass dadurch mehr Vorsicht enthüllt wird, als es jede Bitterkeit oder andere Gefühlsäußerung getan hätte. »Wenn sie unsere Arbeit auf einem Feuerschiff brauchen, dann bringen sie das Schiff in die Werft nach Fyrad. In Cyad selbst nehmen nur die Magi'i Chaos-Reparaturen vor.«

Lorn nickt.

»Unsere Talente werden gebraucht und sind dort am besten aufgehoben, wo sie in vollem Umfang zum Einsatz kommen können«, erklärt Sherpyt.

»Genau wie bei den Lanzenkämpferoffizieren, die so unklug sind zu zeigen, dass sie mit Chaos umgehen können«, fügt Gebynet gleichmütig hinzu. »Doch genug der Einzelheiten. Ich glaube, Ihr versteht jetzt, warum wir Euren sofortigen Bericht über den Schössling so schätzen und warum solche Berichte uns Ingenieure vor noch größeren … Schwierigkeiten bewahren.«

»Ich wusste nicht, dass der Verwunschene Wald mit einer derartigen Geschwindigkeit wächst.« Lorn nimmt den letzten Bissen vom Eintopf und weiß, dass er keinen einzigen weiteren Löffel davon mehr ertragen würde.

»Die meisten glauben es nicht, solange sie es nicht mit eigenen Augen gesehen haben«, antwortet Gebynet.

»Es kann einem Angst einjagen«, stimmt Sherpyt zu, der seinen Napf fortschiebt und dann einen Schluck Byrdyn trinkt.

Lorn muss gähnen.

»Ihr habt bereits eine lange Patrouille hinter und noch drei Tagesritte vor Euch.« Der Ingenieurmajor hebt sein leeres Glas. »Lasst Euch durch uns nicht aufhalten.«

Lorn steht auf. »Ich habe Euch beiden zu danken für den Wein, die Gastfreundschaft und für die Aufklärung über meine Pflichten und die Gefahren, die damit einhergehen.«

»Es war uns ein Vergnügen.« Gebynets Stimme klingt warm, Mund und Augen lächeln. »Wenn wir etwas für Euch tun können ... dann lasst es uns einfach wissen.«

»Das werde ich.« Lorn verbeugt sich, bevor er sich in seine vorübergehende Unterkunft zurückzieht. »Das werde ich sicher.«

VII

Die untergehende Sonne wirft ihr schwaches Licht auf Lorns linke Schulter, während dieser auf der Perimeterstraße nach Nordosten reitet, auf die weißen Mauern zu, die noch eine Meile von ihm entfernt liegen – die Mauern der Kaserne der Spiegellanzenkämpfer in Jakaafra. Der Himmel über dem Gelände verdunkelt sich mit Wolken, die von Osten herangeweht werden. Ein kalter, feuchter Wind bläst dem Lanzenkämpferhauptmann ins Gesicht; es ist ein Wind, der Regen oder auch Schneeregen ankündigt. Hinter Lorn folgt eine halbe Einheit Lanzenkämpfer, sie haben die Reihenformation bereits aufgelöst und reiten nun locker nebeneinander, der Älteste der Mannschaft neben Lorn.

Obwohl die zwei Ingenieure vor drei Tagen in Westend Gegenteiliges vorhergesagt haben, haben weder Lorn noch die Lanzenkämpfer der Einheit irgendein neues Zeichen des Verwunschenen Waldes entdecken können, das auf einen Ausbruchversuch aus dem Mauergefängnis hindeutet.

Lorns Blick wandert nach rechts zur Sperrenmauer, wo Kusyl mit der anderen Hälfte der Einheit aus Ersatzlanzenkämpfern patrouilliert, und dann zurück zur Kaserne und dem weißen Chaos-Turm, der über dem Gelände wacht.

»Ist nicht mehr weit«, bemerkt Lorn; er spricht so leise, dass seine Worte neben dem Klappern der Hufe auf den weißen Granitsteinen der Straße kaum zu hören sind.

»Nein, Ser. Wir kommen hoffentlich noch an, bevor es zu regnen anfängt«, antwortet Ubylt, der ranghöchste Lanzenkämpfer in der Einheit.

Etwa hundert Ellen vor ihnen zweigt von der Perimeterstraße ein weiterer Weg ab, der nach Nordwesten führt.

»Wohin führt diese Straße? Weißt du es, Ubylt?«

»In die Stadt Jakaafra, Ser. Die Leute nehmen die Perimeterstraße, um in die Ortschaften zu gelangen, die um Westend herum liegen. Das geht schneller.«

Lorn nickt.

Hufe schlagen gegen den harten Granit der Straße, während Lorn mit seiner halben Lanzenkämpfereinheit auf die Kaserne zureitet – eine Oase des Lichts im Vergleich zu der hoch aufragenden Dunkelheit des Verwunschenen Waldes im Süden.

Kusyl führt seine Hälfte der Einheit auf der etwa eine Meile langen Verbindungsstraße von Westen her zur Kaserne; dieser Weg verläuft parallel zur Mauer und genau auf das weiße Granitgebäude zu, das den Chaos-Turm beherbergt. Der Stein scheint in der wachsenden

Schwärze der Dämmerung vor Chaos-Energie förmlich zu glühen, ein Glühen, das nur für diejenigen sichtbar ist, die über Magi'i-Talente verfügen.

»Habe nichts gesehen, Ser, nicht auf dem letzten Abschnitt«, berichtet der Truppenführer dem Hauptmann.

»Wir auch nicht, glücklicherweise.«

Lorn und Kusyl führen zusammen die wieder vereinte Einheit durch die offenen Tore. Der Außenposten in Jakaafra könnte fast als Nachbildung des Postens in Westend gelten, nur die Tore befinden sich in der Mitte der südlichen Mauer statt in der östlichen Mauer.

Zwei Lanzenkämpfer zünden gerade die Lampen neben den Toren an, im Hof brennen bereits einige Lampen in und an den niedrigen Steinhäusern.

»Zu den Ställen geht es hier lang, Ser«, erklärt Kusyl und deutet nach links.

»Danke.« Lorn lenkt den Wallach in die angezeigte Richtung.

Ein beleibter Lanzenkämpfer mit Hängebacken sitzt neben den Ställen, sein rundes Gesicht bleibt unbewegt im Licht der Lampen, die in den Halterungen links von der Tür stecken. Mit kalten Augen beobachtet er die heranreitende Kolonne. Er tritt erst vor, als er Lorn erblickt. »Ihr seid der neue Hauptmann, Ser? Für die Zweite Kompanie?«

»Der bin ich. Hauptmann Lorn, Truppenführer.«

»Olisenn, Ser.« Olisenns Mund lächelt, seine Augen jedoch nicht. »Haupttruppenführer.«

»Freut mich, dich kennen zu lernen, Olisenn.« Lorn schwingt sich aus dem Sattel und zeigt auf Kusyl. »Truppenführer Kusyl. Ich glaube, er wird die Zweite Einheit führen.«

Kusyl steigt schwungvoll vom Pferd.

»Sei gegrüßt, Kusyl.« Olisenn nickt dem Untertruppenführer zu, bevor er sich wieder an Lorn wendet. »Ihr bekommt den zweiten Raum in den Offiziersunterkünften, Ser. Ich werde Kusyl jetzt die Quartiere zeigen, wenn Ihr damit einverstanden seid.«

»Sobald die Pferde versorgt sind.« Lorn nickt den beiden Truppenführern zu.

Beide verbeugen sich und treten weg.

Wie in Westend nimmt sich auch hier ein Stalljunge des Wallachs an, und Lorn hätte beinahe vergessen, sein Gepäck herunterzunehmen.

Dann wandert er mit den Taschen auf der Schulter von den Ställen zum Ende des Kasernengebäudes, wo er die Offiziersunterkünfte vermutet. Als er sich der beleuchteten Tür am südlichen Ende nähert, taucht ein anderer Lanzenkämpferhauptmann auf und stolziert auf Lorn zu.

Der Offizier ist dunkelhaarig, ein wenig größer als Lorn und schlanker, er trägt einen dünnen Schnurrbart und hat schwarze Augen. Seine Uniform ist so geschneidert, dass sie seine schmalen Hüften betont, die maßgefertigten Stiefel schimmern und spiegeln das Licht der Hoflampen wieder. Gut fünf Ellen vor Lorn bleibt er stehen. »Ihr müsst der neue Hauptmann der Zweiten Kompanie sein.«

»Der bin ich. Meine Name ist Lorn.«

»Meisyl. Ich bin der, den Ihr ablösen sollt. Ihr habt Euch einen guten Zeitpunkt für die Ankunft ausgesucht, wir haben gerade die Patrouille beendet.«

»Dann wird morgen also die Übergabe stattfinden.«

»So ist es.«

Etwas verspätet hebt Lorn die Hand mit dem Siegelring und will die Befehle herausholen.

»Das können wir auch morgen früh erledigen.« Meisyl lacht, es klingt etwas matt, so als würde er die Ablösung belustigend und gleichzeitig langweilig finden. »Dann weise ich Euch in alle Bücher ein und zeige Euch, wie man die Berichte anfertigt, die Kommandant Meylyd so liebt.«

»Ganz nach Eurem Belieben«, meint Lorn widerspruchslos.

»Das hat alles noch Zeit. Ich werde ohnehin nicht vor morgen Nachmittag abreisen.«

»Wie gelangt Ihr zurück nach Geliendra?«, fragt Lorn. »Ihr reitet doch nicht allein? Oder nehmt Ihr eine Abordnung von Lanzenkämpfern mit zurück, die zum turnusmäßigen Wechsel anstehen?«

»O nein. Der turnusmäßige Wechsel ist erst wieder in einem Achttag fällig. Ich werde in dem kleinen Feuerwagen der Ingenieure mitfahren, wenn sie das nächste Mal hier vorbeikommen, um Sperren auszutauschen oder wozu auch immer.« Meisyl zuckt die Schultern. »Dann brauche ich nur zwei Tage von hier nach Geliendra.

Ihr bezieht vorerst das zweite Zimmer. Es ist genauso eingerichtet wie das erste, und wenn ich abgereist bin, könnt Ihr es Euch aussuchen. Das dritte Zimmer ist kleiner und wird von Unteroffizier Juist bewohnt. Er führt die Erste Kompanie an, die für die örtlichen Patrouillen zuständig ist. Er ist schon sehr lange Unteroffizier, man hat ihn vom Haupttruppenführer zum Unteroffizier befördert, als das noch üblich war.« Meisyl tut Juists Beförderung mit einer anmutigen Bewegung der langfingrigen linken Hand ab.

Lorn nickt nur.

»Ich erwarte Euch im Offizierskasino, nachdem Ihr Euch eingerichtet habt; heute Abend sind wir nur zu zweit. Olisenn soll sich um die Männer kümmern.«

»Das tut er bereits«, sagt Lorn. »Er hat auf Kusyl und mich gewartet.«

»Sehr gewissenhaft, dieser Olisenn«, antwortet Meisyl. »Er weiß über die meisten Dinge hier sehr gut Bescheid.« Mit einem weiteren Lächeln dreht er sich um.

Lorn hebt die grünen Taschen auf und folgt Meisyl über den Hof. Der Wind ist stärker geworden und die ersten Regentropfen klatschen bereits auf die Pflastersteine.

Das zweite Offiziersquartier ist geräumiger als das in Westend, es stehen sogar ein Schrank und ein kleiner Schreibtisch darin, über dem eine Lampe angebracht ist.

Lorn schließt die Tür aus Weißeiche hinter sich und packt die Uniformen aus, hängt die Tuniken in den Schrank und den wasserdichten Umhang und die Winterjacke an die Haken an der Wand. Das Spähglas wandert unter die Unterwäsche im Schrank; den brystanischen Säbel jedoch lässt er in einer der grünen Taschen, die er zusammenfaltet und unter das schmale Bett schiebt. Dann sucht er den Waschraum auf, wo er sich rasiert und wäscht, bevor er sich in den kleinen Speisesaal begibt.

Meisyl wartet bereits, aber er macht sich nicht die Mühe aufzustehen, als Lorn hereinkommt, sondern bedeutet ihm nur, sich zu setzen. Vor Meisyl auf dem mit der Zeit dunkel gewordenen und glatt polierten Weißeichentisch stehen eine Flasche Wein und zwei schwere Kelchgläser.

»Als Erstes muss ich Euch mitteilen, Lorn, dass Ihr Euch Wein oder Bier selbst kaufen müsst. Ich empfehle den Krämer in Jakaafra. Seine Name ist Duluk. Sehr anspruchsvoll bei den Weinen. Manchmal gibt es sogar Alafraan bei ihm.«

»Den ganzen Weg von Escadr bis hierher?« Lorn hebt die Augenbrauen.

Meisyl lacht. »Damit werde ich bei Juist ein Goldstück gewinnen.«

»Alafraan schmeckt besser als Fhynyco. Glaube ich zumindest.«

»Hängt davon ab, ob Ihr beim Wein Körper oder Bukett bevorzugt.« Wieder klingt Meisyls Stimme beinahe gelangweilt. »Alafraan passt besser zu dunklem Fleisch. Ich persönlich trinke Fhynyco gern zu Geflügel. Nur die, die unbedingt müssen, trinken Byrdyn.« Er füllt die zwei Kelchgläser zu drei Viertel mit Wein und nickt Lorn zu.

»Danke.« Während Lorn den näher stehenden Kelch in die Hand nimmt, denkt er darüber nach, dass er während seiner Zeit in Isahl, in der er ganz gern ab und zu ein Glas Alafraan mit Zandrey trank, nie das Verlangen verspürte, Wein trinken zu müssen. »Die, die unbedingt trinken müssen, haben manchmal seltsame Geschmäcker.«

Ein Dienstbote in Grün bringt Teller und Besteck herein, er stellt alles auf den Tisch und läuft schnell wieder hinaus, um noch eine große Servierplatte und zwei Körbe zu holen. »Sers?«

»Stell es einfach ab«, sagt Meisyl lässig.

»Danke.« Lorn nickt dem Dienstboten zu, der sich verbeugt und zurückzieht.

Das Abendessen besteht aus Hammelfleisch mit einer braunen Soße und gekochten Kartoffeln, die in einem der Körbe gereicht werden. Der zweite Korb enthält Brot – es ist allerdings nicht mehr warm.

»Die andere Kompanie, Juists Kompanie …«, fragt Lorn, »patrouillieren sie auch auf der nordöstlichen Straße?«

»Nein, nur in den Achttagen, in denen die Zweite Kompanie Urlaub hat.« Meisyl schüttelt den Kopf. »Sie sind für den Frieden in den Dörfern an der Nordseite des Verwunschenen Waldes zuständig. Juist ist die Hälfte der Zeit als Richter beschäftigt. Sie jagen auch Banditen … wenn nötig.«

»Frieden?« Lorn zieht die Augenbrauen hoch.

»Es gibt nicht mehr viele Städte nördlich des Waldes zwischen hier und den Westhörnern und den Hügeln des Endlosen Grases. Man könnte es fast als eine eigene abgelegene Provinz bezeichnen. Jemand muss also im Namen des Kaisers handeln. Juist versteht sich sehr gut darauf; er kennt die Menschen hier.« Meisyl zieht abfällig die Nase hoch, bevor er einen kleinen Schluck aus dem Glas nimmt.

»Dann gibt es also keine Spiegelingenieure hier? Nur die zwei Lanzenkämpferkompanien?«

»Dies ist der einzige Außenposten an der Mauer, in dem es keine Ingenieure gibt. Sie schicken jeden dritten Tag eine Abordnung hierher, um den Turm zu überprüfen. Ich werde mit ihrem Feuerwagen zurückfahren.«

Lorn fragt sich, ob er vielleicht genau aus diesem Grund in Jakaafra stationiert worden ist. Weil es der einzige Außenposten ohne Ingenieure ist, die eigentlich Magieradepten von niedriger Stufe sind? Wer außer ihm war noch in Jakaafra stationiert? Wie kann er das herausfinden?

»Wie viele Ingenieure schicken sie hierher?«

»Für gewöhnlich drei oder vier. Meistens Offiziere.« Meisyl bricht sich einen Kanten Brot ab und taucht ihn in die braune Soße. »Ihr werdet sie alle kennen lernen ... so wie sie sind.«

»Hat es in letzter Zeit viele Probleme mit dem Verwunschenen Wald gegeben?« Lorn nimmt einen Bissen von dem trockenen Hammelfleisch und ist froh, dass es Soße dazu gibt.

»Nein, seit einer Jahreszeit nicht mehr. Natürlich wachsen immer irgendwo Schösslinge und Sämlinge, aber das ist nichts Ungewöhnliches. Eine Astbrücke haben wir allerdings nicht mehr gehabt seit ...« Meisyl runzelt die Stirn. »... seit dem Spätsommer. Es gibt immer ein paar Stämme, die während einer Jahreszeit umstürzen, aber der letzte liegt schon einige Zeit zurück. Ihr werdet also nicht mehr viele Lanzenkämpfer zur Verfügung haben, die auf mehr vorbereitet sind als auf die gelegentlichen Angriffe der Ordnung.«

»Ich nehme an, aus den Aufzeichnungen geht hervor, wie lange der letzte Vorfall zurückliegt. Wo befinden sich die Bücher der Zweiten Kompanie eigentlich?«, fragt Lorn arglos.

»Ihr habt ein Arbeitszimmer. Zumindest ab morgen. Es befindet sich in dem Gebäude gegenüber dem Nordende der Kaserne. Olisenn führt die Mannschaftslisten; diese finden sich in der Truhe im vorderen Arbeitszimmer, wenn Olisenn nicht gerade daran arbeitet.« Meisyl betrachtet die bereits halb geleerte Flasche Alafraan. »Es wird angenehm sein, an einen Ort zurückzukehren, an dem man auch anderen anständigen Wein bekommt, nicht nur Alafraan.«

»Wo werdet Ihr hingehen?«

»Hafenposten in Sommerhafen. Meine zukünftige Gemahlin wird mich dorthin begleiten, dann natürlich als meine Gemahlin.«

»Die Beförderung zum Sub-Major steht demnach wohl nicht mehr lange aus.«

»Das ist nur noch eine reine Formalität.« Meisyl füllt sein Glas erneut und wirft Lorn einen fragenden Blick zu.

»Nein, danke.« Lorn lächelt, er weiß, dass er sich korrekt verhalten muss, solange Meisyl noch da ist. »Würde es Euch etwas ausmachen, mir zu erzählen, wie Ihr nach Jakaafra gekommen seid?«

»Da gibt es nicht viel zu erzählen. Ich wuchs auf in Fyrad und absolvierte die Akademie für Lanzenkämpfer wie zuvor schon mein Herr Vater und dessen Vater vor ihm …«

Lorn lächelt und nickt, dann nimmt er einen weiteren Schluck Alafraan, einen so kleinen, dass er kaum die Lippen benetzt.

VIII

Meisyl und Lorn stehen im hinteren Arbeitszimmer am Schreibtisch. Draußen ist der Morgen grau verhangen, dicke Regentropfen klatschen an die alten Glasscheiben des einzigen Fensters. Meisyl liest das Papier durch, das Olisenn aufgesetzt hat, dann lächelt er und setzt seine Unterschrift darunter, bevor er es an Lorn weiterreicht.

… bestätigt, dass Meisyl, Kommandierender Lanzenkämpferhauptmann der Zweiten Waldpatrouillenkompanie, hiermit das Kommando an Lorn, Lanzenkämpferhauptmann, übergibt und Hauptmann Lorn nach Unterzeichnung an diesem vierten Tag des neunten Achttages im Winter des Jahres einhundertsiebenundneunzig nach Gründung Cyads das Kommando über die Zweite Kompanie übernimmt, mit allen Pflichten und Rechten, die damit verbunden sind …

Lorn unterzeichnet mit schrägen Buchstaben unter Meisyls Unterschrift, die viel extravaganter geschwungen ist als Lorns.

»Das wäre alles, Lorn. Ich wünsche Euch alles Gute.« Meisyls Lächeln wirkt eindeutig erleichtert. Er holt zwei Bronzeschlüssel aus seiner Gürtelbörse und reicht sie Lorn. »Der erste Schlüssel ist für die Bücher in der Truhe. Der zweite ist für die Türschlösser der Offiziersräume. Wenn Ihr noch Fragen habt, ich werde erst am späten Nachmittag oder morgen abreisen, das hängt von den Ingenieuren ab.«

»Danke. Ich werde Euch schon finden, wenn ich noch etwas wissen muss.«

Nachdem Meisyl den Raum verlassen hat, untersucht

Lorn sein Arbeitszimmer etwas genauer, denn es ist sein erstes eigenes Arbeitszimmer, seitdem er den Dienst bei den Spiegellanzenkämpfern angetreten hat. Der Raum ist klein, sieben auf sieben Ellen; ein schmaler Schreibtisch mit Stuhl steht an der Wand und hinter dem Stuhl befindet sich ein Fenster auf Brusthöhe. Die einzige Lampe steckt in einer Bronzehalterung an der Wand über dem Schreibtisch. Auf den Granitfliesen am Boden, genau vor dem Schreibtisch, steht eine niedrige Truhe, zwei Ellen breit und je eine Elle hoch und tief. Ein weiterer einfacher Stuhl vervollständigt das Mobiliar des Arbeitszimmers. Mit Ausnahme der Lampe sind alle Möbel in diesem Raum aus Weißeiche gebaut und mit den Jahren goldgelb nachgedunkelt.

Lorn geht hinaus ins vordere Arbeitszimmer, wo Olisenn an einem großen Tisch sitzt; eine offene Truhe steht neben ihm am Boden.

»Ja, Ser?«

»Hauptmann Meisyl erwähnte, dass du verschiedene Bücher führst, Olisenn …«

Olisenn lächelt. »Ich führe nur eines, Ser. Aber es gibt zwei.« Er zeigt auf die Truhe neben seinem Arbeitstisch. »Ich führe die Mannschaftslisten. Es gibt für jeden Lanzenkämpfer ein Blatt; darauf stehen Name und Rang, eine kurze Personenbeschreibung, Geburtsort und -datum, seine nächsten Angehörigen, wann er zu den Lanzenkämpfern gekommen ist, seine Dienstzeit, die vorangegangenen Stationen und das voraussichtliche Datum der turnusmäßigen Ablösung. Die Rückseite ist reserviert für Bemerkungen, entweder Empfehlungen oder verhängte Disziplinarstrafen.« Olisenn zieht die stattlichen Schultern hoch. »Jetzt … lege ich gerade die Listen für die neuen Lanzenkämpfer an.«

»Für die, die gestern angekommen sind?«

»Ja, Ser. Ich lege sie an und Kusyl wird bald hier sein, um sie zu vervollständigen. Sie alle wandern dann in diese Truhe hier.« Seine Hand zeigt auf das niedrige Möbel zu seiner Rechten.

»Und das andere Buch?«

»Das sind die Berichte über die Patrouillen, sie befinden sich in der Truhe in Eurem Arbeitszimmer, Ser. Das sind die einzigen beiden Bücher, die wir führen. Der Bronzeschlüssel, den Hauptmann Meisyl Euch gegeben hat … er passt für die Schlösser an beiden Truhen.«

»Das hat er erwähnt.« Lorn nickt. »Später, oder vielleicht nach der ersten Patrouille, möchte ich gern deine Aufzeichnungen lesen.«

»Wann immer Ihr wollt, Ser. Vielleicht ist es besser, Ihr lest sie erst, wenn sie wieder vollständig sind.«

»Ich werde versuchen, dich und Kusyl bei der Arbeit nicht zu behindern.« Lorn dreht sich um und geht zurück in das kleinere, hintere Arbeitszimmer. Er schließt die Tür und hebt die Truhe auf den Schreibtisch. Der Schlüssel gleitet leicht ins Schloss und lässt sich mühelos drehen.

Wie Olisenn schon sagte, enthält die Truhe die Berichte über die Patrouillen, für jede Patrouille einen, geschrieben und unterzeichnet vom Hauptmann der Kompanie. Beim Durchblättern der letzten Berichte bemerkt Lorn, dass oft mehrere Patrouillenberichte auf einer Seite stehen, bestehend nur aus der Notiz: *Planmäßige Patrouille. Keine Waldaktivitäten,* gefolgt von: *Meisyl, Hauptmann, Zweite Waldpatrouillenkompanie.*

Andere Patrouillen wiederum sind ausführlicher beschrieben:

… Sperrenwürfel zerstört durch Ast, Nord 45 Ost. Kleine Wasserechse getötet, Sämlinge verbrannt, Spuren einer Riesenkatze gefunden, aber keine Katze. Kurier zur Ersten Ingenieurkompanie nach Ostend geschickt. Stellung bei gefallenem Ast gehalten, bis Ingenieure angekommen. Keine Verwundeten …

… zwei Sperren zerstört durch zwei Äste, Nord 323 und 324 Ost. Riesenkatze griff Zweite Einheit an. Katze getötet. Zwei weitere Katzen flüchteten, als die Zweite Kompanie eintraf. Spuren einer Wasserechse gefunden. Kurier zur Ersten Ingenieurkompanie nach Ostend geschickt. Stellung gehalten, bis Ingenieure angekommen. Verwundete: 2. Kyscyt durch Katze bei Sperrenmauer getötet. Onymt verletzt, verliert wahrscheinlich rechten Arm …

Lorn blättert die Berichte schneller durch, nicht um sie auszuwerten, sondern vielmehr um ein Gefühl zu bekommen für das, was überhaupt im Verwunschenen Wald geschieht. Vor etwa drei Jahren wurden die Patrouillenberichte über fast drei Achttage hinweg von Haupttruppenführer Olisenn unterzeichnet. Lorn sucht den letzten Bericht vor Olisenns Aufzeichnungen heraus, aber wie so viele andere enthält auch dieser nur: *Planmäßige Patrouille.* Unterzeichnet hat ihn: *Dymytri, Hauptmann, Zweite Waldpatrouillenkompanie.*

Nachdem Lorn Dymytris letzten Bericht gelesen hat, blättert er schneller durch die Seiten, bis er Dymytris ersten Bericht findet – nur drei Jahreszeiten vor seinem letzten. Dann wirft er einen Blick auf die Berichte davor: Vier Achttage lang unterzeichnete ein Haupttruppenführer namens Fyondr. Davor war Unteroffizier Zylynt Anführer der Zweiten Kompanie, auch er führte das Kommando nur wenige Achttage mehr als ein Jahr. Zylynts Ende ist jedoch im Gegensatz zu Dymytris aufgezeichnet, und zwar in dem ersten Bericht, den Fyondr unterzeichnet hat: *… Verwundete: 2. Unteroffizier Zylynt getötet durch große Wasserechse, als Feuerlanzen ausfielen. Lanzenkämpfer Hyun von Echse getötet, während er Unteroffizier half …*

Plötzlich enden die Berichte über die Patrouillen. Nach kurzem Nachdenken legt Lorn die Blätter wieder zurück in die kleine Truhe und schließt diese. »Olisenn?«

Der beleibte Truppenführer öffnet die Tür und betritt mit schweren Schritten das Arbeitszimmer des Hauptmanns. »Ja, Ser?« Er verbeugt sich.

»Es gibt keine Patrouillenberichte, die älter als fünf Jahre sind«, bemerkt Lorn.

»Ja, Ser. Wir heben sie nur fünf Jahre auf, manchmal auch sechs. Als angekündigt wurde, dass Ihr den Dienst hier antretet, hat Hauptmann Meisyl die älteren Berichte letzten Achttag abholen lassen. Sie stehen nun alle bei Major Marans Akten in Geliendra.« Olisenn nickt. »Das macht es für uns hier einfacher.«

»Ich verstehe.« Lorn lächelt. »Danke.«

»Keine Ursache, Ser. Dafür bin ich ja da.« Olisenn nickt und wartet ein wenig, dann fragt er: »Ist das alles, Ser?«

»Ja, danke.« Lorn steht auf. »Ich werde nun die Kaserne inspizieren, Olisenn, und für einige Zeit weg sein.«

Olisenn hebt den Blick, um Lorn anzusehen. »Soll ich Euch begleiten, Ser?«

»Ich glaube nicht, dass das notwendig ist. Wenn ich Fragen habe, werde ich mich an dich wenden, sobald ich wieder zurück bin. Du und Kusyl, ihr habt schließlich mehr als genug zu tun mit den Büchern, bei all den neuen Ersatzlanzenkämpfern, die angekommen sind.«

»Das stimmt, Ser.« Der Haupttruppenführer geht zurück in sein Arbeitszimmer und schließt die Tür hinter sich.

Lorn stellt die Truhe wieder auf den Boden, öffnet die Tür und tritt hinaus ins vordere Arbeitszimmer.

»Ser!«, begrüßt ihn Kusyl, der offenbar gerade gekommen ist.

»Macht weiter mit den Listen, Kusyl, Olisenn. Ich werde mir jetzt die Kaserne ansehen.« Lorn nickt und geht vorbei am Untertruppenführer und hinaus in den kurzen Flur, der zum Hof führt.

Der heftige Schauer, der am Morgen fiel, ist von einem feinen, kalten Nieselregen abgelöst worden. Lorn rückt sich die Sommergarnisonskappe zurecht und macht sich auf den Weg zum Stall.

Der nebelverhüllte Hof bleibt menschenleer, während Lorn die feuchten Steine überquert, um zum Stall zu gelangen, wo er durch die schmale Öffnung, die die Schiebetür preisgibt, in die warme und trockene Luft schlüpft. Er wischt sich die Stirn ab und sieht sich um. Der Hauptgang ist sauber gefegt und jeder Stand mit frischem Stroh versehen. Bei einem Blick zur Decke entdeckt Lorn weder Spinnweben noch irgendwelche Anzeichen von Schmutz in den Ecken.

»Ser? Stimmt etwas nicht?« Ein schmalgesichtiger blonder Stalljunge kommt mit einem alten Besen in der rechten Hand aus einem Stand.

»Nicht im Geringsten.« Lorn wirft einen Blick in den Stand, wo der Wallach untergebracht ist. »Aber da ich neu hier bin, muss ich mir alles erst einmal ansehen. Wie ist dein Name?«

»Suforis, Ser.«

»Ich bin Hauptmann Lorn, Suforis. Wie lange bist du schon hier?«

»Ich habe hier mit zwölf Jahren angefangen, als Hauptmann Dymytri noch das Kommando führte ... Winterwende. Die Männer sagen, der Hauptmann vor ihm sei auch gut gewesen, aber ich kannte ihn selbst nicht.«

»Gefällt es dir hier?«

»Ja, Ser. Solange ich den Stall sauber halte, die Pferde der Offiziere und die Ersatzrösser gut pflege und sie alle ordentlich füttere, lässt mich Clebyl in Ruhe und das ist gut für mich. Lesyna hat eingewilligt, nach der nächsten Winterwende meine Gemahlin zu werden, und Clebyl hat gesagt, dass ich Hilfsverwalter werden kann, wenn ich weiterhin gut arbeite. Hat seit zwei Jahren keinen Gehilfen mehr gehabt. Hilfsverwalter bekommen das

Quartier neben der Küche.« Suforis grinst übers ganze Gesicht.

»Wie viele Stände gibt es im Stall?«

»Zwei Züge plus zwölf – genug für zwei Kompanien und einen halben Zug Ersatzpferde. Ist aber auch nicht sehr viel, weil Unteroffizier Juist nur einen Zug und einen halben für die örtlichen Patrouillen zur Verfügung hat. Er sagt zwar, er bräuchte gar nicht so viele, aber das kann ich nicht beurteilen.«

»Dann begegnen ihm wohl nicht viele Schwierigkeiten auf seinen Patrouillen.«

»Fast nie. Die Orte nördlich von hier sind wirklich friedlich, Ser. Grund genug, um hier zu leben. Sie sagen, dass einige der Soldaten sich hier niederlassen, wenn sie durchkommen.«

»Wie geht es den Pferden?« Lorn zeigt auf den Wallach.

»Ihr habt ein gutes Pferd, Ser. Die meisten sind gut. Die Pferde für den großen Truppenführer müssen jedoch öfter gewechselt werden, auch wenn er immer das größte und stärkste bekommt …« Suforis schüttelt den Kopf. »Sonst käme der Hufschmied aus Jakaafra nicht so regelmäßig hier herauf … Man sagt: Sorge dich um dein Pferd, und dein Pferd sorgt sich um dich. Ich reite auch oft mit den Ersatzpferden aus … damit sie genügend Bewegung bekommen … ist ein gutes Leben hier …«

»Sehr gut.« Lorn lächelt. »Gibt es etwas, das ich noch wissen müsste?«

»Nun ja … Ser … nicht, dass ich viel darüber wüsste, aber ich habe gehört, dass man mindestens fünfzehn Ellen Abstand halten soll, wenn man einer Wasserechse begegnet. Katzen sind nicht so arg … müssen einem schon die Krallen in den Leib rammen, und wenn, dann …« Suforis zuckt die Schultern.

»Danke für deinen Rat, Suforis. Wenn ich dir einmal irgendwie behilflich sein kann … lass es mich wissen.«

»Danke, Ser.« Der junge Mann nickt eifrig.

»Danke.« Lorn dreht sich um und geht hinaus in den Nieselregen. Nach einem Blick gen Himmel macht er sich schleunigst auf den Weg in sein Quartier.

Er verriegelt die Tür hinter sich und öffnet den Schrank. Dort holt er das Spähglas heraus, das Jerial aus dem Arbeitszimmer ihres Vaters gestohlen und Lorn mitgegeben hat. Vorsichtig stellt er es auf den Tisch und betrachtet es. Vermag auch er zu tun, was die Magi'i können? So wie sein Vater und die Oberlektoren?

Schließlich zieht er den Stuhl heran, setzt sich und konzentriert sich auf den runden Spiegel. Seine Gedanken wandern zum rätselhaften Haupttruppenführer Olisenn. An Maran will sich Lorn nicht heranwagen, bevor er nicht genügend Übung hat.

Das Glas füllt sich mit grauem Nebel, der langsam silbern wird und sich in eine blanke, helle Oberfläche verwandelt. Endlich wabert ein kleines, verschwommenes Bild im Glas – zwei Truppenführer an einem Tisch.

Lorn schluckt, vor Überraschung verliert er die Konzentration. Das blanke Glas spiegelt sein eigenes schweißüberströmtes Antlitz wieder. Ein Schweißtropfen fällt auf das Glas.

Er kann es!

Lorn lehnt sich zurück und holt tief Luft. Wie kann er diese Fähigkeit weiterentwickeln und anwenden … ohne zu zeigen, dass er sie besitzt, natürlich. Denn würde er es zeigen, würde dies die hohen Magi'i und Offiziere der Spiegellanzenkämpfer noch mehr anspornen, sich einen schnellen Tod für ihn auszudenken. Die Berichte der Zweiten Kompanie veranschaulichen deutlich, dass Kompanieoffiziere hier offenbar eine höhere Sterblichkeit haben als anderswo – eine höhere als gewöhnliche Lanzenkämpfer und eine viel höhere, als man gemeinhin erwarten würde.

IX

Im spätwinterlichen Grau der Morgendämmerung führt Lorn den weißen Wallach aus dem Stall des ersten Zwischenpostens, der an der nordöstlichen Seite des Verwunschenen Waldes und genau dreiunddreißig Meilen südöstlich der Kaserne in Jakaafra liegt.

Olisenn wartet neben dem übergroßen Pferd, das ihn tragen muss.

»Sieht nach einem weiteren ruhigen Morgen aus, Olisenn«, meint Lorn.

»Ja, Ser. Aber es wird nicht mehr lange dauern, bis sich im Wald etwas regt.«

»Würde mich nicht wundern.« Lorn wartet darauf, dass der Haupttruppenführer ausspricht, was ihn beschäftigt.

»Beabsichtigt Ihr weiterhin mit der Zweiten Einheit und Kusyl zu reiten, Ser?«, fragt Olisenn.

»Das scheint mir nicht das Dümmste zu sein«, antwortet Lorn. »Du hast die nötige Erfahrung, um die Erste Einheit führen zu können – ja sogar die ganze Zweite Kompanie, sollte mir etwas zustoßen. Kusyl wäre dazu nicht in der Lage.«

»Aber so kann ich Euch nichts erklären.«

»Das stimmt, aber vielleicht wirst du uns ja weiterhin abends im Zwischenposten unterweisen. So profitieren wir alle davon.« Lorn lächelt.

»Das werde ich, so gut ich kann, Hauptmann.«

»Da bin ich sicher, Olisenn. Wir alle sind froh, dass du über so viel Wissen und Erfahrung verfügst.« Mit lächelndem Gesicht steigt Lorn auf und lenkt den Wallach nach rechts, wo Kusyl die Zweite Einheit bereits Aufstellung nehmen lässt.

»Ser?«

»Ich werde heute wieder mit der Zweiten Einheit reiten, vielleicht sogar während der ganzen Patrouille.« Lorn zuckt die Schultern. »Wir werden sehen, wie es geht.«

Kusyl nickt.

Beide Einheiten warten formiert im Hof des Zwischenpostens unter den dicken, aber formlosen grauen Wolken, als Lorn Kusyl und Olisenn noch einmal zu sich winkt. Er wartet, bis die Pferde zum Stehen gekommen sind, erst dann spricht er. »Heute Morgen wird die Zweite Einheit an der Mauer entlang reiten; die Erste Einheit nimmt die Perimeterstraße.«

»Ja, Ser.«

»Ja, Ser.«

»Lasst uns aufbrechen.«

Das Klappern der Hufe hallt über den Hof und die Zweite Kompanie reitet durch die Tore und auf die Sperrenmauer zu. Die Männer formieren sich nebeneinander zu einer langen Reihe, um die Grenzen des Verwunschenen Waldes besser überwachen zu können.

Lorn reitet etwa zwanzig Ellen rechts von Kusyl, etwas näher als im sonst üblichen Abstand von fünfzig Ellen. Trotz der allgegenwärtigen Feuchtigkeit ist die Sperrenmauer trocken und funkelt im indirekten Licht, das durch die niedrigen Wolken gelangt.

Die Sonne bemüht sich weiter, den Nebel aufzulösen, der vom nächtlichen Regen übrig geblieben ist, doch mit nur mäßigem Erfolg. Die Zweite Einheit muss unter einem Himmel reiten, dessen Farbpalette von dunkel- bis hellgrau reicht und von fast weiß wieder zu fast schwarz wechselt.

Jeder Mauerabschnitt gleicht dem anderen: grauweiße gleichmäßige Blöcke, gekrönt mit Kristallsperren, die Chaos ausstrahlen. Die Mauer erstreckt sich nach Südosten und wirkt wie eine scheinbar endlose Linie, die bis zum Horizont reicht.

SSssssssssss! Lorn runzelt die Stirn und schaut zur Mauer, wo er das Geräusch vermutet. Beim zweiten lauten Summen wirft er Kusyl einen fragenden Blick zu. »Kusyl?«

Kusyl bemerkt Lorns Gesichtsausdruck und ruft zurück: »Eine der großen Blumenfliegen, Ser, die Blut saugende Art. Aus irgendwelchen Gründen können sie die Mauer nicht überfliegen. Habe gehört, wie ein Ingenieur einmal erklärt hat, dass diese Blutsauger wahrscheinlich mit den Erstgeborenen gekommen sind, und von denen gibt es keine mehr im Wald.«

»Wie soll das einen Sinn ergeben?«, fragt Lorn langsam, die Augen weiterhin auf die Mauer gerichtet. »Die Chaos-Sperre ist doch dazu da, den Wald einzusperren. Warum also sollte sie ein Insekt aufhalten, das nicht zum Wald gehört?« Wie aber könnte eine Chaos-Sperre das entscheiden? Lorn runzelt die Stirn. Kann denn der Wald entscheiden, welche fremden Insekten er tötet? Warum? Oder würde er alle Eindringlinge töten, die die Sperrenmauer überwinden?

Kusyl hebt unwissend die Hände. »Das weiß ich nicht, Ser.«

Die zwei patrouillieren weiter, schweigend, denn die Entfernung lässt eine Unterhaltung nur bedingt zu.

Die Zweite Einheit reitet eine Meile nach der anderen ab, nichts als Mauer und Ödland weit und breit.

»Ser! … Ser … Ser!« Der Ruf kommt von ganz hinten in der Reihe, gut sechshundert Ellen entfernt, und wird von den Lanzenkämpfern weitergegeben.

»Anhalten!«, befiehlt Kusyl.

Als die Kolonne zum Stehen gekommen ist, lenkt Lorn sein Pferd fort von der Mauer und hin zu dem Lanzenkämpfer mit der erhobenen Feuerlanze. »Ja, Lanzenkämpfer?«

Der Lanzenkämpfer zeigt zum Boden. Auf der verödeten Erde liegt ein Knochen neben den Spuren einer riesigen Katze. Der Knochen – er könnte von einem Schaf oder einer Ziege stammen – muss schon eine Weile dort liegen. Weitere Hinweise auf das Opfer der riesigen Katze sind nicht zu erkennen, und die Spuren sind sehr undeutlich, verwischt vom Regen der letzten Nacht.

»Haltet die Augen offen. Vermutlich ist es gestern geschehen.«

»Ja, Ser.«

Lorn lenkt sein Pferd wieder zur Sperrenmauer und bedeutet Kusyl, den Befehl für die Wiederaufnahme der Patrouille zu geben.

Der Morgen erwärmt sich langsam, bis die Luft fast unangenehm feucht ist. Schweiß sammelt sich unter Lorns weißer Garnisonskappe.

Das gleichmäßige Klappern der Hufe wirkt beinahe beruhigend, als sich die Zweite Einheit formiert. Die Männer reiten nun nebeneinander in einem Abstand von gut fünfzig Ellen.

Lorn unterdrückt ein Gähnen. Jetzt kann er verstehen, warum so viele Offiziere auf den Waldpatrouillen getötet werden. Sie langweilen sich auf den schier endlosen, ereignislosen Ritten und sehen sich dann unvermittelt der Gefahr einer großen Katze oder einer riesigen Wasserechse gegenüber.

Lorn verfügt inzwischen über ausreichend Wissen, das es ihm erlauben sollte, sich ein besseres Bild über seine Lage zu machen; er muss die Dinge nur von verschiedenen Seiten aus betrachten. Aber es ist schwierig, sich nach einer gewissenhaft ausgeführten, stumpfsinnigen Patrouille, während der man angestrengt Ausschau nach einem Ausbruch des Waldes hielt, noch mit dergleichen zu beschäftigen.

Plötzlich durchfährt es ihn wie ein Blitz und er sitzt aufrecht im Sattel. Auch das ist ein weiteres Stück Wissen. Er versucht sich in Erinnerung zu rufen, was Ingenieur Gebynet sagte; er sprach von groß angelegten Ausbrüchen, die auf Schösslinge folgen, welche so schnell wachsen wie der, den Lorns Einheit an der südwestlichen Seite des Verwunschenen Waldes zerstörte.

Sollte dies alles nach einem bestimmten Muster ablaufen? Lorn schüttelt den Kopf. Dann stellt sich eine zweite Frage: Wer könnte wissen, was das für Muster sind? Wer hat all die Patrouillenberichte?

Lorn nickt grimmig.

X

Gut ein Dutzend Meilen nordöstlich von Lorn jagen weiße, dicke Wolken über den Himmel, sie haben es eilig, zu den Westhörnern zu kommen. Zwischen den Wolken fallen immer wieder einzelne Lichtstrahlen zur Erde. Direkt über ihm ist der grünblaue Nachmittagshimmel beinahe klar. Von Zeit zu Zeit weht ein leichter Wind, aber meist ist es windstill.

Jenseits des Ödlands und der äußeren Straße fangen das Gras und die weiter entfernten Felder und Wälder langsam zu grünen an, das Winterlaub nimmt wieder die Frühlingsfarbe an und die neuen Blätter und Triebe strahlen in hellem Grün.

Lorn blickt nach links auf die lange Reihe der Lanzenkämpfer der Zweiten Einheit, die über das Ödland reitet. Dahinter sieht er die Männer der Ersten Einheit. Lorn kann sogar die runde Gestalt von Olisenn in der Nähe der Mauer erkennen.

Nach fast sieben Tagen auf Patrouille mit einem Tag Pause in Ostend – praktisch eine Nachbildung von Westend – ist Lorn froh, dass sie bald die Kaserne in Nordend erreichen. Diesen Ort nennen die Soldaten jedoch nur Kaserne oder Jakaafra, genauso wie die Kaserne in Geliendra meistens mit dem Namen der nahe gelegenen Stadt bezeichnet wird statt mit dem offiziellen Namen Südend.

»Ser! Grün voraus!«

»Grün voraus ... direkt vor uns!« Der Ruf wird von den anderen Lanzenkämpfern wiederholt und so weitergegeben an Lorn und Kusyl.

Lorn schüttelt den Kopf, während er den Wallach im Trab zum Lanzenkämpfer mit der erhobenen Feuerlanze lenkt.

»Anhalten! Anhalten!« Nachdem Kusyl den Befehl hinausgebellt hat, folgt er dem Hauptmann der Kompanie.

Truppenführer und Hauptmann kommen gut dreißig Ellen vor dem Schössling zum Stehen, den der Lanzenkämpfer gesichtet hat. Mit einer Höhe von nicht einmal zwei Ellen sind die zwei grünen Blätter viel kleiner als die, die Lorn auf seinem Ritt – oder seiner Patrouille – nach Jakaafra gesehen und zerstört hat, und sie erscheinen ihm auch viel schmächtiger und kümmerlicher. Lorn vermag nur ganz wenig von der Schwarzen Ordnung zu fühlen, die hinter der Sperrenmauer lauert, aber trotzdem betrachtet er die Pflanze lange.

»Ser?«

»Verbrennt sie. Jeweils zwei Feuerlanzen sollen gleichzeitig feuern«, befielt Lorn dem Truppenführer.

»Ja, Ser. In Zweierreihen aufstellen!«, gibt Kusyl den Befehl weiter. »Fertig machen zum Feuern!«

Nachdem sich die in einer Linie aufgestellten Lanzenkämpfer der Zweiten Einheit in die standardmäßige Zweierkolonne umformiert haben, sieht Kusyl Lorn an.

Der Hauptmann der Kompanie nickt.

»Vorrücken und feuern!«

Unter der warmen Nachmittagssonne sieht Lorn dem Schauspiel zu. Der Schössling verwittert unter den

Chaos-Flammen der Feuerlanzen, und es bleibt nichts zurück als schwarze Asche, die zu Pulver zerfällt und mit einem leichten Windstoß in alle vier Winde verstreut wird. Dann kehrt wieder Windstille ein.

Lorn sieht zu, wie die Asche sich verteilt, und lässt seine Chaos-Ordnungs-Sinne in die Erde wandern, doch von einer unterirdischen Ordnungs-Quelle ist nichts zu spüren. Dann holt er eine Schriftrolle heraus und reitet zur Mauer, um sich den Standpunkt der Sperre zu notieren, bevor er einen Kurier damit zu den Ingenieuren nach Ostend schickt. Er weiß, dass die Ingenieure nichts mehr finden werden, aber das schreibt er natürlich nicht. Auch notiert er den Vorfall für sich selbst noch einmal in seinem eigenen kleinen Notizbuch.

Er lässt das Stirnrunzeln von seinem Gesicht verschwinden und reitet zurück – an Olisenn vorbei. Es bereitet ihm Kopfzerbrechen, dass der Schössling so klein war, besonders nachdem er die mächtige dunkle Ordnung gespürt hat, die hinter den weißen Granitsteinen der Sperrenmauern lauert.

XI

Lorn legt die Feder mit der Bronzespitze zur Seite. Der zweite Patrouillenbericht ist endlich fertig. Der Hauptmann legt das Papier zum Trocknen auf den Rand des Schreibtischs und dreht sich herum, um aus dem Fenster zu blicken, hinaus auf die Wolken, die von Süden herangeweht werden und sich im Norden zusammenbrauen. Bei der feuchten Wärme am Morgen und den Wolken zweifelt Lorn nicht mehr daran, dass es bald regnen wird, vielleicht sogar für mehrere Tage. Doch die Zweite Kompanie wird am nächsten Morgen wieder auf

Patrouille gehen, ganz gleich ob es nun regnet oder nicht.

Er wendet sich wieder dem Schreibtisch zu und reibt sich nachdenklich das glatt rasierte Kinn, bevor er nach dem Patrouillenhandbuch greift, das Maran ihm gegeben hat und das bereits erste Flecken und Eselsohren davongetragen hat. Unwillkürlich vergleicht er es mit dem alten und makellos silbrig glänzenden Buch, das Ryalth ihm geschenkt hat. Dann schüttelt er den Kopf und zwingt seine Gedanken, zu dem Handbuch zurückzukehren, in dem er etwas sucht, was er schon einmal gelesen hat – zumindest bildet er sich das ein.

> *... ein Hauptmann der Lanzenkämpferkompanie kann weder Brüche in der Sperrenmauer verhindern noch kann er die feindseligen Raubtiere des Verwunschenen Waldes davon abhalten, durch diese Brüche zu entkommen, aber er muss alles tun, was in seiner Macht steht, um sicherzustellen, dass diese Untiere vernichtet werden, bevor sie den Ödlandstreifen verlassen und Schaden anrichten können, sei es unter den Menschen in Cyador, deren Vieh oder auf deren Land.*
>
> *Ein kluger Hauptmann wird seine Truppen so lenken, dass die Lanzenkämpfer nicht unnötigen Gefahren ausgesetzt werden und die Zahl der Verwundeten so niedrig wie möglich gehalten wird, während er gleichzeitig dafür Sorge zu tragen hat, dass so viele Tiere des Waldes wie nur irgend möglich getötet werden, bevor sie Schaden anrichten können ...*

Lorn schnaubt, als er das Handbuch sinken lässt. *Töte die Bestien, aber verlier dabei keine Männer; und ein kluger Hauptmann weiß, wie das alles zu bewerkstelligen ist.* Nur, das Handbuch gibt keinerlei Anleitung für das Verhalten in solch einer Lage – bloß Warnungen.

Der Hauptmann denkt noch eine Weile still nach,

dann steht er auf und holt die Truhe hervor, in der die Patrouillenberichte aufbewahrt werden. Nur die der letzten fünf Jahre, erinnert er sich, als er die Truhe auf den Tisch stellt und aufsperrt.

Er setzt sich wieder und blättert noch einmal die alten Berichte durch, um einem Gedanken nachzugehen, der ständig in ihm nagt. Er liest die Berichte über Hauptmann Dymytris Amtszeit ein weiteres Mal durch; dabei interessiert er sich besonders für die Ereignisse, über die der Hauptmann während seiner letzten Jahreszeit berichtet. Lorn versucht sich auf die Einzelheiten zu konzentrieren, die ihn weiterbringen könnten.

… Ast fiel über die Mauer am mittleren Chaos-Turm zwischen Nord und West … Verwundete: 2. …

… Stamm (Durchmesser: zwanzig Ellen) durchtrennte Chaos-Kabel, wobei eine Steinreihe der Mauer zerstört wurde … Angriff von drei großen Katzen und einer Wasserechse … eine Katze entkam … Verwundete: 4. …

… langer Ast ragte über die Sperrenmauer siebzig Ellen ins Ödland hinein … Nachtleopard griff Ingenieure an …

Lorn runzelt die Stirn. Nachtleopard? Ein solches Tier ist ihm bisher noch nicht untergekommen. Oder hatte er es bisher nur überlesen? Er liest weiter in den Patrouillenberichten, die von mehr als nur ein paar kleinen Problemen zeugen.

… Bruch, verursacht von zwei Stämmen … fünfhundert Ellen Sperrenmauer nicht funktionsfähig … Verwundete: 15. …

… Ast fiel während eines schweren Unwetters … Verwundete: 4. …

Beinahe sofort danach kehren die Berichte zum Alltagsgeschehen zurück: *Planmäßige Patrouille. Keine Waldaktivitäten.*

Lorn sinkt nachdenklich in den Stuhl zurück. Vor drei Jahren vom Spätfrühling bis zum Frühsommer beschrieben Dymytris Berichte eine wahre Flut von Ästen und umgestürzten Stämmen, die beinahe hunderte von Sperren kosteten; fast drei Züge Lanzenkämpfer und Ingenieure wurden verletzt, und mindestens zwanzig Lanzenkämpfer verloren bei diesen Ereignissen das Leben. Während jener Zeit konnten mehrere Dutzend der wilden Tiere aus dem Verwunschenen Wald flüchten. Dann endeten die Ausbrüche schlagartig und kurz danach verschwand Hauptmann Dymytri einfach so oder wurde getötet, ohne dass dies in den Berichten Erwähnung fand.

Lorn legt die Papiere zurück in die Truhe und fügt seinen eigenen neuesten Bericht hinzu. Er steht auf und stellt die Truhe zurück auf den Boden, dann geht er zum Fenster und betrachtet die dicken Wolken und das Banner der Zweiten Kompanie, das über der Kaserne weht. Der grüne Wimpel mit der Zahl Zwei in der Mitte wird vom stetigen Wind fast gerade gehalten und flattert nur wenig.

Als jemand an die Tür klopft, dreht Lorn sich um. »Ja? Bitte!«

Olisenn tritt ein und lässt die Tür offen stehen. Er verbeugt sich: »Eine Schriftrolle für Euch, Hauptmann Lorn. Ein Kurier aus Stadt hat sie gebracht.«

Lorn nimmt die Nachricht entgegen, die ihm der Haupttruppenführer bringt. Lorn fühlt zwar, dass jemand das Siegel entfernt und erneut erwärmt hat, aber er nimmt die Rolle ohne zu zögern und stellt sich so hin, dass er sie über den Schreibtisch hält. »Danke.« Noch bevor sich Olisenn in das vordere Arbeitszimmer zurückziehen kann, erbricht Lorn das blaue Siegel, ohne es näher zu betrachten, und lässt das Wachs auf den goldgelben Schreibtisch fallen.

Lorn beginnt sofort zu lesen.

Verehrter Lanzenkämpferhauptmann Lorn …

ich freue mich, Euch mitteilen zu können, dass die Waren, die Ihr im Hause Ryalor bestellt habt, angekommen sind. Sobald Ihr die Güter einer Überprüfung unterzogen habt, werden wir sie gern an einen Ort Eurer Wahl liefern …

Lorn gelingt es, weder zu lächeln noch die Stirn zu runzeln.

»Ser? Werden meine Dienste noch gebraucht?«

»Oh … nein. Entschuldige, Olisenn. Es ist eine private Angelegenheit … Es geht um eine Bestellung.« Lorn lächelt den dicken Haupttruppenführer an. »Du kannst gehen.«

»Ja, Ser.« Olisenn verbeugt sich ehrerbietig, dann verlässt er das hintere Arbeitszimmer und schließt leise die Tür hinter sich.

Lorn liest weiter.

Wir würden Euch zur Eile raten mit der Kiste Fhynyco und den zwei Kisten Alafraan, warten jedoch auf Eure Anweisungen, verehrter Ser.

Die Nachricht ist unterzeichnet und gesiegelt von einem gewissen Dustyn, Kommis für Spirituosen und Getränke, und als Zusatz steht Folgendes unter dem Siegel: *Hinter dem Hauptplatz, Jakaafra.*

Obwohl Lorn keinen Zweifel daran hat, dass Ryalth die Weine geschickt hat, um ihm den Dienst zu versüßen, fragt er sich doch, was wohl noch mit der Warensendung gekommen ist … vielleicht eine Schriftrolle, die noch niemand gelesen hat.

XII

Der warme, dampfende Frühlingsregen umhüllt den Palast des Lichts; im privaten Arbeitszimmer des Kaisers und seiner Gemahlin steht Toziel am großen Fenster und blickt auf den Hafen hinunter, den er durch den dicken Nebel kaum erkennen kann.

Er dreht sich um, betritt jedoch nicht den analerianischen Wollteppich, der mit seinen gedämpften Grüntönen und den goldenen geometrischen Mustern schon seit der Zeit des Kaisers Alyiakal das Arbeitszimmer schmückt. »Ich mache mir Sorgen. Ich sollte mich von so einer Kleinigkeit nicht beunruhigen lassen und doch tue ich es. Du hast vielleicht bemerkt, dass ich nicht so gut schlafe wie sonst.«

»Ja, das habe ich.« Kaiserin Ryenyel lächelt wissend und liebevoll. »Um welche Kleinigkeit handelt es sich denn?«, fragt sie nach ein paar Sekunden und sieht auf von dem Schwarzeichentisch, an dem sie sitzt – dem einzigen Möbelstück im ganzen Palast des Lichts, das aus dunkler Eiche gefertigt ist.

»Der Mord an dem Händler.« Ein karges und freudloses Lächeln erscheint auf den Lippen des Kaisers.

»Das ist in der Tat eine Nichtigkeit … Aber … wenn du dir so viele Gedanken darüber machst, könnte es der erste Trieb einer giftigen Pflanze sein. Erzähl mir davon.« Sie lächelt warm und herzlich. »Wenn du willst.«

»Ich habe keine Geheimnisse vor dir, meine Liebe.«

»Das darfst du auch nicht; nicht, wenn ich dir helfen soll.«

»Du … du warst mir immer eine große Hilfe, ohne dich … Aber das wissen wir beide …« Er zuckt die Schultern und wendet sich wieder dem Nebel zu.

»Genug der Schmeicheleien, so gern ich sie auch hören mag.«

Toziel räuspert sich. »Bluoyal'mer hat vor einigen Achttagen meine Aufmerksamkeit auf diese Angelegenheit gelenkt, er hat sie jedoch nur einmal erwähnt. Ich habe diesen Vorfall von Anfang an nicht auf die leichte Schulter genommen. Der Haupterbe des Yuryan-Händlerklans wurde vor fast einer Jahreszeit ermordet. Er starb durch einen Säbel, der mit Chaos getränkt war, ein Lanzenkämpfersäbel, so behaupten die Magi'i. Am Tag nach dem Mord holte jemand einen eisernen brystanischen Säbel bei einem Cupritschmied ab, welcher den Säbel mit Cupridium beschichtet hatte. Der Händler zeigte eine gestohlene Dyjani-Plakette als Vollmacht vor und bezahlte zehn Goldstücke für die Arbeit. Der Cupritschmied und sein Geselle wurden von mehreren Magi'i auf die Wahrheit hin überprüft; beim Wahrlesen wurde ihre Geschichte bestätigt. Der Meister und sein Geselle schwören beide, dass die Klinge sich in ihrem Besitz befand und noch nicht fertig war, als der Mord begangen wurde. Der Geselle schwört Stein und Bein, dass der Buchhalter, der die Klinge abholte, bestimmt keine Ahnung von Waffen hatte.« Toziel fährt herum und blickt seine Gemahlin an.

»Wer wird nun erben?«, fragt Ryenyel.

»Veljan – ein geeigneterer Mann, wie man hört. Aber …«

»Was, aber?«

»Seine Gemahlin ist die Tochter von Liataphi, dem Dritten Magier der Magi'i. Liataphi hat keine Söhne und Erben. Dieser Veljan ist ehrlich und aufrichtig. Zu ehrlich und aufrichtig, wie ich meine.«

»Das wäre zu offensichtlich«, bemerkt Ryenyel. »Liataphi ist zu intelligent und zu schlau, um dergleichen zu tun. Er würde erkennen, dass solch eine Tat Licht auf ihn werfen würde wie zwanzig Lampen.«

»Aber … wer könnte wollen, dass es den Anschein hat? Und warum?«

»Wer sonst könnte daraus einen Nutzen ziehen, vielleicht einen weniger offensichtlichen Nutzen?« Ryenyel steckt die Feder mit der Cupridiumspitze zurück in den Halter auf der linken Seite des Schreibtischs.

»Rynst'alt mit Sicherheit.«

Ryenyel schüttelt den Kopf.

»Oh … Luss'alt vielleicht?«

»Luss'alt könnte daran interessiert sein, aber er ist nicht im Stande, sich solch einen Plan auszudenken. Ich würde sagen, dass Kharl'elth derjenige ist, dem es am meisten nützt.«

Toziel nickt. »Wenn man es so sieht …«

»Was denkt die *Hand?*«

»Er hat nur wenig darüber gesagt, außer dass es sich seiner Meinung nach um eine reine Handelsangelegenheit oder einen persönlichen Racheakt handelt; und Handelsrivalitäten sollten am besten unter den Händlern ausgetragen werden. Er meint, die Hand sollte sich nicht in den Handel und die persönlichen Angelegenheiten der Händler einmischen, das würde nur zu noch mehr Unglück führen.«

»Waren seine Ratschläge denn bisher hilfreich?«

»Sehr oft.«

»Dann ist es unwahrscheinlich, dass hier ein Komplott geschmiedet wird, obwohl viele davon profitieren könnten.« Ryenyel lächelt. »Nun, mein Lieber … so würde es am logischsten erscheinen, aber nicht alle Verschwörer denken so logisch. Du musst …«

»Ich weiß … kleine Fallen stellen, um zu sehen, wer sie versteht und sie benutzen würde oder wer sich weigert zu verstehen.« Toziels Lachen klingt freudlos.

»Dennoch«, fährt Ryenyel fort, »ist da immer noch die Sache mit dem Säbel. Wer könnte denn damit umgehen? Keiner der Magi'i, wage ich zu behaupten, denn die tödliche Gefahr ist zu groß für sie. Keiner der Lanzenkämpfer könnte aus den Besonderheiten dieser Waffe einen Nutzen ziehen. Und die Händler können weder mit dieser Macht umgehen noch sie verstehen.«

»Dann gibt es also zwei Verschwörungen?« Toziel runzelt die Stirn. »Und der zweite Verschwörer ist ein Nachkomme von Alyiakal?«

»Nur im Geiste«, meint Ryenyel ruhig. »Du musst vorsichtig sein, denn ich bin sicher, keiner weiß vom anderen und das sollte auch weiterhin so sein.«

Nach einem Augenblick der Stille nicken beide.

Draußen lichtet sich der Nebel langsam, die Sonne durchdringt bereits den Frühlingsregen, und das Grün in der Stadt des Lichts fordert Cyad vom graugrünen Winter zurück.

XIII

Der Regen des vorangegangenen Tages hat aufgehört. Die Luft ist warm, feucht und dumpf, und das schon am frühen Morgen. Die Zweite Kompanie schickt sich an, den ersten Zwischenposten südöstlich von Jakaafra zu verlassen. Das Ödland ist noch matschig, niedrige Pfützen bedecken das Land und die ersten Stechmücken summen bereits durch die Luft. Nebel hängt über dem Verwunschenen Wald und den Sperrenmauern. Die Sonne erhellt kaum die Felder im Osten, nur ein verschwommener orangeweißer Ball steht am Himmel, der eher neblig grün wirkt als blau.

»Wird ein heißer Tag werden, besonders der Nachmittag, Ser«, meint Kusyl zu Lorn.

»Sehr heiß.« Lorn wirft einen Blick auf die Sperrenmauer, die sich fast eine Meile entfernt befindet, und auf die Nebel, die die dicken Stämme hinter der Mauer einhüllen. Irgendetwas ist nicht so wie sonst. Er sieht Kusyl an. Am Morgen des zweiten Patrouillentages wird die Zweite Einheit auf der Perimeterstraße reiten, während Olisenns Erste Einheit auf der inneren Straße patrouillieren wird. »Kusyl – heute Morgen werde ich mit der Ersten Einheit reiten und erst am Nachmittag mit der Zweiten.«

»Ja, Ser.« Die freundliche Stimme des Truppenführers lässt keine Gefühlsregung erkennen.

Wenn die Lanzenkämpfer in einer Reihe nebeneinander reiten und die Pferde sich durch den Schlamm schleppen müssen, wird der Tag lang werden. Verweilen sie jedoch auf der Straße, bleiben zu viele Waldausbrüche unentdeckt, besonders Wurzeln und neue Schösslinge, die während des Sturmes der vorangegangenen Nacht über die Sperrenmauern getragen wurden. Lorn lenkt den Wallach gen Süden und versucht zu Olisenn und seinem mächtigen Pferd aufzuholen. Geistesabwesend wischt er eine lästige Mücke beiseite.

Lorn lässt sich nicht aufhalten vom Brummen einer Blumenfliege, die soeben ihren Tod im Chaos-Netz findet, das die Sperren aufrecht erhält. Aber dieses Geräusch erinnert ihn auch daran, dass das harmlose Bild in Wirklichkeit gar nicht so friedlich ist wie es scheint.

Beim Klappern von Hufen dreht sich Olisenn im Sattel um und wirft Lorn, der auf ihn zureitet, einen verwunderten Blick zu. »Ser?«

»Ich werde heute Morgen mit der Ersten Einheit reiten.«

»Wie es Euch beliebt, Ser.«

Die zwei reiten schweigend und langsam dahin, während die Lanzenkämpfer hinter ihnen sich nebeneinander zu einer Reihe formieren und den Streifen zwischen Mauer und der Straße absuchen.

»Aufschließen, da hinten!«, ruft Olisenn – mehr als nur einmal.

Lorn sagt nichts und befiehlt nichts, er beobachtet nur. Als die Reihe formiert ist und er und Olisenn zu beiden Seiten der Straße reiten, richtet Lorn seine Aufmerksamkeit ganz auf die Sperrenmauer.

Obwohl die Mauer so aussieht wie immer, stimmt doch irgendetwas nicht. Der relativ gleichmäßige Chaos-Fluss – wenn man Chaos-Energie überhaupt als gleichmäßig bezeichnen kann –, der in den Cupridiumkabeln verläuft und in das Netz hinaufgeleitet wird, das den Verwunschenen Wald zurückhält, ist heute anders. Das Chaos fließt zwar ohnehin nicht immer gleich, es verändert sich ständig, aber der Fluss an sich verläuft grundsätzlich ziemlich gleichmäßig, was Stärke und Dauer betrifft. Lorn ist sich nicht sicher, ob dies die richtigen Bezeichnungen sind, aber er empfindet es zumindest so. Heute Morgen pulsiert das Chaos unregelmäßiger, es gibt lange Impulse, die sich *flacher* anfühlen, und dann wieder welche, die kaum zu spüren sind.

Nach einer Weile betrachtet Lorn die Straße und das Ödland hinter Olisenn, der links von ihm reitet, aber es gibt keine Anzeichen von Schösslingen, Sämlingen oder Wurzeln. Geschweige denn von umgestürzten Baumstämmen.

Während die Lanzenreiter so langsam wie noch nie durch den Schlamm des Ödlands reiten und der Morgen vergeht, beobachtet Lorn weiter und versucht, Augen und Sinne nicht zu überanstrengen, aber er weiß, dass irgendwo an der Mauer etwas nicht stimmt. Er weiß allerdings auch, dass es seine Stellung in den kommenden Jahreszeiten sehr schwächen würde, gäbe er dieses Wissen jetzt preis. Also reitet er weiter und hält die Augen offen. Frühlingshitze und Feuchtigkeit nehmen stetig zu. Dies macht den Männern sehr zu schaffen, aber das Gute daran ist, dass der Schlamm des Ödlands dadurch allmählich fester wird und damit das Fortkommen sich weniger anstrengend gestaltet.

Irgendwann kurz vor Mittag entdeckt Lorn schließlich eine dunkle Linie am Horizont; eine Linie, die eigentlich gar nicht da sein dürfte.

»Die Männer sollen genauer beobachten«, befiehlt er Olisenn schließlich.

»Strengt eure Augen an, sagt der Hauptmann!«, gibt der Haupttruppenführer den Befehl weiter. »Seht genauer hin!«

»Ser! Ein umgestürzter Stamm! Umgestürzter Stamm!«

Die schwarze Linie ist nun für alle Lanzenkämpfer sichtbar; ein riesiger Stamm, der mehr als hundert Ellen aus der Sperrenmauer ragt und der an seinem entwurzelten Ende dicker ist als der Teil der Mauer, der über dem Boden sichtbar ist.

Lorn wirft einen Blick auf die nächste Sperre und schüttelt den Kopf. Die nächste Ingenieurkompanie befindet sich jenseits des Mauerbruchs; einen Kurier ohne Eskorte am Stamm vorbeizuschicken wäre verwegen in Anbetracht der Tiere, die der Wald in der Zwischenzeit bestimmt schon ausgeschickt hat. »Olisenn. In Zweierreihen auf der Straße aufstellen!«

»Ser?«

»Auf die Straße! Ein einzelner Lanzenkämpfer hat gegen eine Katze in diesem Schlamm keine Chance.«

Der Haupttruppenführer nickt und dreht sich um. »Erste Einheit! In Zweierreihen auf die Straße! In Zweierreihen auf die Straße!« Olisenns Stimme donnert übers Land und die Lanzenkämpfer lenken ihre Pferde zum Lanzenkämpferhauptmann und dem Anführer der Ersten Einheit.

»Schick einen Kurier zu Kusyl«, fügt Lorn hinzu. »Sie sollen sich auf der Perimeterstraße in Zweierreihen aufstellen – und die Kuriere sollen sich fern halten vom Stamm.« Lorn wischt sich den Schweiß fort, der sich unter der Garnisonskappe angesammelt hat.

»Ja, Ser.«

Der Hauptmann reitet an der sich formierenden Einheit vorbei, die Fingerspitzen berühren die Feuerlanze in der Halterung und stellen fest, dass die Waffe voll geladen ist. Seine Augen wandern zur Mauer, dann schickt er seine Sinne aus. Das Chaos-Netz ist zwar noch intakt, aber sehr schwach. Auf der Höhe des umgestürzten Stammes wird das Chaos nichts mehr aufhalten können von dem, was der Verwunschene Wald über die Mauer zu werfen beabsichtigt, die in etwa einer Meile nur noch aus bloßem Granit besteht.

»Vyon! Meldung an Truppenführer Kusyl. Vom Hauptmann. Sie sollen sich in Zweierreihen auf der Perimeterstraße aufstellen und so vorrücken. Fertig machen zum Angriffe abwehren!«

»Ja, Ser.«

Lorn überlegt noch einmal und überprüft seine Klinge, dann schweift sein Blick zurück auf den riesengroßen Stamm. Je näher die zwei Einheiten dem mächtigen Baum kommen – eine graubraune Mauer, beinahe schon schwarz –, desto mehr versteht Lorn die Besorgnis, die Maran und Kommandant Meylyd über den Verwunschenen Wald geäußert haben. Der Stamm lässt jedes Feuerschiff, das Lorn bisher gesehen hat, zwergenhaft erscheinen, und würde er aufrecht stehen, würde er den Palast des Lichts um mindestens fünfzig Ellen überragen.

Kleine katzenartige Tiere laufen über den Stamm und springen ab, noch bevor sie die abgebrochenen Zweige der leuchtend grünen Baumkrone erreichen. Einige haben sich sogar schon ein Stück weit vom umgestürzten Blattwerk entfernt.

Der umgefallene Stamm ragt etwa fünfzehn Ellen über die Sperrenmauer, eine dunkle Masse, die im rechten Winkel zur Sperrenmauer liegt. Nur die unterste Steinreihe der Mauer ist noch sichtbar. Doch das Granit der Mauer scheint gehalten und sich wie eine Axt in den

Stamm geschlagen zu haben; der Stamm liegt fest verkeilt auf der Mauer. Aber, so erinnert sich Lorn, unter den fünf sichtbaren Ellen der Mauer befinden sich fünfzig Ellen Granitfundament auf solidem Fels, verstärkt mit Chaos, das in Ordnung gebunden ist.

»Lanzen vorbereiten«, sagt Lorn gelassen zu Olisenn.

»Erste Einheit, Lanzen bereit. Lanzen bereit!«

Zwei schwarzgraue Gestalten scheinen sich vom Stamm aus in die Länge zu ziehen, dann springen sie ab. Lorn blinzelt und stellt plötzlich fest, dass zwei riesige Katzen auf ihn zustürzen, mit großen Sätzen verringern sie die Entfernung schneller als ein galoppierendes Pferd oder ein rasender Feuerwagen.

»Lanzen anlegen. Fertig machen zum Feuern!« Olisenns Befehle klingen ziemlich ruhig. »Feuer frei!«

Lorn versucht ebenfalls gelassen zu bleiben, er legt die Feuerlanze an und zielt auf die führende der zwei Riesenkatzen.

Ein schmaler Chaos-Strahl fliegt durch die Luft und scheint einen Bogen zu verfolgen, um die Katze zu treffen. Der halb verbrannte Körper überschlägt sich.

Die zweite Katze macht noch einen Satz, bevor Lorns Blitz sie in die Brust trifft.

Lorn lenkt den Wallach Richtung Mauer und dreht sich im Sattel, um zu sehen, wohin Olisenns Lanze wohl zielt, aber die Augen des Truppenführers sind starr auf den Stamm gerichtet, der nur noch weniger als zweihundert Ellen entfernt liegt.

»Kompanie halt!«, befiehlt Lorn.

»Kompanie halt!«, hallt Olisenns Stimme nach.

»Wir reiten nun in Fünferreihen«, schlägt Lorn vor.

»Fünferreihen! Bleibt auf der Straße.«

Lorn wirft einen Blick nach Nordosten, doch er sieht nur, wie sich die Zweite Einheit aufstellt, und bemerkt eine Reihe von Flammen; es sind feuernde Feuerlanzen.

Eine Gruppe von kleineren Katzen – Nachtleoparden? –,

jede vielleicht zehn Stein schwer, flitzt auf die Erste Einheit zu.

»Feuer frei!«, befiehlt Lorn und nimmt den Wallach herum, sodass er mit der Lanze zielen und gleichzeitig Olisenn weiter beobachten kann.

»Feuer frei. Auf kurze Entfernung schießen! Auf kurze Entfernung!«, schreit Olisenn.

Drei der Katzen werden getroffen. Eine vierte taucht unter der Lanze eines Mannes auf und die Lanze fällt, bevor der Lanzenkämpfer – und Lorn – darauf reagieren können; der Mann geht zu Boden.

Drei schnelle Schüsse aus einer Feuerlanze verbrennen Rücken und Schulter einer kleineren Katze. Die Katze zuckt und stürzt. Der gefallene Lanzenkämpfer bewegt sich nicht mehr.

»Feuer einstellen! Lanzen sichern!«, ruft Olisenn.

Zwei der Katzen rennen zurück zum graubraunen Stamm, klettern geschickt hinauf und laufen auf dem Baum entlang fort von der Sperrenmauer und zur zerstörten Baumkrone.

»Gythet ist tot, Ser«, meldet einer der Lanzenkämpfer an Olisenn.

»Bindet ihn auf sein Pferd, schnell«, antwortet der Truppenführer.

Lorn wendet sein Pferd nach Nordosten und reitet parallel zum Stamm, jedoch in einer Entfernung von gut hundertfünfzig Ellen. Er wirft einen Blick zurück auf Olisenn. »Wir müssen um die Krone herumreiten. Nur so können wir einen sicheren Kurier nach Ostend schicken.«

»Äh … ja, Ser. Aber in den Wipfeln der gefallenen Bäume verbergen sich erfahrungsgemäß viele Tiere. Sie warten, bis der Baum fällt, dann laufen sie über den Stamm und verstecken sich in den Blättern. Dort lauern sie.«

»Das weiß ich. Wir werden in einem weiten Bogen um den Baum herumreiten.«

»Aufstellen! Lanzen bereithalten. Folgt dem Hauptmann.«

Nach Olisenns Befehl lässt Lorn den Wallach so langsam gehen, dass er bald hinter Olisenn reitet. Ein kaum wahrnehmbares Stirnrunzeln verfinstert für kurze Zeit das Gesicht des Truppenführers, verschwindet jedoch bald wieder und wird abgelöst von einem fachkundigen, aber sonst ausdruckslosen Blick.

Weder Lorn noch Olisenn sprechen ein Wort, während die Kolonne in einiger Entfernung parallel zum Stamm reitet, hin zu den zerbrochenen und geknickten Ästen der Baumkrone, die einen kleinen Hügel formen.

Der Hauptmann hätte am liebsten den Kopf geschüttelt, sieht jedoch davon ab. Im Getümmel des Angriffs vorhin hatte er völlig vergessen, dass Olisenn eine genauso große Gefahr darstellt wie die Bestien des Verwunschenen Waldes. Lorn hält seine eigene Feuerlanze bereit, diese verfügt jedoch nur noch über einen Bruchteil ihrer ursprünglichen Chaos-Ladung. Von seiner Position aus kann er den Truppenführer und gleichzeitig den gefallenen Waldriesen beobachten.

Kusyl kommt zu Lorn geritten. Sein linker Ärmel ist zerrissen, Blut ist jedoch keines zu sehen. »Ser.«

»Wie viele Opfer?« Lorn wirft einen Blick auf die Einheit und macht mindestens einen leeren Sattel aus.

»Zwei Tote, Ser. Zwei Verletzte.«

»Ein Toter, Ser. Ein Verwundeter«, fügt Olisenn hinzu. »Bis jetzt.«

Plötzlich raschelt und knistert es zwischen den Ästen und alle drei Männer fahren gleichzeitig herum. Ein Ast, mehr als zwei Ellen dick, fällt aus der Krone, zerbrochen von dem, was auch immer da im Grün wüten mag.

Der leichte Südwind weht einen moschusähnlichen, beißenden Gestank und den Geruch von zermalmten Blättern zu ihnen herüber.

»Fertig machen zum Feuern!«, ruft Lorn schnell. Etwas, das Äste mit einer Dicke von zwei Ellen bewegen und dessen Kraft die ganze Baumkrone erzittern lassen kann, wird mit einer einzigen Feuerlanze wohl nicht zu bewältigen sein.

»Fertig machen zum Feu…«

Olisenns Befehl geht in dem Getöse aus raschelnden Blättern und brechenden Ästen völlig unter.

Ein tonloser, lähmender Wutschrei hämmert förmlich auf Lorn und sein Pferd ein, die anderen vermögen diesen Laut wohl nicht zu hören. Der Wallach taumelt und tänzelt zur Seite. Lorn möchte sich die Hände an die Schläfen pressen, so stark sind die Schmerzen, und für einen Augenblick kann er nichts sehen, es ist, als hätte ihm jemand ein Messer in die Augen gestoßen.

Er blinzelt durch die nicht aufzuhaltenden Tränen und sieht ein Ungeheuer aus der zerschmetterten Baumkrone kriechen, die Äste schiebt es wie nasses Papier zur Seite.

Eine riesige, graue Echse stampft da heraus – sie ist so groß, dass man meint, der graue Stamm winde sich plötzlich und wachse – und bewegt sich auf Kusyl und die Zweite Einheit zu. Die Echse misst mindestens fünf Ellen bis zur Schulter und mehr als zwanzig Ellen in der Länge; und so trampelt das Tier auf die Männer der Zweiten Einheit zu. Eine schwarze Zunge hängt ihm aus dem Maul und sieht aus wie eine Peitsche.

Schon vor dem furiosen Ordnungs-Angriff sind drei der Pferde aus der Zweiten Kompanie in die Knie gegangen. Ein Lanzenkämpfer will nach seiner Lanze greifen und bemerkt dabei nicht die enorme Geschwindigkeit der Echse. Die mit Schwimmhäuten verwachsenen Klauen des linken Fußes blitzen auf und der Lanzenkämpfer verschwindet darunter.

Lorn zuckt zusammen. »Feuer frei! Feuern! Los!«

Eine einzige Feuerlinie flammt aus der Lanze eines Lanzenkämpfers der Zweiten Kompanie, doch die Chaos-

Flamme kann der grauen Haut der ungeheuerlichen Wasserechse nichts anhaben.

Als Antwort auf die nun folgenden zahlreichen Chaos-Blitze schwingt die Echse den Kopf von einer Seite zur anderen und hält dann inne, als überlegte sie, welcher Lanzenkämpfer ihr nächstes Opfer sein soll.

Ohne nachzudenken, steckt Lorn die Feuerlanze zurück in die Halterung; er zieht den Lanzenkämpfersäbel und zwingt das Chaos aus der Umgebung in die Klinge. Dann drückt er dem Wallach die Fersen in die Flanken. Das Pferd schaudert. Erst als Lorn seine Absätze förmlich in die Seite des Wallachs bohrt, bewegt sich der Weiße, zuerst nur langsam, dann fällt er in einen schnellen Trab.

Lorn reitet von hinten auf den Kopf der Echse zu. Er hofft, dass die Echse ihm noch ein paar Sekunden Zeit lässt, bevor sie den Kopf nach hinten wendet.

Plötzlich fährt die riesige Schnauze blitzschnell herum.

Lorn schleudert den Säbel mit all seiner Kraft auf das Ungeheuer. Der mit Chaos getränkte Cupridiumsäbel wirbelt durch die Luft, und Lorn zwingt die Säbelspitze, Kopf oder Auge der Echse zu treffen. Als das Schwert einschlägt, beugt sich Lorn kraftlos über den Hals des Wallachs und lenkt ihn weg von der Wasserechse, die ihr riesiges Maul aufreißt und heißen Atem verströmt. Er reitet zur Zweiten Einheit und zieht seine fast leere Feuerlanze aus der Halterung.

Dem zweiten tonlosen Ordnungs-Schrei folgt ein lautes Grunzen. Dann krümmt sich die Echse, schlägt wild um sich, und eine schwimmhäutige Klaue zerrt an dem Säbel, der aus dem tellergroßen Auge ragt.

Lorn fühlt das wütende Feuer im Schädel der Echse – der Krieg zwischen Ordnung und Chaos ist entflammt. Er beruhigt den zitternden Wallach.

Kusyl blickt den Hauptmann verblüfft an.

»Feuer frei!«, ruft Lorn Kusyl zu.

»Alle Mann feuern!«, hallt das Echo des Untertruppenführers.

»Auf den Kopf zielen!«, befiehlt Lorn.

»Auf den Kopf!«, rufen Olisenn und Kusyl gleichzeitig.

Die Chaos-Strahlen aus den Feuerlanzen bombardieren die um sich schlagende Echse und erlöschen langsam, als Lanze um Lanze entladen ist.

Der lange Schwanz peitscht zur Seite und in die Luft.

Lorn kann nicht einmal mehr schreien, um einen Lanzenkämpfer aus der Ersten Einheit zu warnen, der zu nahe herangeritten ist und getroffen wird. Der Schwanz bewegt sich wie eine Schlange langsam auf und ab und stampft sich in den Boden, schlägt den toten Lanzenkämpfer mitsamt seinem Pferd zu Brei.

Der letzte für die anderen unhörbare Schrei geht Lorn durch Mark und Bein, es ist ein verzweifelter Todesschrei.

Lorn holt tief Luft.

Die Echse zuckt noch … und hört nicht auf zu zucken.

»Lanzen noch nicht einstecken!«, befiehlt Lorn.

Die Lanzenkämpfer beobachten die krepierende Echse.

Die Truppenführer beobachten die Echse, die zerstörte Baumkrone und den Stamm, der hineinführt in den Verwunschenen Wald.

Lorn beobachtet die Echse, die Baumkrone, den Stamm und den Haupttruppenführer.

Dann ist ein Seufzer wie bei einem abflauenden Sturm zu hören und nach einem letzten Zucken liegt das Ungetüm bewegungslos am Boden.

Lorn und die zwei Truppenführer starren noch eine Weile auf die zerstörten Äste und Blätter der Krone und auf den Körper der Echse, bevor sie sprechen können.

Schließlich räuspert sich Lorn als Erster. Er muss

zweimal ansetzen, bevor er ein Wort herausbringt. »Wir müssen die andere Seite auch noch überprüfen.«

Beide Truppenführer nicken langsam, zögernd.

»Formiert euch!«

Während die Zweite Kompanie Aufstellung nimmt, reitet Lorn zur toten Echse und sucht nach seinem Säbel, doch von der Waffe gibt es keine Spur. Ohne Säbel kehrt der Lanzenkämpferhauptmann dem toten Ungeheuer den Rücken zu.

Die Zweite Kompanie reitet langsam um die Baumkrone herum. Es raschelt zwar im Blätterwerk und der Geruch von zermalmten Blättern strömt ab und an heraus, aber nichts geschieht in der zersplitterten und zerstörten Baumspitze.

Die Kompanie macht an der südöstlichen Seite des graubraunen Stammes Halt.

Lorn gibt Olisenn ein Zeichen, worauf dieser zum Hauptmann reitet.

»Wir müssen einen Kurier zu den Ingenieuren schicken.«

»Äh … ja … Ser.« Olisenn wischt sich übers schweißüberströmte Gesicht.

Kusyl sagt nichts, er nickt nur.

»Wir werden hier die Stellung halten müssen, bis die Ingenieure da sind.«

»Ja, Ser«, antworten beide Truppenführer gleichzeitig, doch keiner von beiden klingt sehr begeistert.

Lorn holt den Fettstift heraus und notiert auf einer neuen Schriftrolle die Einzelheiten – wo der Stamm umgestürzt ist und den Standort der Sperren. Schließlich übergibt er diese an Olisenn. »Sag dem Kurier ausdrücklich, er soll sich fern halten von allem, das noch umgefallen sein könnte.« Lorn hält inne und fügt hinzu: »Ein halber Zug eskortiert ihn um den Stamm herum.«

»Ja, Ser.« Olisenn lenkt sein Pferd zurück zu seiner Einheit

Kusyls Blick schweift über den massigen Körper der toten Wasserechse. »Ich habe noch nie … noch niemals so etwas Großes gesehen …«

Lorn geht es genauso und er nickt bedächtig. »Man fragt sich, wie viele davon wohl noch auf der anderen Seite der Mauer warten.«

»Darüber denke ich lieber nicht nach, Ser.« Kusyl blickt von Lorn zu Olisenn, der den Kurier einweist.

Vor ihnen liegt noch ein langer Nachmittag und eine noch längere Nacht, so vermutet Lorn.

XIV

Lorn schläft nicht gut und auch nicht lange und ist schon vor der Morgendämmerung auf den Beinen; die Stille macht ihm genauso Sorgen wie der mächtige Stamm und der Abschnitt der Sperrenmauer, der nicht mehr arbeitet. Er fühlt sich schmutzig, aber bei dem wenigen Wasser, das sie zur Verfügung haben und auch noch aus drei Meilen Entfernung holen müssen, verzichtet er aufs Waschen und Rasieren und nimmt lediglich einen langen Schluck aus der Trinkflasche.

Im grauen Nebel der Morgendämmerung, der aus dem Verwunschenen Wald aufsteigt, geht er am Wachposten vorbei und zur Granitmauer. Er trägt zwar seine Waffen bei sich – einen Säbel, der einem der toten Lanzenkämpfer gehört hat, und eine Feuerlanze –, aber er weiß, dass er beides nicht brauchen wird und zweifelt doch gleichzeitig daran.

Er nähert sich der Mauer; sie wirkt trotz des Taus, der Straße und Erde benetzt, trocken und glatt in der Morgendämmerung. Lorn kann fühlen, wo der Chaos-Fluss endet, etwa einhundertfünfzig Ellen links von ihm an der letzten funktionstüchtigen Sperre. Ohne die lodernden Chaos-Netze spürt Lorn deutlich die Tiefe vom Ordnungs-Chaos des Verwunschenen Waldes; die festen Granitwände allein wirken nur allzu zerbrechlich gegenüber der Größe und Macht der ineinander verflochtenen Ordnungs- und Chaos-Kräfte.

Lorn senkt den Kopf und ruft sich die Worte in Erinnerung, die er während der Magierausbildung so oft gehört hat. »Der Wald wurde immer nur Ordnungs-Tod genannt ... Niemand erwähnte, dass Ordnung und Chaos hier ineinander verflochten sind«, murmelt er. Mit Chaos-Ordnungs-Sinnen und Augen betrachtet er nun den Wald und er hat sich nicht geirrt. Diese Bäume besitzen eine tiefe Ordnung, die in Chaos gepackt ist – oder auch Chaos, das in Ordnung gehüllt ist.

Trotz der Lücke im Chaos-Netz fühlt Lorn weder Anzeichen von Ordnung noch von Chaos und kein einziges Wesen hält sich unmittelbar hinter dem Granit auf. Allmählich geht die Sonne über dem Ödland und den Feldern zu seiner Linken auf, die stille Gegenwart und gleichzeitige Abwesenheit von offener Bedrohung verändert sich nicht. Als das erste Sonnenlicht auf Lorns Schulter fällt, macht er sich langsam auf den Weg zurück ins Lager.

Olisenn wartet bei den Pferden bereits auf ihn und sieht so ungepflegt aus, wie Lorn sich fühlt. »Ihr wart an der Mauer, Ser, sie ist dort nicht geschützt. War das klug, Hauptmann?«

»Wahrscheinlich nicht.« Lorn lacht. »Ich werde es aber noch lernen, ganz sicher, Olisenn.« Er hält inne, als Kusyl auf sie zukommt. »Guten Morgen, Kusyl.«

»Guten Morgen, Ser.«

»Ich habe mich bei den Wachen erkundigt, bevor ich gegangen bin.« Lorn sieht Kusyl an. »Ich habe heute Morgen die Sperrenmauer inspiziert. Es war die ganze Nacht ruhig.«

»Vielleicht kommen sie ja jetzt am Morgen wieder«, erlaubt sich der Untertruppenführer zu bemerken.

»Vielleicht«, stimmt Lorn zu und sieht Olisenn an. »Wie lange wird es noch dauern, bis die Ingenieure eintreffen?«

»Mit ihren Feuerwagen kommen sie auf der äußeren Straße schnell voran, ich würde sagen, sie erreichen uns gegen Mittag – wenn sie noch gestern Abend oder heute am frühen Morgen aufgebrochen sind.«

Lorn nickt. »Wir sollten Wachposten aufstellen, ich würde vorschlagen, vier aus jeder Einheit. Sie dürfen die Feuerlanzen nur zu ihrem Schutz gebrauchen. Wir werden selbst keine Angriffe starten.« Er lächelt trocken. »Dafür haben wir nicht die nötige Munition.«

»Nein, Ser, die haben wir nicht«, stimmt Kusyl zu.

Olisenn runzelt zwar die Stirn, aber auch er nickt zustimmend.

»Ich suche mir ein paar Männer und reite noch einmal um die Baumkrone herum.« Lorn bindet den Wallach los. »Wen soll ich mitnehmen?«

»Wen ihr wollt, Ser.«

Lorn wählt einfach vier Männer aus und überprüft Sattelgurt und Zaumzeug, bevor er aufsteigt. Zusammen mit vier Lanzenkämpfern reitet er langsam um das Gewirr aus verhedderten Ästen und zerstörten Blättern herum, das einst die Krone des mächtigen Baumes bildete. Sie umkreisen den unordentlichen Hügel in einer Entfernung von weit über zweihundert Ellen. Man hört es zuweilen rascheln, und plötzlich fliegt eine Schar Vögel, einschließlich zweier großer Aaskrähen, aus den Ästen; andere Tiere sind jedoch nicht auszumachen. An der nordwestlichen Seite des Stammes zerren ein Dutzend Aaskrähen am Kadaver der Wasserechse, aber die Vögel heben kaum ihre hakenförmigen Schnäbel. Zwei Nachtleoparden schleichen zurück in die Blätter, als sich die Reiter der toten Kreatur nähern.

Nachdem Lorn den Kampfplatz noch einmal inspiziert und festgestellt hat, dass von seinem Säbel nichts zu sehen ist und auch nicht von anderen Tieren aus dem Wald, nimmt er den Wallach herum. »Wir reiten zurück.«

Auf dem Weg zurück zur Zweiten Kompanie raschelt es immer noch in den Blättern. Es zeigt sich jedoch kein weiteres Tier, außer einigen Vögeln, die Lorn nicht zu bestimmen vermag; aber schließlich hat er sich noch nie näher mit den Bewohnern der Lüfte beschäftigt.

Olisenn und Kusyl stehen mit erwartungsvollen Augen da, als Lorn und seine Lanzenkämpfer die Pferde zügeln.

»Nichts außer einigen Aaskrähen, zwei Leoparden und ein paar Vögeln.« Lorn zuckt die Schultern und steigt ab. Er holt seine Wasserflasche heraus, die bald wieder gefüllt werden muss, und nimmt einen tiefen Zug daraus. »Wir beobachten weiter und warten auf die Spiegelingenieure.«

Lorn wischt sich in der Mittagshitze gerade den Schweiß von der Stirn, als eine Stimme die Stille durchbricht.

»Ser!«, ruft ein Wachposten und zeigt nach Norden.

Lorn bindet den Wallach los und springt auf, die vier Lanzenkämpfer, die er ausgesucht hat, tun es ihm gleich. Vom Sattel aus kann Lorn drei Feuerwagen erkennen, sie kommen näher, überqueren gerade das Ödland diesseits der Perimeterstraße und fahren auf die Stelle zu, wo Stamm und Sperrenmauer sich kreuzen.

»Aufsitzen! Die Ingenieure sind da.«

»Aufsitzen!« Kusyl und Olisenn wiederholen lauthals Lorns Befehl.

Lorn fährt sich über das schmutzige und stoppelige Kinn, dann lenkt er den Wallach auf die Feuerwagen zu, die nun die innere Straße entlang fahren, welche die Sperrenmauer flankiert. Der dritte Feuerwagen ist mit

Cupridiumplatten gepanzert und zieht ein ebenfalls gepanzertes Gerät mit einer röhrenförmigen Verlängerung auf zwei Rädern hinter sich her; dabei kann es sich nur um die spezielle Feuerkanone handeln, von der Kommandant Meylyd gesprochen hat.

Ein schmallippiger Ingenieurmajor steigt aus dem ersten Wagen. Er sieht sich um, dann entdeckt er Lorn und marschiert geradewegs auf den Lanzenkämpferhauptmann zu.

»Major Weylt, Hauptmann. Ich leite den Ingenieurposten in Ostend.« Die dünnen Lippen verziehen sich zu einem Lächeln. »Als ich Eure Nachricht erhielt, stellte ich dem Kurier einige Fragen über die Größe des Stammes. Euer Kurier wollte nicht von seiner Meinung abrücken, und so beschloss ich glücklicherweise – wie sich jetzt herausstellt –, mit den großen Feuerkanonen zu kommen.«

»Hauptmann Lorn, Major. Gut, dass Ihr da seid.« Lorn lächelt. »Der Baum scheint wirklich außerordentlich groß zu sein, aber ich habe noch nicht viel Erfahrung. Ich habe nur die Vorschriften befolgt.« Er ruft sich ins Gedächtnis, was er gelesen hat. »Werdet Ihr den Stamm nun von der Sperrenmauer schneiden?«

»Genau.« Weylt nickt heftig mit dem schmalen Kopf. »Wir sichern zuerst die Straße ab und dann vernichten wir die Krone, damit auch nicht ein einziges Tier darin überlebt und kein restliches Ordnungs-Gift mehr verbreitet werden kann.«

»Was können wir dazu beitragen?«

»Uns den Rücken freihalten, während wir die Gerätschaften aufstellen, damit wir nicht überrascht werden. Dann zieht Ihr Euch zurück und überlasst uns die Angelegenheit.«

»Ja, Ser.«

»Gut.« Der Major macht auf dem Absatz kehrt und läuft zurück zum Feuerwagen.

Lorn beobachtet zusammen mit Kusyl, wie die Spiegelingenieure die gepanzerte Feuerkanone abhängen und sie mühevoll in die richtige Stellung schieben, etwa dreihundert Ellen von der Stelle entfernt, wo der Stamm auf der Sperrenmauer liegt. Einer der Ingenieure betätigt eine Kurbel, woraufhin sich an der Seite der Kanone eine Luke öffnet. Der Mann verschwindet in dieser Luke.

Ein anderer rollt ein langes Kabel aus und trägt es von dem Feuerwagen, der die Kanone gezogen hat, zur Rückseite der Kanone, wo er es schließlich in einen quadratischen Anschluss steckt. Lorn fühlt, dass es ein Cupridiumkabel ist, ummantelt mit mehreren Lagen eines schimmertuchähnlichen Materials, womit wohl das Chaos isoliert werden soll, das in dem Kabel fließt.

Dann taucht Major Weylt plötzlich wieder wie aus dem Nichts auf und eilt zu Lorn. »Zieht Eure Lanzenkämpfer hinter die Kanonen zurück, Hauptmann – und weg von der Sperrenmauer«, ordnet der dünnlippige Spiegelingenieur an. »Mindestens eine Drittelmeile. Sie sollen die Lanzen bereithalten, denn es könnten noch mehr Tiere herauskommen.«

Lorn fragt sich, wie viele Katzen und Wasserechsen denn noch in der Krone und am Stamm verborgen sind, doch er nickt nur. »Ja, Ser.« Er nimmt das Pferd herum und stellt sich in die Steigbügel. »Zweite Kompanie! Siebenhundert Ellen zurück!«

Lorn ist gespannt darauf, wie weit wohl siebenhundert Ellen für die Lanzenkämpfer sind, und führt die Zweite Kompanie zu einer Stelle, von wo aus sie den Stamm gut im Blick haben. Etwa eine halbe Meile, so schätzt er, sind sie von der Baumkrone entfernt. Lorn zügelt den Wallach, er beobachtet die Ingenieure und wirft auch immer wieder einmal einen Blick auf Olisenn.

Zwei der drei Feuerwagen rollen etwa eine Meile auf

der Straße zurück. Nur noch die Feuerkanone und der Feuerwagen, die miteinander verbunden sind, verbleiben in der Nähe der Krone. Alle Spiegelingenieure sind plötzlich verschwunden, nur noch einer steht da, und der verschwindet kurz darauf in der Luke auf der rechten Seite der Kanone.

Auffallend ist, so findet Lorn, dass keiner der Spiegelingenieure im Freien verbleibt.

Mit einem jaulenden Zischen schießt ein Feuerstrahl durch die dunkle Ordnung des Stammes. Die Hitze strahlt bis zu den Lanzenkämpfern zurück.

Die Erde bebt, als der Stamm von der Sperrenmauer auf die Straße und das Ödland knallt.

Ein zweiter, blauschwarzer Feuerstrahl lodert durch die Luft und schlägt dort ein, wo der Stamm auf der Sperrenmauer gelegen hat. Kleinere Explosionen folgen, zerborstene und geknickte Holzstücke fliegen durch die Luft.

Ein dumpfer Knall verkündet den Einschlag eines zehn Ellen langen Aststücks auf der gepanzerten Hülle der Feuerkanone.

Lorn dreht sich zur Seite und betrachtet Olisenn. Ist der beleibte Truppenführer nicht ein wenig blass? Lorns Augen wandern zu Kusyl hinüber, der eindeutig bleich und angespannt wirkt. Dann fällt sein Blick auf die zerschmetterte Baumkrone, in der es immer noch heftig raschelt.

Mit einem Mal springen mindestens zehn Nachtleoparden aus den Blättern und alle halten direkt und ohne zu zögern auf die Zweite Kompanie zu, als hätten sie die ganze Zeit schon gewusst, wo genau die Lanzenkämpfer stehen.

»Feuer frei! Auf kurze Entfernung schießen!«

»Kurze Entfernung!«, schreit Olisenn noch lauter.

Neun der Leoparden sind schon tot, bevor sie überhaupt in die Nähe der Zweiten Kompanie kommen. Der letzte greift das Pferd eines Lanzenkämpfers an, aber der Mann behält einen kühlen Kopf und rammt dem Vieh den Säbel in den Hals, obwohl der Winkel für den Hieb sehr ungünstig ist.

Das Pferd wiehert, eine Wunde klafft an seiner linken Schulter, aber der Lanzenkämpfer bleibt im Sattel und versucht, die Stute zu beruhigen.

Die anderen Lanzenkämpfer formieren sich einheitsweise und beobachten weiter angestrengt den Baum, doch nichts weiter geschieht.

Lorn rückt sich schnell die Uniformmütze zurecht und schaut zurück zur Kanone, wo die Ingenieure daran arbeiten, die Waffe wieder in die richtige Stellung zu bringen. »Vorsicht! Sie schießen noch einmal!«

Nach einem weiteren zischenden Feuerstrahl tut sich schließlich zwischen der Sperrenmauer und dem Stamm eine etwa zehn Ellen breite Lücke auf.

Der zweite Schuss vertreibt keine weiteren Tiere mehr, nur noch ein paar Vögel kreisen über dem Stamm.

Von Aaskrähen ist weit und breit nichts zu sehen. Noch einmal bereiten die Ingenieure die Feuerkanone vor und wiederholen dies so oft, bis ein mehr als fünfzig Ellen breites Loch zwischen Mauer und Stamm klafft.

Als die Kluft diese Breite erreicht hat und die innere Straße frei ist, drehen die Ingenieure die Feuerkanone um. Der gepanzerte Feuerwagen zieht sie langsam von der Mauer weg, bis sie etwa hundert Ellen vom zerstörten Baum entfernt steht, in der Mitte zwischen der Krone und Lorns Kompanie.

Der Ingenieurmajor kommt wieder zu Lorn gelaufen und dieser reitet ihm entgegen.

»Danke, Hauptmann.« Weylt lächelt.

Lorn wartet.

»Hauptmann Lorn ... wir werden jetzt auf die Krone feuern. Es wird ein heißes Feuer geben. Ich würde die Männer dort lassen, wo sie sind, bis das Feuer abgebrannt ist. Vielleicht kommt auch noch die eine oder andere Katze heraus, vielleicht passiert aber auch gar nichts.«

»Wir werden auf alles gefasst sein, Ser.«

»Gut.« Weylt dreht sich um und geht zurück zum Feuerwagen.

Kurz darauf feuert die Kanone wieder, diesmal mit einem breiten Feuerstrahl, und sofort lodern hohe Flammen aus der Mitte der zerstörten Äste und Zweige. Während sich das Feuer ausbreitet, erzittert ein Teil der Äste und eine lange grauschwarze Riesenkatze springt mit einem Satz aus den Blättern und landet in unmittelbarer Nähe vom gepanzerten Feuerwagen.

Die Katze bleibt etwa zweihundertfünfzig Ellen hinter den um sich greifenden Flammen stehen. Die dunklen Augen sind auf die Zweite Kompanie gerichtet, die in Fünferreihen gut fünfhundert Ellen entfernt steht. Dann springt sie unvermittelt in großen Sätzen in Richtung Norden, und damit fort von den Lanzenkämpfern, den Ingenieuren und dem schweren Gerät.

Lorn beabsichtigt nicht, das Tier zu verfolgen, nicht mit den nur noch unzureichend geladenen Feuerlanzen.

Die Flammen steigen höher und züngeln grimmig orange in den grünblauen Himmel; dicker, beißender schwarzer Rauch steigt zusammen mit helleren grauen Rauchfahnen auf, und alles zusammen bildet einen Schleier, der sich langsam übers Land ausbreitet.

An der Sperrenmauer arbeiten bereits einige Ingenieure. Sie ersetzen die zerstörten Kristallsperren durch neue und lassen sich dabei von den Flammen, die dreihundert Ellen nördlich von ihnen auflodern, nicht stören.

Die Flammen erlöschen schließlich und lassen den Stamm scheinbar unversehrt zurück. Der Ingenieurmajor kommt erneut mit weit ausholenden Schritten auf Lorn zu, der ihm wiederum entgegenreitet.

Der Major berichtet ohne Umschweife und Vorreden: »Die Sperren arbeiten wieder. Mehr können wir hier nicht tun.«

»Ihr wollt den Stamm einfach so hier liegen lassen?«, fragt Lorn.

Der Major lacht. »Wir haben unsere Arbeit erledigt. Und Ihr auch. Es gibt einen Holzkommis, mit ihm haben wir einen Vertrag abgeschlossen. Er wird sich um den Stamm kümmern. Seine Männer werden in ein paar Tagen hier sein und nach zwei Achttagen wird niemand mehr auch nur erahnen können, dass hier jemals ein Stamm umgestürzt ist. Es ist gutes Holz, sagen sie. Ich würde es nicht anrühren, es ist noch zu viel von der dunklen Ordnung darin, aber der Kommis verschifft es über den Großen Kanal, um es an der Küste zu verkaufen. Wie man hört, bekommt er dort einen guten Preis dafür. Dieses Geld kommt auch unserem Gehalt zugute, Hauptmann, Eurem und meinem.«

Lorn nickt. Er erkennt die Logik dahinter, aber er kann es nicht gutheißen, dass die Händler vom Tod der Lanzenkämpfer profitieren. »Dies hier scheint ein besonders großes Exemplar zu sein«, bemerkt er und beobachtet dabei den Major. »Das stimmt doch, oder?«

»Fünfunddreißig Ellen ab der Sperrenmauer. Das ist der größte Baum, den ich je gesehen habe. Ein paar schöne Ladungen Bauholz werden dabei für die Händler herausspringen.« Der Major grinst. »Mehr als nur ein paar, würde ich sagen. Die Händler können damit umgehen. Ich nicht. Wenn das Feuer abgebrannt ist, werden wir nach Ostend zurückkehren und Ihr könnt Eure Patrouille fortsetzen.«

»Wir müssen unsere Lanzen in Ostend aufladen oder ersetzen«, meint Lorn ruhig. »Wir haben wahrscheinlich nicht einmal mehr ein Dutzend funktionstüchtige Waffen.«

»Da können wir Euch weiterhelfen, Hauptmann. Ich

werde dafür sorgen, dass geladene Lanzen für Euch bereitstehen, wenn Ihr ankommt.«

»Danke.«

»Das Mindeste, was wir für Euch tun können.« Der Major nickt und verabschiedet sich.

Lorn reitet zurück zur Zweiten Kompanie. Sie haben einen langen Ritt vor sich bis zum nächsten Zwischenposten, einen sehr langen Ritt, der noch lange in den Abend hinein dauern wird. Und auch wenn die Patrouille zu Ende ist, wird er keine Zeit zum Ausruhen finden. Er muss Nachschub anfordern, Briefe entwerfen für die Familien der gefallenen Lanzenkämpfer und sich um all die anderen Dinge kümmern, die erst erledigt werden können, wenn die Zweite Kompanie nach Jakaafra zurückgekehrt ist.

XV

Am späten Nachmittag sitzt Lorn gebeugt im Sattel. Er reibt sich die Stirn und die brennenden Augen; das Kratzen des salzigen Schweißes in den zwei Tage alten Bartstoppeln stört ihn schon gar nicht mehr. Er muss sich zwingen, aufrecht zu sitzen, als die Zweite Kompanie sich dem verschlossenen und versiegelten Granitbauwerk nähert – dem Chaos-Turm, der genau am nordöstlichsten Punkt der Mauer steht.

»... zu dumm, dass es hier keinen Zwischenposten gibt«, murmelt ein Lanzenkämpfer, der hinter Lorn reitet.

»... wäre zu schön ...«

Lorn hebt die Hand und bedeutet der Zweiten Einheit, von der Sperrenmauer wegzureiten und der Straße zu folgen, die einen Bogen um den Chaos-Turm und die niedrige Mauer macht, die ihn mit der Sperrenmauer verbindet.

Im schwächeren Nachmittagslicht reitet Lorn mit einem Abstand von fünfzig Ellen an der Granitmauer vorbei und studiert dabei das Bauwerk des Chaos-Turmes genauer. Bildet er es sich nur ein oder wirkt der Granit des Turmes wirklich weniger fest und stabil als der des Turmes in Jakaafra? Er runzelt die Stirn und konzentriert sich mit Augen und geschwächten Chaos-Sinnen auf den Turm.

Schließlich schüttelt er den Kopf.

»Ser? Ist Euch nicht gut?«, fragt Kusyl.

»Mir fehlt nichts.« Lorn lacht. »Mir geht es nicht besser und nicht schlechter als allen anderen hier.«

Kusyl nickt und schaut wieder weg, da presst Lorn die Lippen aufeinander. Soweit er das feststellen kann, ist der Chaos-Turm nicht mehr einsatzbereit, er hat versagt. Lorn kann keinerlei Chaos-Energie mehr feststellen, die eigentlich in den Cupridiumkabeln fließen sollte, welche vom Turm zur Sperrenmauer verlegt sind, doch die Sperren entlang der Mauer halten das Chaos-Netz noch aufrecht.

Das Chaos muss den ganzen Weg von Ostend und Jakaafra bis hierher zurücklegen. Versucht deshalb der Verwunschene Wald an der Nordostmauer auszubrechen? Oder hat der Turm schon vor Jahren seinen Dienst versagt und man hat es die ganze Zeit geheim gehalten?

Wieder würde das, was er nicht weiß, endlose Papierrollen füllen. Lorn reibt sich erneut die Stirn. Noch sechzehn Meilen liegen vor ihnen, bevor sie den nächsten Zwischenposten erreichen.

XVI

Während die Zweite Kompanie sich im Kasernenhof in Ostend sammelt, der genauso aussieht wie der in Westend, marschiert Lorn auf das lange Gebäude zu, in dem die Spiegellanzenkämpfer untergebracht sind, und fragt sich, ob er hier überhaupt jemanden antreffen wird. Die Flure und Arbeitszimmer sind menschenleer und Lorn macht sich auf den Weg in den Offiziersspeisesaal. Jeder Schritt seiner schweren Stiefel ist auf dem sauberen Steinboden des Flurs deutlich zu hören.

Am einzigen besetzten Tisch im Speisesaal findet er schließlich Major Weylt und zwei Ingenieurhauptmänner. Alle drei erheben sich, als Lorn zu ihnen stößt.

»Hauptmann«, bietet Weylt an, »setzt Euch zu uns.«

»Ich habe keine Zeit«, meint Lorn. »Meine Kompanie formiert sich bereits im Hof.« Er verbeugt sich vor dem Major. »Ich wollte mich nur noch einmal bedanken für die prompte Bereitstellung der Feuerlanzen, Major. Ich weiß Eure Bemühungen zu schätzen.«

»Ihr seid sehr freundlich.« Weylts Augen funkeln. »Ich sehe, Ihr habt einen neuen … passenden … Säbel gefunden.«

»Es gab ein paar übrige in der Waffenkammer.« Lorn verzieht für einen Augenblick den Mund. »Ich bin wohl nicht der Erste, dem das passiert.«

»Ist Eurer zerbrochen?«, fragt der gedrungene Hauptmann neben Weylt.

»Hm … nein, nicht direkt. Ich habe ihn einer Wasserechse ins Auge gestoßen, worauf er sich einfach in Luft aufgelöst hat. Zumindest konnte ich ihn nicht mehr finden, nachdem die Echse verendet war.«

»Ihr … habt die Wasserechse mit einem Säbel getötet?«

»… und mit fast der gesamten Ladung all unserer Feuerlanzen«, fügt Lorn gelassen hinzu. »Allerdings haben wir mehr als nur ein paar Lanzenkämpfer dabei verloren.«

»Die Echse war länger als zwanzig Ellen. Ich habe mir den Kadaver angesehen, bevor wir ihn verbrannt haben«, fügt Weylt hinzu. »Sehr eindrucksvoll.« Er nickt. »Wir wollen Euch nicht aufhalten, Hauptmann, aber es war mir eine Freude, Euch kennen zu lernen und mit Euch zu arbeiten.«

»Ganz meinerseits.« Lorn erwidert das Nicken mit einer Verbeugung und lächelt. »Ihr werdet es mir jedoch verzeihen, wenn ich hoffe, dass wir nicht zu oft zusammenarbeiten müssen?«

Weylt lacht. »Das tue ich. Ich wünsche Euch eine Patrouille ohne weitere Vorkommnisse.«

»Das hoffe ich auch. Vielen Dank nochmals.«

Mit einem Lächeln und einer letzten Verbeugung dreht sich Lorn um und schreitet hinaus auf den Hof, wo er die Zügel des Wallachs vom Stalljungen entgegennimmt. Er überprüft den Sitz des Gepäcks und steigt auf.

Der Hof der Kaserne liegt noch im Schatten, aber die Sonne ist bereits aufgegangen und überflutet das Ödland hinter den Toren mit Licht, während Lorn sich stirnrunzelnd mit dem Wallach zu den wartenden Lanzenkämpfern gesellt. Er hätte Weylt schon früher aufsuchen sollen. Es gibt so viele Kleinigkeiten, die sein Dienst mit sich bringt, die jedoch nicht im Handbuch stehen und über die ihn auch niemand aufgeklärt hat. Doch das, so nimmt er an, gilt für viele andere Dienstposten der Spiegellanzenkämpfer in Cyador.

»Habe mich schon gefragt, wo Ihr seid, Ser«, meint Kusyl, als Lorn die Spitze der Kolonne erreicht, wo beide Truppenführer warten.

»Ich habe dem Leiter des Spiegelingenieurpostens

meinen persönlichen Dank überbracht für den Austausch der Feuerlanzen und Säbel. Gestern war er auf Patrouille, aber er war schließlich derjenige, der uns die Lanzen besorgt hat.«

Kusyl nickt. »Er scheint sehr tüchtig zu sein, wenn auch ein wenig forsch.«

»Er muss immerhin doppelt so viele Sperren überwachen wie wir«, bemerkt Lorn. »Sind alle bereit?«

»Ja, Ser«, antworten beide Truppenführer.

»Dann lasst uns aufbrechen. Die Erste Einheit fängt an der Mauer an.«

»Erste Einheit, vorwärts!«

»Zweite Einheit …«

Als die Zweite Kompanie durch die Tore reitet und den Weg Richtung Sperrenmauer einschlägt, fragt sich Lorn, was sie wohl auf der restlichen Patrouille erwartet. Hatte der andere Ingenieurmajor – Gebynet – Recht mit seiner Vorhersage, dass der Wald nun verstärkt ausbrechen wird? Oder wird ihnen die Sperrenmauer mit einer weiteren ruhigen und ereignislosen Patrouille aufwarten?

Lorn denkt über den nicht mehr intakten Chaos-Turm nach; er bezweifelt, dass noch viele Patrouillen ereignislos verlaufen werden, aber er achtet darauf, dass währenddessen ein freundliches Lächeln auf seinen Lippen verbleibt.

XVII

Die Sonne steht am frühen Morgen gerade einmal über dem Verwunschenen Wald und erhellt dessen hoch aufragende Bäume, die aber sogleich wieder verdeckt werden von weißen, dicken Wolken, die Richtung Westen ziehen. Eine kühle Brise weht aus Nordosten und erinnert Lorn daran, dass Frühling herrscht, in dem auf sommerliche Hitze Kälte, Regen und Nebel folgen … oder Wind und noch mehr Hitze, bevor der ungewöhnliche Zyklus von neuem beginnt.

Rechts von Lorn formieren sich die zwei Einheiten zu einer langen Reihe, in der die Lanzenkämpfer nebeneinander reiten, um das Ödland nach Anzeichen von Waldausbrüchen abzusuchen. Zu seiner Linken befindet sich die Sperrenmauer, dieser scheinbar unveränderte niedrige Wall von Chaos-Beständigkeit, der sich in Richtung Nordwesten bis zum Horizont erstreckt und wie schon seit Generationen den Weitblick und die Fähigkeiten der Erstgeborenen widerspiegelt.

Man hört nur das Hufgeklapper und das Atmen der Pferde neben dem gelegentlichen Seufzen der leichten Brise, die sich langsam in einen kalten Wind verwandelt. Lorn hofft, dass die Kälte trocken bleiben und keinen Regen oder Schnee mit sich bringen wird.

Er wirft einen Blick auf die Mauer und erkennt das eingemeißelte Zeichen: N 480 O. Sie müssen noch weitere zehn Meilen zurücklegen, bevor sie die Mitte der nordöstlichen Mauer erreichen – und das Granitgebäude, das den nicht arbeitenden Chaos-Turm beherbergt.

Lorn verlagert das Gewicht im Sattel und schaut wie so oft nach rechts zu Olisenn und seiner Ersten Einheit hinüber, die systematisch über das Ödland reiten und nach Anzeichen von Gewächsen suchen, von denen Lorn glaubt, dass sie sie nicht finden werden.

Die Sonne steigt höher und damit wird auch der Wind stärker; die Luft, die von den winterlichen Höhen der entfernten Westhörner herüberweht, kühlt stärker ab, als die Frühlingssonne wärmen kann, doch die Zweite Kompanie reitet davon unbeeindruckt weiter nach Nordwesten.

Nach weiteren zwei Meilen blickt Lorn wieder zur Mauer und studiert sie mit Augen und Chaos-Ordnungs-Sinnen gleichzeitig. Die Chaos-Impulse in den Cupridiumkabeln erfolgen nicht mehr regelmäßig. Bedeutet das, dass wieder ein Stamm umgestürzt ist? Oder die Mauer gebrochen? Gibt es Probleme mit einem Chaos-Turm? Oder bildet er sich all das nur ein?

Lorn schaudert, als ein weiterer kalter Windstoß über ihn hinwegfährt – es ist die Eiseskälte eines Chaos-Glases. Maran? Oder ein hochrangiger Magier aus dem Viertel der Magi'i? Lorn ringt um ein Lächeln auf den Lippen, so lange, bis die Kälte wieder verschwunden ist.

Wird er beobachtet, weil er bestimmte Dinge fühlt? Oder weiß der Späher nichts von diesen Fähigkeiten?

Was auch immer der Grund sein mag, er muss warten. Dann bedeutet Lorn dem Truppenführer Kusyl, näher zu kommen.

Mit verwirrtem Gesichtsausdruck folgt Kusyl Lorns Geste und lenkt sein Pferd neben Lorns Wallach. »Ser?«

»Was denkst du, sollen die Männer mehr Abstand zueinander halten, wenn sie zu fünft nebeneinander reiten?«, fragt Lorn. »Vielleicht noch eine Elle weiter auseinander?«

Kusyl runzelt die Stirn. »Wenn sie zu weit auseinander reiten, besteht eine größere Gefahr, dass sich ihre Lanzenfeuer gegenseitig behindern, wenn Leoparden oder Katzen erneut angreifen.«

Lorn nickt, die Augen sind auf die Mauer vor ihm gerichtet, und er wartet darauf, dass er einen leichten Anflug von Dunkelheit spürt, dort, wo die Sperrenmauer den Horizont berührt. Schließlich wendet er sich wieder Kusyl zu. »Vor uns liegt wieder ein Baumstamm über der Sperrenmauer. Ich kann ihn in ziemlich großer Entfernung erkennen.«

Kusyl stellt sich in die Steigbügel und kneift die Augen zusammen. »Ich sehe nichts.«

»In einer Meile wirst auch du ihn sehen«, versichert Lorn dem Untertruppenführer.

Sie reiten noch eine Meile und fast eine halbe, bevor Kusyl plötzlich aufschreit. »Da, ein Stamm. Ihr habt gute Augen, Hauptmann.«

»Man muss nur wissen, was man sieht«, antwortet Lorn. »Am Anfang wusste ich auch nicht, was ich da sehe. Wir sollten uns auf der Straße formieren und einen Lanzenkämpfer zu Olisenn schicken. Vielleicht hat er den Baum schon gesehen, vielleicht auch nicht.« Nach einem Augenblick fügt er noch hinzu: »Wir können ein Stück auf der Straße in Fünferreihen reiten, bis wir näher herangekommen sind.«

»Auf der Straße formieren!«, befiehlt Kusyl. »Auf die Straße, in Fünferreihen!«

»... nicht schon wieder ein Stamm ...«

»... unser armer Offizier scheint sie förmlich anzuziehen ...«

»... noch mehr engelverdammte Katzen ... und Wasserechsen ...«

»... weiß nicht ...«

»... bei den Stufen zum Paradies, ich schon ... glaub mir, ich weiß es ...«

Lorn achtet nicht weiter auf das Gemurmel und setzt ein freundliches Lächeln auf, während er sich von seinem Wallach tragen lässt.

»Einheit hat Aufstellung genommen, Ser«, berichtet Kusyl. »Ein Bote ist unterwegs zur Ersten Einheit.«

»Gut. Wir werden die Straße verlassen, wenn wir eine halbe Meile vom Baum entfernt sind.« Oder früher, wenn das Chaos-Netz auf der Sperrenmauer nicht mehr existiert.

Die Zweite Einheit reitet weiter und Lorn untersucht das Gebiet vor ihnen: die Sperrenmauer, die Stelle, an der der Baum über die Mauer ragt, und die grüne Krone des Waldgiganten weiter rechts von ihm. Er erspäht kleine Tiere, die aus dem Verwunschenen Wald über den Stamm huschen, ist sich jedoch nicht sicher, worum es sich dabei handelt. Die Tiere erscheinen ihm nicht groß genug für Wasserechsen oder Riesenkatzen.

Etwa dreihundert Ellen vom Baumstamm entfernt hebt Lorn die Hand und zügelt den weißen Wallach. »Anhalten!«

Schweigend studiert er die Sperrenmauer und muss feststellen, dass das Chaos-Netz nicht mehr vorhanden ist. Der Stamm ist zwar allem Anschein nach nicht ganz so lang wie der Letzte, aber Lorn schätzt, dass auch dieser es auf einen Durchmesser von mehr als fünfzehn Ellen bringt.

Jenseits des Stammes erblickt er den Chaos-Turm, der versagt hat.

»Für gewöhnlich findet man sie niemals so nahe an einem Chaos-Turm«, meint Kusyl.

»Das ist unser Glück«, bemerkt Lorn. »Schicke einen weiteren Lanzenkämpfer zu Olisenn. Sie sollen in Fünferreihen bis zur Baumkrone vorstoßen. Ihr wartet hier, bis ich die Nachricht für die Ingenieure geschrieben habe. Dann reiten auch wir zur Baumkrone, sagen wir bis auf hundert Ellen an den Stamm heran.«

»Ja, Ser.«

Lorn schreibt die Meldung so schnell wie er kann nieder und übergibt sie dem Truppenführer. »Hier.«

Kusyl nimmt die Rolle, reitet sofort ans Ende der Kolonne und drückt die Meldung einem schmalen Lanzenkämpfer in die Hand, der ohne zu zögern sein Pferd herumnimmt und nach Ostend zurückgaloppiert. Der Truppenführer erstattet Meldung: »Kurier unterwegs, Ser.«

Lorn nickt. Beide wissen, dass die Ingenieure nicht vor dem Nachmittag des darauffolgenden Tages ankommen werden. »Lass uns nachsehen, was dieser Stamm für Überraschungen bereithält.«

»Ja, Ser. Lanzen bereithalten! Schritttempo!«

Die Hufe der Pferde zerstieben die tote Erde, gerade

dass sie den leblosen Boden nicht völlig zermahlen, und bringen weiße Streifen zum Vorschein; es ist das weiße Salz, das auf das einst fruchtbare Land geworfen wurde.

Sie haben noch keine fünfzig Ellen zurückgelegt und sind noch etwa zweihundert Ellen vom Baum entfernt, als zwei Riesenkatzen in großen Sätzen vom Stamm herunterspringen, eine links von den Lanzenkämpfern, die andere rechts. Beide Tiere laufen geradewegs auf die Lanzenkämpfer zu, und das mit einer Geschwindigkeit, die die Entfernung mit jedem Atemzug zu halbieren scheint.

»Feuer frei!« Lorn und Kusyl schreien die Befehle fast gleichzeitig heraus.

Zischend fliegen Chaos-Blitze auf die Katzen und alle verfehlen ihr Ziel.

»Schießt auf kurze Entfernung!«, fügt Lorn hinzu.

Eine Katze fällt, sie knurrt noch einmal, bevor die Feuerkugeln sie töten. Die andere Katze wechselt mit atemberaubender Geschwindigkeit die Richtung und stürmt nun nordwärts durch die Lücke zwischen den zwei Einheiten hindurch.

»Feuer einstellen!«, ruft Kusyl. »Eine ist tot und ihr werdet die Ladungen noch brauchen!«

Die tote Katze scheint ein wenig kleiner zu sein als die, die den Feuerlanzen entkommen ist, doch das ist schwer auszumachen, denn der Großteil des Katzenkörpers ist verbrannt.

»Lanzen bereithalten«, ordnet Lorn an und lenkt den Wallach am Stamm entlang hin zu dem zerschmetterten Gewirr aus Ästen und Blättern, das einmal die Krone des Baumes darstellte; eine runde, undurchdringliche Masse aus Blättern, aber deutlich kleiner als beim letzen Baum.

Rund fünfzig Ellen entfernt von der Stelle, wo die oberen Äste des Baumes am Boden zerschellt sind, liegt ein abgetrennter Ast. Der Durchmesser muss fast zwei

Ellen betragen, so urteilt Lorn, und der Ast ist eher olivfarben und hat keine kleineren Zweige. Fast wirkt das Ding wie eine riesige Kletterpflanze, die jemand aus dem Wald gerissen hat.

Der Ast bewegt sich auf seiner ganzen Länge und malt Salzflecken auf die tote Erde; und mit einem Mal erhebt sich ein echsengleicher, dreieckiger Schlangenkopf neben dem dunklen, graubraunen Baumstamm aus der Erde. Die Kiefer stehen so weit offen, dass sie einen ganzen Mann verschlingen könnten.

»… Mutter der Stufen!«

»… barbarische Wildsau …«

»Vorrücken! Feuer frei! Nicht näher als bis auf dreißig Ellen herangehen!«, ruft Lorn. »Zielt auf den Kopf. Schießt!«

»Schießt!«, brüllt Kusyl.

Die Schlange rollt sich zusammen, als würde sie zum Schlag ausholen.

Die Feuerlanzen zielen und versuchen fauchend den ungeschützten Kopf der Schlange zu verbrennen, die sich dreht und windet, als wollte sie dem Chaos-Feuer entkommen.

Dann dreht sie den Kopf direkt zu den Lanzenkämpfern und bewegt sich langsam in ihre Richtung; sie versucht, die Verursacher ihrer Qualen auszumachen.

Noch mehr Feuerstrahlen treffen auf die langsame Riesenschlange, sie wird von heftigen Schaudern durchgeschüttelt. Der mächtige dreieckige Kopf, der nun so schwarz ist, dass man ihn kaum mehr als solchen erkennt, fällt mit einem dumpfen Schlag auf das öde Land.

»Feuer einstellen! Feuer einstellen!«, befiehlt Lorn.

Er und Kusyl betrachten das Tier vorsichtig aus einer Entfernung von gut dreißig Ellen, das Zucken der Schlange lässt langsam nach. Lorn vermisst die tote Schlange mit den Augen und kommt zu dem Schluss, dass sie mindestens vierzig Ellen lang ist.

Lorns Blick fällt auf Olisenn, der mit der Ersten Einheit nun langsam zu ihnen stößt; viel zu langsam, wie Lorn meint, doch das behält er für sich.

Der dicke Haupttruppenführer zügelt sein Pferd, blickt zuerst zu der toten Schlange und dann zu Lorn. Sein Mund geht eine Zeit lang nur stumm auf und zu, bevor er sprechen kann: »Was ... was ist das ... so etwas habe ich noch nie gesehen. Und auch nicht davon gehört.«

»Wenn sogar die erfahrenen Lanzenkämpfer noch nichts davon gehört habt, dann hoffe ich, dass wir nicht noch mehr davon treffen«, meint Lorn ruhig. »Schlangen sind nicht so gefährlich wie Riesenkatzen oder Wasserechsen. Sie war viel langsamer. Man muss sich nur gut dreißig Ellen von ihr fern halten.«

»Das werde ich mir merken.« Olisenn nickt, sein Blick ist noch immer auf die Schlange gerichtet.

Lorn zuckt zusammen, er wendet sich der Baumkrone zu, denn dort raschelt es plötzlich wieder in den Zweigen. »Lanzen bereithalten!«

Die Worte sind noch nicht verhallt, als unter weiterem Blätterrascheln zehn oder zwölf Nachtleoparden auf die zwei Einheiten zustürmen. Ein Pferd aus der Ersten Einheit scheut und springt zur Seite, und mehrere Lanzenkämpfer sind damit beschäftigt, ihre Pferde zu beruhigen.

»Feuer frei! Schießt auf kurze Entfernung!«

Die Feuerlanzen schießen kreuz und quer, das Chaos bildet fast eine Mauer gegen die kleinen Leoparden, die allerdings nur im Vergleich zu den Riesenkatzen klein erscheinen.

Noch bevor Lorn einen neuen Befehl geben kann, schweigen die Feuerlanzen. Acht der Leoparden liegen am Boden, tot.

Lorn nimmt den Wallach herum, um den zwei entkommenen Nachtleoparden nachzusehen. Ihre Pfoten berühren kaum die Erde und wirbeln nur wenig Staub auf, so schnell laufen sie auf das Waldstück in der Ferne zu.

»Das ist nicht gut«, bemerkt Olisenn, »die Waldbestien inmitten der Wälder und Felder der Cyadoraner.«

»Nein, das ist nicht gut«, stimmt Lorn ihm zu, »aber wir haben keine Möglichkeit, sie zu verfolgen oder zu fangen.« Vierzig Feuerlanzen reichen nicht, um mit all dem fertig zu werden, was aus so einem Baum kommt, der umfällt oder vom Verwunschenen Wald umgeworfen wird. »Es würde mich wundern, wenn in der Hälfte der Feuerlanzen noch Ladung übrig ist.«

»Etwas mehr als ein Drittel ist noch geladen«, meint Olisenn.

»Wenn überhaupt«, fügt Kusyl hinzu. »Und noch eine halbe Patrouille vor uns.«

»Wir müssen trotzdem auf die Ingenieure warten und aufpassen, dass nicht noch mehr passiert«, erklärt Lorn. Er möchte die Chaos-Ladungen in den Feuerlanzen schonen, solange es geht.

»Sie werden nicht so bald hier eintreffen«, sagt Olisenn voraus.

Das befürchtet auch Lorn. »Wir müssen um die Krone herum und dann auf der anderen Seite wieder Richtung Mauer reiten. Beide Einheiten bleiben zusammen.«

»Ja, Ser.« Die schnelle Antwort beider Truppenführern zeigt deren uneingeschränkte Zustimmung zu dieser Vorgehensweise.

Obwohl Lorn ständig meint, ein Rascheln in den Zweigen zu hören, kommt doch nichts zum Vorschein während der gesamten Ritts um den umgestürzten Baum herum. Weder Truppenführer noch Lanzenkämpfer entdecken neue bösartige Ungeheuer aus dem Wald.

Die einzigen Tiere, die sie zu Gesicht bekommen, sind Aaskrähen und andere Aas fressende Vögel, die sich bereits über die tote Schlange und die erlegten Nachtleoparden hermachen.

Lorn blickt nach Süden zum Verwunschenen Wald und fragt sich, wie viele Stämme in den drei Jahren seines Dienstes in Jakaafra wohl noch auf die Sperrenmauer fallen werden und wie viele Überraschungen wie die Riesenschlange auf ihn warten.

XVIII

Lorn wacht am nächsten Morgen kurz nach der Morgendämmerung auf, seine Gliedmaßen sind noch steif vom Liegen auf der harten Erde und durchgefroren, denn die dünne Decke muss als Unterlage dienen und gegen die Kälte schützen, die in der Nacht beinahe den Gefrierpunkt erreichte. Sein Kopf schmerzt vor Müdigkeit und die Träume der letzten Nacht spuken noch in seinem Kopf herum: weiße Mauern versanken in der Erde, Bäume des Waldes wurden gefällt, und jemand tropfte ihm Säure auf die Haut, die Erde zu sein schien. Lorns Blick wandert nach Süden zum dunkel aufragenden Verwunschenen Wald, aber auch er hält keine Antwort für ihn bereit.

Kopfschüttelnd streckt Lorn sich langsam und vorsichtig. Er leert fast eine ganze Wasserflasche, bevor er sich einige harte Trockenkekse und Käse zu Gemüte führt; mehr gibt die Notration nicht her. Das karge Frühstück scheint aber dennoch seine Gedanken zu entwirren. Lorn betrachtet den Himmel; der Tag scheint so kühl wie der vorhergegangene zu werden, der Wind aus Nordosten hat sich jedoch gelegt und nur noch eine schwache, wenn auch kühle Brise ist übrig geblieben.

Während sich Lorn die Uniform glatt streicht und wünscht, er könnte sich rasieren, tritt Kusyl an ihn heran.

»Der Wachposten vermeldet keine besonderen Vorkommnisse im Wald, Ser«, berichtet Kusyl. »Keine Katzen, keine Leoparden, keine Schlangen.«

»Sehr gut. Ich werde mir die Schlange gleich noch einmal ansehen. Es wird nicht lange dauern. Außerdem können wir ohnehin nichts weiter tun, außer die Leoparden, die vielleicht noch in der Krone sitzen, am Entkommen zu hindern.«

»Ja, Ser.« Kusyl klingt etwas unsicher.

»Sind die Wachen noch auf ihrem Posten?«

»Ja, Ser.«

»Wenn ich zurückkomme, werden wir den weiteren Tagesverlauf für beide Einheiten besprechen.«

Kusyl nickt.

Lorn wandert die fünfhundert Ellen vom Lager bis zu der Stelle hinter der Baumkrone, wo die tote Schlange liegt. Vier Aaskrähen schrecken auf, als der Lanzenkämpferhauptmann sich dem Baumstamm und dem Kadaver nähert. Der beißende Geruch von zermalmten Blättern vermischt sich immer mehr mit einem seltsamen Gestank von Moschus und Tod, je näher Lorn den verkohlten Überresten des Schlangenkopfes kommt.

Eine Zeit lang betrachtet er die geschwärzten Hautschuppen und die weißen Gebeine, die darunter hervorlugen. Dann wendet er sich dem Stamm zu und den Blättern. Schließlich geht er zurück zu den zwei Truppenführern, die schon auf ihn warten. Seine Stiefel sind selbst nach diesem so kurzen Spaziergang völlig überzogen mit einer Mischung aus Staub und versalzener, vom Chaos getöteter Erde.

Olisenn hebt die Augenbrauen, als wollte er fragen, warum Lorn sich die tote Schlange noch einmal angesehen hat. Kusyl wartet einfach nur.

»Wir müssen die Bewachung fortführen, damit keine weiteren Tiere mehr aus dem Wald oder dem Baum entkommen. Wir werden die Wache mit vier bewaffneten

Lanzenkämpfern besetzen, bis die Ingenieure kommen und die Krone verbrennen.«

Beide Lanzenkämpfer nicken zögernd.

»Keiner wird sich aufs Pferd setzen, bis die Ingenieure da sind, aber die Männer können abwechselnd zum Bach im Norden reiten, um Wasser für sich und die Pferde zu holen – sie können sich auch waschen, wenn sie wollen.«

»Ja, Ser.«

»Warum führst du nicht die erste Gruppe an, Olisenn?«, schlägt Lorn vor. »Die Männer sollen in Vierergruppen reiten und sich einheitsweise abwechseln.«

»Zu Befehl, Ser.«

Lorn nickt. Seine Gedanken sind immer noch bei seinem Traum und dem Rätsel, das ihm die Riesenschlange aufgibt.

»Ich würde das gern der Zweiten Einheit mitteilen, Ser«, sagt Kusyl.

»Natürlich.«

Lorn reitet selbst erst weit nach der Mittagszeit mit der letzten Gruppe der Zweiten Einheit zur Wasserstelle. Das kalte Wasser kühlt seinen Kopf ein wenig und er fühlt sich weniger schmutzig und wieder vorzeigefähiger nach der Rasur.

Erst am späten Nachmittag erreichen die zwei Feuerwagen mit der gepanzerten Kanone im Schlepptau die Zweite Kompanie. Der Offizier, der aus dem ersten Feuerwagen aussteigt, um Lorn zu begrüßen, ist einer der Hauptmänner, die Lorn kennen lernte, als er Major Weylt noch einmal seinen Dank aussprach, bevor er mit seinen Einheiten Ostend verließ.

Lorn reitet dem Hauptmann entgegen, zügelt das Pferd und wartet.

»Hauptmann Lorn, Hauptmann Strynst. Major Weylt lässt sich entschuldigen, die Stützmauern des Großen Kanals haben dem schweren Frühlingsregen nicht standgehalten, und er wurde dorthin beordert, um zu helfen.«

»Von Ostend?«, fragt Lorn.

»Es ist eine ziemlich weite Strecke, selbst für einen Feuerwagen, aber es gibt nicht viele gute Ingenieure und der Major gehört zu den Besten.« Strynst lächelt entschuldigend.

»Wir sind froh, dass Ihr gekommen seid«, meint Lorn. »Ich habe mich nur gewundert, warum Major Weylt von so weit her geholt wird.«

»Es gibt nicht mehr viele Spiegelingenieure. Die meisten sind hier am Verwunschenen Wald stationiert, und dann gibt es noch einige wenige in Fyrad, die die Feuerschiffe reparieren.« Strynst dreht sich um und betrachtet den umgestürzten Stamm. »Der Baum hier dürfte kein sehr großes Problem darstellen.« Er grinst trocken. »Aber natürlich ist auch dieser wieder geradewegs auf eine Sperre gefallen. Das passiert in neun von zehn Fällen. Man könnte wirklich meinen, der Verwunschene Wald denkt mit. Das kann doch nicht immer nur Zufall sein – nicht so oft und über so viele Jahre hinweg.«

»Vermutet habe ich es schon immer, dass es im Verwunschenen Wald keine Zufälle gibt.« Lorn lacht.

»Einige Lanzenkämpferoffiziere glauben jedoch nicht daran. Die meisten von ihnen sterben früh.« Der Ingenieurhauptmann deutet auf die Baumkrone. »Wie viele Biester sind da herausgekommen?«

Lorn folgt der Handbewegung und sieht dann dem Ingenieur wieder ins Gesicht. »Zwei große Katzen, eine Schlange und ein Rudel Nachtleoparden. Und natürlich Aaskrähen.«

»Eine Schlange? Das hat es ja noch nie gegeben.«

»Es war eine sehr große Schlange«, berichtet Lorn und zeigt in die ungefähre Richtung. »Vierzig Ellen, vielleicht auch länger. Der Durchmesser betrug bestimmt zwei Ellen.«

»Ich werde einen Blick darauf werfen, wenn wir die Krone beschießen.« Der Hauptmann hält inne. »Habt Ihr alle Tiere erwischt?«

»Eine der großen Katzen und zwei Leoparden sind entkommen. Wir hatten keine Möglichkeit mehr, sie einzufangen.«

»Die hat man nie, wenn sie einmal aus den Blättern herausgesprungen und an den Lanzenkämpfern vorbei sind. Bis ein Siedler getötet wird, der seine Herde zu schützen versucht oder selbst ein solches Biest tötet, das in seinem Stall in die Ecke gedrängt wird.« Strynst schüttelt den Kopf. »Ich sollte jetzt besser anfangen. Zieht Eure Männer zurück, dann werden wir die Feuerkanone aufstellen.«

»Sie sind alle bereits weit außerhalb des Gebiets um die Baumkrone, Hauptmann. Ich dachte, es ist besser, sie weiter draußen aufzustellen, um weitere Tiere am Ausbrechen zu hindern. Wenn Ihr wünscht, kann ich ein paar hierher zurückbeordern.«

»Ein halber Zug würde schon reichen; sie sollen sich hinter dem Feuerwagen aufstellen«, schlägt Strynst vor.

»Sie werden in Kürze da sein.« Lorn wendet den Wallach und reitet zurück nach Norden. Er weiß – erneut – aufgrund des Ordnungs-Chaos-Musters, das er fühlt und doch nicht erklären kann, dass nichts weiter geschehen wird. Nicht hier bei diesem umgestürzten Stamm.

»Danke.« Strynst marschiert zurück zu seinem Feuerwagen.

Lorn zügelt den Wallach bei den wartenden Lanzenkämpfern. Er holt tief Luft. Der Frühling hat noch nicht einmal richtig angefangen.

XIX

Das helle Morgenlicht der Frühlingssonne scheint durch das Fenster im hinteren Arbeitszimmer der Spiegellanzenkämpfer, während Lorn die letzten Zeilen des Patrouillenberichts verfasst. Er sieht ihn noch einmal durch, unterschreibt und wirft einen Blick auf die geschlossene Tür, hinter der sich das verwaiste vordere Arbeitszimmer befindet.

Eigentlich hat er heute seinen dienstfreien Tag, aber wenn er nicht einen Teil des Tages nutzt, um die Berichte und die Briefe an die Familien der gefallenen Lanzenkämpfer zu schreiben, wird es wieder einen Achttag dauern, bis er dazu Zeit findet, und dann hat er doppelt so viel zu schreiben und die Ereignisse liegen schon wieder länger zurück.

Nachdem er den Patrouillenbericht beiseite gelegt hat, um die Tinte trocknen zu lassen, nimmt er das nächste Blatt Papier, um den zusammenfassenden Bericht für Major Maran in Geliendra zu verfassen; der nächste Feuerwagen der Spiegelingenieure wird ihn dorthin mitnehmen. Im Laufe einer einzigen Patrouille hatte es die Zweite Kompanie mit zwei Brüchen der Sperrenmauer zu tun, verursacht durch umgestürzte Bäume, mit einer gigantischen Wasserechse, vier Riesenkatzen, drei Rudeln Nachtleoparden und einer riesigen Schlange und hat dabei fünf Lanzenkämpfer verloren.

Lorn erwähnt zwar nur ungern die Anzahl der entkommenen Tiere, tut es aber trotzdem, denn in allen früheren Berichten sind diese Zahlen enthalten, auch wenn das Handbuch das nicht unbedingt fordert. Aber schließlich decken sich Bestimmungen und das Erwartete nicht immer, wie Lorn aus Erfahrung weiß. Nachdem er auch diese Schriftrolle fertig gestellt hat, legt er sie neben die erste und setzt nun die Briefe auf, bei denen er am liebsten keinen Grund hätte, sie zu schreiben.

… müssen wir mit Bedauern mitteilen … getötet, während er seine Pflicht als Spiegellanzenkämpfer erfüllte. Er starb im Dienste seines Vaterlandes, das er liebte und beschützte vor den ständigen Gefahren des Verwunschenen Waldes …

Nach dem fünften Brief findet Lorn endlich die Zeit, die gesiegelte Schriftrolle zu lesen, die hier schon auf ihn wartete, als er von der Patrouille zurückkam.

Sie ist nur ungenau adressiert: Lanzenkämpferhauptmann, Nordend, Jakaafra. Das Siegel besteht aus einfachem braunem Wachs, nicht einmal eine Initiale befindet sich auf dem Wachsklumpen, der die Schriftrolle zusammenhält. Lorn erbricht das Siegel, entrollt den Brief und liest.

Verehrter Hauptmann,

ich schreibe diesen Brief im Namen meiner Familie und meines Bruder im Besonderen. Wir mussten schwere Verluste hinnehmen, und das nur, weil die Spiegellanzenkämpfer in Jakaafra nicht fähig sind, die wilden Tiere aus dem Verwunschenen Wald zu töten …

Im letzten Achttag drangen schwarze Leoparden in den Schafstall ein und rissen preisgekrönte Mutterschafe, und das in zwei aufeinander folgenden Nächten. Am Tag darauf fand mein Bruder einen toten Ochsen, den er gemästet hatte, um ihn auf dem Markt zu verkaufen. Nur Kopf und Knochen sind davon übrig geblieben. Die Spuren am Boden lassen auf eine Katze schließen, deren Größe man sich kaum vorstellen kann …

Ich gehöre zu den Glücklichen, die nicht vom Vieh leben müssen, aber viele andere Menschen in und um Jakaafra werden den Winter nicht überleben – oder nur hungernd und in Armut –, wenn diese furchtbaren Bestien nicht gejagt und getötet werden ...

Was auch immer getan werden muss, wir flehen Euch an, tut es ...

Unterzeichnet wurde der Brief von einem gewissen Kylynzar.

Lorn holt tief Luft. Nun muss er also noch mehr Lanzenkämpfer opfern, um Kühe und Schafe zu schützen – und dann ist auch noch nicht sicher, ob er sie damit retten kann. Könnte er nicht Juist mit der Jagd beauftragen? Wie? Er atmet tief ein; die Opfer hätten genauso gut Kinder sein können und nicht nur Vieh.

Aber ihm stehen nicht einmal genug Lanzenkämpfer und geladene Feuerlanzen zur Verfügung, um alle Nachtleoparden und Riesenkatzen zu töten, die ihnen auf den Patrouillen begegnen.

Er runzelt die Stirn und denkt nach. Mit all seinen bisher gesammelten Erfahrungen ist es ihm nicht gelungen, die Tiere aufzuhalten. Aber hat er denn eine Wahl? Lorn schürzt die Lippen. Er hat gewiss nicht vor, jede einzelne Wasserechse mit dem Säbel zu töten, und er wird auch nicht alle Riesenkatzen bis zum bitteren Ende verfolgen.

Die Schlange lässt ihm noch immer keine Ruhe. Er legt die Schriftrolle weg und sucht nach dem Patrouillenhandbuch, das Major Maran ihm gegeben hat. Als er es schließlich in der Schreibtischschublade findet, blättert er langsam die Seiten durch, von vorne bis hinten. Das, was er sucht, findet er jedoch nicht, also beginnt er noch einmal auf der ersten Seite und überfliegt jedes einzelne Blatt.

Als er noch immer nichts findet, fängt er kopfschüttelnd ein weiteres Mal von vorne an. Kein Hinweis auf Schlangen, nirgends. Im Handbuch sind alle Gefahren von Nachtleoparden über Riesenkatzen bis zu Wasserechsen aufgelistet, selbst von Schildkröten wird dort berichtet, die Lorn noch kein einziges Mal zu Gesicht bekommen hat; weiterhin werden Aaskrähen erwähnt und die runden Nester von riesigen Papierwespen – Wespen, die so lang sind wie der Zeigefinger eines ausgewachsenen Mannes. Der Hauptmann zuckt zusammen bei diesem Gedanken und beschließt, diese Gefahr im Hinterkopf zu behalten, wenn er auf den nächsten umgestürzten Stamm trifft.

Lorn hat im Maul der Schlange keine Zähne erkennen können, auch hat die Schlange die Lanzenkämpfer nicht tätlich angegriffen. Sie könnte jedoch einen ausgewachsenen Mann ohne weiteres am Stück verschlingen.

Lorn reibt sich am Kinn und liest noch einmal den Brief, den er nun beantworten oder aber an Major Maran senden muss. Keine der beiden Möglichkeiten behagt ihm so recht.

Schließlich setzt er die Feder aufs Papier:

Verehrter Ser,

ich weiß um die Schwere des Unglücks, das Euch, Eurer Familie und Eurem Bruder widerfahren ist …

… tun alles, was wir können, aber die Patrouillen der Zweiten Kompanie erstrecken sich über eine Länge von neunundneunzig Meilen an der Mauer entlang, wofür uns nur zwei Züge Lanzenkämpfer zur Verfügung stehen … Zu der Zeit, als Ihr mit diesen Schwierigkeiten behelligt wurdet, kämpften wir gerade mit dem Verwunschenen Wald und töteten fast zwanzig Raubtiere, darunter waren vier Riesenkatzen, zwei Rudel schwarze Nachtleoparden und eine riesige Wasserechse … Bei diesen Einsätzen verloren fünf Lanzenkämpfer ihr Leben. Es kann vorkommen, dass nicht alle Tiere getötet werden; aber gewiss nicht aufgrund mangelnden Einsatzes oder fehlender Bereitschaft seitens der Lanzenkämpfer, für das Volk von Cyador zu

sterben ... wir werden fortfahren und unser Bestes geben in diesem schier endlosen Kampf ...

Mit den besten Wünschen und aufrichtigem Bedauern ...

Anschließend schließt Lorn alle acht Briefe in die Truhe, denn im Augenblick gibt es keine Möglichkeit, sie zu verschicken, und vielleicht muss er die Wortwahl des letzten Briefes noch einmal überdenken.

Er schließt die Tür zum Arbeitszimmer und geht den einsamen Flur entlang, biegt in den nächsten kreuzenden Korridor ein und tritt durch die Doppeltür hinaus in den Hof. Auch dort ist keine Menschenseele zu sehen, denn Juist patrouilliert gerade etwa dreißig Meilen weiter nördlich auf den Straßen.

Auf der gegenüberliegenden Seite des Hofes steht die Stalltür offen und Lorn begibt sich dorthin.

»Ihr seid aber früh auf, Ser«, meint Suforis, der schmalgesichtige blonde Stalljunge, der dem Lanzenkämpferhauptmann entgegenkommt, »dafür, dass Ihr heute Euren freien Tag habt, meine ich.« Er wirft einen Blick in den Stand, in dem Lorns Wallach untergebracht ist. »Habt Ihr vor, weit zu reiten, Ser?«

»Nur nach Jakaafra.«

»Das wird er noch schaffen. Der Hufschmied kommt nach der nächsten Patrouille, Ser.«

»Wie viele Pferde müssen neu beschlagen werden?«

»Werden schon zehn sein, Ser. Aber so arg wie bei Unteroffizier Juists Pferden ist es bei den anderen nicht; er reitet meistens auf der Straße und das tut den Pferden nicht gut. Er ist derjenige, der die Ersatzpferde am meisten in Anspruch nimmt.«

Lorn nickt, dann fragt er: »Du sagtest, dass du die Ersatzpferde ausreiten darfst?«

»Muss ich sogar, Ser. Und für Unteroffizier Juist mache ich manchmal auch Botenritte.«

»Das kannst du sicher gut, da wette ich«, antwortet

Lorn. »Vielleicht kann ich deine Dienste auch einmal in Anspruch nehmen, du müsstest Schriftrollen wegbringen ... Bestellungen. Könntest du das für, sagen wir, einen Kupferling pro Rolle für mich erledigen – sie zu einem Kommis in Jakaafra bringen?«

»Hauptmann Meisyl hat mir einen halben Kupferling dafür bezahlt.« Suforis grinst.

»Ich zahle dir einen ganzen Kupferling.« Lorn grinst zurück. »Und jetzt sattle den Wallach für mich.«

»Ja, Ser.«

Lorn muss nicht lange warten und schon kommt der Stalljunge zurück.

»Reitet nicht zu schnell, Ser«, rät Suforis, der den gesattelten Wallach zu Lorn auf den Hof geführt hat.

»Ich werde daran denken.« Lorn lächelt den gewissenhaften jungen Mann an.

Der Lanzenkämpferhauptmann überlässt es dem Wallach, das Tempo zu bestimmen. Lorn hat es nicht sehr eilig, obwohl er erst viel später als beabsichtigt Kontakt mit Dustyn dem Kommis aufnehmen kann. Aber wann hat er schon einmal einen freien Tag wie diesen, an dem er so etwas erledigen kann?

Die Luft ist wärmer geworden in den vergangenen zwei Tagen, nur der leichte Wind ist geblieben und verschafft Lorn während des Ritts angenehme Abkühlung. Das Grün ist auf die Felder zurückgekehrt und die wintergrauen Blätter in den Wäldern und Obstgärten haben sich dunkelgrün verfärbt, während die neuen Blätter in einem helleren und frischeren Grün leuchten. Die Apfelbäume in einem der Obstgärten tragen schon die ersten weißen Blüten, die Birnäpfelzweige jedoch sind noch fast kahl und das Winterlaub darauf noch eingerollt.

Die Hufe des Wallachs klappern gleichmäßig auf den Granitsteinen der Straße, ein ebener, aber schmaler Weg, nur etwa zehn Ellen misst er in der Breite. Zweimal muss Lorn auf den grasbewachsenen Straßenrand ausweichen, um Bauern, die auf dem Weg in die Stadt sind, Platz zu machen. Er nickt beiden Kutschern höflich zu und beide grüßen schweigend und mit finsterer Miene zurück.

Die Stadt liegt zwar nur etwa fünf Meilen von der Kaserne entfernt, aber der Vormittag neigt sich bereits dem Ende zu, als Lorn die ersten Häuserreihen hinter dem Wegweiser erreicht, der die Stadt in einer Meile Entfernung ankündigt. Lorn reitet an den gelben Ziegelhäusern vorbei, jedes hat vor der Haustür einen grünen Wandschirm aus Keramik und verfügt über eine gepflegte hohe Hecke, die die hinteren Säulengänge vor neugierigen Blicken schützt. Die meisten der grünen Fensterläden sind geöffnet. Mit all den einstöckigen Häusern wirkt Jakaafra mehr wie ein Dorf denn wie eine Stadt.

Der einzige Platz in Jakaafra ist sehr klein, nur eine offene, gepflasterte Fläche, nicht mehr als hundert auf hundert Ellen groß. Lorn reitet einmal langsam um den ganzen Platz, erst dann fällt sein Blick auf ein Gebäude in einer kleinen Seitengasse gleich hinter dem Platz. Der Laden ist nicht sehr groß und über der Tür hängt ein kleines grünes Fass. Lorn hofft, das dieses Fass für einen Kommis steht, der mit Spirituosen und Getränken handelt. Das muss er sein, denn Dustyn schrieb in seiner Schriftrolle, dass er ›hinter dem Hauptplatz‹ zu finden sei.

Mit einem Lächeln führt Lorn den Wallach zu einem Granitpfosten unter der kleinen Veranda, wo er das Pferd an den leicht angelaufenen Bronzering bindet. Er geht über die Veranda in den Laden, der aus einem einzigen kleinen Raum besteht, möbliert nur mit einem Ladentisch und einer Handglocke darauf. Lorn läutet.

»Komme schon …«

Lorn wartet, aber nichts geschieht.

Schließlich läutet er noch einmal.

»... sage doch, ich komme.« Der Vorhang hinter dem Ladentisch wird zurückgezogen und ein Mann, ein oder zwei Spannen größer als Lorn, erscheint im Durchgang. Sein gerades braunes Haar ist zurückgekämmt und wird von einer kunstvoll verzierten Silberspange zusammengehalten. »Habe doch gesagt ... oh, Hauptmann, ich wusste nicht, dass Ihr es seid. Hauptmann Lorn, nehme ich an, es gibt ja schließlich nur einen Spiegellanzenkämpferhauptmann hier in der Gegend und heute ist Euer freier Tag, nehme ich an, denn an einem anderen Tag wärt Ihr nicht hier ...«

Lorn lacht. »Stimmt. Ich bin Hauptmann Lorn.« Er hebt die Hand und zeigt den Siegelring.

»Ich heiße Dustyn, Kommis für Spirituosen und Getränke, der Einzige nördlich des Verwunschenen Waldes, der Einzige in der Gegend zwischen hier und dem Barbarenland, ja sogar bis zu den Westhörnern ...« Dustyn verbeugt sich. »Wenn Ihr mir folgen wollt, verehrter Hauptmann.«

Während Lorn dem Kommis durch den schmalen, mit Vorhängen verdeckten Durchgang folgt, fragt er sich, warum er ein ›verehrter‹ Hauptmann sein soll, aber er sagt nichts und geht einfach dem älteren Mann hinterher, den Flur entlang und eine schmale Ziegeltreppe hinunter in einen kühlen Keller. An der Wand stehen auf einer langen Plattform viele kleine und große Fässer aus den verschiedensten Hölzern. Daneben befinden sich Regale, die Hunderte von Flaschen beherbergen.

Vor den Regalen lagern drei Holzkisten und zwei Körbe.

»Hier lagern zwei Kisten Alafraan und eine Kiste Fhynyco für Euch ...« Dustyn hebt beide Hände mit einer theatralischen Geste. »Und natürlich haben wir auch die zwei Körbe mit getrockneten Lebensmitteln für Euch entgegengenommen, denn sie sind ohnehin nur klein.«

Lorn nickt. Die Körbe sind wirklich klein, etwas weniger als eine Elle im Durchmesser, sodass sie hinter den Sattel passen müssten. »Ich danke Euch für Eure Mühe.« Lächelnd gibt er dem Kommis ein Silberstück. »Ihr tut gut daran, mit dem Haus Ryalor Geschäfte zu betreiben. Es ist zwar klein … aber nicht ohne Einfluss.«

Dustyn antwortet mit einem schiefen Lächeln. »In der Tat, Ser. Ich kenne einige Händler, die mit dem Yuryan-Klan und mit den Dyjani Handel betreiben, und ich habe Erkundigungen eingezogen – stets mit höchster Diskretion natürlich, Ihr versteht –, und diese haben ergeben, dass das Haus Ryalor ehrlich ist und gute Ware liefert.« Nervös tritt Dustyn von einem Fuß auf den anderen.

»In jeder Hinsicht gut?«, fragt Lorn.

»Äh … ja, Ser.«

»Ich werde ein gutes Wort für Euch einlegen, Dustyn.« Der Lanzenkämpferhauptmann lächelt. »Vielleicht können wir ins Geschäft kommen.« Er hält inne. »Ich möchte die Flaschen lieber nicht auf einmal mitnehmen und Ihr habt doch genügend Lagerplatz hier …«

»Ja, Ser.« Die Nervosität fällt langsam von Dustyn ab. »Wenn Ihr wünscht, dann können wir Euch jeden Achttag einige Flaschen liefern … für eine kleine Gebühr …«

»Wie klein?«, fragt Lorn vorsichtig.

»Sehr klein – einen halben Kupferling pro Achttag.«

»Abgemacht.« Ein weiteres Silberstück wechselt den Besitzer. »Dies sollte bis zum Herbst reichen.«

»Ja, Ser.«

»Kennt Ihr einen Siedler namens Kylynzar?«, fragt Lorn. »Er muss irgendwo hier in der Gegend wohnen.«

»Kylynzar? Ja, Ser. Ein sehr angesehener Mann. Er besitzt viel Land in den roten Hügeln hoch im Norden. Er baut Melonen an, die er dann zu Goldmelonenbranntwein brennt. Ein guter Branntwein, aber hier in Jakaafra trinken die Leute lieber Reisbier oder obergäriges Bier.«

»Hmmm … habt Ihr eine Flasche von dem Branntwein da?«

»Ich habe mehrere … viele sogar.«

Lorn nickt. »Ich mache Euch einen Vorschlag. Ich schicke eine Schriftrolle an jemanden, den ich im Hause Ryalor kenne. Ihr könnt diese Schriftrolle doch weiterleiten?«

»Sie müsste schon mit einigen Waren verschickt werden … oder gegen eine Gebühr …«

»Goldmelonenbranntwein. Ich würde vorschlagen, wir schicken eine kleine Kiste davon zum Haus Ryalor. Sagen wir, ein Goldstück für den Versand?«

»Äh … ja, Ser, und ein Goldstück für zehn von den kleinen Flaschen.«

Lorn nickt, gibt Dustyn zwei Goldstücke und hofft, dass er in nächster Zeit keine größeren Ausgaben mehr tätigen muss, denn das nächste Gehalt wird erst in einigen Achttagen ausbezahlt. »Dann betrachte ich den Handel als besiegelt. Ihr verschickt meine Schriftrolle – Ihr werdet sie morgen oder übermorgen erhalten – zusammen mit der Warenladung zum Haus Ryalor.«

»Ja, Ser.«

»Und dafür, Dustyn, könnt Ihr vielleicht eine kleine Flasche von dem Melonenbranntwein zum Alafraan und Fhynyco dazugeben, die ich jetzt mitnehmen werde.« Lorn lächelt gewinnend. »Wenn er mir mundet und wenn auch das Haus Ryalor damit zufrieden ist, könnt Ihr den Handel möglicherweise ausweiten.«

»Eine Flasche kann ich erübrigen.« Dustyns Lächeln wirkt einerseits erleichtert, andererseits aber auch listig.

»Das Haus Ryalor schätzt Vertrauen und erwartet, dass auch sein Vertrauen in Ehren gehalten wird.«

»Äh … ja, Ser … das habe ich schon gehört.«

»Nur damit wir uns verstehen.«

»Natürlich, Ser.«

Lorn händigt ihm ein letztes Silberstück aus. »Für

Eure Hilfe und die Mühe, Dustyn.« Er *denkt,* dass diese Mischung aus Zuckerstück und Peitsche den Kommis zur Ehrlichkeit zwingen wird, und auch das Wahrlesen hat gezeigt, dass Dustyn ihn bisher noch nicht angelogen oder getäuscht hat.

Lorn muss sich ein paar Schnüre ausleihen, um den mit Stroh gepolsterten Sack mit Branntwein, Wein und Lebensmitteln auf den Wallach zu binden; sorgfältig schnürt er das Bündel hinter dem Sattel fest.

Mit einem Nicken und einem kurzen Winken verabschiedet er sich und macht sich auf den Weg zurück in die Kaserne. Lorn denkt während des Rittes über all das nach, was er noch tun muss. Seine Gedanken wandern von einem Problem zum nächsten und so erscheint ihm der Rückweg viel kürzer.

In der Kaserne angekommen, schließt er die Zimmertür hinter sich und stellt drei Flaschen Wein und eine Flasche Branntwein auf den kleinen Schreibtisch. Er beschließt, den Branntwein gleich zu öffnen, und gießt sich einen Fingerbreit davon in einen Humpen.

Vorsichtig riecht er daran. Von Melonen ist kaum etwas zu riechen, aber das Getränk verströmt einen volleren und wärmeren Geruch als alles, was Lorn bisher getrunken hat. Er versucht einen kleinen Schluck und muss lächeln. Wenn das Haus Ryalor diese Angelegenheit zu handhaben weiß, dann wird der Branntwein viele Goldstücke einbringen. Wenn …

Aber das ganze Leben besteht schließlich aus ständigem Wenn und Aber.

Lorn bückt sich und öffnet den ersten Korb. Obenauf liegt eine Garnitur Unterwäsche, darunter eine leichte Lanzenkämpfertunika aus Schimmertuch für den Sommer. Dann kommt noch eine Garnitur Unterwäsche zum Vorschein und darin findet Lorn ein gefaltetes und gesiegeltes Stück Papier. Er lächelt und legt die Kleider beiseite, um die Worte zu lesen, die Ryalth mit ihrer kühn geschwungenen Handschrift niedergeschrieben hat.

Mein lieber Hauptmann,

wie versprochen schicke ich dir ein paar Sachen, die dir in den kommenden Jahreszeiten vielleicht hilfreich sein können.

Über Shevelts Tod kursieren seit deiner Abreise viele Gerüchte. Der Dyjani-Klan hat dem neuen Erben Respekt gezollt – mit Goldstücken. Sie haben auch einen edlen hamorischen Wandteppich überreicht. Im Augenblick ist es wieder ruhig.

Das Haus Ryalor hat einige Verluste erlitten, als die Rotwind *im Sturm vor dem Golf gesunken ist, aber der Schaden hält sich in Grenzen, wir haben einiges davon mit anderen Handelsgeschäften wieder gutmachen können …*

Lorn nickt. Er hat zwar gehofft, dass das Schiff noch einige Reisen durchsteht, aber Ryalth war durch ihn schon vorgewarnt und hat dementsprechend gehandelt. Am liebsten würde er noch warten mit dem Brief für Ryalth, um ihr ausführlich antworten zu können, aber diese Zeit hat er nicht. Bereits morgen beginnt die nächste Patrouille und bis zu seiner Rückkehr vergeht wieder ein Achttag. Er ist froh, dass er nun einen Weg gefunden hat, um richtige Briefe an Ryalth schreiben zu können. So werden seine Briefe ungelesen ankommen, oder zumindest ist die Wahrscheinlichkeit, dass sie gelesen werden, viel geringer, als wenn er sie auf dem normalen Weg mit der Kurierpost verschicken würde.

In weiser Voraussicht hat er mit Dustyn diese Übereinkunft getroffen – in weiser Voraussicht und mit Glück, muss er sich verbessern.

Unter den Kleidungsstücken, eingepackt in schweres, geöltes Leder, findet er noch einige andere Päckchen: etwas Käse, getrocknete Früchte und Nüsse. Der zweite

Korb enthält ein Paket mit feinstem Leinenpapier, drei Tintenfässer und eine Cupridiumfeder, die von einem hervorragenden Handwerksmeister stammen muss. Versteckt zwischen dem Papier entdeckt er zehn Goldstücke. Ganz unten in den zweiten Korb hat Ryalth noch einmal getrocknete Früchte und Nüsse gepackt.

Lorn lächelt über diesen schon fast als Nötigung zu bezeichnenden Hinweis. Man erwartet also von ihm, dass er schreibt, und die Goldstücke sollen einzig dafür verwendet werden, dass seine Briefe auch sicher ankommen.

Als er die Körbe geleert und die Sachen verstaut hat, zündet Lorn die Lampe über dem Schreibtisch an und setzt sich nieder zum Schreiben; natürlich verwendet er dazu die neue Feder und die neue Tinte.

Meine liebe Händlerin,

danke für Alafraan und Fhynyco … und für all die anderen feinen Sachen, die du geschickt hast. Du überraschst mich immer wieder … ich habe mit Dustyn, dem Kommis, eine Übereinkunft getroffen, dass er dir eine kleine Kiste mit Melonenbranntwein schickt. Dustyn hat ihn empfohlen und ich habe ihn selbst schon probiert. Der Branntwein hat einen guten und weichen Geschmack, obwohl er sehr stark ist; ich habe so etwas bisher noch nirgends getrunken. Vielleicht kann man dieses Getränk Gewinn bringend an die Austrier oder Hamoraner verkaufen …

Ich rate dir auch, nach Holz aus dem Verwunschenen Wald Ausschau zu halten. Es wird auf dem Großen Kanal verschifft und an die Küstenhändler und Hamoraner verkauft … es soll für den Schiffsbau geeignet sein, warum, kann ich dir nicht sagen. Vielleicht sind auch die Brystaner daran interessiert …

Lorn hält die Feder hoch, er wünscht, er könnte ihr noch viel mehr schreiben, aber das wagt er im Augenblick nicht. Schließlich fügt er noch einige Zeilen an und schließt den Brief.

Von deinem treuen Partner, der die Kleider, die Lebensmittel und den Wein zu würdigen weiß und den Geist, in dem dies alles übermittelt wurde.

Er legt die Schriftrolle zum Trocknen nieder und fährt gleich mit der nächsten fort, dem ebenfalls schon überfälligen Brief an seine Familie. Aber dieser wird mit der normalen Kurierpost verschickt und deshalb zweifellos auch gelesen, weshalb er nichts Unerwartetes enthalten darf.

Es war eine lange Reise nach Jakaafra und ich habe eine Zeit lang gebraucht, um mich mit all den Notwendigkeiten hier vertraut zu machen. Mein unmittelbarer Vorgesetzter, Major Maran, ist sehr freundlich und erinnert mich an meinen alten Schulkameraden Dettaur …

Nur Jerial wird diese Worte wirklich verstehen … und seine Mutter …

… die Patrouillen hier unterscheiden sich von denen in Isahl … wir sind drei Tage unterwegs, haben einen Tag frei, reiten wieder drei Tage – vorausgesetzt, es gibt keine Zwischenfälle … Jakaafra ist die kleinste der Kasernen am Wald … Ich durfte einige Spiegelingenieure kennen lernen und habe größten Respekt vor ihrer Arbeit …

Nachdem Lorn noch einige Höflichkeiten darunter gesetzt hat und die Tinte getrocknet ist, siegelt er beide Schriftrollen und legt sie auf die Ecke des Schreibtischs, wo beide auf den Versand – auf unterschiedlichen Wegen – am nächsten Morgen warten.

Lorn steht auf, streckt sich und geht zum Schrank.

Dort holt er das Chaos-Glas heraus und stellt es auf den Tisch. Stirnrunzelnd betrachtet er es eine Zeit lang. Nur ein einziger Magier hat ihn mit dem Spähglas beobachtet, seit er in Jakaafra ist. Wird die Beobachtung durch den Wald erschwert? Oder ist er hier, weit im Norden von Cyador, schon in Vergessenheit geraten?

Das Glas steht auf dem goldgelben Weißeichentisch und Lorn konzentriert sich auf das silbrige Glas und auf Ryalths Bild. Die Nebel ziehen auf und wabern ungewöhnlich lange im Glas, so scheint es zumindest, aber schließlich verziehen sie sich und zeigen ein Bild.

Eine rothaarige Frau geht den Zweiten Hafenweg entlang, es ist Abend, das Licht ist schwach. Plötzlich zögert sie und dreht sich um. Für eine Sekunde blickt Lorn geradewegs in das Gesicht im Glas, dann lässt er das Bild los. Er will sie nicht zu sehr stören.

Schweißperlen stehen auf Lorns Stirn, es ist sehr anstrengend für ihn, und er weiß, dass er noch viel üben muss.

Was ist mit Maran? Lorn schüttelt den Kopf.

Dann lächelt er und konzentriert sich auf Dustyn den Kommis.

Als die Nebel sich lichten, lässt Lorn mit hochrotem Kopf das Bild sofort fallen. Dustyn liegt im Bett – und das nicht allein.

Behindert der Wald das Chaos des Spähglases?

Lorn konzentriert sich auf den Stamm, der zuletzt auf die Sperrenmauer fiel, er ruft sich den Standort in der Nähe des Chaos-Turmes in Erinnerung und sogar die Form des Stammes, der nach der Verbrennung der Krone durch den Spiegelingenieur noch übrig geblieben ist.

Die Nebelschwaden brauchen sehr, sehr lange, bis sie sich lichten, und Lorn rinnt der Schweiß in Bächen übers Gesicht, aber er lässt nicht locker.

Schließlich wird er mit einem Bild belohnt. Vier Wagen stehen bei dem Stamm, der nur noch die Hälfte seiner ursprünglichen Länge zu haben scheint. Mindestens zwanzig Männer hantieren mit langen, glänzenden Sägen. Lorn versucht, das Bild zu verschieben, damit er über die Mauer blicken kann, aber außer einem schwarzsilbernen Vorhang ist nichts zu sehen. Er probiert, mit aller Kraft durchzudringen.

Dann fühlt er plötzlich einen Schwindel im Kopf und winzige Sterne flimmern vor seinen Augen. Auf der Kante des schmalen Bettes muss er sich lange ausruhen, bis die Blitze und der Schwindel vergehen. Dann steht er auf und stellt das Glas zurück in den Schrank.

Jetzt muss er schnell etwas zu essen finden. Er packt die offene Branntweinflasche und geht hinaus in den Flur, aber nicht ohne vorher die Tür zu seinem Gemach zu schließen. Dann macht er sich auf den Weg in den Speisesaal, wo er weiß, dass er zumindest Brot und Käse vorfinden wird. Vielleicht ist auch Juist schon zurückgekehrt und möchte den Branntwein kosten.

Lorn zuckt die Schultern und lächelt. Der Tag ist ziemlich erfolgreich verlaufen und an die morgige Patrouille denkt er im Augenblick nicht. Noch nicht.

XX

Eine frühlingshafte Brise weht Lorn um die Nase, während er auf der äußeren Straße nördlich des weißen Granitgebäudes reitet, in dem der nordöstlichste Chaos-Turm untergebracht ist; der Turm, von dem Lorn überzeugt ist, dass er seit mehreren Jahren schon nicht mehr arbeitet. Die Hufe des Wallachs klappern leise auf dem glatten Granit der Straße und das entfernte Summen der Insekten in den Feldern links von Lorn übertönt gelegentlich das leise Seufzen des Windes im Weidegras, welches schon fast kniehoch steht.

Im leichten Wind kühlt Lorn etwas ab, und der Schweiß, den er sich mehrmals von der Stirn wischen muss, bildet sich sofort wieder, als der Wind nachlässt. Neben ihm reitet die Zweite Einheit in einer Reihe nebeneinander und sucht nach den Spuren eines Waldausbrechers, doch auf den letzten drei Patrouillen gab es weder Schösslinge noch Bäume oder irgendwelche Waldtiere zu bekämpfen.

Hinter Lorns Sattel ist ein zweiter Säbel samt schäbiger Scheide festgeschnallt. Alle Männer wissen, dass er eine zweite Waffe mit sich führt, und keiner wundert sich darüber, denn sie alle haben gesehen, wie er im Kampf gegen die Wasserechse seinen ersten Säbel verloren hat. Aber Lorn hat den Ersatzsäbel gar nicht aus diesem Grund mitgenommen. Er hat unter dem cupridiumgeschmiedeten Äußeren der Klinge eine dunkle Ordnung entdeckt und weiß, dass dies in bestimmten Fällen eine bessere Wirkung gegen die ordnungsgestützten Angriffe des Verwunschenen Waldes erzielt. Denn eines ist Lorn inzwischen klar geworden: Der Wald fügt Ordnung und Chaos zusammen und das ist um ein Vielfaches wirkungsvoller als Ordnung oder Chaos allein. Warum und unter welchen Umständen das so ist, darüber ist er sich allerdings noch nicht ganz im Klaren.

Stirnrunzelnd rückt er sich die Garnisonskappe zurecht.

»Wird ein heißer Sommer werden, Ser«, ruft Kusyl quer über die Straße, die die beiden Männer trennt. »Alles deutet darauf hin, wirklich alles. Vytly meint, die Trauben sind früh dran, und es wird auch keinen Spätfrost mehr geben, der ihnen noch etwas anhaben könnte. Die Melonen wachsen auch gut und selbst die Rotbeerenbäume tragen bereits Früchte.«

»Ich hoffe, es wird nicht so heiß wie in den Grashügeln«, antwortet Lorn lachend. »Ich könnte gut ohne die Hitze auskommen.«

»Nein, Ser. Hier wird es nicht so heiß. Es kommt einem hier nur vielleicht heißer vor, weil die Luft feuchter ist.« Kusyl zeigt nach links auf die schweigende Dunkelheit des Verwunschenen Waldes. »Um den Wald herum regnet es immer etwas mehr. Deshalb haben sich hier die Leute angesiedelt, auch wenn sie ständig mit der Gefahr der Waldtiere leben müssen.« Der Untertruppenführer hält inne, dann fragt er: »Habt Ihr etwas von den entkommenen Katzen gehört?«

»Ab und zu erhalte ich Briefe, in denen sich die Siedler darüber beschweren, dass ein Ochse oder ein Schaf getötet wurde. Ich versuche stets, ihnen unsere Arbeit zu erklären.«

»Diese Leute sollten sich mal so einen umgestürzten Baum ansehen. Dann würden sie anders denken. Ich wette, keiner von denen ist ein ehemaliger Lanzenkämpfer.«

Ein Lanzenkämpfer, der etwa fünfzig Ellen links von Kusyl reitet, murmelt etwas vor sich hin, Lorn kann es gerade noch verstehen, Kusyl schon nicht mehr. »… für einen pensionierten Lanzenkämpfer … wohl nicht gerade das Paradies!«

»Ganz sicher nicht«, ruft Lorn zu Kusyl hinüber. »Ich bezweifle auch, dass ein ehemaliger Lanzenkämpfer sich so nahe an der Sperrenmauer niederlassen würde.«

Kusyl lacht. »Ich ganz bestimmt nicht. Ich gehe zurück nach Kynstaar, wenn es so weit ist, und werde dort eine Schenke eröffnen und den Lanzenkämpferoffizieren die Goldstücke aus den Taschen ziehen.«

Lorn lacht.

Sie kommen an die Stelle, wo der letzte Baum lag, aber wie Major Weylt schon vor Achttagen gesagt hat, ist nichts mehr davon zu sehen, dass hier jemals ein

Baum über die Sperrenmauer gefallen wäre. Der Wind hat die Kuhle im Ödland wieder mit salziger Erde aufgefüllt und die Sägespäne fortgeweht. Arme Bauern sind in der Dämmerung herumgeschlichen und haben die restlichen Zweige und Äste eingesammelt, um sie zu verfeuern. Wind und Insekten haben sich um die Blätter gekümmert. Eine nennenswerte Lücke zwischen den riesigen Stämmen, die jenseits der Sperrenmauer eine zweite Wand bilden, kann Lorn nicht ausmachen.

Es scheint fast, als wäre hier niemals ein Baum über die Sperrenmauer gefallen.

Aber Lorn weiß um die toten Lanzenkämpfer und die gefährlichen Tiere, die nun durch den Norden Cyadors streifen, das Vieh töten und hinaus in die Nacht zerren. Und er weiß auch, dass neue Bäume fallen werden; das ist so sicher wie der nächste Regen oder Windstoß.

XXI

Im hellen Licht der Wandlampen und deren glänzenden Cupridiumreflektoren, die jedoch völlig unnötig sind für jene, die diesen Raum nutzen, schreitet der Erste Magier Chyenfel bedächtig, ja geradezu vorsichtig zum Schreibtisch, der im karg ausgestatteten Arbeitszimmer im obersten Stockwerk des Turmes steht, welcher über das Viertel der Magi'i wacht. Es ist nicht wirklich ein Turm, denn er erhebt sich nur fünf Stockwerke hoch in den Himmel, also weit weniger hoch als der Palast des Lichts; nur für die Oberlektoren der Magi'i und für jene, die wissen, was innerhalb des Viertels vor sich geht, gilt er als genauso eindrucksvoll. Schweigend lässt sich Chyenfel'elth nieder und wartet, bis der Zweite Magier auf dem Stuhl vor dem Schreibtisch Platz genommen hat.

»Ser?«, fragt Kharl'elth. »Ihr empfangt nicht oft am Abend.«

»Wenn ich müde bin und weniger aufmerksam? Da habt Ihr Recht. Das mache ich nicht gern.« Ein Lächeln erscheint auf Chyenfels Gesicht und verschwindet wieder. »Ich möchte wissen, warum Ihr Hauptmann-Kommandant Luss davon abhaltet, dem Major-Kommandanten gegenüber die Unterstützung für das Schlafsperrenvorhaben gutzuheißen, und warum Ihr den Handelsberater des Kaisers eben von dem Gleichen abhaltet.«

Kharl lächelt warm, die grünen Augen funkeln. »Ich habe nicht ein Wort dagegen gesagt. Nicht ein abträgliches Wort zu irgendjemandem, Ser.«

Chyenfel seufzt übertrieben laut. »Das ist es ja. Das ist so, als würdet Ihr sie abhalten, das wisst Ihr ganz genau. Ich habe meine Meinung für mich behalten, weil ich glaubte, dass wir Zeit haben und dass zu gegebener Zeit die Notwendigkeit dieses Vorhabens für alle offensichtlich werden würde, ohne die Stimme erheben oder die Macht der Magi'i ins Spiel bringen zu müssen.«

»Das war sehr weise, Ser, denn die Versorgungstürme hier im Viertel könnten sehr bald ihren Dienst versagen, einer nach dem anderen. Indessen nehmen die Angriffe der Barbaren zu und erfordern immer noch mehr Feuerlanzen und damit mehr Ladungen.« Kharl scheint völlig unbeeindruckt, seine Stimme klingt gleichgültig. »Wie Ihr wisst, fürchte ich die Barbaren mehr als den Verwunschenen Wald.«

»Fehler am Verwunschenen Wald können wir uns nur eine Jahreszeit lang leisten, höchstens ein Jahr, aber nicht länger.« Die sonnengoldenen Augen des Ersten Magiers starren in die grünen Augen des Zweiten, die über kaum mehr als einen Schatten des sonnengoldenen Glanzes verfügen. »Ihr wisst, dass die Sperrenmauern auf der nordöstlichen Seite des Verwunschenen Waldes fast nichts mehr aufhalten und wir dort wieder einen Chaos-Turm verloren haben.«

»Ich habe die Berichte der Spiegelingenieure gelesen.« Kharl zuckt gleichgültig die Achseln. »Wir beide kennen die Gefahren. Und doch wollen wir uns nicht den Zorn des Kaisers zuziehen – oder den des Major-Kommandanten der Lanzenkämpfer –, indem wir die Chaos-Ladungen für die Spiegellanzenkämpfer noch weiter beschränken oder noch weniger Feuerwagen über die Straßen von Cyador fahren lassen. Auf dem Großen Kanal haben wir die Zahl der Schleppwagen ohnehin bereits verringert.«

Der Erste Magier wartet.

»Deshalb haben wir auch diesem Hauptmann Lorn – oder soll ich sagen Lorn'elth? – die Patrouillen an der nordöstlichen Sperrenmauer anvertraut.« Kharl streicht sich abwesend, fast gekünstelt, eine rote Haarsträhne aus dem Gesicht. »An diesem Ort vermag er wahrscheinlich wirkungsvoller zu handeln.«

Chyenfel'elth Mund lächelt, aber die sonnengoldenen Augen leuchten kalt und lassen nicht vom Zweiten Magier ab. »Das war sehr klug von Euch, Kharl, wenn Ihr auch nicht genau aus den Gründen gehandelt habt, die Ihr mit Hauptmann-Kommandant Luss besprochen habt.«

»Wir brauchen Zeit, um sicherzustellen, dass Euer Vorhaben auch glückt«, fährt Kharl fort, »und das ist mit ein Grund, warum ich noch nicht auf die Einführung gedrängt habe. Die Sperrenmauer muss so stark wie immer erscheinen, bis wir sicher sind, dass wir Euren Plan zu Ende führen können.«

»Ich glaube Euch beinahe, verehrter Zweiter Magier.« Chyenfel presst seine langen, schlanken Finger aneinander.

»Seid Ihr überzeugt, dass es gelingen wird, Ser?«, fragt Kharl plötzlich. »Dieses große Vorhaben, von dem Ihr unserem Kaiser stets so entschlossen berichtet?«

»Voll und ganz? Nein. Aber das ist nicht wichtig.

Wenn es nicht gelingt, dann ist es besser, Cyad erfährt davon, solange die Chaos-Türme noch intakt sind. In der nächsten Generation wird es keine Türme mehr geben, bloß noch ein paar Feuerlanzen, die durch die mühsame Arbeit von Erststufen-Adepten geladen werden. Nur noch wenige Cupridiumklingen werden hergestellt werden, um die Barbaren aus dem Norden aufzuhalten.« Die sonnengoldenen Augen blitzen auf. »Aber das wisst Ihr alles selbst. Ich denke, es ist das Wagnis wert.« Ein ironisches Lächeln folgt. »Nur nicht für jene, die jetzt gern die Macht an sich reißen würden – oder in den wenigen noch kommenden Jahren.«

»Ich habe niemals gegen Euch gearbeitet, Ser.« Das vermeintlich warme Lächeln umspielt erneut Kharls Lippen.

»Aber da Ihr wisst, wie ich in Euren Gedanken wahrlesen kann, verehrtester Zweiter Magier, seid Ihr höchst vorsichtig bei dem, was Ihr sagt und wie Ihr es sagt.«

»Genau wie Ihr selbst, Ser«, erwidert Kharl darauf. »So wie wir alle.«

»Wieder habt Ihr Recht, Kharl. Ich wünschte, Ihr würdet Euer Wissen und Urteilsvermögen einsetzen, um die Maßnahmen zu unterstützen, die notwendig sind, um den Verwunschenen Wald zurückzuhalten. Und das länger als nur noch die wenigen Jahre, die die Chaos-Türme und Kristallsperren noch halten werden.«

»Ich habe verstanden, verehrter Erster Magier, und ich werde damit anfangen.«

Ein kaum sichtbares Lächeln erscheint auf Chyenfels Lippen, er steht auf, um das Ende der Zusammenkunft anzukündigen.

Kharl erhebt sich ebenso, sein Lächeln ist das Abbild der Miene des Ersten Magiers.

Weder die sonnengoldenen Augen noch jene funkelnden grünen mit dem blassen Goldschimmer spiegeln auch nur den Anschein eines Lächelns wider.

XXII

Im Zwischenposten ist es ruhig, der Frühsommerhimmel ist so wolkenlos dunkel und ruhig, dass nicht einmal die Sterne zu funkeln wagen. Lorn schenkt jedoch dem Himmel keine Beachtung, als er über den Hof zu dem kleinen Seitentor schleicht, das weder abgesperrt noch bewacht wird. Er trägt den brystanischen Säbel auf der rechten Seite zusätzlich zu dem Lanzenkämpfersäbel auf der linken. So stiehlt er sich in den Schatten, mit dem er förmlich verschmilzt, als er das Tor öffnet und hindurch eilt. Leise läuft er auf dem Steinweg, der an der Mauer entlang führt, Richtung Süden.

Erst als er weit genug von der Mauer entfernt ist, setzt er die Stiefel so leise wie möglich auf den Boden des trockenen Ödlands, denn die kleine Straße, die vom Haupttor des Zwischenpostens an der Perimeterstraße vorbei zur Sperrenmauer führt, möchte er lieber nicht nehmen. Seine Füße tragen ihn durch die Nacht, der Sperrenmauer und dem, was hinter dem weißen Granit lauert, entgegen. Das Chaos-Netz flackert über der Mauer – ein unsichtbares Netz, das nur die Magi'i sehen können und ein Lanzenkämpfer, der ein Magier geblieben ist.

Lorn bleibt auf der inneren Mauerstraße stehen und betrachtet den leuchtenden Granit, das Chaos-Netz und die unentwirrbar ineinander verschlungenen Kräfte der schwarzen Ordnung und des rotgoldenen Chaos. Er fragt sich noch einmal, wie etwas, das solches Chaos enthält, von den Magi'i als böse bezeichnet werden kann. Doch die *Feindseligkeit,* die die Waldtiere den Ingenieuren und Lanzenkämpfern entgegenbringen, ist nicht zu leugnen. Ist es denn wirklich eine Feindseligkeit?

»Willst du es versuchen?«, murmelt er zu sich selbst, denn er weiß, dass er nicht ewig als Lanzenkämpfer – wenn auch als fähiger Lanzenkämpfer – bestehen kann. Nach drei Jahreszeiten, in denen der Wald immer nach dem gleichen Muster vorgegangen ist – zu viele Schösslinge und umgestürzte Bäume, zu viele Bestien, die zu schnell sind und zu gefährlich für die vorhandene Zahl der Lanzenkämpfer und Feuerlanzen der Zweiten Kompanie –, weiß Lorn, dass er früher oder später einen Fehler machen wird, der tödlich ausgeht. Daher will er seine Zukunft auf keinen Fall allein dem Schicksal überlassen.

Lorn zieht den brystanischen Säbel aus der Scheide und konzentriert sich so stark wie damals, als er Chaos vom Turm der Magi'i auf die Chaos-Zellen übertrug, die die Feuerwagen von Cyad antreiben. Doch diesmal muss er nur die Energie einer einzigen Sperre zur Seite schieben, um eine Art Fenster zu erhalten, eine vorübergehend geöffnete Tür zum Verwunschenen Wald.

Als dieser kleine Ausschnitt des Chaos-Netzes verschwunden ist, fühlt Lorn die ganze Macht – das weiße Chaos und die dunkle Ordnung des Waldes –, die auf ganz eigene Weise viel größer ist als alle Kräfte aus den Chaos-Türmen zusammen. Er versteht und ein Schauder läuft ihm über den Rücken.

Plötzlich schießt eine dunkle Lanze durch das Fenster in der Sperrenmauer genau auf Lorn zu und greift den Lanzenkämpfer-Magier an, als wäre er der Gefängniswärter des Waldes.

Lorn lässt den brystanischen Säbel in die Höhe schnellen und baut einen bisher unerprobten Chaos-Schild auf; so einen Schild hat er bislang lediglich zu Übungszwecken erzeugt, und auch das nur gelegentlich, seit er die Viertel der Magi'i verlassen hat. Das geordnete Eisen unter der äußeren Cupridiumschicht der Klinge fängt den Ordnungs-Blitz aus dem Wald auf; dann streckt

Lorn die Klinge gen Himmel und der Blitz zischt nach oben weg.

Als der Blitz verschwunden ist, taumelt Lorn, und während er taumelt, lässt seine Konzentration nach, das Fenster schließt sich, das Chaos-Netz fällt wieder herunter und drängt den Wald zurück.

Lorns Gesicht scheint zu brennen, der Schweiß läuft ihm übers Gesicht. Das war tollkühn … nur durch Glück hat er überlebt – und aufgrund seiner Unfähigkeit, das Chaos vollends zu steuern. Er unterdrückt ein bitteres Lachen, aber er weiß nun, dass er gerade erst begonnen hat zu verstehen, was er noch lernen muss.

Auf dem Weg zurück durch die Dunkelheit wirft er einen Blick auf den Säbel. Unter der schimmernden Cupridiumschicht befindet sich ein Kern aus geordnetem Eisen, der sich dunkel anfühlt, beinahe schwarz, und viel mächtiger als das ursprünglich geschmiedete Eisen der Klinge oder eines normalen Lanzenkämpfersäbels.

Ein leichtes Glühen umgibt den brystanischen Säbel. Lorn steckt ihn vorsichtig in die Scheide und wandert noch leiser und auf verschlungeneren Wegen zurück zum Seitentor, das er schon vorher benutzt hat. Über ihm funkeln nun die Sterne, und ein leichter Wind hilft, sein erhitztes Gemüt zu kühlen.

Lorn schleicht durch den Schatten und überquert den Hof, doch kurz vor der Tür zu seiner Kammer schreckt er auf.

»Ser? Seid Ihr das, Hauptmann?«

Schritte auf den Steinen … Lorn hört, wie ein Säbel gezogen wird.

»Ja. Ich war nur etwas Luft schnappen.« Lorn zeigt sein Gesicht im Lampenschein.

»Ja, Ser.« Der Säbel wird wieder eingesteckt. »Habt Ihr das gesehen, Ser?«

»Was?«, fragt Lorn arglos.

»Erst war es ruhig und dann zuckte dieser Blitz draußen über der Mauer. Erst dachte ich, jetzt fällt wieder ein Baum um. Aber nichts ist passiert. Dann war mir, als hätte ich Schritte gehört, aber da war nur ein Lichtschein, der sich an der Mauer bewegt hat, und plötzlich war auch der verschwunden.«

»Bei diesem verflixten Wald weiß man nie, woran man ist«, meint Lorn wahrheitsgemäß.

»Ja, Ser. Tut mir Leid, wenn ich Euch gestört habe, Ser.« Der Lanzenkämpfer nimmt die Laterne herunter.

»Ist schon gut. Ich bin froh, dass du so gut aufpasst.« Lorn verneigt den Kopf, obwohl der Lanzenkämpfer diese Geste wahrscheinlich gar nicht sehen kann. »Ich gehe jetzt schlafen. Wir haben morgen einen langen Ritt vor uns.« Und am Tag danach wieder und am darauffolgenden Tag erneut – und an wer weiß wie vielen weiteren Tagen und Jahreszeiten, die Baumstürze und Angriffe von gefährlichen Waldgeschöpfen mit sich bringen.

XXIII

Unter hohen, dicken grauen Wolken beobachtet Lorn, wie Olisenn seine Einheit mit lauter, bellender Stimme in eine Reihe formiert, die von der äußeren Straße hereinreicht bis fast zu der Linie, die Kusyls Zweite Einheit formt. Lorn nimmt sich immer mehr in Acht vor dem beleibten Haupttruppenführer und versucht, ihm niemals den Rücken zuzukehren, wenn die Feuerlanzen entsichert sind. Aber manchmal vergisst er es auch und früher oder später wird ihm das zum Verhängnis werden.

Lorn klopft dem Wallach auf den Hals, er ist froh, dass dieses Pferd sich als vertrauenswürdiger herausgestellt hat als so mancher Mitmensch in Cyador. Lorn runzelt die Stirn bei diesem Gedanken. Nicht, dass ihn so viele Menschen betrogen hätten; nur seine Beobachtungen und die seines Vaters haben gezeigt, dass sich viele erst in Zukunft als nicht vertrauenswürdig erweisen werden. Der Wallach bleibt immer ein Wallach, im Gegensatz zu manchen Menschen, die ihre Meinung aufgrund bestimmter Ereignisse ändern, je nachdem ob diese Ereignisse ihrer Macht und Stellung zuträglich sind oder nicht.

Lorn wirft einen Blick auf die Wolken, die jedoch keinen Regen versprechen. Die Männer der Zweiten Kompanie haben nur noch einen Patrouillentag vor sich, bevor sie die Kaserne in Jakaafra erreichen – und die zwei freien Tage, die ihnen nach jeder vierten Patrouille zustehen.

Lorn betrachtet die weiße Granitmauer zu seiner Linken. Der Chaos-Fluss scheint erneut Unregelmäßigkeiten aufzuweisen; die Antwort auf das, was er zwei Nächte zuvor getan hat? Oder steht ihnen wieder ein umgestürzter Baum bevor? Oder beides?

Ein schwaches Lächeln zeigt sich auf seinen Lippen.

Es wird wieder einen Baum am Boden geben. Das ist sicher. Und sie werden erneut auf wilde Tiere stoßen – und wieder einen weiteren Tag warten müssen, bis die Spiegelingenieure eintreffen.

»War es das wert?«, murmelt Lorn.

»Ser, sprecht Ihr mit mir?«, fragt Kusyl von der anderen Straßenseite.

»Nein, Kusyl. Ich habe nur laut nachgedacht. Bin ich froh, wenn wir endlich in Jakaafra ankommen.«

»Und ich erst, Ser. Ist ein langer Sommer und dabei hat er gerade erst vor zwei Achttagen angefangen.«

Lorn nickt. Wird er jemals die Früchte ernten, für die er im Stillen arbeitet?

XXIV

Die vier Offiziere sitzen um einen kleinen Tisch im Speisesaal in der Kaserne von Jakaafra. Eine einzige Lampe an der Wand brennt und beleuchtet den Tisch nur spärlich, sehr zu Lorns Vorteil. Lorn trinkt einen Schluck Fhynyco, dann wirft er einen Blick über den Tisch zu Gebynet, den Spiegelingenieur, der auf dem Weg ist zu einer der regelmäßigen Inspektionen des Chaos-Turmes gleich hinter der Kaserne. Links von Lorn sitzt Hauptmann Ilryk, ein großer, blonder Offizier mit hoher Stirn, eckigem Gesicht und einem spitzen Kinn. Schließlich wandert Lorns Blick zu Unteroffizier Juist. »Wie schmeckt er Euch?«

»Gut!« Der stämmige Juist nimmt einen ordentlichen Schluck.

Ein rätselhaftes Lächeln verzieht Ilryks Lippen, aber er äußert keine Meinung.

»Besser als Byrdyn«, gibt Gebynet zu, der lange gekostet und an der Blume gerochen hat. »Wie seid Ihr dazu gekommen?«

»Ich habe Kontakte zu Handelshäusern«, gesteht Lorn ein. »Von dort habe ich freundlicherweise einige Waren über den Kommis in Jakaafra beziehen können.«

»Ihr seht nicht so aus und Ihr benehmt Euch auch nicht wie ein Abkömmling eines Handelsklans«, meint Juist verblüfft.

»Bin ich auch nicht«, antwortet Lorn gelassen und nimmt einen Schluck, der groß aussieht, in Wirklichkeit aber nippt er nicht einmal. »Ich kenne nur wenige Händler, aber Hauptmann Meisyl meinte, dass es klug wäre, einige Flaschen anständigen Weins für Gelegenheiten wie diese zu bestellen.« Er lacht. »Solche Abende haben wir ohnehin nur selten bei unserem Lebenswandel; jeden Tag und jede Nacht verbringen wir an einem anderen Ort.«

»Das ist wahr«, stimmt Gebynet zu.

»So wie ich, deshalb bin ich ja hier«, lacht Ilryk, der die Fünfte Waldpatrouillenkompanie kommandiert, die in Westend stationiert ist. So wie Lorn die nordöstliche Sperrenmauer inspiziert, reitet Ilryk die nordwestliche Seite der Mauer ab.

»Wir alle reiten die meiste Zeit irgendwohin«, meint Juist nach einem weiteren Schluck Fhynyco. »Wenigstens muss von Euch niemand Banditen jagen.«

»Ich glaube, Juist«, sagt Ilryk darauf mit höhnischem Lachen, »Hauptmann Lorn und ich würden die Hand voll Banditen den Wasserechsen, Katzen und Nachtleoparden vorziehen. Die Banditen fürchten wenigstens die Feuerlanzen der Lanzenkämpfer und suchen nur selten den Kampf.«

»Aber unsere Ritte dauern meistens länger«, entgegnet Juist.

»Und finden in angenehmerer Umgebung statt«, antwortet Ilryk darauf.

Gebynet lacht. »Das habe ich alles schon einmal gehört, Ihr zwei werdet Euch auch nicht mehr ändern. Ich würde an Eurer Stelle lieber den Fhynyco genießen.«

Ilryk lächelt noch immer höhnisch, während Juist bekümmert sein leeres Glas betrachtet.

Lorn schenkt dem Unteroffizier noch ein halbes Glas ein und wendet sich dann an den Ingenieurmajor. »Müsst Ihr mehr Inspektionsfahrten unternehmen, wenn Major Weylt zum Großen Kanal abgeordnet wird? Oder schicken sie einmal ihn und das nächste Mal Euch?«

»Wir erledigen noch verschiedene andere Arbeiten neben der Wartung der Chaos-Türme. Letztes Jahr nach den Stürmen habe ich fast eine Jahreszeit in Fyrad verbracht und die Handelspiere dort repariert.« Gebynet trinkt einen Schluck. »Guter Jahrgang, Hauptmann.«

Lorn schluckt deutlich und hebt die zweite Flasche. »Ihr solltet noch etwas trinken. Wäre doch schade, wenn die Flaschen unnütz herumstehen.« Er füllt die zwei Gläser und scheint auch sein eigenes wieder aufzufüllen. »Besonders in diesen Zeiten.«

»Ihr hattet es mit vielen umgestürzten Bäumen zu tun in letzter Zeit, wie ich hörte«, bemerkt Juist.

»Haben sich die Siedler bei Euch über die entkommenen Raubtiere beschwert?« Lorns Lächeln wirkt schief.

»Wir haben im letzten Achttag einen Nachtleoparden gefangen, östlich von hier«, antwortet Juist. »Damit haben wir einem Melonenbauern einen sehr großen Gefallen erwiesen.«

»Das ist bestimmt Kylynzar«, meint Lorn.

»Das kann nur er sein.« Ilryk schüttelt den Kopf.

»Woher wisst Ihr das?«, fragt Juist verwundert und schaut von Ilryk zu Lorn.

»Er hat mir einen Brief geschrieben.« Lorn rollt die Augen und lässt die Worte etwas undeutlich klingen. »Er möchte, dass wir in Zukunft keine Tiere mehr aus diesem verdammten Wald entkommen lassen. Kein Einziges. Also muss ich noch mehr Lanzenkämpfer riskieren – oder mein eigenes Leben.« Lorn wendet sich an Gebynet.

»Ihr seid am längsten von allen hier. Stürzen dieses Jahr mehr Bäume um als sonst?«

»Sogar weit mehr als gewöhnlich«, meint Gebynet und fügt schnell hinzu: »Aber nicht, dass es solche Jahre nicht schon gegeben hätte.«

»Nichts Neues also«, sagt Lorn und sieht den Spiegelingenieur ausdruckslos an, »aber wie viele Kompanien haben so viele umgestürzte Bäume in drei Jahreszeiten bewältigt? In nicht einmal ganz drei Jahreszeiten«, verbessert er sich.

»Wir hatten an unserem Mauerabschnitt dieses Jahr auch mehr Fälle als letztes Jahr«, wirft Ilryk ein, »aber im Nordosten waren es schon immer mehr als bei uns. In den letzten zwei Jahren jedenfalls.«

»Das kann ich nicht beurteilen ...«, antwortet Major Gebynet langsam.

»Vielleicht eine Kompanie?«, fragt Lorn müßig und versucht sich beim Ingenieur im Wahrlesen zu üben.

»Drei oder vier, würde ich sagen.«

Lorn nickt. Gebynet lügt und ist selbst nicht glücklich damit. Lorn hebt die Flasche noch einmal hoch. »Trinkt. Wäre doch schade, wenn der Wein verkommen würde.«

Gebynet und Juist tauschen Blicke aus, gestatten Lorn jedoch, ihre Kelchgläser aufzufüllen. Ilryk lehnt ab, noch immer mit einem höhnischen Grinsen im Gesicht.

XXV

In der Nachmittagssonne steht Lorn in den Steigbügeln und lässt die schweißnasse Hose trocknen, froh darüber, dass er seine Beine ausstrecken kann. Wie an jedem Nachmittag in den letzten Tagen, in denen die Ernte immer näher rückt, verschaffen die vereinzelten Wolken in der feuchten Hitze auch keine Erleichterung und die täglichen Abendgewitter verschlimmern die dampfende Schwüle nur noch mehr. Jeder Patrouillentag endet mit einer vom Schweiß durchnässten Uniform, und die Erde des Ödlands wird unter den Hufen der Patrouillenpferde zu Puder, der sich in Stiefel und Uniformen schmuggelt und zusammen mit dem Salz und Schweiß die Haut der Lanzenkämpfer austrocknet.

Lorn wirft einen Blick nach links auf die Lanzenkämpfer, die in einer Reihe nebeneinander reiten. Sie halten nun einen Abstand von fast hundert Ellen voneinander, denn die Erste Einheit verfügt nur noch über dreizehn von ursprünglich zwanzig Lanzenkämpfern, die Lorn vor drei Jahreszeiten mitgebracht hat. Die Zweite Einheit umfasst sogar nur noch zwölf Mann. Der Nachschub soll jedoch nicht vor Ende des Herbstes oder Winteranfang eintreffen, und Lorn fragt sich, wie klein die Zweite Kompanie bis dahin wohl noch werden wird.

Als er das Summen einer verendenden, Blut saugenden Blumenfliege hört, spürt er den stockenden Chaos-Fluss in den Cupridiumkabeln, die die Kristallsperren miteinander verbinden. Wieder ist ein Baum über die Mauer gestürzt, wie weit jedoch die Zweite Kompanie davon noch entfernt ist, kann er nicht feststellen.

»Heiß ... nie ist es mal kühler ... bin ich froh, wenn der Winter beginnt«, murrt Kusyl auf der anderen Straßenseite.

»Dann müssen wir uns wieder durch den Schlamm wühlen«, erinnert Lorn den Truppenführer.

»Das nehme ich gern in Kauf.«

»Das sagst du jetzt.« Lorn grinst.

Sie reiten durch den Nachmittag und Lorn wirft immer wieder einmal einen Blick nach Südosten, bis seine Augen bestätigen, was ihm die Sinne schon viel früher offenbart haben. Wieder ist ein Stamm auf die Sperrenmauer gestürzt.

»Baum gestürzt!«

»In Fünferreihen aufstellen!« Kusyl dreht sich im Sattel um und ruft zu Lorn: »Olisenn hat ihn bereits gesehen. Seine Einheit hat sich schon zu Fünferreihen formiert.«

»Beginnt mit den Abwehrmaßnahmen für die Krone«, befiehlt Lorn seinem Truppenführer. Er hält sich nicht mehr damit auf, den Stamm erst zu untersuchen. Wenn die großen Katzen schon da sind, werden sie angreifen, ganz gleich wo die Lanzenkämpfer gerade sind. Wasserechsen können die Lanzenkämpfer verfolgen, wenn nötig, und die Nachtleoparden sitzen immer in der Krone. Was die Riesenschlangen betrifft, so hat die Zweite Kompanie nur eine einzige in den drei Jahreszeiten gesehen.

»Fünferreihen! Auf die Baumkrone zu!«, ordnet Kusyl an. »Ubylt! Reite vor und melde Truppenführer Olisenn, dass wir bei der Baumkrone zu ihnen stoßen werden!«

»Ja, Sers!« Ubylt reitet mit seinem Braunen nordwärts.

Während Lorn und die Zweite Einheit langsam weiter zur Baumkrone reiten, die noch einige Meilen entfernt liegt, versucht Lorn, die Größe des Waldgiganten zu schätzen. Der Durchmesser des unteren Stammes muss um die zwanzig Ellen betragen, größer als die meisten, aber nicht so groß wie die Mammutstämme, auf die sie schon gestoßen sind.

»Ich glaube, dem Wald gehen langsam die großen Bäume aus«, murmelt Kusyl.

»Bei einem Umfang von neunundneunzig Meilen?« Lorn lacht.

»Früher waren es nicht so viele.«

»Vielleicht wartet der Wald, bis die großen Bäume noch größer werden.«

Kusyl schnaubt.

Die zwei Einheiten stoßen auf der Perimeterstraße, nordwestlich der Baumkrone, aufeinander. Lorn schätzt, dass das zerstörte Grün des Baumes noch fast eine dreiviertel Meile von ihnen entfernt liegt.

»Erste Einheit ... ihr nehmt euch die linke Seite vor, die Zweite Einheit kümmert sich um die rechte.«

»Ihr habt gehört, was der Hauptmann gesagt hat.«

»Erste Einheit nach links!«, bellt Olisenn.

Mit einem Abstand von knapp hundertfünfzig Ellen zueinander reiten die zwei Lanzenkämpfereinheiten auf die Waldkrone zu, die Feuerlanzen im Anschlag.

Lorn wischt sich den Schweiß von der Stirn, die Sonne scheint ihm unerbittlich in den Nacken und die durchgeschwitzte Uniform klebt an seinem Körper. Er verlagert das Gewicht im Sattel, der Blick jedoch haftet weiter auf dem grünen Walddach.

Als Erstes kriecht eine kleinere Wasserechse heraus und läuft nach Osten auf die Erste Einheit zu; wenn es sich um eine Echse handelt, dann sind drei Ellen Schulterhöhe und fünfzehn Ellen in der Länge als klein zu bezeichnen.

Der tonlose Schrei der Echse lässt einige Pferde scheuen und ein Lanzenkämpfer schwankt im Sattel.

»Erste Einheit«, befiehlt Lorn, »Feuer frei! Auf kurze Entfernung schießen!«

»Feuer frei! Kurze Entfernung!«, wiederholt Olisenn.

Der bereits angeschlagene Lanzenkämpfer sinkt im Sattel zusammen und ein Pferd bäumt sich auf.

»Zweite Einheit, Lanzen bereithalten! Fertig machen zum Feuern!«, ordnet Kusyl an.

Orangerote Blitze bombardieren die Echse, die sich, ganz untypisch für die Tiere des Waldes, umdreht, als wollte sie wieder eintauchen in das Blattmeer des Baumes. Die Feuerlanzen schießen unaufhörlich, bis sich die Echse nicht mehr bewegt.

»Erste Einheit, lasst die Zweite ein wenig vorreiten«, befiehlt Lorn und nickt Kusyl zu.

Die Lanzenkämpfer der Zweiten Einheit reiten etwas schneller und nähern sich der Baumspitze. Lorn wirft einen Blick zurück; es scheint, dass der angeschlagene Lanzenkämpfer sich langsam erholt. Einer seiner Kameraden kümmert sich um ihn.

Dann schaut Lorn wieder auf das Grün vor sich, das nur noch etwa zweihundert Ellen entfernt liegt. »Kompanie halt!« Er zügelt den Wallach, beobachtet die grünbraune Masse und versucht den moschusartigen Geruch auszumachen, der meist mit den Katzen einhergeht, aber im Augenblick ist nur der beißende Geruch der zerquetschten Blätter zu riechen.

Die Erste Einheit kommt links von Lorn zum Stehen, auch sie tragen die Lanzen im Anschlag.

In der Baumkrone ist es ruhig, fast zu ruhig, so kommt es Lorn vor.

Dann sehen Lorn und Kusyl gleichzeitig das verräterische Zittern der Zweige und hören das Rascheln der Blätter, das einem Angriff der schwarzen Nachtleoparden stets vorausgeht.

»Fertig machen zum Schießen! Kurze Entfernung!« Und kaum sind die Befehle ausgerufen, fügt Lorn noch schnell hinzu: »Feuer frei!«

Fast zwanzig von den Nachtleoparden springen aus dem Blattwerk und geradewegs auf die Zweite Einheit zu.

Zischend fliegen die Feuerblitze durch die Luft und rotgoldenes Chaos verbrennt glänzendes, schwarzes Fell.

Drei Leoparden haben es auf Lorn abgesehen, zwei von ihnen trifft er tödlich, aber der dritte duckt sich und setzt zum Sprung auf den Wallach an.

Lorn zückt den Säbel und holt aus, er verstärkt die Waffe mit seinen eigenen, blitzschnell gesammelten Chaos-Kräften, und der Nachtleopard fällt zu Boden, nur ein kleiner Kratzer bleibt auf der Schulter des Wallachs zurück.

Dunkle Körper liegen verstreut auf dem Ödland.

»Ser! Da läuft er!«

Lorns Augen verfolgen den einzigen überlebenden Leoparden. Er ist erst zurückgelaufen zur Sperrenmauer, dann nach Osten abgebogen und schließlich zur äußeren Straße gerannt, so weit weg, dass die Feuerlanzen gegen die geschmeidige, dunkle Katze nichts mehr ausrichten können.

»Ser! Den können wir nicht mehr erreichen!«

»Bleibt, wo ihr seid!«, befiehlt Lorn und bemerkt das grimmige, beinahe erfreute Lächeln auf Olisenns aufgedunsenem Gesicht. Er holt tief Luft und denkt über diesen weiteren geflüchteten Leoparden nach, der zweifelsohne wieder auf irgendeine Weise auf ihn zurückfallen wird. Niemanden wird es interessieren, dass die Zweite Kompanie von fast zwanzig Nachtleoparden alle bis auf einen einzigen getötet hat.

»Stehen bleiben!« Kusyl und Olisenn wiederholen den Befehl.

Lorn wischt sich mit dem Ärmel den Schweiß aus den Augen. Wieder wendet er den Blick nicht von der Krone und fragt sich, ob auch noch eine Riesenkatze auf sie lauert oder eine Schlange, oder noch Schlimmeres.

Er kommandiert die Zweite Kompanie nun schon seit fast drei Jahreszeiten … und hat es fast auf jeder zweiten oder dritten Patrouille mit einem umgestürzten Baum zu tun. Wird der Wald die nordöstliche Sperrenmauer auch weiterhin in diesem Ausmaß prüfen? Selbst wenn es so ist, was kann er dagegen tun? Außer seine Lanzenkämpfer richtig postieren und jede Bewegung von Olisenn genau beobachten?

»Stehen bleiben«, befiehlt Lorn müde. »Wir müssen einen Kurier nach Ostend schicken.«

Wieder einmal.

XXVI

Lorn starrt auf die Schriftrolle, die auf seinem Schreibtisch im hinteren Arbeitszimmer liegt, und dann aus dem Fenster. Draußen fällt ein warmer Nieselregen nieder und dampfender Nebel steigt von den Granitsteinen des Hofes auf. Der Nachmittag seines freien Tages ist fast verstrichen und er hat noch immer nicht alle der angefallenen Berichte geschrieben. Er kann sich nicht erinnern, wann er in der letzten Zeit einmal die Muße gehabt hat, Ryalth oder seiner Familie zu schreiben; und dann muss er Kommandant Meylyd noch ersuchen, den Hufschmied für das Beschlagen von zehn Pferden zu bezahlen.

Schließlich nimmt der Lanzenkämpferhauptmann die Schriftrolle von Major Maran ein zweites Mal in die Hand und liest sie langsam durch.

... es ist wohl richtig, dass die Zweite Kompanie einer bislang einzigartigen Anzahl von Ausbrüchen des Verwunschenen Waldes gegenübersteht, aber das entbindet Euch nicht von Eurer Verantwortung für die Sicherheit des Volkes von Cyador.

Lorn schnaubt. Es ist ja schließlich nicht so, dass ihn noch niemand auf diese Verantwortung aufmerksam gemacht hätte – das Patrouillenhandbuch zuallererst. Seine Augen wandern zurück auf die Schriftrolle.

Kommandant Meylyd erhielt mehr als ein Dutzend Schriftrollen, in denen größere Anstrengungen bei der Bekämpfung der Raubtiere aus dem Verwunschenen Wald erbeten wurden, und ich übermittle Euch hiermit dieses Anliegen. Alle Spiegellanzenkämpfer wissen um die Schwierigkeiten, die in der Erfüllung der uns auferlegten Pflichten liegen – welchen wir oft ohne ausreichenden Nachschub und Unterstützung nachkommen müssen. Das erfordert lange Achttage und einzigartigen Krafteinsatz. Dies ist das Leben, aber auch der Ruhm eines Offiziers der Spiegellanzenkämpfer. Wie von allen anderen Offizieren der Spiegellanzenkämpfer verlangt man auch von Euch, dass Ihr Eure Pflicht erfüllt, und zwar mit allen Mitteln, die Euch zur Verfügung stehen. Ausreden und Entschuldigungen mögen bei Händlern und Ausländern genügen, aber der Pflicht eines Spiegellanzenkämpfers im Dienste des Kaisers und des Chaos ist ohne Zögern nachzukommen; die Voll-

bringung von unglaublichen und unmöglichen Taten gehört für uns zum Alltäglichen. Auch nur einer einzigen Kreatur aus dem Verwunschenen Wald die Flucht zu ermöglichen kann unter gar keinen Umständen hingenommen werden, nicht wenn das Leben und die Lebensgrundlage des Volkes auf dem Spiel stehen …

Lorn lässt die Schriftrolle sinken und blickt wiederum hinaus in den dampfenden Nebel.

Was kann er tun? Lässt man ihm eine Wahl? Wenn er seine persönlichen Fähigkeiten zur Chaos-Steuerung nicht stärker einbringt, wird er in Verruf geraten. Wenn er es aber tut, könnte das seinen Tod bedeuten. Eine Weile schaut Lorn mit ausdruckslosem Gesicht aus dem Fenster, dann beugt er sich hinunter und nimmt die Rolle noch einmal zur Hand. Schließlich setzt er sich an den Schreibtisch und verfasst die Antwort – eine sehr kurze Antwort.

Ich habe Eure Schriftrolle erhalten, in der Ihr mich höchst überzeugend an die Verantwortung und den Ruhm des Offiziersdienstes bei den Spiegellanzenkämpfern erinnert. Klar und deutlich kam zum Ausdruck, was man von mir verlangt, ich habe es vernommen und werde entsprechend handeln.

Er lässt die Tinte trocknen, bevor er die Schriftrolle siegelt und seinen Haupttruppenführer hereinruft. »Olisenn?«

Der dicke Lanzenkämpfer öffnet die Tür und betritt das hintere Arbeitszimmer. »Ja, Ser?«

Lorn deutet auf die Schriftrolle auf dem Schreibtisch, von der er stark annimmt, dass Olisenn sie bereits gelesen hat. »Major Maran hat unsere Verantwortung näher ausgeführt, und ich muss dem Ausmaß der von uns zu erfüllenden Pflichten in vollem Maße zustimmen. Kümmere dich darum, dass meine Antwort mit dem nächsten Feuerwagen der Ingenieure verschickt wird.« Lorn reicht ihm die gesiegelte Schriftrolle.

»Ja, Ser.« Der Haupttruppenführer nickt.

»Und, Olisenn?«

»Ja, Ser?« Die schmierige Höflichkeit des Truppenführers soll die tiefe Verachtung verdecken.

Lorn lächelt etwas unschlüssig und wartet einige Sekunden, bevor er weiterspricht: »Wenn ich mich recht erinnere, dann ist doch der Verwunschene Wald die größte Zusammenballung von Ordnung und Chaos in ganz Cyador?«

»Das stimmt, Hauptmann, das ist er.«

»Und besitzt nicht die Ordnung die Eigenschaft, die Chaos-Kraft in sterilen Tod umzuwandeln, wenn das Chaos unsachgemäß angewendet wird?«

»So behaupten es die Magi'i. Ich, der ich nur ein einfacher Lanzenkämpfer bin, kann das nicht beurteilen.«

Lorn nickt. »Major Maran verlangt, dass wir uns mehr anstrengen, um die Waldtiere von den Siedlern und ihren Herden fern zu halten.« Er runzelt die Stirn. »Wir müssen vielleicht einige Veränderungen einführen, um sicherzustellen, dass diese Form des sterilen Todes auf den Wald beschränkt bleibt, und das müssen wir irgendwie ohne weitere Verluste bewerkstelligen. Das ist eine gehörige Herausforderung, aber wie Major Maran schon bekräftigt hat, ist eben dies unsere Pflicht.«

»Wir haben nicht sehr viele Lanzenkämpfer verloren, Ser. Das heißt, nicht in letzter Zeit.«

»Das stimmt … aber wir werden noch mehr von den Untieren aus dem Wald aufhalten müssen.«

»Ihr erteilt die Befehle nach Eurem Gutdünken, Ser, und wir führen sie aus.«

»Daran habe ich keine Zweifel. Dennoch … man weiß nie genau, wann sich die Dinge ändern, und ich wollte dir nur mitteilen, dass der Befehl ergangen ist, nun Veränderungen vorzunehmen.« Der Hauptmann nickt, nach einer Weile fügt er hinzu: »Ich habe gehört, dass in der Vergangenheit einige Haupttruppenführer eigene Verbindungen zur Kommandantur in Geliendra pflegten. Ist dir davon etwas bekannt?«

»Mir, Ser? Das wäre gegen den Dienstweg, Ser.«

»Dann hast du also nie an etwas Derartiges gedacht?«

»Ich, Ser? Nein, Ser.«

»Das freut mich zu hören, Olisenn.« Lorn lächelt. »Das ist alles, und bitte kümmere dich darum, dass Major Maran die Schriftrolle erhält.«

»Zu Befehl, Ser.«

Olisenn lügt, was die Verbindung nach Geliendra anbelangt. Lorn hat es zwar nicht anders erwartet, aber jetzt ist klar, dass sich etwas verändert ... verändern muss.

Nachdem er die noch ausstehenden Patrouillenberichte verfasst hat, legt Lorn sie in die Truhe und verschließt diese; das nützt zwar wahrscheinlich nichts gegen Olisenns Schnüffelei, trägt aber dazu bei, so hofft Lorn, dass Olisenn nicht erfährt, über welches Wissen Lorn verfügt.

Dann geht er hinaus in die vordere Amtsstube, Olisenn ist bereits davongeeilt.

Während Lorn langsam in seine Gemächer schlendert, überlegt er sich die nächsten Schritte. Marans Schriftrolle ist ohne Zweifel als Versuch zu deuten, Lorn in eine ausweglose Lage zu bringen. Der Gebrauch von Chaos ist den Lanzenkämpfern strikt verboten, und nun besteht Maran darauf, dass Lorn kein einziges Tier mehr aus dem Wald entkommen lässt. Unter den gegenwärtigen Umständen wird dies Lanzenkämpfer und Pferde zugrunde richten und die Verluste nur noch erhöhen. Mehr Verwundete und Gefallene bedeuten aber auch weniger Ersatzlanzenkämpfer und höchstwahrscheinlich auch mehr Waldtiere, die ihnen entwischen.

Lorn holt tief Luft, als er seine Unterkunft betritt. Langsam schreitet er auf und ab, dann nimmt er das Buch mit dem Silbereinband aus seinem Versteck und blättert darin. Er fragt sich, ob der ehrwürdige Erstgeborene, der die Zeilen auf diese unvergänglichen Seiten schrieb, es jemals mit einem Major Maran zu tun hatte. Was hätte er – oder sie – unternommen? Welche Vorkehrungen getroffen?

Lorn blättert weiter durch die Seiten. Plötzlich hält er inne und liest.

Ich habe keine Seele,
nur einen zerrissenen Kern …
Gefühle eingetrocknet und weggestellt
in die Regale des Selbst,
in den tiefen Keller,
wo Vorkehrungen getroffen werden müssen.

Vorkehrungen müssen getroffen werden.
Ich habe sie getroffen,
zusammengetragen
die wilden Überreste
aus fruchtlosen Tagen,
gehortet das schwer Errungene
der kalten Vernunft
gegen noch kältere Zeiten.

Vorkehrungen müssen getroffen werden
und ich habe sie getroffen.

Er nickt langsam. Das trifft zwar nicht genau Lorns Lage, aber eine grundlegende Wahrheit kann er darin erkennen. Vorkehrungen müssen getroffen werden, Vorkehrungen der kalten Vernunft gegen noch kältere Zeiten. Vielleicht … vielleicht … unterschieden sich die Erstgeborenen doch nicht ganz so stark von ihm.

Doch zu beruhigen vermag ihn das nicht, und Lorn läuft ein Schauder über den Rücken, als er das Buch schließt.

XXVII

»Vorkehrungen müssen getroffen werden ...« Diese Worte spuken in seinem Kopf herum, während der weiße Wallach langsam nach Südosten weitertrabt. Diesmal patrouilliert Lorn mit Kusyl und der Zweiten Einheit auf der Perimeterstraße. Manchmal glaubt er, dass Hals und Rücken doppelt so steif werden, wenn er mit der Ersten Einheit reitet, und es kostet ihn einige Mühe, Olisenn nicht die ganze Zeit über offen anzustarren.

Bis jetzt hat er jedoch noch nichts gegen den schwergewichtigen Truppenführer in der Hand, das man einen Beweis nennen könnte. Lorn weiß nur, dass der Mann in ständiger Verbindung mit Major Maran steht, dies jedoch abstreitet, und dass der Haupttruppenführer Lorn zunehmend verachtet. Olisenns Verachtung ist jedoch unbegründet, denn all die anderen Offiziere und auch Kusyl haben auf irgendeine Weise bestätigt, dass die Zweite Kompanie es mit weit mehr Mauerbrüchen als bisher üblich zu tun hat und dabei trotz der Gefahren bisher nur wenig Verluste hinnehmen musste.

Nein ... Lorn hat sich am Anfang nicht so angestrengt, wie er eigentlich sollte. Das gesteht er ein, zumindest sich selbst. Aber niemand hat ihm Hilfe angeboten und er musste alle Erfahrungen selbst machen. Er musste auch lernen, dass der Verwunschene Wald die wilden Tiere immer zuerst die Lanzenkämpfer angreifen lässt; erst danach flüchten sie. Oder greifen sie nur an, wenn sie *irgendwie* wissen, dass die Lanzenkämpfer und Ingenieure den jeweiligen Baum zerstören werden? Was von diesen Möglichkeiten nun zutrifft, weiß Lorn nicht zu sagen, er weiß nur, dass der Wald während seiner bisherigen Dienstzeit in Jakaafra immer nach dem gleichen Muster ausgebrochen ist.

Der Hauptmann stellt sich für einige Sekunden in die Steigbügel, dann blickt er nach rechts auf die mit großem Abstand reitende Reihe von Lanzenkämpfern. Verlangt man von ihnen, dass sie in den kommenden Jahren den Verwunschenen Wald zurückhalten, ohne wirkliche Hoffnung auf Erfolg? Nur um noch einige Jahre oder Jahreszeiten für Cyador erkaufen zu können?

Lorn lacht. Nichts ist für die Ewigkeit bestimmt. Das weiß er längst. Eines Tages wird die Sperrenmauer fallen, selbst wenn das Vorhaben, von dem Ciesrt gesprochen hat, Erfolg haben sollte und ein anderer Weg – ganz gleich welcher dies auch sein mag – gefunden wird, um den Verwunschenen Wald davon abzuhalten, das ganze östliche Cyador zurückzufordern, welches ebenfalls eines Tages fallen wird. Ist deshalb die Pflicht so wichtig?

Lorn schüttelt den Kopf und lächelt. Manche Menschen streben nach Macht so wie Maran, weil das Leben irgendwann endet. Andere wie sein Vater und Myryan suchen nach einem Sinn. Aber die Welt ist für beide gleich und sie gibt sich keine Mühe, sich dem einen oder anderen anzupassen.

Seine Augen betrachten den weißen Granit der Sperrenmauer, der sich endlos bis zum Horizont zu erstrecken scheint, ohne Unterbrechung, ohne einen Bach, ohne einen Fluss. Lorn richtet sich auf. Am liebsten würde er sich schütteln – nicht dass diese Beobachtung irgendetwas änderte –, aber er hätte es längst bemerken müssen. Gibt es in ganz Cyador, die Grashügel eingeschlossen, noch eine andere rautenförmige Fläche mit einer Seitenlänge von neunundneunzig Meilen ohne einen Wasserlauf hinein oder hinaus? Eine Fläche mit

Bäumen und üppigem Bewuchs? Mit flachem Land unmittelbar darum herum, das sich nach zwei Meilen zu sanften Hügeln aufschwingt und in fruchtbare Ebenen öffnet?

Nur weil es der Verwunschene Wald ist, haben er und alle anderen diese Tatsache einfach hingenommen. Aber über welche Art von Macht mussten die Erstgeborenen verfügt haben, um solch ein Gefängnis schaffen zu können – eine Macht, die Flüsse und Wasserläufe bewegen kann? Und welche Art von Macht besitzt der Wald, dass er ohne Wasser überleben kann? Kann er hinaufreichen und die Wolken anzapfen? Regnet es deshalb in der unmittelbaren Umgebung des Waldes mehr als anderswo?

»Ser!«

Tief in Gedanken versunken, ist Lorn zum ersten Mal nicht derjenige, der den umgestürzten Baum entdeckt – ein weiterer Waldkönig von mittlerer Größe.

Seine Augen bestätigen die Ankündigung und er wendet sich an Kusyl. »Auf der Perimeterstraße in Fünferreihen aufstellen! Schick einen Boten zu Olisenn. Er soll in einer Meile zu uns stoßen, auf dieser Seite des Baumes.«

»Ja, Ser.«

Im Süden über dem Wald bilden sich Wolken und verdunkeln den Himmel. Lorn fragt sich, ob der Regen das Ödland erreichen wird, durch das sie gerade reiten, und ob sie im Unwetter auf die Ingenieure warten und dann auf dem Weg nach Ostend durch tiefen Schlamm waten müssen.

Die Zweite Einheit bildet eine lockere Formation auf der Straße und Lorn und Kusyl reiten vor der ersten Reihe von fünf Lanzenkämpfern auf der inneren Seite der Straße.

»Behaupte immer noch, dass auf der nordöstlichen Seite mehr Bäume fallen. Reyt – er ist Ingenieurlanzenkämpfer – er sagt, das kommt daher, weil der Wind stets aus Nordosten bläst.« Kusyl schnaubt. »Aber warum fallen dann die Bäume *in* den Wind?«

Lorn lacht leise. »Ingenieure müssen immer alles erklären, ob sie es nun können oder nicht.«

»Genauso wie wir kämpfen müssen, ob wir es nun wollen oder nicht?«

»So in etwa.«

Die zwei verfallen in Schweigen, als sie sich der Stelle auf der Straße nähern, die dem umgestürzten Baum am nächsten ist.

»Anhalten!«, befiehlt Kusyl. »Rührt euch.«

Er und Lorn wenden sich der anderen Einheit zu, die sich langsam nähert.

»Ser.« Olisenn nickt, als die Erste Einheit neben der Zweiten zum Stehen kommt.

»Versetzte Reihen! Wir rücken vor«, ruft Lorn. »Lanzen bereithalten.«

»Versetzte Reihen. Lanzen bereithalten. Fertig machen zum Feuern.«

Mit einem Abstand von hundertfünfzig Ellen rücken die zwei in Fünferreihen formierten Einheiten Richtung Süden vor, jede Einheit flankiert eine Seite der Baumkrone. Die versetzten Reihen erlauben es der zweiten Reihe durch die erste zu feuern oder, wenn notwendig, vorzurücken, wenn die Ladung einer Feuerlanze aus der ersten Reihe erschöpft ist.

Die Einheiten befinden sich noch zweihundert Ellen entfernt von der Baumkrone, als zwei Riesenkatzen – die grauen Felle schimmern beinahe in der gleichen Farbe wie die Wolken über dem Verwunschenen Wald – auf die Lanzenkämpfer zu springen, genauer gesagt unmittelbar auf die Zweite Einheit zu und geradewegs in Lorns Richtung.

»Feuer frei! Kurze Entfernung!«

»Kurze Entfernung! Engelsfeuer! Kurze Entfernung!«, bellt Kusyl.

Fünf Feuerpfeile durchbohren die Luft und treffen auf die führende Riesenkatze, sie stolpert und überschlägt sich, Staub wirbelt auf. Die zweite Katze hält auf die linke Seite der Zweiten Einheit zu. Lorn ahnt, dass sie entkommen wird, wenn er jetzt nichts unternimmt. Er hebt die Feuerlanze und zielt, dann schießt er das Chaos ab, so wie er es in den Grashügeln und für sich allein gelernt und geübt hat, und umhüllt es mit der Ordnungs-Bindung, die er im Verwunschenen Wald gesehen hat.

Der kleine Blitz folgt einem Bogen durch die Luft und brennt sich durch den riesigen Schädel der Katze, worauf diese auf der pulverisierten Erde des Ödlands zu Fall kommt.

»… *das* gesehen! … Hauptmann wird immer besser mit der Lanze …«

»… war schon immer gut …«

Lorns Augen verweilen nicht auf der toten Katze, sondern starren auf Olisenn und dessen selbstzufriedenes Grinsen, das verschwindet, als er aufblickt und Lorn in die Augen schaut. Lorn erwidert Olisenns musternden, jedoch sonst ausdruckslosen Blick mit einem unbekümmerten Lächeln, das er so lange aufrecht erhält, bis es fast zur Beleidigung wird.

Olisenn kann sein Stirnrunzeln nur schwer verbergen.

Lorn lässt das Lächeln aus seinem Gesicht verschwinden. Er hätte den Haupttruppenführer nicht warnen sollen, aber er musste vor dem Mann schon so vieles verbergen, dass es langsam schwierig wird, stets gelassen zu bleiben.

Er hört ein Rascheln in den Zweigen und seine Augen und Sinne konzentrieren sich wieder auf das Grün, das stumpf wirkt in der Nachmittagssonne, die von der hohen Wolkendecke im Westen verdunkelt wird. Lorn kann beinahe fühlen, wie die Nachtleoparden zum Sprung ansetzen.

»Passt auf die Krone auf. Leoparden!«

Lorn hebt die Stimme und deutet auf die Blätter. »Olisenn, rück mit deinen Männern nach rechts vor! Die Leoparden dürfen nicht durch die Lücken zwischen den Männern entkommen. Nicht nach Major Marans letzten Befehlen.«

»Nach rechts!«, wiederholt Olisenn stirnrunzelnd.

»Vorrücken. Lanzen bereithalten!« Lorn befehligt die Erste Einheit und lenkt sein eigenes Pferd so weit nach links, dass es neben Kusyls steht. »Zweite Einheit, Lanzen bereithalten. Fertig machen zum Feuern!«

Die Blätter bewegen sich und rascheln erneut, und dann stürzen die Leoparden heraus, nicht auf die Erste Einheit zu, sondern auf die Zweite.

Lorn fragt sich, ob dies wohl auf das konzentrierte Chaos zurückzuführen ist, das er in sich trägt. »Zweite Einheit. Feuer frei. Erste Einheit! Lanzen bereithalten!«

Die Leoparden haben die Zweite Einheit schon fast erreicht, da fliegen endlich die Feuerblitze durch die Luft.

»Kurze Entfernung!«, ruft Kusyl.

Die kurzen Schüsse, die Kusyl verlangt hat, regnen auf die etwa fünfzehn Nachtleoparden nieder, die schon zum Sprung auf die Lanzenkämpfer ansetzen.

Nun legt Lorn die Lanze an, scheinbar zielt er auf die Leoparden, aber er hebt die Waffe leicht an und schießt über die Leoparden hinweg.

Zwei Leoparden geben einen letzten Schrei von sich … einer krallt die Pfoten in die Flanke des Pferdes links von Lorn, bevor er fällt.

Feuerblitze zischen durch die Luft.

Lorns Blick kreuzt Olisenns, und der Mund des Haupttruppenführers öffnet sich, als wolle er protestieren, dann bohrt sich ein Chaos-Strahl durch seinen Hals.

Lorn wendet den Blick sofort von Olisenn und richtet die Feuerlanze auf zwei Leoparden, seine Chaos-Sinne lassen die Flamme einen Bogen fliegen, um die beiden

Raubtiere niederzustrecken. Viele dunkle Katzenkörper, einige verbrannt, andere mit scheinbar kleinen Wunden, liegen verstreut auf dem salzigen Ödland.

»Das war knapp, Ser!«, meint Kusyl und blickt sich nervös um. »Sehr knapp.«

Lorn sucht mit zusammengekniffenen Augen die Gegend gründlich ab, aber zu seiner Überraschung ist nicht einem Leoparden die Flucht gelungen. Dieses Mal. Auch ist aus den zerbrochenen Ästen und dem zerstörten Blattwerk der Baumkrone keinerlei Rascheln oder sonstige Bewegung mehr zu vernehmen.

»Ser! Ser!«

Lorn blickt verwundert auf.

»Olisenn, Ser!«

Lorn reitet zu den Männern der Ersten Einheit.

Als er den Wallach zügelt, knien zwei Lanzenkämpfer mit weißen Gesichtern über der mit dem Gesicht nach unten liegenden Gestalt des Haupttruppenführers.

»Was ist geschehen?«, fragt Lorn.

»Weiß nicht, Ser. Als die Leoparden Euch und die Zweite Einheit angriffen, Ser ... vielleicht eine Feuerlanze ... Seht nur ... er ist verbrannt.«

Lorn schluckt schwer. Zu so etwas ist er also fähig. »Es kann jede Feuerlanze gewesen sein. Es kann auch meine gewesen sein. Die Leoparden kamen näher, als ich dachte. Es war mein Fehler.« Er schüttelt den Kopf. »Ich habe nicht schnell genug gehandelt.« Was ohne Zweifel stimmt, denkt Lorn.

Nach einem Augenblick des Schweigens fügt er hinzu: »Er war ein guter Truppenführer. Wir werden ihn vermissen.« Er senkt die Augen. »Würdest du ... Frygel ...«

»Ja, Ser.«

»Und du, Askad?«

»Ja, Ser.«

Lorn wirft einen Blick auf die Baumkrone, um sich zu

vergewissern, dass sich kein Tier mehr darin versteckt, und sieht dann die zwei Lanzenkämpfer an. »Ich werde die Einheit nun anführen ... für den Rest der Patrouille ...« Er senkt die Stimme, dann richtet er sich im Sattel auf. »... wünschte, es wäre nicht so.« Lorn presst die Lippen aufeinander und nimmt den Wallach langsam herum.

»Ziemlich niedergeschlagen, der Hauptmann ...«

»... wärst du das nicht ...«

»... damals hat er die Echse angegriffen ... hat drei, vier abgewehrt im letzten Frühling ... und diese Katzen ... hat ihn nicht sonderlich aufgeregt ... hat einfach drei umgebracht ... einfach so ...«

»... will keine Lanzenkämpfer mehr verlieren ...«

Lorn reitet langsam zurück zu Kusyl, kopfschüttelnd. »Das hätte nicht passieren dürfen.«

»Solche Dinge geschehen einfach, Hauptmann«, antwortet Kusyl mit langem Gesicht. »Das hat es früher schon gegeben. Versucht man, so etwas zu verhindern, verteilt man die Männer zu weit voneinander entfernt und die Biester entkommen. Das wird auch nicht das letzte Mal gewesen sein, es sei denn, wir bekommen mehr Lanzenkämpfer.«

»Wir werden auf keinen Fall genug Männer bekommen.« Lorn lacht, es klingt jedoch eher wie ein heiseres Bellen. »Vor der Winterwende bekommen wir überhaupt keine neuen Lanzenkämpfer.« Er holt tief Luft. »Stell die Wachen auf, Kusyl. Ich brauche noch einen Augenblick. Dann ... dann werde ich einen Kurier zu den Ingenieuren schicken.«

»Ja, Ser.«

Lorn bräuchte eigentlich mehr als nur einen Augenblick, aber mehr wird man ihm nicht zugestehen, denn er wird die Erste Einheit übernehmen und auch sie genau beobachten müssen.

Leises Donnergrollen im Süden des Verwunschenen

Waldes raunt über die Zweite Kompanie hinweg. Südwind kommt auf und bringt feuchte Luft mit, die den von Lorn bereits erwarteten Regen – und Schlamm – ankündigt.

Was er noch erwartet, ist Major Marans baldiges Eintreffen. Daran besteht kein Zweifel mehr.

XXVIII

Lorn wirft einen Blick aus dem Fenster des hinteren Arbeitszimmers, die frühherbstliche Sonne taucht den weißen Granit im Hof in klares Licht. Denn schaut er wieder auf die Papierstapel auf seinem Schreibtisch.

In der angrenzenden Amtsstube arbeitet sich ein etwas benommen wirkender Kusyl durch all die Mannschaftslisten in der Truhe. Lorn zweifelt noch etwas an Kusyls verwaltungstechnischen Fähigkeiten, aber Kusyl kann schließlich lesen und schreiben, wenn auch etwas schwerfällig, denn andernfalls werden Lanzenkämpfer nicht zu Truppenführern befördert, nicht einmal zu Untertruppenführern. Wichtiger für Lorn ist, dass Kusyl, so linkisch er auch wirken mag, ihm und den Lanzenkämpfern gegenüber loyal ist und nicht nur blind vor Ehrgeiz.

Hatte Lorn gegen Olisenn überhaupt etwas unternehmen müssen? Im Grunde hatte man ihm keine Wahl gelassen. Maran hätte den Mann niemals versetzt, und schon der Versetzungsantrag wäre für Olisenn und Maran ein Grund gewesen, ihrerseits Schritte gegen Lorn einzuleiten. Lorn hätte es nicht mit Olisenn und Maran gleichzeitig aufnehmen wollen. Er hat keinen Zweifel daran – wenngleich er es auch nicht beweisen kann –, dass Olisenn an der Beseitigung von Hauptmann Dymytri beteiligt war. Lorn hat seine Handlungen bisher nur selten bereut; im Gegenteil, er hat es meist bereut, wenn er nicht gehandelt hat. Wie etwa bei der Vermählung seiner Schwester Myryan, welche ihr vielleicht mehr schaden wird, so fürchtet Lorn, als er bislang ahnt. Dennoch bereitet es ihm Kopfzerbrechen, dass er gezwungen war, so zu handeln.

Er wirft einen Blick auf die Schriftrollen.

Er hat zwar die Zusammenfassung der Patrouillenberichte für Major Maran bereits fertig, die Anforderung eines neuen Truppenführers schon geschrieben und auch den Antrag für Kusyls Beförderung zum Haupttruppenführer gestellt, aber es stehen noch weitere unangenehme Dinge aus.

Eines davon ist die erneute Anforderung von Ersatzlanzenkämpfern für seine stark unterbesetzte Kompanie. Dann sollte er an seine Familie schreiben. Mit sorgsam ausgewählten Worten, denn Maran wird die Schriftrolle sicherlich abfangen und lesen. Lorn muss sich auch eine neue Taktik überlegen, wie er in Zukunft mit den umgestürzten Bäumen vorgehen will. Diese neue Vorgehensweise soll für seine Männer wenn schon nicht selbstverständlich, so doch zumindest verständlich sein.

Lorn nimmt die Feder zur Hand. Das Schreiben an Kommandant Meylyd mit der Bitte um Ersatzlanzenkämpfer ist am einfachsten. Lorn erwartet nicht viel, aber er weiß, wenn er nichts anfordert, wird man ihn der Nichterfüllung seiner Pflicht, das Volk und die Lanzenkämpfer von Cyador zu schützen, bezichtigen.

Als er damit fertig ist, überfliegt er noch einmal die Seite.

… die Erste Einheit der Zweiten Kompanie besteht nur noch aus zwölf Lanzenkämpfern, der Truppenführer ist gefallen, ein Behelfstruppenführer wurde ernannt. Die Zweite Einheit verfügt über dreizehn Lanzenkämpfer und einen

neu beförderten Haupttruppenführer. Die Zweite Kompanie besteht also nur noch aus zwei Dritteln ihrer ursprünglichen Stärke … musste jedoch mit der doppelten Anzahl von Mauerbrüchen in den letzten drei Jahreszeiten von Winter bis Sommer fertig werden. Deshalb … fordere ich hiermit Ersatzlanzenkämpfer an, um die Kompanie wieder zu vervollständigen, und erbitte einen neuen Untertruppenführer zu entsenden oder zu befördern …

Lorn legt die Schriftrolle zum Trocknen beiseite und beginnt mit der zweiten, dem Brief an seine Familie, der zweifellos durch Marans oder Meylyds Hände gehen wird.

… die vergangenen Jahreszeiten haben ihren Tribut an meiner Kompanie gefordert, denn der Verwunschene Wald drängt weiterhin unerbittlich gegen die Sperrenmauer. Mehr als das, müsste man richtigerweise schreiben. Aber wir haben beharrlich weitergekämpft, trotz all der vorherzusehenden und unvorhergesehenen Hindernisse … das Schwierigste ist, die wilden Tiere aus dem Wald an der Flucht zu hindern, damit sie das Volk von Cyador nicht bedrohen, und dabei die Lanzenkämpfer durch Angriffe dieser Bestien nicht zu Schaden kommen zu lassen … Nur wenige Menschen verstehen die Notwendigkeit der Aufgabe, die ich nun erfülle, auch ich habe sie verkannt, bevor ich nach Jakaafra kam …

… hoffe, es geht euch gut in Cyad und dass Myryans Garten die Früchte trägt, die sie sich erhofft, und dass Jerial weiterhin Befriedigung in ihrer Tätigkeit als Heilerin findet …

Lorn lächelt, als er die nächste Zeile hinzufügt.

… Ich hatte bisher noch keine Zeit, neue Weingüter hier in Jakaafra ausfindig zu machen, und werde also zweifellos mit dürstendem Gaumen nach Cyad zurückkehren …

Noch einige Zeilen über die Äpfel in Jakaafra und die Vorfreude auf kühleres Wetter, dann unterzeichnet er den Brief und legt ihn beiseite.

Lorn lehnt sich zurück und denkt über neue Taktiken nach. Die Formation der Truppe und die Annäherungsweise an die Baumkronen müssen so gestaltet werden, dass er frei über sein Chaos verfügen kann, ohne dass die anderen es bemerken. Aber wie kann er diese Veränderungen den Lanzenkämpfern verständlich machen, ohne dass sie sein Tun durchschauen?

Er schließt die Augen und versucht sich vorzustellen, was die Zweite Kompanie schon so oft getan hat und nicht länger riskieren kann.

Die Schriftrolle für Ryalth wird warten müssen, bis er in seinen eigenen Gemächern angelangt ist, wahrscheinlich bis zum Abend.

XXIX

Draußen klatscht der erste kalte Herbstregen gegen die blau getönten Glasscheiben in Lorns Arbeitszimmer. Kälte strahlt von dem Glas ab, das viel, viel älter als Lorn ist – und auch älter als Major Maran, der sich auf dem Stuhl vor Lorns Schreibtisch niedergelassen hat.

»Ihr habt nun etwas Zeit gehabt, um über die Nachricht nachzudenken, mit welcher ich Euch die Ansichten des Kommandanten Meylyd übermittelt habe.« Marans blaue Augen drücken Besorgnis aus, sein Mund jedoch lächelt. »Dies sind auch die Ansichten des Major-Kommandanten in Cyad.«

Trotz der Kopfschmerzen, die der Sturm draußen ihm bereitet, erwidert Lorn das Lächeln mit der gleichen Wärme. »Ich begrüße es sehr, dass Ihr Euch die

Mühe gemacht habt, Eure Ansichten klar und deutlich vorzubringen. Wenn man die meiste Zeit damit verbringt, an der Sperrenmauer zu patrouillieren, und versucht, die Untiere des Verwunschenen Waldes zurückzudrängen – und das alles mit zu wenig Lanzenkämpfern –, neigt man dazu, all die anderen wichtigen Belange zu vergessen.«

»Ihr habt in der Tat die Schwierigkeiten begriffen, denen die Spiegellanzenkämpfer und Kommandant Meylyd gegenüberstehen«, meint Maran herzlich. »Er und der Major-Kommandant müssen dafür sorgen, dass alle Lanzenkämpferoffiziere, besonders die Hauptmänner, die die Patrouillenkompanien kommandieren, ihre Pflichten erfüllen, und das in einer Weise, die im Einklang steht mit dem ausgezeichneten Ruf der Spiegellanzenkämpfer. Und dass ihr Einsatz für die Erfüllung der jeweiligen Pflichten und für das Wohlbehalten ihrer Lanzenkämpfer nicht im Widerspruch steht mit den höheren Zielen der Spiegellanzenkämpfer. Ihr habt es verstanden, und es ist in der Tat bereichernd, mit einem solch intelligenten Offizier zusammenzuarbeiten.«

»Ich bezweifle, dass ich besonders intelligent bin«, erwidert Lorn, »deshalb bin ich dankbar für Eure Unterrichtung und Euren Rat.«

»Ihr habt über meine Anregungen offenbar ernsthaft nachgedacht, Hauptmann«, bemerkt Maran, »und ich freue mich darauf, Kommandant Meylyd mitteilen zu können, dass es keine Berichte mehr geben wird von Untieren, die aus dem Verwunschenen Wald entkommen sind und die Menschen in Cyador plagen und bedrohen. Ich werde ihm sogar versichern können, dass Ihr Euch große Mühe gebt, die traditionellen Patrouillenmethoden erfolgreich einzusetzen.«

»Die Zweite Kompanie wird all die althergebrachten Mittel einsetzen, die ihr zur Verfügung stehen, um die von Euch überbrachten Befehle auszuführen«, antwortet Lorn.

»Der Kommandant wird höchst erfreut sein.« Marans scheinbar nicht enden wollendes Lächeln wird abgelöst von einem leicht besorgten Gesichtsausdruck. »Da gibt es noch eine Sache.«

»Ja, Ser?«, antwortet Lorn respektvoll.

»Wir alle haben zutiefst bestürzt die Nachricht vom Tod des Haupttruppenführers Olisenn vernommen. Er war ein erfahrener und hoch angesehener Mann.« Maran berührt das Ende seines kurzen Schnurrbarts. »Ich nehme an, dass eine fehlgeleitete Feuerlanze zu den wenigen Ursachen zählt, durch die ein so erfahrener Lanzenkämpfer zu Tode kommen kann.«

Lorn nickt. »Ich habe festgestellt, Major, dass immer die Dinge am gefährlichsten sind, auf die man am wenigsten vorbereitet ist. Mit solch einem Unfall hat niemand von uns gerechnet, so etwas kann man nicht vorhersehen. Ich habe bereits neue Taktiken ausgearbeitet, damit dergleichen in der Zweiten Kompanie nicht noch einmal vorkommt.«

»Das klingt ja, als müsste man auf wirklich alles vorbereitet sein.« Maran lacht freundlich. »Kein Lanzenkämpferoffizier kann auf alles gefasst sein. Ganz gleich wie sehr er sich auch bemüht, es wird immer Überraschungen geben. Das macht das Leben erst interessant.« Dem lauten Lachen folgt wieder das warme Lächeln, das Maran fast immer auf den Lippen trägt. »Aber Eure Arbeit unter diesen etwas beschwerlicheren Umständen hat gezeigt, dass Euer Schwerpunkt auf der Vorbereitung vielleicht wirklich Früchte tragen wird, und wir freuen uns auf Eure kommenden Berichte.«

»Hattet Ihr und Kommandant Meylyd schon Gelegenheit, die Anforderung von Ersatzlanzenkämpfern zu überprüfen, die ich meinem letzten Bericht beigelegt habe?« Lorn lächelt gelassen. »Ich weiß, dass Ihr und der Kommandant viel zu überdenken habt, aber da Ihr schon einmal hier in Jakaafra seid …«

»Ah … ja.« Maran nickt wissend. »Ihr werdet zur Jahreszeitenwende neue Lanzenkämpfer bekommen, in etwa drei Achttagen, so wie alle Patrouillenkompanien an der Sperrenmauer. Der Kommandant hätte es lieber gesehen, wenn wir die Zweite Kompanie wieder in voller Stärke besetzen könnten und nicht nur zu drei Vierteln, aber ausgebildete Lanzenkämpfer sind immer schwerer zu bekommen. Doch Ihr seid dem Wald während der vergangenen halben Jahreszeit anscheinend auch so Herr geworden, ohne … ständige … Verluste – von dem unglücklichen Unfall des Haupttruppenführers Olisenn einmal abgesehen. Doch dieser Vorfall hatte schließlich nicht unmittelbar mit einem Ausbruch des Waldes zu tun.«

»Wir hatten Glück«, gibt Lorn zu. »Es wäre besser, wieder eine volle Kompanie zur Verfügung zu haben, aber wir haben auch Verständnis für all die anderen Anforderungen, die an die Spiegellanzenkämpfer, Kommandant Meylyd und an Euch gerichtet werden.« Er zieht die Augenbrauen hoch. »Die Barbaren? Weitere Verwüstungen …?«

»Berichte davon haben uns zwar noch nicht erreicht, aber es könnte gut sein.« Marans Lächeln wird noch breiter und er steht auf. »Mehr habe ich im Augenblick nicht zu sagen.«

»Ihr wart sehr freundlich und hilfreich«, antwortet Lorn und steht ebenfalls auf.

»Oh … und Hauptmann Lorn, ich muss Euch noch einmal sagen, dass Kommandant Meylyd sehr erfreut sein wird, von Euren Erfolgen zu hören, die Ihr bei der Zurückdrängung des Verwunschenen Waldes mit herkömmlichen Mitteln erringen werdet. Er erwartet mit Freude Eure kommenden Erfolgsberichte.« Marans Lächeln und die blauen Augen strahlen weiterhin Wärme aus.

»So wie wir auch«, erwidert Lorn und fügt nach einer kurzen Pause hinzu: »Werdet Ihr die Nacht in Jakaafra verbringen?«

»Leider nein, die Pflicht ruft. Ich werde mit dem Feuerwagen der Ingenieure nach Westend zurückkehren, sodass ich morgen Kommandant Meylyd aufsuchen kann.« Maran lächelt ein letztes Mal. »Ich schätze Eure Sorge um mein Wohlergehen, seid versichert, dass dies auf Gegenseitigkeit beruht.«

Lorn verbeugt sich. »Eine erfolgreiche Reise, Major.«

»Sie ist bereits jetzt sehr erfolgreich, Hauptmann Lorn.« Der Major erwidert die Verbeugung, bevor er sich zum Gehen wendet.

XXX

»Ser?« Lorn blickt auf von den Papieren auf seinem Schreibtisch, die übersät sind mit Linien, Winkeln und Entfernungsangaben ... und den großen Umrissen eines umgestürzten Baumes ... sowie einer doppelten Linie, die die nordöstliche Sperrenmauer darstellt.

»Ja, Kusyl?«

»Die Ersatzlanzenkämpfer sind gerade angekommen, Ser. Einer von ihnen möchte Euch sprechen, Ser.«

»Er soll hereinkommen.«

»Ja, Ser.«

Ein großer, breitschultriger Lanzenkämpfer mit dem Abzeichen des Untertruppenführers auf dem Ärmel betritt das Arbeitszimmer. »Truppenführer Shynt, Ser. Melde mich zum Dienst, Ser, als Untertruppenführer der Zweiten Kompanie.« Der dunkelhäutige, schwarzhaarige Shynt stößt die Worte hervor, als käme sein neuer Posten einem Todesurteil oder einer Exilandrohung gleich. Die Baritonstimme klingt düster und gefühllos.

»Schließ die Tür und setz dich, Shynt.« Lorn zeigt auf den Stuhl vor dem Schreibtisch, legt die Papiere auf einen Stapel und steckt die Feder zurück in den Halter.

»Ja, Ser.«

Shynt sitzt Lorn mit durchgestrecktem Rücken auf dem einfachen Holzstuhl gegenüber.

»Nur die Schwarzen Engel wissen, was man dir über die Zweite Kompanie erzählt hat, Shynt.« Lorn spricht in freundlichem Ton mit dem neuen Untertruppenführer. »Willst du mir davon erzählen oder soll ich raten?«

»Ser ... man hat mir gar nichts erzählt.« Shynts Stimme klingt immer noch finster.

Lorn überhört die Lüge und neigt den Kopf zur Seite. »Du bist ein sehr guter Truppenführer und magst keine unfähigen Hauptmänner, stimmt's? Es gelingt dir nur mäßig, das zu verbergen. Als hier ein neuer Truppenführer gesucht wurde, hat man dich ausgewählt.«

»Ser?« Zum ersten Mal verliert Shynts Stimme die spröde Schärfe.

»Man hat dich zweifellos wissen lassen – und wenn nicht, dann wird irgendjemand sicherlich bald dafür sorgen –, dass ich es fertig gebracht habe, den erfahrensten Truppenführer aller Waldpatrouillenkompanien durch einen dummen Fehler zu verlieren, der noch dazu vermeidbar gewesen wäre. Du hast bestimmt auch ›zufällig‹ davon erfahren, dass an der nordöstlichen Mauer mehr Waldausbrüche als sonst irgendwo an der Sperrenmauer gezählt werden und dass Kommandant Meylyd und andere darüber wie auch über die Zweite Kompanie höchst besorgt sind. Schließlich hat dir mit Sicherheit jemand gesagt, natürlich in die passenden Worte gekleidet, dass nur du die Dinge wieder ins Lot bringen könntest; die Entscheidung, hierher zu gehen, wurde jedoch allein dir überlassen.«

Shynt bleibt steif auf dem Stuhl sitzen, als wagte er nicht, sich zu rühren oder gar die Stimme zu erheben.

»Du hast wahrscheinlich auch gerade den unfähigsten Haufen von Ersatzlanzenkämpfern begleitet, den du jemals gesehen hast, und herausgefunden, dass selbst mit ihnen die Kompanie nur zu drei Vierteln wieder aufgestockt ist.«

Als Lorn seine Rede unterbricht, kommt nur Schweigen als Antwort.

»Und jetzt weißt du nicht, was du sagen sollst.« Lorn lacht nachsichtig, aber Shynt regt sich nicht. »Das kommt, weil dir das meiste oder sogar alles, was ich gerade gesagt habe, wahr erscheint und weil du weißt, dass du nicht überzeugend lügen kannst, weshalb du auch für diesen unmöglichen Dienstposten ausgesucht wurdest.« Lorn hält inne. »Nur dass er nicht unmöglich ist. Lediglich Major Maran hält ihn für unmöglich, weil er meint, Geheimnisse und Ausflüchte wären stärker als die Wahrheit.« Lorns bernsteinfarbene Augen weichen nicht von Shynt. »Sag mir, Truppenführer Shynt, bist du stark genug, um die Wahrheit zu ertragen?«

»Ja, Ser.« Shynts Stimme klingt nun fast trotzig.

»Gut. Bevor du das vordere Arbeitszimmer verlässt, bevor du überhaupt irgendetwas anderes anfängst, wirst du alle Patrouillenberichte der letzten fünf Jahre lesen. Du wirst alle umgestürzten Bäume zusammenrechnen, die die Zweite Kompanie unter den jeweiligen Hauptmännern zu bewältigen hatte. Du wirst auch die Verwundeten und Gefallenen pro Jahr unter den jeweiligen Hauptmännern zusammenzählen. Du kannst Haupttruppenführer Kusyl jede nur erdenkliche Frage stellen, und ich empfehle dir, dies auch zu tun. Anschließend wirst du zurück in mein Arbeitszimmer kommen und mir berichten, was du festgestellt hast. Ist das klar?«

»Ja, Ser.« Der Truppenführer scheint nun am Rande der Verwirrtheit zu stehen.

»Gut.« Lorn steht auf. »Ich werde so lange hier bleiben, bis du mit allem fertig bist. Aber da wir beide nicht gern aufs Essen verzichten, würde ich vorschlagen, du machst dich gleich an die Arbeit.« Er bückt sich und hebt die unverschlossene kleine Truhe auf den Schreibtisch. »Du kannst auch alles andere hierin lesen, wenn du glaubst, dass es dir weiterhilft.«

»Ja, Ser.«

Sorgsam übernimmt Shynt die Truhe und Lorn öffnet ihm die Tür zum vorderen Arbeitszimmer. Als der Truppenführer draußen ist, schließt er sie wieder und kehrt zurück zu seinen Zeichnungen und Rechnungen, die er nun wieder auf dem Schreibtisch ausbreitet.

Es ist schon spät am Nachmittag, als es an die Tür klopft. Lorn hat immer wieder Stimmen gehört, oft heftige Wortwechsel, wenn auch geflüstert. Offenbar hat jemand befürchtet, Lorn würde horchen.

»Herein«, ruft Lorn und schiebt die Papiere mit den neuen Taktiken zur Seite, von denen er *glaubt,* sie gefunden zu haben.

»Ser?« Shynt steht in der Tür mit der Truhe unterm Arm. »Darf ich die zurückbringen?«

»Komm herein und schließ die Tür. Stell die Truhe dort auf den Boden.«

Shynt stellt die Truhe vorsichtig ab und richtet sich wieder auf. »Ser … ich muss mich entschuldigen.«

»Angenommen, ohne Vorbehalt. Jetzt setz dich und berichte mir, was du herausgefunden hast.« Lorn zeigt auf den Holzstuhl.

»Ser …« Nachdem er Platz genommen hat, hebt Shynt ein Blatt Papier hoch. »Ich könnte Euch die Zahlen sagen, aber Ihr wisst sie bereits. Sonst hättet Ihr mir diese Aufgabe nicht gestellt. In Eurer ersten Jahreszeit waren es ein paar Gefallene mehr als bei den anderen Hauptmännern. Die Zweite Kompanie musste fast mit der vierfachen Anzahl von gestürzten Bäumen fertig werden. Ihr habt es auch weiterhin mit mehr umgefallenen Stämmen zu tun gehabt, aber in den vergangenen zwei Jahreszeiten konntet Ihr weniger Gefallene zählen als jeder andere Hauptmann in einem vergleichbaren Zeitraum.«

Lorn nickt. »Verstehst du jetzt, warum ich dich diese Berichte lesen ließ?«

»Ja, Ser.«

»Hast du mit Kusyl gesprochen?«

»Ja, Ser.«

Lorn nickt.

Shynt senkt den Blick, dann richtet er seine schwarzen Augen auf Lorn. »Ser … ich sollte eigentlich nicht fragen, aber …«

»Aber du würdest dich wohler fühlen, wenn du wüsstest, wie und wo du hineingeraten bist?«

»Ja, Ser.«

»Das ist verständlich.« Lorn reibt sich am Kinn und lehnt sich zurück. »Ich bin mir nicht sicher, ob es eine einfache Antwort gibt. Ich werde es versuchen. Wenn die großen Bäume fallen, brechen sie ein Loch in die Sperrenmauer. Bei jedem Bruch warten die Bestien aus dem Verwunschenen Wald nur darauf, dass die Lanzenkämpfer kommen. Wir wissen nicht, warum das so ist, es steht auch nirgends geschrieben, aber es ist so. Je mehr Bäume fallen, desto mehr Angriffe auf die Lanzenkämpfer gibt es, und wenn die Lanzenkämpfer nicht vorsichtig und gut genug sind, entkommen diese Tiere und greifen Menschen und Herden jenseits des Ödlands an.« Lorn lächelt verkrampft. »Das ist nichts Neues. Aber … du weißt, dass es nicht sonderlich viele Chaos-Türme gibt, die unsere Feuerlanzen aufladen, und dass nicht alle Männer gute Lanzenkämpfer abgeben?«

»Ja, Ser.«

»Und du hast bestimmt auch gehört, dass die Zahl der barbarischen Angriffe im Norden jedes Jahr zunimmt.«

Shynt nickt.

»Wenn die Spiegellanzenkämpfer nicht mehr Lanzenkämpfer nach Norden schicken, wird der Kaiser bald nicht mehr in der Lage sein, das Volk vor den Barbaren zu schützen. Wenn immer mehr Lanzenkämpfer nach Norden versetzt werden, aber die Spiegellanzenkämpfer keine neuen Lanzenkämpfer hinzubekommen ...« Lorn wartet.

»Dann werden hier die Lanzenkämpfer immer weniger.«

»Du hast mit eigenen Augen gesehen, dass dies auch wirklich stimmt«, schließt Lorn. »Aber was wird mit Jakaafra geschehen, wenn wir immer weniger Lanzenkämpfer bekommen und gleichzeitig immer mehr Bäume umstürzen?«

»Die Zweite Kompanie muss es mit immer weniger Lanzenkämpfern mit immer mehr wilden Tieren aufnehmen ... und dadurch gelingt wahrscheinlich immer mehr Tieren die Flucht?«

Lorn nickt. »Sagen wir, bei jedem zehnten Baumsturz entkommt eine Riesenkatze – nur eine. Wenn in einer Jahreszeit drei Bäume umstürzen, wie viele Katzen können über das Jahr gesehen flüchten?«

»Eine ... oder drei in zwei Jahren.«

»Und was passiert, wenn eine einzige Kompanie vierundzwanzig Baumstürzen in nicht ganz drei Jahreszeiten gegenübersteht?« Lorn beantwortet die Frage, noch bevor Shynt die Gelegenheit dazu bekommt. »Wir hätten sechs vogelfreie Katzen.« Er lächelt verkrampft. »Das habe ich auch Kommandant Meylyd vorgerechnet, als ich ihn um vollen Ersatz bat. Meiner Bitte wurde nicht entsprochen.« Lorn zuckt die Schultern. »Wir haben noch gut abgeschnitten mit nur drei entkommenen Riesenkatzen, wenn ich mich recht erinnere, es sind aber auch einige Nachtleoparden geflüchtet.

Ich habe die Vorgehensweise der Patrouille etwas geändert. Wir senden den Kurier erst zu den Spiegelingenieuren, wenn der Angriff der Waldtiere vorüber ist. Wir nähern uns der Baumkrone von der äußeren Straße, zwei Einheiten stoßen in einem Winkel von fünfundvierzig Grad in Richtung Baumkrone vor und schießen nur noch aus kurzer Entfernung.«

»Diese neue Taktik zeigt bereits Wirkung. Die Verluste gehen zurück.«

Lorn nickt. »Man hat mir dringend empfohlen, zu den ›traditionellen‹ Patrouillentechniken zurückzukehren, aber der Befehl lautete auch, keine weiteren wilden Tiere mehr entkommen zu lassen.« Wieder kann Lorn nur verkrampft lächeln. »Truppenführer Olisenn sah sich den traditionellen Vorgehensweisen verpflichtet, und ich fürchte, dass seine Unfähigkeit, die neuen Techniken zu übernehmen, dazu beigetragen hat, dass er im Lanzenfeuer den Tod fand. Ich weiß es nicht sicher, aber ich vermute es.«

Shynt nickt langsam. »Wenn ich fragen darf, Ser … Welche Patrouillentaktik werdet Ihr in Zukunft anwenden?«

Lorn grinst. »Ich werde Major Maran darüber informieren, dass ich dic Vorgehensweise, über die er und Kommandant Meylyd sich besorgt geäußert haben, aufgegeben habe, und dass die Zweite Kompanie beabsichtigt, ihr Bestes zu tun, um alle wilden Tiere daran zu hindern, über das Ödland hinaus zu flüchten.«

Shynt lächelt nun fast. »Ah … ich verstehe.«

»Dann werden wir sehen.« Lorn blickt den schwarzäugigen Truppenführer an. »Solange keine Tiere entkommen und ich die erteilten Befehle nicht missachte, werden wir zweifellos wenig von oben hören.«

Shynt nickt. »Danke, Ser.«

Lorn steht auf. »Ich freue mich, dich hier begrüßen zu dürfen. Kusyl wird dich der Ersten Einheit vorstellen, und ich werde auf den ersten Patrouillen mit dir reiten, bis du dich eingearbeitet hast.«

Als Kusyl mit dem Untertruppenführer hinausgegangen ist, schließt Lorn die Tür und dreht sich um. Er sieht durch das Fenster hinaus auf die grauen Wolken, die immer mehr werden, je näher der Winter rückt, und denkt an das Gedicht in dem silbernen Buch.

Vorkehrungen müssen getroffen werden.

Lorn hat sie getroffen.

XXXI

Es ist kalt und bewölkt, als Lorn am Abend über die feuchten Steine im Hof zum Stall schlendert, und der Nebel, der vom Boden aufsteigt, verschluckt fast das gesamte Licht der Lampen, die in den Bronzehalterungen an den Wänden stecken. Der Hauptmann trägt zwei Säbel: einen Lanzenkämpfersäbel rechts und den brystanischen Säbel links. Er hat auch eine Feuerlanze bei sich. Zielstrebig betritt er den warmen Stall. Der angenehme Duft von trockenem Stroh steigt ihm in die Nase.

»Suforis?«

»Ich komme, Ser.« Suforis huscht aus der Sattelkammer. »Ihr geht noch aus heute Abend, Ser?«, fragt der blonde Stallbursche. »Es wird mächtig kalt und feucht werden heute Nacht und morgen früh beginnt die Patrouille …«

»Ich weiß. Ich werde nicht weit und auch nicht schnell reiten, ich überhitze den Wallach schon nicht.« Lorn lächelt. »Ich verspreche es, es wird nur ein kurzer Ritt.«

»Einen Augenblick, Ser.« Der junge Stallbursche eilt davon.

Lorn sieht sich im Stall um, während Suforis den Wallach sattelt. Wie immer ist das Gebäude sauber gefegt, nicht eine Spinnwebe oder ein Staubkörnchen ist irgendwo zu entdecken, und das Holz der Stände schimmert im trüben Lampenlicht.

Suforis kehrt mit dem Wallach an der Hand zurück und blickt den Lanzenkämpferhauptmann verlegen an, als er ihm die Zügel übergibt. »Ich habe jetzt eigentlich Feierabend, Ser, aber wenn Ihr nicht lange bleibt …«

»Gefällt es dir, verheiratet zu sein?«

Suforis wird rot. »Äh … ja, Ser. Sehr sogar, Ser.«

»Schön für dich.« Lorn lacht warm und freundlich. »Ich werde nicht lange ausbleiben und kann den Wallach hinterher selber striegeln und einstellen; ich möchte nicht, dass deine Gemahlin warten muss.« Lorn schiebt die Feuerlanze in die Halterung.

»Ich kann auch warten, Ser.«

»Geh ruhig.« Lorn lächelt und führt den Wallach durch die Stalltür hinaus in den Nebel. »Du hast schon genug getan für heute.«

Draußen im dichten Nebel steigt Lorn aufs Pferd und reitet auf die offenen Tore zu. Das Klicken der Hufe auf dem Granit dröhnt unnatürlich laut, verstärkt durch den Nebel und dic Feuchtigkeit.

»Ser?«, fragt der Torwächter, als Lorn im Lampenschein den Wallach zügelt. »Ihr reitet noch aus?«

»Ich bleibe nicht lange. Ich brauche nur einen ruhigen Ausritt, um nachzudenken.«

»Aah … natürlich, Ser.«

Lorn nickt und führt den Wallach hinaus in die neblige Dunkelheit jenseits der Mauern. Er hofft, dass Nebel, Nacht und die Nähe zur Sperrenmauer die betreffenden Personen daran hindern werden, sein Tun mit einem Chaos-Glas zu beobachten. Das Murmeln der Wachen dringt durch den Nebel, als Lorn mit seinem Pferd auf die Sperrenmauer zusteuert.

»... muss wohl viel nachdenken ...«

»... tun alle ... der Offiziersgrad ist noch keine Garantie fürs Paradies ...«

»... wir beide kommen wahrscheinlich nicht dorthin, Myttr ...«

»... von ihnen auch nicht alle ...«

Ein Lächeln erscheint auf Lorns Lippen und verschwindet ungesehen, als er die Wegkreuzung in Richtung Sperrenmauer überquert. Zu seiner Linken muss das Granitbauwerk stehen, das den nördlichen Chaos-Turm beherbergt, das Gebäude liegt jedoch außerhalb der Sichtweite. Als er die Sperrenmauer erreicht, reitet er etwa eine Meile daran entlang, bevor er den Wallach herumnimmt, sodass Pferd und Reiter auf das Gemäuer blicken. Zwischen zwei Sperrenkristallen bleibt er stehen.

Eine Weile studiert Lorn die Weiße der Granitmauer, die Dunkelheit, die dahinter aufragt, und das Chaos-Netz, das von den Kristallsperren aufrecht erhalten wird. Unter den verschiedenen Gerüchen der Dunkelheit entdeckt Lorn auch den Duft von Erhenblumen. Stammen diese Pflanzen ursprünglich aus dem Verwunschenen Wald?

Lorn zieht den brystanischen Säbel und konzentriert sich auf das flackernde Chaos-Netz, dann packt er den Chaos-Fluss mit seinen Sinnen und schiebt ihn beiseite, um noch einmal das kleine Fenster zu dem übermächtigen Geflecht aus Ordnung und Chaos zu öffnen, das ihn hinter dem weißen Granit der Sperrenmauer erwartet.

Diesmal jedoch ... obwohl sich eine schmale Öffnung bereits aufgetan hat ... greift diese Macht den Lanzenkämpferhauptmann nicht sofort an, weder Chaos noch Schwarze Ordnung regt sich.

Lorn wartet, der brystanische Säbel mit dem Kern aus Schwarzem Eisen liegt ruhig in seiner rechten Hand,

Augen und Sinne sind auf den Verwunschenen Wald gerichtet.

Plötzlich taucht ein Bild auf, es zeigt rotweiße Chaos-Fontänen, dunkle Ordnungs-Säulen und verschiedenartige tiefe Teiche, angefüllt mit tiefgrauer Ordnung; Ranken aus goldweißem Chaos schlingen sich um die dunklen Ordnungs-Säulen. Das Bild vor Lorns innerem Auge verschwindet, doch es folgt ein zweites – ein Bild, das er schon mehr als einmal geträumt hat.

Weiße Feuermesser bohren sich in die Erde und heben tiefe Gräben aus, die das Land durchziehen. Aus diesen Gräben erheben sich weiße Mauern, Mauern, die sich in Lorns Fleisch brennen, sollte er sich ihnen auch nur annähern. Hinter den Gräben lodert Feuer, ein endloses Feuer, das Land und Bäume in Asche verwandelt. Flüsse werden aus ihren Flussbetten vertrieben, Hügel von Messern aus gebündeltem Chaos eingeebnet.

Als die Bilder sich verflüchtigt haben, sitzt Lorn trotz der feuchten Kälte schweißgebadet auf dem Pferd.

Ein winziger Strahl aus Chaos-Ordnung schießt plötzlich aus der kleinen Öffnung, die Lorn geschaffen hat. Der Säbel wird fast ohne Lorns Zutun nach oben gerissen und fängt die dünne Machtlinie auf.

Lorn hat zu kämpfen – sofort und endlos lang, so scheint es –, um das Feuer zurück auf die Fundamente der Sperrenmauer zu lenken, wo sie über den Granit züngeln und dann hoch aufflackern. Als er diese Energie fortgeschleudert hat, die so viel gewaltiger ist als jeder Feuerstoß aus der Hand eines Magiers, dem er bisher begegnet ist, und die Chaos-Energie wieder fließt, weil das Geflecht aus Ordnung und Chaos hinter die Mauer verbannt ist, da versteht Lorn, dass der Verwunschene Wald ihm nur einen Bruchteil seiner Macht gezeigt hat.

Lorn erkennt auch, und das nicht nur mit dem Verstand, sondern mit all seinen Sinnen und Empfindungen, dass die Macht des Waldes in der Verschmelzung von all dem liegt, das sich im Wald befindet. Und dass Cyador und der Wald nicht nebeneinander auf dem gleichen Land existieren können. Damit überkommt ihn eine tiefe Traurigkeit und Niedergeschlagenheit; Lorn weiß, dass es nicht so sein sollte und doch nicht anders sein kann.

Er steckt den Säbel zurück in die Scheide und nimmt den Wallach herum, ohne zurück auf die Sperrenmauer oder dahinter auf den Wald zu blicken. Warum hat der Wald diesmal nicht versucht, ihn zu überwältigen? Ist er nicht in der Lage dazu? Oder weiß er, dass Lorns Tod ihm wenig nützen würde? Lorn lacht leise. Letzteres muss stimmen, denn wenn er zu Tode kommt, fließt das Chaos-Netz zurück in seine Bahnen. Aber kann ein Wald, so sehr er auch mit Ordnung und Chaos angefüllt sein mag, ein derartiges Verständnis aufbringen? Oder sind es einfach die herkömmlichen Regeln von Ordnung und Chaos, nach denen der Wald spielt, so wie ein Fluss einfach den Gegebenheiten der Landschaft folgen muss?

Er wird die Antwort darauf niemals erfahren, denkt Lorn, als er sich den Toren zum Kasernenhof nähert, und auch das macht ihn traurig.

»Ser?«

»Ich bin es. Hauptmann Lorn.«

»Haben uns schon Sorgen um Euch gemacht, Ser.«

Lorn lässt sich die Überraschung nicht anmerken. War er so lange weg gewesen? »Ich weiß deine Sorge zu schätzen.«

»Wir haben so etwas wie Fackeln da draußen gesehen …«

»Ich habe etwas mit meiner Feuerlanze ausprobiert«, erklärt Lorn. »Ich muss länger gebraucht haben, als mir bewusst war.«

»Ist gut, Ser.«

»Gute Nacht.« Lorn lächelt und führt den weißen Wallach durchs Tor. Er weiß nun, dass er nicht allzu lange da draußen gewesen sein kann, aber er fragt sich, wie hell dieser Strahl aus Ordnung und Chaos wohl gewesen sein muss, wenn man ihn im Nebel zwei Meilen weit gesehen hat.

Suforis ist schon gegangen, aber er hat eine Lampe brennen lassen und die Stalltür einen Spalt offen gelassen.

Lorn öffnet die Stalltür und führt den Wallach in seinen Stand, um ihn abzusatteln und zu striegeln.

Schließlich begibt er sich in seine Gemächer und stellt als Erstes die ungebrauchte Feuerlanze in die Ecke. Dann geht er zum Schrank und betrachtet sein Gesicht im Spiegel. Seine Haut ist rot, als hätte die Sonne sie versengt, so rot wie damals, als er sich das erste Mal am Chaos-Netz der Sperrenmauer zu schaffen machte.

Lorn schüttelt den Kopf, er schnallt Gürtel und Säbel ab und zieht die feuchte Tunika aus, die er an einen Haken an der Wand hängt. Er setzt sich und entledigt sich der Stiefel, bevor er die zweite Schublade seitlich am Schrank herauszieht. Er nimmt das Chaos-Glas und stellt es auf den kleinen Schreibtisch.

Mit einem beinahe zynischen Lächeln blickt Lorn in das Glas, dann konzentriert er sich auf Maran.

Die silbernen Nebelschwaden lichten sich langsam und das Bild des dunkelhaarigen Majors erscheint in der Mitte der wabernden Schleier. Maran sitzt an seinem Schreibtisch und denkt anscheinend nach, eine Schriftrolle liegt vor ihm auf dem Tisch und ein halb volles Kelchglas mit bernsteinfarbenem Wein steht daneben. Die Stirn hat der Major in Falten gelegt. Vielleicht kann auch er die Beobachtung durch ein Chaos-Glas fühlen?

Lorn lächelt kalt und lässt das Bild los; schnell versteckt er das Glas wieder unter der Wäsche.

Kaum hat er Ryalths Buch mit den alten Gedichten zur Hand genommen und sich in Hose und Untertunika auf dem Bett ausgestreckt, da bemerkt er nun seinerseits, dass ihn jemand durch ein Chaos-Glas betrachtet.

Er schmunzelt, doch versucht er zu verbergen, dass er die Beobachtung fühlt. Er nickt nicht einmal, sondern betrachtet einfach weiter den schimmernden Einband des Gedichtbandes und weiß, dass dieser dem Major ein Rätsel aufgeben wird.

Als die Chaos-Kälte abgeklungen ist, öffnet Lorn schließlich das Buch. Er sucht eine Seite, die er schon kennt. Eine Seite, die Ryalth für ihn vor vielen Jahren aussuchte und deren Worte sich vertraut anfühlen trotz der altertümlich schrägen Buchstaben, der Anspielungen und des Stils, dessen der altehrwürdige Dichter sich bedient hat.

SOLL ICH MICH DER RATIONALEN STERNE ERINNERN?

Dort besaß ich einen Turm im Himmel,
die Räume klar und weit …

Soll ich mich der Rationalen Sterne erinnern?
Oder an der Ruine auf diesem Hügel festhalten,
wo neue Mauern reglos walten,
vortrefflicher Granit in die Dämmerung ragt
und Sonnendächer die Straßen schmücken.

Lorn grübelt eine Weile über die letzten Zeilen nach, dann liest er sie noch einmal mit gedämpfter Stimme in der Stille seiner Kammer laut vor.

Oh … nimm die neuen Inseln im See und die grünen Meere;
nimm die Teiche und hohen Bäume,

nimm die Wüstendünen und den sonnendurchfluteten Sand
und lass alles durch deine leeren Hände rieseln.

Bei diesen Worten kommen in ihm beinahe die gleichen Gefühle auf, wie sie der Verwunschene Wald mit seinen Bildern hervorzurufen vermag. Oder sind es seine eigenen Bilder – geschaffen in seinem Kopf von einer anderen Macht als dem Wald?

Lorn schlägt das dünne silberne Buch zu und schüttelt nachdenklich den Kopf. Er steht auf, legt den Band zurück in den Schrank und zieht sich ganz aus. Die Worte des ehrwürdigen Verfassers und die Traurigkeit, die darin mitschwebt, nehmen ihn völlig in Besitz.

Soll ich mich der Rationalen Sterne erinnern?

XXXII

Obwohl Lorn eigentlich mehr Baumstürze erwartet hat, gewissermaßen als Antwort auf seine ›Übungen‹ an der Sperrenmauer, gab es bei den letzten beiden Patrouillen seit Shynts Ankunft keinen einzigen Vorfall. Zurückgeblieben aus den Nächten an der Sperrenmauer ist nur eine gelegentliche Traurigkeit, die Lorn verspürt, wenn er über die weiße Granitmauer auf die hoch gewachsenen Stämme und das grüne Blätterdach des Verwunschenen Waldes blickt. Auch hat Lorn noch einmal von den brennenden Mauern geträumt und von Flüssen, die aus ihrem gewohnten Lauf verdrängt werden.

Der Lanzenkämpferhauptmann versucht verzweifelt diese Gedanken zu verdrängen, während er am zweiten Patrouillentag mit Untertruppenführer Shynt an der

Sperrenmauer entlang reitet. Seine Augen wandern hin und her zwischen Sperrenmauer, Verwunschenem Wald und den Granitsteinen der Straße. Wie immer hat der Wald hinter der Mauer sein Blätterwerk auch nach Einzug des Winters mit seinen kalten Winden behalten. Lorn wird erneut an die Unterschiede vor und hinter der Mauer erinnert, das letzte Summen einer Blumenfliege verstummt im Chaos-Netz.

Er fragt sich, wie lange es wohl noch dauern wird, bis sie wieder einen umgestürzten Baum zu Gesicht bekommen und bis Major Maran erneut in Jakaafra auftaucht und unter welchem Vorwand. Lorn grübelt auch darüber nach, wie er sein Versprechen Ryalth gegenüber einlösen kann. Und das auf eine Weise, die einer richtigen Ehe gerecht wird und gleichzeitig Ryalth mehr schützt als gefährdet. Außerdem muss er seine Fähigkeiten, Chaos und Ordnung zu steuern, noch verbessern. Seine Lanzenkämpfer dürfen jedoch nicht wissen, was er da tut. Das ist ein Grund, warum er zwei Feuerlanzen in einem speziell dafür umgebauten Lanzenköcher bei sich trägt. Er lächelt bei diesem Gedanken, denn niemand, nicht einmal Kusyl, hat ihn nach den zwei Lanzen gefragt.

»Kalt und feucht heute, Ser, vielleicht wird es sogar noch nässer«, meint Shynt.

»Kälter glaube ich schon, aber nicht nässer.« Lorn fühlt mit einem Mal Unregelmäßigkeiten im Chaos-Netz und im Fluss der Chaos-Kräfte entlang der Mauer, aber er sagt nichts, beobachtet nur weiter den Granit, während die Lanzenkämpfer weiter nach Südosten reiten.

Der Vormittag hat noch nicht richtig angefangen, als Lorn plötzlich deutlich fühlt, was er schon vorher geahnt hat. Kurze Zeit später ruft auch schon ein Lanzenkämpfer: »Gefallener Baum voraus, Ser!«

»Shynt, die Männer sollen sich in Fünferreihen aufstellen und hinaus zur Perimeterstraße reiten«, ordnet Lorn an.

»Ja, Ser.«

Lorn lenkt den Wallach über die feuchte, jedoch noch nicht schlammige Erde des Ödlands. Er und die Erste Einheit überqueren einen Boden, der zuerst nur schwach nach Hafenwasser riecht, doch mit jedem aufwühlenden Huftritt wird der Geruch penetranter.

Kusyl und die Zweite Einheit warten auf der Perimeterstraße, sie stehen eine gute Meile südlich des Straßenpunktes, der direkt im Norden des umgestürzten Baumes liegt.

»Zweite Einheit bereit, Ser«, meldet Kusyl, als Lorn und Shynt ihre Pferde zügeln.

»Gut. Wir bleiben auf der Straße zusammen, bis wir bei der Krone angelangt sind, dort trennen sich die zwei Einheiten wieder. Die Männer wissen, dass wir etwas Neues ausprobieren?« Lorn sieht erst Shynt an, dann Kusyl.

»Ja, Ser.«

Lorn nickt und lenkt den weißen Wallach auf die Perimeterstraße, seine Augen wenden sich nicht von der Baumkrone, aber er kann keinerlei Lebewesen entdecken, weder auf dem Stamm noch in der Krone, was er jedoch bereits erwartet hat.

Schließlich dreht er sich um. »Anhalten!«

»Erste Einheit, halt!«

»Zweite Einheit, halt!«

Lorn reitet hundert Ellen weiter und bleibt wieder stehen, er wartet, bis sich die zwei Einheiten links und rechts von ihm formiert haben.

»Zweite Einheit, vorwärts!«

»Erste Einheit, rechts um.«

Während sich die Einheiten zu versetzt stehenden Fünferreihen formieren, beobachtet Lorn weiter den Baum, doch alles ist ruhig. Zu seiner Linken, keine fünf

Meilen im Südosten, jedoch außer Sichtweite, muss sich der schadhafte Chaos-Turm befinden.

»Zweite Einheit steht bereit, Ser!«, ruft Kusyl.

»Erste Einheit bereit.«

Lorn hebt die Hand und reitet – allein zwischen den Einheiten – weiter auf die zerstörte Baumkrone des gestürzten Stammes zu. Annähernd fünfundsiebzig Ellen trennen Lorn von den Männern rechts und links von ihm. Er trägt nur noch den brystanischen Säbel am Gürtel, doch auf diesen Waffenwechsel hat er niemanden aufmerksam gemacht. Die zwei Feuerlanzen stecken in dem eigens dafür angefertigten Lanzenköcher.

Als Lorn noch etwa fünfhundert Ellen entfernt ist von den zerdrückten Kronenblättern, zieht er eine der zwei Feuerlanzen heraus und ruft: »Lanzen bereithalten! Fertig machen zum Feuern!«

Beide Truppenführer geben den Befehl weiter.

In der darauf folgenden Stille reitet die Zweite Kompanie näher an den Baum. Lorns Gehörsinn scheint sich noch verbessert zu haben, denn er versteht das Gemurmel der Männer sogar über die weite Entfernung.

»Warum macht er es nun so?«

»... vielleicht weil der alte Truppenführer getötet wurde ...«

»... ist er verrückt?«

»... er spielt den Köder, nur mit dem Unterschied, dass er Zähne hat ...«

»Die Katzen werden ihn eines Tages doch noch kriegen ...«

»Du hast ihn noch nicht erlebt ...«

Als sie nur noch zweihundert Ellen von der Krone entfernt sind, kann Lorn die Spannung deutlich spüren, und er ruft laut: »Macht euch bereit!«

Der Wallach hat Lorn bis auf hundertfünfzig Ellen an das Walddach herangetragen, als zwei Riesenkatzen aus dem Blätterschutz herausschnellen. Sie springen erwartungsgemäß unmittelbar auf Lorn zu, angezogen von den Chaos- und Ordnungs-Kräften, die er in sich vereint.

Lorn hebt die Feuerlanze und zielt auf die hintere Katze, diejenige, die sonst vielleicht abdrehen und fliehen würde. Er wartet, bis das Biest sich innerhalb der Reichweite einer herkömmlichen Feuerlanze befindet.

Das Tier fällt zu Boden, als sich ein Feuerstoß in seinen Körper bohrt, ein Feuerstoß, der sich nicht sichtbar krümmt unter Lorns Chaos-Steuerung.

Die erste Riesenkatze scheint zu stolpern, doch dann setzt sie doch noch zum Sprung auf den Lanzenkämpferhauptmann an.

Die Flammen verbrennen ihr Augen und Schädel. Lorn setzt die Feuerlanze nicht ab, bis er sicher ist, dass die Bestie tot ist.

»... siehst du, was ich meine ...«

»... noch nie jemanden gesehen, der so gut mit der Lanze umgehen kann ...«

»... Hauptmann kann es ...«

»Erste Einheit! Bis auf fünfzehn Ellen vorrücken!«, befiehlt Lorn, der noch einmal in Gedanken die Annäherungswinkel durchgeht, während er die Feuerlanzen für alle sichtbar austauscht. Als Nächstes werden erfahrungsgemäß die Nachtleoparden über sie herfallen.

Lorn zügelt den Wallach, sodass die Erste Einheit zu ihm stoßen und die Lücke schließen kann, die sich bereits wieder auf fünfundsiebzig Ellen vergrößert hat. Dann lässt er das Pferd in einen Trab fallen und reitet den Raubtieren entgegen, die schon auf ihn warten.

Wieder überkommt Lorn diese seltsame Traurigkeit, doch er schiebt sie beiseite; Augen und Sinne konzentrieren sich nur noch auf die Gefahr, die vor ihm liegt.

Es raschelt in den Zweigen, dann zittert das Laub,

aber kein Leopard zeigt sich. Lorn hält den Wallach an, denn ein Angriff wird und muss folgen, gemäß den Mustern, die der Verwunschene Wald vorgegeben hat.

»Bereit machen zum Feuern! Kurze Entfernung!«

Die Truppenführer können den Befehl gar nicht so schnell wiederholen, da springen schon zwei Rudel Leoparden aus der Krone und rasen auf die Lanzenkämpfer zu.

»Feuer frei!«

Zischende Schüsse aus den Feuerlanzen hageln auf die Tiere nieder. Lorn lenkt den Wallach nach rechts, er zielt genau hinter die Erste Einheit, um den zwei Leoparden zuvorzukommen, die sich zurückfallen lassen, um nach Nordwesten zu flüchten.

Lorn zielt mit der Feuerlanze auf die führende der zwei schwarzen Katzen, doch erst nachdem er die gesamte Ladung verschossen hat, stolpert die Katze und geht zu Boden. Das nachfolgende Raubtier, dem durch Lorns Beschuss der Weg abgeschnitten ist, ändert plötzlich die Richtung und stürzt auf den Hauptmann zu.

Lorn metzelt den letzten Leoparden mit der brystanischen Klinge nieder – oder genauer gesagt mithilfe des Chaos-Feuers, mit dem er die Cupridiumspitze des krummen Säbels verlängert hat. In dem Winkel, in dem er zu den anderen Lanzenkämpfern steht, können die Männer nicht gesehen haben, was genau er getan hat; und selbst wenn einige wenige es beobachtet haben, werden sie nicht mehr wissen, dass der Säbel für einen Augenblick sehr lang war. Schließlich musste Lorn auf jeden Fall verhindern, dass die Katze ihm oder seinem Pferd Schaden zufügt.

Keuchend zügelt er den Wallach. Er hält noch immer die leere Feuerlanze und den brystanischen Säbel in Händen. Als er sicher ist, dass beide Leoparden tot sind, tauscht er die Feuerlanze aus und lenkt den Wallach zurück zu den zwei Einheiten, die sich wie zuvor befohlen aufgestellt haben und nun zu beiden Seiten der zerstörten Baumkrone stehen.

Die zwei Truppenführer reiten zu Lorn. Etwa fünfzehn Ellen von ihm entfernt zügeln sie die Pferde.

»Erste Einheit meldet: Keine Waldtiere geflüchtet, Ser«, erstattet Shynt Bericht.

»Zweite Einheit meldet: Keine Waldtiere geflüchtet, Ser«, bestätigt auch Kusyl.

»Gut.« Lorn nickt. »Ich schreibe gleich die Nachricht für die Spiegelingenieure.« Seine Augen brennen und im Schädel pochen noch Ordnung und Chaos. Als er weiter auf die zwei Truppenführer blickt, verschwimmt das Bild vor seinen Augen und plötzlich sieht er die Männer doppelt.

Er zwinkert und die Bilder vereinen sich wieder, aber die Kopfschmerzen bleiben. Seine Uniform ist völlig durchgeschwitzt im Gegensatz zu denen der Truppenführer und Lanzenkämpfer und selbst die Oberschenkelmuskeln drohen nun zu verkrampfen. Dennoch dreht er sich im Sattel um und sagt gelassen: »Kusyl, Shynt, die Einheiten sollen weiterhin die Lanzen bereithalten; wenn sich nichts tut, dann könnt ihr die Wachen für den Nachmittag und Abend aufstellen.«

»Ja, Ser«, antworten beide Truppenführer fast gleichzeitig.

Lorn steckt Säbel und Feuerlanzen langsam ein, dann holt er das leere Papier für die Nachricht an die Ingenieure heraus. Selbst wenn sie nur auf jeder dritten Patrouille einen umgestürzten Baum finden, wird der Winter lang werden.

XXXIII

Lorn hält unter dem grünen Fass vor der kleinen Veranda an, die zu Dustyns Geschäft führt. Beim Absteigen wirft der Lanzenkämpferhauptmann einen Blick nach oben auf die schweren grauen Wolken und hofft, dass sein Geschäft mit dem Kommis nicht zu viel Zeit in Anspruch nimmt, sodass er zurück in der Kaserne ist, bevor der drohende Regenguss niedergeht. Er bindet den Wallach an den Bronzering vor Dustyns kleinen Laden und erklimmt die Stufen, um den engen Vorraum zu betreten.

Gerade will Lorn zur Glocke greifen, da taucht auch schon das schmale Gesicht des Kommis hinter dem Vorhang auf.

»Morgen, Hauptmann«, begrüßt ihn Dustyn. »Die Zweite Kompanie hat wohl ihren freien Tag, da Ihr schon so früh am Morgen hier in der Stadt seid.«

»Ja, heute ist in der Tat einer dieser wenigen Tage«, gibt Lorn zur Antwort.

»Ich wette, Ihr wollt ein paar Flaschen Alafraan mitnehmen. Könnt es wohl nicht erwarten, bis der Bote den nächsten bringt.«

»Ein oder zwei Flaschen könnte ich schon gebrauchen«, gibt Lorn zu, »aber das ist nicht der Hauptgrund für meinen Besuch.«

Dustyn öffnet die Tür und bedeutet Lorn, ihm über den Flur in ein winziges Nebenzimmer zu folgen. Es ist ein noch kleineres Arbeitszimmer als jenes, das man Lorn in der nördlichsten Kaserne zugeteilt hat. Neben dem kleinen, hohen Schreibtisch stehen zwei Stühle. An der Mauer stapeln sich kleine Truhen, zwei Reihen zu je drei Kisten. Die grauen Vorhänge vor dem einzigen Fenster strotzen nur so vor Staub und Dreck. Die Spinnweben auf dem angebotenen Stuhl versucht Lorn einfach zu ignorieren, als er sich setzt.

»Und was kann ein kleiner Kommis für Spirituosen und Getränke für einen so mächtigen Lanzenkämpferhauptmann tun, wenn ich fragen darf?« Dustyn grinst über seine eigenen Worte.

»Ihr habt gut fragen«, antwortet Lorn und grinst nun seinerseits, »denn Ihr seid ein allseits hoch angesehener Kommis, der Dinge vollbringen kann, von denen niemand erfährt oder auch nur ahnt. Sie werden im Stillen erledigt und keiner außer Euch vermag das so ausgezeichnet.«

Dustyn lacht schallend und schüttelt den Kopf. »Ja, und Ihr wärt besser Kommis geworden, so gut, wie Ihr mit Worten umgehen könnt, oder im Familienhandelshaus geblieben, wenn das Eure Herkunft ist.«

Lorn betrachtet Dustyn und grinst weiter. »Nun ... Ihr seid ein guter Kommis, der vieles arrangieren kann.«

»So sagt man, aber es wird oft mehr geredet, als ich in Wirklichkeit tun kann.« Dustyn gluckst hörbar. »Und ich erzähle den Leuten selbstverständlich, dass ich alles fertig bringe!«

»Reichen Eure Fähigkeiten so weit, um eine Vermählung vorzubereiten, die hier in Jakaafra stattfinden soll?«

Dustyn runzelt die Stirn. »Eine der Parteien, der Mann, um genauer zu sein, müsste schon, sagen wir ... hier in der Nähe leben und bekannt sein ... wenn einer Eurer Lanzenkämpfer ... Ihr und ich könnten ... Ihr wisst, über so etwas reden die Leute ...«

»Aber es ist nicht verboten«, erklärt Lorn. »Jeder, der das Haus seiner Familie verlassen oder seinen eigenen Hausstand gegründet hat, hat das Recht, sich nach eigenem Gutdünken zu vermählen.«

»Und weil es für jene nicht immer ganz einfach ist ...

wird sich der Haushalt derjenigen nicht nur … sagen wir … bezüglich der Spitzendeckchen und der Wandschirme von anderen Heimen unterscheiden?«

Lorn nickt. »Aber ich muss auf dieser Vermählung bestehen. Ihr und all die angesehenen Herrschaften in Jakaafra kennt den Mann und einige kennen vielleicht sogar die Frau.«

»Warum … ach, ich sollte nicht fragen …«

»Nur so viel: Beide, der Mann und die Frau, wollen diese Vermählung, beide sind alt genug, und ihr Stand erlaubt es ihnen, auf eine Zustimmung zu verzichten.«

»Bei Frauen aus den Geschlechtern der Spiegellanzenkämpfer und der Magi'i ist die Zustimmung immer erforderlich«, meint Dustyn vorsichtig, »selbst bei Frauen, die Händlerinnen sind, es sei denn, sie stehen einem Handelshaus vor.«

»Eine Zustimmung ist nicht erforderlich«, betont Lorn noch einmal mit einem Grinsen, »doch Verschwiegenheit wäre ratsam.«

Dustyn runzelt die Stirn.

»Weder Ihr noch Euer Geschäft wird Schaden nehmen«, versichert Lorn. »Floriert nicht Euer Handel auch aufgrund meines Zutuns?«

»Sehr sogar, Hauptmann, sonst würde ich Euch gar nicht zuhören.« Dustyns Gesicht ist völlig ausdruckslos, nur seine Augen blitzen Lorn erheitert an. »Nun … soll dies eine richtige Vermählung werden?«

»Eine wahrhaftige und richtige Vermählung.«

»Darf ich die Namen der Beteiligten erfahren?«

»Nicht bis zum Tage der Vermählung oder kurz vorher.« Lorn lächelt. »Ihr versteht etwas vom Handeln, denn Ihr seid ein erfolgreicher Kommis, und diese Vermählung könnte man durchaus als eine Handelsangelegenheit bezeichnen. Das stimmt wirklich, Ihr werdet es sehen, wenn es so weit ist.«

Bei dem Wort ›Handelsangelegenheit‹ bildet sich eine

tiefe Furche zwischen den Brauen des Kommis. »Nun, Hauptmann, ich wage anzunehmen, dass es sich hier um die Vermählung eines Lanzenkämpferoffiziers mit einer reizenden Dame aus dem Hause eines obersten Kommandanten handelt, oder sogar eines Magi'i oder einer anderen hohen Familie … eine Liebesheirat gar?«

Lorn lächelt. »Seid versichert, Dustyn, es ist eine Liebesheirat … und ich verspreche, dass Ihr nicht enttäuscht sein werdet. Weder von der Wahl, die der Bräutigam getroffen hat, noch von dem Gewinn, der aus dieser Verbindung für Euch herausspringen wird.«

Der Kommis grinst schließlich wieder. »Hauptmann … alle sagen, dass Ihr Eurer Wort haltet, egal was auch kommt. Ich muss gestehen, dass ich äußerst gespannt bin, aber es gibt Fälle, da wartet man besser ab, bis die Katze sich bewegt, anstatt sie gleich zu jagen, und diese Angelegenheit scheint mir so ein Fall zu sein.«

»Da habt Ihr in der Tat Recht, Dustyn.«

»Aber wenn die Vermählung hier in Jakaafra stattfinden und ordnungsgemäß eingetragen werden soll, muss ich die Namen zwei Tage vor dem Termin wissen. Für gewöhnlich werden sie einen Achttag vorher bekannt gegeben, aber mir sollten zwei Tage genügen, wenn auch Euch das passend erscheint.«

»Zwei Tage vorher sollt Ihr die Namen erfahren und dann werdet Ihr verstehen.« Lorn grinst. »Wenn nicht schon früher.« Er verneigt den Kopf. »Und nun … die zweite Angelegenheit … die weniger schwierige.«

Dustyn verneigt ebenso den Kopf.

»Habt Ihr die Waren erhalten, die für mich eintreffen sollten …?«

»Äh, ja, Ser. Ich wollte es Euch gerade erzählen, aber es ist mir wieder entfallen, als Ihr Euer … Anliegen vorgebracht habt. Ihr habt drei weitere Kisten erhalten und noch zwei andere, von denen ich den Inhalt nicht ergründen kann.«

Lorn nickt. »Es scheint, als würde ich hier noch eine Weile stationiert bleiben, vielleicht sogar für viele Jahre, und meine Familie versucht nun, mir das Leben hier so angenehm wie möglich zu gestalten, und ...«

»Ihr sucht nach einem kleinen eigenen Heim? Ihr denkt an ... eine Vermählung vielleicht?«

»Dafür bin ich noch zu jung«, sagt Lorn geradeheraus, »das hat mich diese andere Angelegenheit gelehrt. Aber wenn es einmal so weit ist, möchte ich nicht durchmachen, was dieser Bursche jetzt durchstehen muss. Und ich kann meine Kisten schließlich nicht ewig in Eurem Keller lagern, weder Wein noch ...« Lorn zuckt die Achseln. »Ihr wisst, dass wir Offiziere es oft so halten müssen, denn viel mehr als Uniformen und Waffen können wir in unseren Kammern nicht unterbringen. Ich glaube, ich werde eine Frau aus der Gegend anstellen – vielleicht die Gemahlin eines Arbeiters aus der Kaserne. Sie soll das Haus für mich sauber halten, so lange bis ich es einmal brauche. Vorausgesetzt Ihr findet ein solches Heim für mich.«

Dustyn lacht. »Das wird einfacher – viel einfacher – zu erledigen sein als Euer erstes Anliegen, denn ich habe bereits vier infrage kommende Häuser im Auge, und dabei muss ich meinen Blick nicht weiter als bis zur Oststraße schweifen lassen.«

Lorn runzelt die Stirn.

»Nun ja ... Hauptmann, die jungen Leute gehen jetzt alle nach Cyad oder Fyrad oder gar bis nach Geliendra. Auch meine Asbyl hat sich mit dem Sohn eines Kommis in Geliendra vermählt und sie hat keine einzige Träne vergossen auf dem Weg nach Süden.« Dustyn zuckt mit den Schultern. »Das heißt, ich könnte Euch das Häuschen meiner Mutter anbieten. Ich habe es für Asbyl hergerichtet, sogar neue Ziegel sind auf dem Dach. Wenn Ihr wollt ... ich würde es Euch für einen Silberling pro Jahreszeit überlassen, sofern Ihr es sauber haltet. Wenn es sich so verhält, wie Ihr sagt, würde ich es Euch auch verkaufen, für zehn Goldstücke, wann immer Ihr wollt.«

»Ich kann doch nicht …«

»Wir sind nur mehr drei und Hyul hat letztes Jahr Vaters Haus übernommen. Wryul und ich … unser Haus hat so viele Räume, dass wir sie gar nicht alle nutzen können. Ich könnte mich nur schwer von Mutters Haus trennen, aber Ihr würdet mir einen Gefallen tun … und, na ja, ohne die Geschäfte, die Ihr und Eure Freunde im Haus Ryalor eingefädelt habt … wäre das Leben härter für uns …« Dustyn lächelt verlegen.

Lorn hebt hilflos die Hand. »Abgemacht.« Er streckt dem Kommis zwei Silberstücke entgegen. »Ich nehme zwei Flaschen mit und dies hier reicht für zwei Jahreszeitenmieten …«

»Euer Vertrauen spricht für Euch, Hauptmann, aber Ihr solltet Euch das Haus vorher ansehen.«

Dustyn wirft einen Blick nach draußen und schiebt die Münzen von sich. »Noch nicht. Ihr seid mit dem Pferd gekommen. Ich treffe Euch vor dem Haus.«

Lorn steigt eben aufs Pferd, da biegt Dustyn auch schon auf einer klapprigen alten Stute um die Ecke, und die zwei Männer reiten die schmale Gasse entlang, bis diese in eine Straße mündet, die aus Jakaafra hinaus in Richtung Osten führt.

Lorn hofft, dass Dustyns Beschreibung des Hauses auch stimmt, aber der Kommis hat sich bisher in allen Handelsgeschäften äußerst anständig betragen. Also reitet der Hauptmann weiter und harrt der Dinge, die da an der Oststraße auf ihn warten.

Das Haus thront auf einem kleinen Hügel an der Straße gleich hinter dem Wegweiser, der die Stadtmitte in einer Meile Entfernung ankündigt. Die neuen Dachziegel glänzen selbst im düsteren Licht des bewölkten Himmels hellgrün.

Dustyn steigt schwerfällig vom Pferd, er humpelt an dem Wandschirm vorbei zur Tür, die er mit einem alten Bronzeschlüssel aufschließt. Lorn folgt ihm und geht schweigend durch die Räume.

Das Haus ist klein, so wie Dustyn schon gesagt hat, es verfügt über eine Schlafkammer, einen etwas größeren Raum, in dem ein Kachelofen steht und Platz für die Einnahme der Mahlzeiten und für Besuche ist, einen Waschraum und eine Abstellkammer, die kaum fünf Ellen im Quadrat misst. Es gibt ein brauchbares Bett und sogar einen türlosen Schrank in der Schlafkammer und einen Tisch mit drei alten Eichenstühlen im Hauptraum.

»Es stehen irgendwo auch noch ein paar alte Töpfe herum.« Der Kommis deutet auf den Goldeichenschrank neben dem Ofen. »Und auch ein bisschen Geschirr.«

Die Bodenfliesen schimmern hellblau, wenn auch etwas verblasst mit der Zeit, doch keine einzige Fliese weist einen Sprung auf und man hat den Fußboden erst kürzlich neu verfugt. Zwei Keramikwandschirme sind vorhanden, einer innen und einer draußen vor der Tür. Die Hecke, die die kleine hintere Veranda vor neugierigen Blicken schützt, muss nur ein wenig gestutzt werden. Im Stall finden zwei Pferde Platz, doch Raum für eine Kutsche bleibt dabei nicht.

Die zwei Männer stehen neben dem Wandschirm vor der Eingangstür und Lorn nickt. »Es reicht für meine Zwecke völlig aus.«

»Das freut mich.«

Lorn überreicht ein zweites Mal die Silberstücke und fügt ein drittes hinzu. »Wenn ich Euch bemühen dürfte, die Waren in Eurem Keller irgendwann im nächsten Achttag hierher zu schaffen …?«

»Es wird mir ein Vergnügen sein, Hauptmann, wirklich ein Vergnügen.« Dustyn wirft einen Blick zum bedeckten Himmel. »Wir sollten uns auf den Rückweg machen. Ich möchte nicht nass werden und Ihr habt noch einen längeren Ritt vor Euch als ich.«

Lorn nickt und steigt auf.

Die ersten Tropfen fallen vom grauen Himmel, da hat Lorn gerade die erste Meile des Weges von Jakaafra zur Kaserne zurückgelegt. Als er schließlich durch die Tore reitet, fällt so starker Regen, dass er kaum hundert Ellen weit sehen kann; den Straßenbauern bringt er höchste Dankbarkeit entgegen, weil sie die Straßen Cyadors mit Steinen gepflastert haben.

Das Wasser fließt an seiner Uniform nur so hinunter und drückt ihm die Uniformmütze und das Haar platt an den Schädel. So führt er den Wallach vom Regen in den Stall.

»Ser ...« Suforis sieht Lorn mit großen Augen an.

»Ich weiß«, meint Lorn müde. »Ich weiß, aber ich kann schließlich nur an einem meiner freien Tage nach Jakaafra reiten.«

»Ja, Ser. Ich werde dafür sorgen, dass er abgetrocknet und abgerieben wird.«

»Danke.« Lorn nimmt den Wein und marschiert noch einmal durch den Regen. Seine Füße quatschen in den Stiefeln auf dem Weg zu seinen Gemächern. Nachdem er die Uniform ausgewrungen und zum Trocknen aufgehängt hat, zieht er sich eine trockene Hose und Untertunika an. Dann trocknet und ölt er den Säbel und lässt ihn offen liegen; er hofft, dass Säbel und Scheide bis zur nächsten Patrouille wieder trocken sind.

Erst danach setzt er sich an den Schreibtisch und liest noch einmal die kürzlich eingetroffene Schriftrolle von Ryalth.

... sind ein unauffälliges Haus und gelten allmählich als Vorbild für die Klanlosen Händler. Ich versuche, unseren Ruf zu bewahren. Dabei hilft mir, dass gelegentlich ein

Oberbuchhalter von anderswo hier erscheint. Dienlich hierbei sind auch die immer größer werdenden Ladungen eines Goldbranntweins von höchster Güte. Da dieser und viele unserer anderen gewinnbringenden Waren über Fyrad verschifft werden, sind wir bereits dafür bekannt, weitreichende Geschäftskontakte zu pflegen. Einige dieser Kontakte rühren noch von diesem anderen Schiffsunglück her, das wir schon einmal besprochen haben. Man beobachtet nun mit Wohlwollen, dass jenes Haus sich dank seines neuen Erben auch neuer Blüte erfreut. Das sieht man gern in diesen Tagen.

Da wir nun hohes Ansehen genießen, habe ich ein neues Kontor gemietet, das drei Mal größer ist als das vorige, und ich habe vom Jekseng-Klan ein Lagerhaus gekauft, das als wenig Glück bringend gilt, seit es einst von einem hamorischen Händler gemietet wurde. Es hilft manchmal, die Vergangenheit der Dinge zu kennen.

Ich habe vergessen, dir mitzuteilen, dass das Haus Ryalor aufgrund von bestimmten Hinweisen bezüglich Bauholz nun an anderen Unternehmungen beteiligt ist, die wir so bald wie möglich erörtern sollten. Das Dienstmädchen, das du nie getroffen hast, meint, alles stehe zum Besten.

… und freue mich, bald von dir zu hören.

Lorn lächelt und greift zur Feder, um den Brief zu beantworten.

Meine liebe Händlerin,

mein Urlaub von zwei Achttagen beginnt im neunten Achttag des Winters und ich habe die Vorbereitungen getroffen, über die wir vor einem Jahr gesprochen haben. Ich bin sehr erfreut über den Gedanken, mein Wort in dieser Angelegenheit halten zu können, und ich hoffe, der Zeitpunkt ist günstig für dich, um nach Jakaafra zu kommen. Ich habe ein bescheidenes Zuhause für dich gefunden, damit alles in Anstand und Würde vonstatten gehen kann.

Sollte ich aufgrund meines Dienstes nicht sofort verfügbar sein, frag nach dem Kommis, er hat alles in die Wege geleitet …

Sollte es von deiner Seite Einwände geben, werde ich andere Vorkehrungen treffen, um mein Wort zu halten, wann immer du willst …

Lorn runzelt die Stirn, während er diese Worte niederschreibt. Er möchte nicht zu förmlich wirken, aber er will Ryalth auch nicht bloßstellen, sollte die Schriftrolle in die falschen Hände geraten.

Schließlich schreibt er weiter.

Wie du weißt, bin ich alles andere als gut darin, mich unter diesen Gegebenheiten auszudrücken, und muss Worten vertrauen, die weitaus förmlicher sind als meine Gefühle. Ich hoffe jedoch, dass meine Handlungen mehr für mich sprechen als die schwachen Worte und du verstehen wirst, so wie du es schon so oft getan hast in den vergangenen Jahren.

Mit leerem Blick wendet sich Lorn dem Fenster zu, nachdem er die Schriftrolle schließlich gesiegelt hat. Seine Augen sehen jedoch das Grau des Kasernenhofs gar nicht.

XXXIV

Der weiße Wallach geht langsam an der weißen Sperrenmauer entlang in Richtung Südosten und Lorn wischt sich den kalten Nieselregen von der Stirn. Der Schweiß rinnt unter der Kappe hervor und vermischt sich mit dem feinen Regen. Ohne die Winterjacke aus weißem geöltem Leder wäre er völlig durchnässt, und so kalt wie es in Jakaafra war, als sie aufbrachen, hat er sich für die warme Jacke unter dem wasserfesten Winterzeug entschieden. Inzwischen ist es wärmer geworden, und mit der dicken Jacke ist es Lorn, selbst wenn er sie offen trägt, viel zu warm.

Kein Lanzenkämpfer kann Kleidung für alle Wetterlagen mit auf die Patrouille nehmen, nicht, wenn er noch erfolgreich gegen Riesenkatzen ankämpfen möchte, und nicht, wenn er außerdem noch zwei Feuerlanzen und zwei Säbel mit sich führt.

»Viel zu nass und zu kalt, um die Jacke ausziehen zu können«, jammert Shynt, der auf der anderen Seite der Sperrenmauerstraße reitet und Lorns Gedanken genau getroffen hat, »aber zu warm, um sie anzubehalten.«

Lorn schüttelt den Kopf. »Es ist nicht nass genug, um die Ernte wirklich wachsen zu lassen, aber wiederum zu feucht, um anständig reiten zu können. Keiner hat etwas davon. Aber so ist es auf manchen Patrouillen nun mal.«

»Auf den meisten … im Winter.«

Der Lanzenkämpfer nickt zustimmend und lässt den Blick in die Ferne schweifen. Durch den mittäglichen Nieselregen kommt links von der inneren Straße langsam das weiße Granitgebäude zum Vorschein, das den schon lange unnützen Chaos-Turm beherbergt. In nicht mehr allzu langer Zeit wird die Erste Einheit um den Turm herumreiten müssen und weiter im Südosten auf einen weiteren umgestürzten Baum treffen.

Es sind schon fast zwei Achttage und zwei Patrouillen ins Land gegangen, seit Lorn die schicksalhafte Schriftrolle an Ryalth abgeschickt hat, und er hat noch nichts von ihr gehört, aber dennoch muss er patrouillieren und Waldtiere an der Flucht hindern. Ryalth hätte sehr schnell geantwortet, wenn jetzt schon eine Antwort käme. Er wendet sich der Mauer zu. Mit Augen und Sinnen prüft er das Chaos-Netz und die immer unregelmäßiger fließenden Chaos-Impulse, was bestätigt, dass wieder ein Baum auf die weiße Granitmauer gefallen ist – einige Meilen südöstlich des Turmes. Die Unregelmäßigkeit des Chaos – die größere Unregelmäßigkeit, verbessert er sich, denn Chaos-Fluss ist niemals regelmäßig – erinnert ihn daran, dass er einen gefährlichen Weg verfolgt … vor dem ihn sein Vater mehr als einmal gewarnt hat.

Aber könnte er als der, der er nun einmal ist, etwas anderes tun? Etwas anderes als lächeln und Vorkehrungen treffen?

Lächeln? Die ehrwürdigen Worte, geschrieben mit schrägen Buchstaben, tauchen in seinen Gedanken auf.

Lächeln … *ein Bild auf dem Wasser des Seins, Spiegelung ist nur möglich durch die Schwarze Tiefe darunter.*

Schwarze Tiefe … Lorn birgt eine Schwarze Tiefe in sich, das weiß er, aber diesen Gedanken schiebt er schnell beiseite. Er weiß auch, dass das, was er beim nächsten umgestürzten Baum tun muss – nämlich allein als Zielscheibe zu reiten –, erfolgreich ausgehen wird und dass keine Raubtiere entkommen werden. Er weiß auch, dass über kurz oder lang Major Maran wieder nach Jakaafra kommen wird, wenn zu viele Patrouillenberichte weder von Verletzten und Gefallenen noch von geflüchteten Tieren berichten; und Maran wird ihm eine weitere schwierige Aufgabe stellen, von der Lorn nicht weiß, ob er sie lösen können wird.

Vorkehrungen müssen getroffen werden … und ich habe sie getroffen.

Aber ist das genug? Das … wird er niemals erfahren, es sei denn, er verliert den Wettkampf, und dann wird es zu spät sein. Mit einem schwachen Lächeln auf den Lippen beugt sich Lorn im Sattel leicht nach vorn und streicht mit den Fingerspitzen über die zwei Feuerlanzen. Beide sind frisch geladen. Dann richtet er sich auf und betrachtet ein weiteres Mal die Sperrenmauer zu seiner Linken; er versucht zu erraten, wie viele Meilen sie noch reiten müssen, bis ein Lanzenkämpfer den umgestürzten Waldbaum entdeckt, wie viele Meilen sie noch reiten müssen, bis er wieder einmal heimlich Chaos gebrauchen muss, denn ein magiergeborener Lanzenkämpfer, der Erfolg hat, kann nicht geduldet werden.

XXXV

Lorn blickt vom Patrouillenbericht auf, den er gerade schreibt, als Kusyl plötzlich in der Tür zum Arbeitszimmer steht.

»Das haben die Ingenieure mitgebracht, Ser.« Der Haupttruppenführer überreicht Lorn die weiß und grün gesiegelte Schriftrolle.

Lorn steht auf und nimmt sie entgegen. »Danke. Es wird noch etwas dauern, bis ich die Berichte fertig habe.«

»Myserk wird noch einmal vorbeischauen, bevor sie abfahren«, antwortet Kusyl. »Er hat Verständnis.« Mit einem Nicken geht er hinaus und schließt die Tür.

Lorn betrachtet die Schriftrolle und zwingt sich dann, sie erst einmal beiseite zu legen. Dann fährt er mit den letzten Zeilen der Zusammenfassung fort, die für Major Maran bestimmt ist.

… keine Verluste und kein einziges Tier entkommen. Die Patrouille hielt zwei Tage beim umgestürzten Stamm Wache, bis die Spiegelingenieure eintrafen. Restliche Patrouille verlief ohne Zwischenfälle.

Mit einem Lächeln der Erleichterung legt er die Zusammenfassung neben den vollständigen Bericht, damit beide trocknen können, und widmet sich endlich der Schriftrolle, die Kusyl überbracht hat. Es überrascht Lorn nicht sehr, dass das Siegel vorsichtig vom Papier geschabt und anschließend erneut erwärmt wurde, wie das verschwommene ›K‹ seines Vaters auf dem Wachs verrät.

Lorn erbricht das Siegel und liest.

... stets erfreulich zu hören, wie gut du dich entwickelst. Ich habe mehrere wohlwollende Berichte über deinen Fortschritt gehört, unter anderem auch von dem Offizier, der dir vor so vielen Jahren die Lanzenkämpferausbildung anempfohlen hat. Er hat seinen Posten auch heute noch inne. Offenbar sind es die jüngeren Lanzenkämpfer, die von Dienstposten zu Dienstposten versetzt werden ...

Jerial verbringt neuerdings etwas mehr Zeit mit mir und vielleicht war ich doch zu voreilig mit meinen Vorschlägen für zukünftige Vermählungen. Dies ist etwas, was wir gemeinsam besprechen sollten, wenn du zurückkehrst, aber ich möchte dir jetzt schon mitteilen, dass ich zu der Einsicht gekommen bin, dass deine früheren Neigungen vielleicht doch Vorzüge haben und es nur in deinem Interesse wäre, weiter so geneigt zu bleiben ...

Lorn runzelt die Stirn. Hat Jerial ihrem Vater von Ryalth erzählt? Oder wird Ryalths Erfolg nun verstärkt zur Kenntnis genommen? Oder ist etwas anderes im Gange, von dem Lorn nichts weiß?

Vernt verfolgt weiterhin seine Ziele mit Fleiß und Anerkennung. Man hat ihn zum Magier der unteren zweiten Stufe ernannt, so wie auch Ciesrt, obwohl beide sehr unterschiedliche Magier-Ziele verfolgen. Myryans Garten ist schlichtweg ein Wunder und mit dieser Seite ihres Lebens ist sie höchst zufrieden ...

Lorn zuckt zusammen. Er glaubt, genau zu wissen, was die Worte seines Vaters zu übermitteln suchen, und er kann nur hoffen, dass seine jüngere Schwester nicht zu unglücklich ist.

Sylirya wurde von einem Kunsttischler geehelicht, sodass nun Kysia die Führung des Haushalts übernommen hat. Sie ist so gut, dass sie ohne weiteres den Haushalt eines Großhändlers führen könnte, und wird sich sicherlich bald die Fähigkeiten angeeignet haben, die vonnöten sind, um einem hohen Funktionär im Palast des Lichts zu dienen, obwohl wir sie hier schmerzlich vermissen würden. Irgendwann wird sie uns zweifellos wegen einer jüngeren Familie verlassen, aber an ihrer Loyalität ist nichts auszusetzen …

Lorn schüttelt den Kopf und lächelt belustigt.

Schließlich bleibt nur noch zu berichten, dass sich wenig verändert hat seit deinem letzten Besuch, bis auf die Tatsache, dass wir dich alle vermissen. Wir wünschen dir alles Gute im Kampf gegen den Verwunschenen Wald.

Der Lanzenkämpferhauptmann lässt die Schriftrolle sinken, dann hebt er sie noch einmal hoch und betrachtet die Schrift. Sein Vater beherrscht noch immer die Kunst, auch zwischen den Zeilen zu schreiben, und die typischen eckigen Schriftzüge sind noch immer die Gleichen, aber da ist etwas … Lorn studiert die Schriftrolle noch genauer und bemerkt so manch zittrigen Federstrich. Das Alter? Der Tribut an die Jahre als höherer Magier?

Schließlich legt Lorn die Rolle weg und streicht sich übers glatt rasierte Kinn; er denkt über die Sinneswandlung seines Vaters nach, was Ryalth angeht.

Vielleicht gibt Ryalths Schriftrolle Aufschluss darüber.

Er nimmt den anderen Brief, den Suforis in der vorherigen Nacht zusammen mit zwei Flaschen Alafraan von Dustyn geholt hat, nachdem die Zweite Kompanie endlich nach Jakaafra zurückkehrt war. Wieder einmal mit drei Tagen Verspätung, weil mehrere Bäume an der südöstlichen Mauer umgestürzt waren. Die Ingenieure haben nur zwei große, fahrbare Feuerkanonen zur Verfügung, die nach jedem Gebrauch aufgeladen werden müssen, was bei kurz aufeinander folgenden Baumstürzen bedeuten kann, dass eine Lanzenkämpferkompanie einen gefallenen Stamm einige Tage lang bewachen muss. Diesmal hat es eben die Zweite Kompanie getroffen.

Lorn öffnet die Schriftrolle.

Mein liebster Lanzenkämpfer,

ich redete mir ein, ich würde nicht enttäuscht sein, hättest du unsere vor einem Jahr getroffene Abmachung vergessen. Aber ich wäre doch enttäuscht gewesen. Das schließe ich aus der Freude, die ich beim Erhalt deiner Schriftrolle empfunden habe. Ich werde bestimmt nach Jakaafra kommen. Bei dieser Gelegenheit kann ich auch einige Kommis in Fyrad, Geliendra und anderen Städten entlang der Reiseroute besuchen.

Im Hause Ryalth steht alles zum Besten. Wir konnten noch einige zusätzliche Ladungen Bauholz verkaufen, da die eingetroffene Menge an Bauholz das geschätzte Vertragsvolumen bei weitem überstieg, so wie ich es bereits geahnt hatte …

Wie konnte Ryalth das ahnen? Weil das Holz von den gefallenen Bäumen stammt und weil Lorns Gegenwart mehr umgestürzte Bäume bedeutet?

… unsere Anteile an der Küstenschifferei werfen mittlerweile ebenso handfeste Gewinne ab, aus Gründen, die ebenso vorhersehbar waren …

Lorn legt die Schriftrolle seiner zukünftigen Gemahlin auf den Schreibtisch und lächelt. Sein Vater und Jerial mussten einfach nur hinsehen. Durch ihre Spielleidenschaft kommen Jerial viele Gerüchte zu Ohren, und vieles lässt sich einfach nicht verbergen, wie etwa die nun dreimal so großen Handelsräume des Hauses Ryalor, das eigene Lagerhaus und die Anteile an Küstenschiffen; und wer weiß, was Ryalth ihm noch gar nicht geschrieben hat.

Und das alles, weil ein Magierschüler vor Jahren ein hübsches Gesicht vor dem Übergriff eines Grobians gerettet hat. Ein hübsches Gesicht, das so vieles verbarg.

Lorn wirft einen Blick auf den kalten und sonnigen grünblauen Himmel draußen. Er hofft, dass Major Maran eine oder zwei Jahreszeiten warten wird, bevor er wiederkommt, doch Lorn bezweifelt, dass ihm noch so viel Zeit bleibt. Wenn ... wenn er Glück hat, werden er und Ryalth vermählt und sie bereits zurück in Cyad sein, bevor der Major erneut in Jakaafra auftaucht. Wenn ...

XXXVI

Lorn stellt die Satteltaschen auf dem Getreidefass ab, das neben dem Stand des Wallachs lagert, und lehnt die zwei Feuerlanzen vorsichtig an die Mauer, während er wartet, bis Suforis mit dem Satteln fertig ist.

»Dauert nur einen Augenblick, Ser«, ruft der Stallbursche.

Lorn lächelt und sieht sich derweil im Stall um, der so sauber und rein ist wie immer, dann streicht er mit den Fingerspitzen über die Feuerlanzen, um sich noch einmal davon zu überzeugen, dass beide auch wirklich randvoll geladen sind. Die vorletzte Patrouille hatte ihnen einen umgestürzten Baum eingebracht – und zwei Tage Warten auf die Ingenieure. Auf der letzten Patrouille waren sie von gefallenen Stämmen verschont geblieben, was bedeutet, dass Lorn und die Zweite Kompanie sehr wahrscheinlich auf dieser Patrouille – oder auf der nächsten – wieder einen Baum finden werden.

»Wir wünschen Euch eine erfolgreiche Patrouille, Ser«, meint Suforis, als er Lorn die Zügel des Wallachs hinhält.

»Wir?«, fragt Lorn mit einem Grinsen.

»Ich und Lesyna. Sie freut sich sehr, dass sie auf Euer neues Zuhause aufpassen darf. Ihr Vater hat gemeint, dass er ihr nun die alte Stute nicht umsonst geschenkt hat, das Tier taugt ohnehin nicht zu viel mehr, als sie von einem Ort zum anderen zu tragen. Zumindest kann Lesyna jetzt in die Stadt reiten und ihre Verwandten besuchen.« Suforis grinst. »Oder die eine oder andere Schriftrolle holen, wenn ich einmal nicht kann.«

»Du hast nichts dagegen, dass sie allein reitet?«

»Lesyna? Sie hat Pferde schon immer gemocht. Außerdem, Hauptmann, warum sollte ich es ihr verbieten? Es wäre etwas anderes, wenn Clebyl pensioniert wäre und wir eine richtige Wohnung hätten, Wandschirme und das alles, anstatt nur eine Kammer … oder wenn wir Kinder hätten … aber so?«

»Ich bin froh, dass sich alles so gefügt hat und dass du damit zufrieden bist.«

»Wir sind beide damit zufrieden, Ser.« Suforis verneigt den Kopf und zeigt auf den nächsten Stand.

»Mach nur weiter«, sagt Lorn. »Du hast noch viel Arbeit.«

Nachdem Lorn die Satteltaschen festgeschnürt und die zwei Feuerlanzen im Lanzenköcher verstaut hat, führt er den Wallach in den Hof, wo die Lanzenkämpfer der Zweiten Kompanie bereits aufsitzen. Die hohen, dünnen Wolken, die mit der Morgendämmerung aufgezogen sind, quellen langsam zu einer dicken, grauen Decke auf; vielleicht wollten die frühen Wolken die schweren Regenwolken aus Nordosten auch bloß ankündigen. Der aufkommende Wind scheint kälter zu werden.

Draußen vor dem Stall steigt Lorn aufs Pferd und reitet ans Nordende der Stallgebäude, wo Shynt die Erste Einheit bereits Aufstellung nehmen lässt. »Guten Morgen, Shynt.«

»Guten Morgen, Hauptmann.« Shynt wirft einen Blick an Lorn vorbei auf die zwei Kolonnen von Reitern. »Wir sind bereit, Ser.«

»Wie geht es Hykylt?«

»Er wird wieder reiten, Ser.« Der Untertruppenführer sieht Lorn an und senkt die Stimme. »Wurdet Ihr von einem Heiler ausgebildet, Ser?«

»Eine meiner Schwestern ist glücklicherweise Heilerin geworden und ich habe sie sehr genau bei ihrer Arbeit beobachtet«, antwortet Lorn. »Ich möchte aber, dass das unter uns bleibt.« Lorn lacht leise. »Ein harter Lanzenkämpferoffizier sollte nicht als sanfter Heiler angesehen werden.«

»Kenne nicht viele, die Euch sanft nennen würden, Ser.«

»So soll es sein.« Lorn nickt und lenkt den Wallach zu Kusyl und der Zweiten Einheit.

»Wir sind bereit, Ser«, meldet Kusyl, noch bevor Lorn das Pferd zügeln kann.

»Dann lasst uns aufbrechen.«

»Ja, Ser. Zweite Einheit, vorwärts, in Zweierkolonnen!«

»Erste Einheit, vorwärts, in Zweierkolonnen!«, hallt es hinter ihnen.

Lorn drückt dem weißen Wallach die Fersen in die Flanken und sein Blick wandert nach oben zu den Wolken. Schneefall wäre besser als Regen, doch nur leicht sollte es schneien. Aber sie werden Regen oder schwere Schneefälle bekommen, was Lorn aus den Stichen schließt, die seinen Kopf malträtieren und die Unwetterkopfschmerzen ankündigen. Mit diesem Wissen reitet er durch die Tore in Richtung Chaos-Turm. Auf seinem Gesicht ist jedoch ein freundliches Lächeln zu sehen und so lenkt er den Wallach nach Südosten auf die vor ihnen liegende Patrouille.

XXXVII

Lorn tritt aus dem Stall in Ostend und in die Abenddämmerung des Wintertages. Er trägt seine Satteltaschen über der Schulter und versucht die Beine auszustrecken. Die Feuerlanzen sind bereits eingesammelt und zu den Ingenieuren gebracht worden, um ausgetauscht oder aufgeladen zu werden.

Der Lanzenkämpferhauptmann versucht weiter, die Beine zu strecken, während er den Hof überquert und sich zu den Räumen begibt, die er als durchreisender Offizier bewohnen wird – so wie Hauptmann Ilryk es auch tut, wenn die Dritte Kompanie eine Patrouille in der Kaserne von Jakaafra beendet. Auch wenn die letzte Patrouille der Zweiten Kompanie keine Baumstürze eingebracht hat, war es ein kalter Ritt, der den Männern länger erschien als gewöhnlich. Lorns Atem zeichnet weiße Wolken in die kalte Luft, während er flott über die weißen Granitsteine läuft; jetzt ist er froh um die weiße Winterjacke, die er trägt.

»Hauptmann!« Ein Mann in der Uniform eines Spiegelingenieurs winkt ihm zu.

»Major.« Lorn hebt die Hand zum Gruß, als er Major Weylt erkennt.

Weylt wartet, bis Lorn bei ihm ist, bevor er spricht: »Ich habe gehofft, dass Ihr heute Abend hier eintreffen werdet. Sonst wäre es ein einsames Abendessen geworden.«

»Sind alle anderen Offiziere unterwegs?«, fragt Lorn.

»Ja. Wir sind nur zu zweit heute Abend. Hauptmann Strynst wurde zu einem Baumsturz an der südöstlichen Sperrenmauer gerufen. Und der Patrouillenhauptmann von Ostend … kennt Ihr Gowl?«

»Nur flüchtig. Wir haben ein paar Mahlzeiten gemeinsam eingenommen.«

»Er hat den Baum gefunden. Deshalb sind wir nur zu zweit.« Weylt zuckt mit den Schultern und lächelt. »Ich erwarte Euch in Kürze im Offiziersspeisesaal.«

»Ich muss mich erst noch ein wenig waschen.«

»Ist gut.« Mit einem Nicken wendet sich Weylt um und geht zu dem Gebäude neben den Schlafräumen.

Lorn rasiert und wäscht sich rasch und zieht sich eine saubere Tunika über, bevor er die Kammer für die durchreisenden Offiziere verlässt und den nun menschenleeren Hof überquert. Als er das nächste Gebäude betritt, hört Lorn das Stimmengewirr und Geschirrklappern aus der großen Halle, wo die Lanzenkämpfer schon beim Essen sitzen. Im Offiziersspeisesaal wartet der Ingenieurmajor an einem der beiden Tische, allein.

»Ich habe mich beeilt«, meint Lorn, als er an den Tisch tritt.

»Das kann ich mir vorstellen. Aber womöglich ist das Essen die Eile gar nicht wert.« Weylt zeigt auf die Flasche, die auf dem Tisch steht. »Ich habe nur Byrdyn, Hauptmann, dem Fhynyco, den Ihr mit mir in Jakaafra geteilt habt, kaum ebenbürtig.«

»Nach einer langen, kalten Patrouille ist mir ein Glas Byrdyn höchst willkommen«, antwortet Lorn und setzt sich Weylt gegenüber.

Ein Dienstbote in grauer Kleidung kommt herein und

stellt eine kleine Kasserolle auf den viereckigen Tisch. Es ist die dürftige Nachahmung einer Emburhka, dem Geruch nach zu urteilen. Ein kleiner Laib Roggenbrot in einem Korb wird zu dem Gericht gereicht.

»Wie lange habt Ihr am Großen Kanal gearbeitet?«, fragt Lorn, während Weylt die Gläser füllt.

»Fast eine Jahreszeit. So scheint es.« Weylt hebt das Kelchglas. »Auf bessere Tage.« Nach einem schnellen kleinen Schluck lädt sich der Major eine volle Schöpfkelle Emburhka auf den Steingutteller.

»Auf bessere Tage«, wiederholt Lorn und trinkt einen Schluck. Dann bedient er sich am Eintopf, bricht sich ein Stück Brot ab und legt es neben den Teller. »Was ist passiert? Ich hörte, die Stützmauern des Großen Kanals wären zusammengebrochen …«

»Sozusagen.« Weylt neigt den Kopf zur Seite, als dächte er über eine Erklärung nach. »Ihr wisst, dass der Verwunschene Wald mitten in Ostcyador liegt. Er wächst auf einer kleinen Anhöhe und das Land darum herum ist flach und fällt dann ab … Nun, wenn es über oder um den Wald herum zu viel regnet, muss das Wasser ja schließlich irgendwohin. Und wenn der Boden südlich und westlich vom Wald bereits überschwemmt ist, dann tritt der Fryadyr über die Ufer. Diesmal trat er nicht nur über die Ufer, er durchbrach auch die Deiche vor Geliendra und suchte sich seinen Weg zum Großen Kanal …«

»Und als der Regen aufhörte, mündete der Fluss in den Kanal?«

Weylt nickt. »Fast so, als hätte es dort schon einmal einen Fluss gegeben. Vielleicht gab es wirklich einen, bevor die Erstgeborenen den Lauf der Dinge änderten. Deshalb hatten wir ja auch so große Schwierigkeiten. Wir mussten einen Damm bauen und die Deiche wieder aufschütten, bevor wir uns daran machen konnten, den Kanal zu reparieren.« Er runzelt die Stirn. »Ich wusste gar nicht, dass nun Ochsen eingesetzt werden, um die Frachtschiffe über den Kanal zu ziehen.«

Lorn zuckt die Schultern. »Ich wusste es auch nicht. Ich bin auf einem anderen Weg gekommen.«

»Keiner konnte mir sagen, warum. Einer behauptete, die Chaos-Zellen für die Zugwagen würden anderswo gebraucht. Aber das ergibt keinen Sinn. Es gibt Unmengen von Zellen.«

»Aber gibt es auch genügend Chaos-Energie abseits des Verwunschenen Waldes?«, fragt Lorn fast beiläufig. »Vielleicht brauchen sie die Zellen, um Feuerlanzen aufzuladen, die gegen die Barbaren eingesetzt werden.«

»Das könnte sein.« Weylt nimmt einen Schluck Byrdyn und sieht Lorn an. »Ihr habt auf den letzten Patrouillen immer zwei Feuerlanzen bei Euch gehabt.«

»Ich sehe mich dazu gezwungen. Auch mit der Verstärkung kommen wir nur auf drei Viertel unserer ursprünglichen Einheit.« Lorn nippt am Kelchglas und blickt den Major arglos an. »Wir hatten es mit einer Menge gefallener Bäume an der nordöstlichen Mauer zu tun.«

»Ich verstehe, dass eine zweite Lanze da hilfreich sein kann«, meint Weylt freundlich. »Aber natürlich haben wir nicht genug Lanzen zur Verfügung, um jeden Lanzenkämpfer mit zwei Lanzen auszustatten.«

»Ich würde keine zweite benutzen, wenn wir vollzählig wären«, rechtfertigt sich Lorn.

»Heutzutage scheint es nirgends mehr genügend Lanzenkämpfer zu geben. Das stimmt.« Weylt isst einige Löffel Eintopf, bevor er weiterspricht. »Bin ich froh, wenn ich im Urlaub wieder einmal eine gute Emburhka vorgesetzt bekomme.«

»Wie lange müsst Ihr noch ausharren?«, fragt Lorn zwischen zwei verkochten Bissen.

»Noch drei Jahreszeiten bis zum Ende des Sommers.« Weylt verzieht den Mund. »Danach werde ich wieder hierher zurückkehren, genauso wie Ihr.«

Lorn nickt und zögert, die Schärfe in der Stimme des Ingenieurs lässt noch mehr erwarten.

»Ihr schreibt Berichte über alle Patrouillen, nicht wahr?«, fragt Weylt.

»Das tun wir alle.«

»Berichte ...« Weylt schnaubt. »Wir müssen selbst über jede Lanze Bericht erstatten, die wir aufladen oder ersetzen. Für jede Einheit und jede Kompanie einzeln natürlich. Und für die Offiziere extra. Alle Berichte werden an Major Maran geschickt. Ich weiß nicht, was das für einen Sinn haben soll.«

»Ich denke, dass alle Berichte dort gesammelt werden müssen«, meint Lorn. »Ich nehme an, Major Maran kann daraus berechnen, wie viel Chaos-Energie jede Einheit verbraucht, um einen Baumsturz zu bekämpfen. Natürlich muss man dabei bedenken, dass jeder Vorfall anders verläuft.«

»Vielleicht wollen sie auf diese Weise herausfinden, wie viel Chaos-Energie wirklich verbraucht wird. Wenn sie schon Probleme haben, die Zugwagen für den Kanal mit genügend Chaos zu versorgen ...« Weylt füllt sein Glas erneut und wirft Lorn einen Blick zu.

Der Lanzenkämpfer sieht auf sein Kelchglas hinab, das noch immer halb voll ist. »Ich denke nicht. Wenn ich noch mehr Byrdyn trinke, komme ich morgen früh nicht aus dem Bett.«

»Dann hätten vielleicht Kommandant Meylyd und Major Maran etwas anderes, womit sie sich beschäftigen könnten«, meint Weylt trocken.

»Das stimmt«, pflichtet Lorn ihm bei. »Wer weiß.« Er nippt noch einmal am Wein. »Ich danke Euch für den Byrdyn ... und das Gespräch.«

»Dankt mir nicht. Ich hasse es, allein essen zu müssen, und Ihr seid einer der wenigen, die etwas von den Problemen eines Spiegelingenieurs verstehen.« Weylt hebt die Augenbrauen. »Jetzt ... und vielleicht auch in Zukunft.«

»Ich glaube, ich verstehe Euch«, antwortet Lorn. »Und ich sehe, dass Ihr einer der wenigen seid, die wissen, was ein Lanzenkämpferhauptmann, so wie ich einer bin, zu bewältigen hat.« Er hebt das Kelchglas.

Weylt tut es ihm gleich.

Beide lächeln.

XXXVIII

Kaiser Toziel'elth'alt'mer, der auch das Geschlecht der Magier im Namen trägt, obgleich er keine magischen Fähigkeiten besitzt, bleibt ruhig auf dem Thron aus Malachit und Silber sitzen, während er den Vortragenden zuhört. Auf dem kleineren Stuhl rechts hinter ihm verfolgt auch Kaiserin Ryenyel die Gespräche.

»Warum können wir nicht die Chaos-Türme nutzen, die den Verwunschenen Wald umgeben, um die Feuerlanzen und die Chaos-Zellen für die Feuerwagen aufzuladen? Ich habe nun so viele und wohltönende Worte gehört«, meint Major-Kommandant Rynst, »aber ich kann nicht behaupten, dass ich eine Erklärung vernommen hätte, die mich voll und ganz zufrieden stellt.«

»Wir nutzen die Chaos-Türme genau für diesen Zweck«, erwidert der Erste Magier gelassen. »Das wisst Ihr und Eure Hoheit ist ebenfalls davon in Kenntnis gesetzt. Wir schicken Feuerlanzen aus Geliendra den ganzen Weg nach Cerlyni und in einigen Fällen sogar bis an die Jeranyi-Grenze. Das Problem ist nicht die Gegenwart. Es ist die Zukunft, die uns Sorgen bereitet.« Nach einer langen Pause fügt Chyenfel hinzu: »Ich habe die Bedrängnis, in die uns der Verwunschene Wald bringt, keineswegs verschwiegen.«

»Ihr habt uns höchst redegewandt bestätigt, dass der

Verwunschene Wald ein Problem darstellt«, stimmt Rynst überfreundlich zu. »Doch … meine Lanzenkämpfer und auch mein Hauptmann-Kommandant, wie Ihr sicherlich von Eurem Zweiten Magier erfahren habt, würden gern wissen, was so tödlich ist an diesem Wald, dass man ihn mehr fürchten muss als die Barbaren im Norden. Deren Klingen fordern schließlich mehr Lanzenkämpferleben als die Raubtiere aus dem Wald.«

»Keiner ist so taub wie der, der die Ohren verschließt und nicht hören will.« Chyenfel spricht mit zuckersüßer Stimme. »Zwar habt Ihr Eure Ohren nicht verschlossen, weisester und mächtigster aller Lanzenkämpfer und Krieger des Lichts, aber es könnte sein, dass andere Lanzenkämpfer, die lediglich an die unmittelbar bevorstehenden Jahre denken, dies tun.«

Nur ein kaum wahrnehmbares Muskelzucken um die Augen verrät das Interesse des Kaisers. Die Kaiserin dagegen sitzt weiterhin reglos da und hat den Blick weder auf den Ersten Magier noch auf den Major-Kommandanten der Spiegellanzenkämpfer gerichtet, sie beobachtet allein den Handelsberater Bluoyal.

»Mein verehrter Freund, nie wart Ihr so verschwenderisch mit Komplimenten.« Rynst lächelt verkrampft. »Aber ich bitte Euch, erklärt es mir mit einfacheren Worten, sodass ich es meinen Lanzenkämpfern weitergeben kann, die ohne die in den Waldtürmen aufgeladenen Chaos-Zellen vielleicht den Tod finden werden.«

Neben Rynst starrt Bluoyal auf den weißen, glänzenden Fußboden des Audienzsaales.

Chyenfel wendet sich noch einmal an Rynst. »Vielleicht habe ich meine vorangegangenen Ausführungen zu sehr auf Eure umfassende Wahrnehmungsgabe zugeschnitten. Nun werde ich es mit einfacheren Worten versuchen. Die ersten Chaos-Türme versagen bereits. Und doch können wir nicht einfach einen Turm von einem Ort zum nächsten bewegen, sie würden sofort ausfallen. Wir besitzen kaum mehr die Mindestanzahl von Chaos-Türmen, die notwendig sind, um die Sperren aufrecht zu erhalten. Manchmal ist das Chaos-Netz an der nordöstlichen Sperrenmauer schon unterbrochen. Wenn … wenn wir nicht bald etwas unternehmen, ist es zu spät. Dann wird der Wald die Mauern niederbrechen und die verbliebenen Türme vereinnahmen, sodass wir sie nicht mehr nutzen können. Wir können also versuchen, den Wald zurückzuhalten, und werden die überschüssige Energie aus den Chaos-Türmen verlieren; oder wir weigern uns, den Wald zurückzudrängen, und verlieren die Energie aus den Türmen trotzdem – und übergeben dem Wald damit freiwillig das ganze östliche Cyador.« Chyenfel verbeugt sich vor Rynst.

»Eure Worte sind klar und deutlich, o Meister-Magier.« Rynst hält inne. »Aber Ihr und Eure Vorgänger habt uns die Macht Eurer magischen Türme über Jahre hinweg versichert. Wir haben uns darauf verlassen. Nun behauptet Ihr, dass diese Macht vergehen wird, und das innerhalb weniger Jahre – oder noch früher.«

»Die Erstgeborenen verkündeten bereits, dass die Chaos-Türme nicht ewig währen würden, sie wussten aber auch, dass die Macht der Türme unanfechtbar ist, solange diese bestehen. Nun fällt einer nach dem anderen aus. Wir haben nur einen Turm mehr als wir mindestens brauchen, um die Schlafsperre zu errichten und um damit den Verwunschenen Wald für viele weitere Generationen zu beherrschen. Wenn wir jetzt nicht handeln, bleibt uns in den kommenden Jahreszeiten und Jahren kein Spielraum mehr.«

»Ich könnte nun sagen, obgleich es mir widerstrebt«, erklärt Rynst wichtigtuerisch, »dass die Barbaren den Norden Cyadors erobern werden, wenn wir nicht genügend Feuerlanzen bekommen. Auch mag die Vermutung nahe liegen, dass ein Barbar einem Lanzenkämpfer den Kopf schneller und leichter von den Schultern hacken kann, als dies ein noch so rasch wachsender Baum zu tun vermag.«

»Ihr zeigt Euch höchst redegewandt, mein lieber Major-Kommandant.« Chyenfel lacht. »Wirklich höchst redegewandt. Nicht dass ich Euren Vortrag als weitschweifig bezeichnen möchte. Oder gar als vergebens. Oder zu simpel. Nein. Denn Ihr vermögt weit über das hinauszublicken, was in diesem Saal geschieht. Ihr seid ein weiser Mann und wisst, dass die Barbaren immer Räuber und Banditen bleiben werden. Ihr wisst auch, dass die Barbaren, sollten unsere Grenzen im Norden einmal unverteidigt sein, kaum mehr als ein paar Dutzend Meilen nach Süden vordringen würden in der Zeit, in der Ihr, Eure Kinder und Kindeskinder hier lebt. Auch kann es Euch nicht verborgen geblieben sein, dass der Verwunschene Wald in lediglich zwei Jahreszeiten einen ausgewachsenen Baum hervorzubringen vermag und Ihr halb so viele Lanzenkämpfer an den Wald verliert wie an die Barbaren – und das mitsamt der Sperrenmauer.« Chyenfel zuckt mit den Schultern. »Ich muss Euch also nicht sagen, dass Ihr die Barbaren und den Wald am Hals hättet, wenn wir die Energie der Türme weiterhin mit der Aufladung von einigen Feuerlanzen verschwenden und daraufhin die Sperrenmauern verlieren würden – diesen Kampf würdet Ihr nicht gewinnen. Eure Weisheit müsste ausreichen, um das einzusehen. Täten das doch nur alle anderen auch.« Chyenfel verbeugt sich tief vor dem Major-Kommandanten der Spiegellanzenkämpfer.

»Ich danke Euch für die äußerst überzeugende Erklärung.« Rynsts Stimme klingt nun auch nachsichtiger. »Ich kann verstehen, dass die Magi'i einmal an Grenzen stoßen, die wir nur im Entferntesten ahnen können. Aber auch wir Spiegellanzenkämpfer kennen unsere Grenzen; es ist schwierig, allein mit Klingen und immer weniger Männern dem endlosen Ansturm von Barbaren Herr zu werden.«

Toziel lacht – lange und laut heraus. »Applaus für beide Herrschaften. Denn beide haben die Zwangslage auf höchst wortgewandte Weise umrissen. So beredt, dass ich die Weisheit, die Ihr so meisterhaft vorgetragen habt, überdenken muss.« Er steht auf. »Bis morgen.«

Ryenyel erhebt sich schweigend und folgt dem Kaiser aus dem Saal.

Als Toziel und Ryenyel in den Salon zurückgekehrt sind, setzt er sich auf die eine Seite des weißen Diwans und sie sich auf die andere. Toziel blickt ihr ins Gesicht. »Du bist müde.«

»Es ist viel geschehen.«

»Ich habe Rynst noch niemals so unbeherrscht erlebt. Chyenfel auch nicht«, grübelt Toziel. »Und doch konnte ich keinen Ärger verspüren. Beide haben ihr Bestes gegeben.«

»Weil sie versucht haben, dich zum Handeln zu zwingen, mein Lieber. Sie wissen, dass deine Entscheidung die Macht bestimmen wird, die in den nächsten Generationen über Cyador herrschen wird.«

»Weil wir keine Erben haben.«

»Weil ich keine Erben gebäre, nur um sie den Zwängen des Lichtpalasts auszusetzen. Das hast du schon immer gewusst, mein Lieber.«

»Es macht die Sache schwieriger.«

»Du hast noch Zeit«, meint Ryenyel.

»Nicht so lange, wie andere denken, und diese anderen würden Rynst und Chyenfel ersetzen. Zweifelsohne, aber darüber hinaus … wer weiß? Ein Dutzend Rationalisten oder mehr … Chyenfel wird nicht mehr allzu lange leben. Er ist schon fast aufgezehrt vom Chaos.«

Ryenyel nickt und fordert damit den Kaiser auf fortzufahren.

»Liataphi? Glaubst du, er will, dass Kharl'elth Erster Magier wird, um seine Käuflichkeit und Schwäche zu enttarnen?«

»Das könnte sein«, antwortet die Kaisergemahlin mit dem mahagonifarbenen Haar, »aber was nützt dann noch der Schachzug, seine Tochter über ihren Gemahl Veljan den gesamten Yuryan-Klan kontrollieren zu lassen? Sie berät ihn in allen Dingen.«

»So wie du mich«, erinnert Toziel seine Gemahlin.

»Veljan ist ein offener und ehrlicher Mann und seiner geliebten Gemahlin bedingungslos ergeben. So wie ein Ochse seinem Herrn.«

Toziel lacht. »Ich hoffe nur, dass ich kein Ochse bin.«

»Davon bist du weit entfernt, mein Lieber.« Ryenyel runzelt die Stirn und ihr Gemahl bemerkt die Müdigkeit in dem sommersprossigen Gesicht. »Es wird immer noch der mit Ordnungs-Tod versehene Säbel vermisst. Ich fürchte, das war längst nicht der letzte geschickte Schachzug der Verschwörer.«

Toziel zieht die Augenbrauen hoch.

»Zehn Goldstücke ... eine gestohlene Handelsplakette ... ein toter Erbe ... und ein mit Cupridium beschichteter Säbel, der einen eisernen Kern aus tödlicher Ordnung besitzt ... und dann das Schweigen.« Ryenyel lächelt. »Jede Sache für sich gesehen ist eine Lappalie. Sogar weniger als das. Doch dein Handelsberater Bluoyal ist so besorgt darüber, dass er Luss und Kharl deswegen befragt hat. Wusste Shevelt etwas? Und warum macht sich Bluoyal so große Sorgen um einen brystanischen Säbel?«

»Das gibt einem zu denken.« Toziels Stimme lässt keine Gefühlsregung erkennen.

»Das gibt *mir* zu denken«, antwortet Ryenyel. »Shevelts Tod hängt mit dieser Waffe zusammen. Jedoch würde Liataphi so etwas niemals wagen. Auch hätte er eine solche Waffe nicht selbst in die Hand nehmen können. Irgendjemand wollte, dass der ruhigere Veljan in die Fußstapfen seines Vaters tritt, und darüber ist Bluoyal sehr besorgt.« Sie lächelt. »Und dann dieses

Schweigen. Schweigen ist ein sicheres Zeichen dafür, dass ein möglicher Verschwörer noch am Leben ist. Für gewöhnlich wird doch darüber geredet, wenn ein solcher stirbt, und das Gerede ist lauter und beginnt umso früher, wenn ein unfähiger Verschwörer stirbt.«

»Was hast du noch auf dem Herzen?«

»Bluoyal hat mir erzählt ...«

»Du triffst dich ohne mich mit meinen Beratern?«, Toziels Augen funkeln.

»Das ist zuweilen notwendig.« Sie zieht die Augenbrauen hoch. »Er berichtete mir von einem klanlosen Handelshaus, das vermögender und einflussreicher ist als viele der kleinen Klan-Handelshäuser.«

Toziel schweigt.

»Es nennt sich Haus Ryalor. Bluoyal hat es nur am Rande erwähnt, aber er tut so etwas niemals ohne Grund.«

»Der Kreis schließt sich langsam, meine Liebe«, meint Toziel grinsend. »Das Haus wird geführt von der Mätresse eines Lanzenkämpferhauptmanns, der Magier hätte werden können, und dieser Hauptmann ist der Sohn eines Magiers, der Oberlektor ist ...« Er bricht seine Rede ab und sieht seine Gemahlin an.

Beide beginnen laut zu lachen.

Nach einer Weile schüttelt Toziel den Kopf. »Aber warum erzählt Bluoyal dir das? Er weiß doch, dass wir über alles sprechen.«

»Die Tochter von Kien'elth ist die Gemahlin von Kharls Sohn ... und Bluoyal vertraut Kharl nicht.«

Toziel hebt hilflos die Hand. »Dann haben wir es also mit einem unbekannten Verschwörer zu tun, der sich gegen Liataphi und Kharl stellt. Zwei Männer, die sich so wenig leiden können, dass niemand sie zusammen in einem Raum haben will, außer vielleicht bei einem offiziellen Anlass.«

»Wer steckt dahinter?«

»Es kann jeder Oberlektor sein – Kien, Abram, Hyrist, sie sind die ältesten. Hyrist und Abram gelten als hochmütig und egozentrisch. Kien'elth genießt hohes Ansehen, ist aber genauso wie Chyenfel vom Chaos gezeichnet und kann deshalb dessen Amt nicht übernehmen; deshalb und aus dem Grund, den wir beide kennen. Kiens jüngster Sohn ist zwar verlässlich, aber nicht gut genug für das, was geschehen ist. Kharl würde Liataphi nicht unterstützen und Liataphi Kharl nicht. Luss ist Kharls Werkzeug und deshalb auf sich allein gestellt; Rynst können wir nicht auswechseln, auch wenn er sehr hochmütig geworden ist, denn Rynst weiß von Luss und duldet ihn deshalb als seinen Stellvertreter.«

»Da gibt es noch etwas«, meint Ryenyel.

»Ach, ja?«

»Die Händlerin aus dem Haus Ryalor ... man kann ihr Vermögen nicht schätzen ... aber sie hat mit Geschäften Gewinne gemacht, die nur mit Wissen aus dem Viertel der Magi'i möglich gewesen sein können. Und nun hat sie Cyad auf einem Küstenschiff Richtung Fyrad verlassen.«

»Sehr zu Bluoyals Erleichterung, nehme ich an.«

»Was ist mit Bluoyal?«, fragt die Kaiserin.

»Das ist die Frage. Wen würde er gern an Chyenfels Stelle sehen?«

»Jemanden, den wir nicht kennen – oder nicht ernennen können.« Sie lächelt. »Sonst würden wir schon wissen, wer es ist.«

»Nun ... Liebste ... wie soll ich entscheiden?«

»Stimme Chyenfels Plan zu. Sofort. Dann muss Rynst sich darauf konzentrieren, die Barbaren ohne die zusätzlichen Feuerlanzen aus dem Verwunschenen Wald zu besiegen. Wenn Chyenfel Recht hat und Cyador überleben soll, muss Rynst Erfolg haben, und in Dingen, die nur Magier wissen können, hat Chyenfel für gewöhnlich Recht.«

»Dann werden wir sehen, wer wen verrät und warum. Und wir werden Bluoyal beobachten. Und Kharl und die Erben Kiens.«

Die Kaiserin nickt.

XXXIX

Der Tag ist kalt und klar, als Lorn den Wallach vor Dustyns kleiner Veranda zügelt, und man meint, es ist wärmer als sonst, weil der Wind des vorigen Tages nun abgeklungen ist. Der Winter ist wie im Flug vergangen, so scheint es Lorn zumindest, denn man schreibt bereits den sechsten Tag des siebten Winterachttags; in zehn Tagen soll Ryalth eintreffen. Juist murrt bereits, weil er die Patrouillen für die Zweite Kompanie übernehmen muss, wenn diese für zwei Achttage in Urlaub geht.

Da Lorn am nächsten Tag wieder auf Patrouille reiten und vielleicht noch nicht zurück sein wird, wenn Ryalth in Jakaafra ankommt, muss er mit Dustyn sprechen. Er steigt ab und bindet den Wallach an den Bronzering, dann erklimmt er die Stufen und öffnet die Tür zum Laden. Das erste Mal, seit er mit Dustyn Geschäfte macht, steht der Besitzer gleich hinter der Ladentheke.

»Hauptmann, ich habe mich schon gewundert, wo Ihr bleibt; Ihr wolltet mir doch mehr über diese mysteriöse Vermählung verraten.«

»Hier bin ich«, grinst Lorn. »Ich hätte noch eine Bitte an Euch. Die Dame ist bereits auf dem Weg hierher. Wir erwarten sie zwar erst am ersten Tag des neunten Winterachttages«, Lorn zuckt die Achseln, »aber bei so einer Reise kann man sich nie auf ein genaues Datum verlassen.«

»Das ist kein Problem. Die kaiserlichen Vorschriften

besagen, dass der Standesbeamte mindestens einen Achttag vor der Vermählung davon erfahren muss. Wasyk gibt sich manchmal auch mit zwei Tagen zufrieden, denn er weiß, wie schwer es für manche ist, die nötigen Silberstücke zu beschaffen. Es gibt allerdings auch Leute, die ihm schon eine Jahreszeit vorher Bescheid geben.«

Lorn nickt. »Das ist gut.«

»Und wer ist es nun, Hauptmann?«, fragt Dustyn.

»Ich bin der eine Teil«, verrät Lorn gelassen, »doch es wäre besser, wenn das erst nach der Zeremonie bekannt würde.«

»Ich dachte mir schon, dass Ihr es seid, Hauptmann«, meint Dustyn langsam. »Als ich einige bekannte Händler über Euch befragt habe ... nichts für ungut, Hauptmann ... meinten sie, sie würden lieber nichts sagen.« Der Kommis runzelt die Stirn. »Es scheint, Ihr habt viele mächtige Freunde und ebenso viele nicht so mächtige, besonders ...«

»Für einen gewöhnlichen Lanzenkämpferhauptmann, wollt Ihr sagen?« Lorn lächelt spöttisch.

»Hauptmann ... niemand würde Euch als gewöhnlich bezeichnen. Der alte Kylynzar hat zwar gemurrt, dass ihm nicht sonderlich gefällt, was Ihr ihm geschrieben habt, aber er kann sich nicht darüber beschweren, wie Ihr seitdem die wilden Tiere in Schach haltet. Und er ... na ja ... er findet immer etwas, über das er sich beschweren kann.«

»Ich habe ihm geschrieben, dass wir unser Bestes tun und dass ich ihm nicht garantieren kann, dass wir alle flüchtenden Tiere töten.«

»Aber Ihr habt fast alle getötet, ist es nicht so?«

»Bis jetzt«, gibt Lorn zu und wechselt rasch das Thema. »Es ist meine erste Vermählung, und ich war bereits in Isahl, als meine Schwester sich vermählte. Also, was muss ich tun?«

»Sich vermählen geht ganz einfach. Die richtigen Schwierigkeiten beginnen erst nach der Zeremonie.« Dustyn lacht derb, dann räuspert er sich. »Wasyk ist der Standesbeamte und gleichzeitig der Steuereinnehmer für den Kaiser hier in Jakaafra. Es ist einfacher, als ich gedacht habe. Weil Ihr eine Wohnung hier habt, steht auch einer ordnungsgemäßen Vermählung in Jakaafra nichts im Wege, Wasyk muss nicht einmal ein Auge zudrücken. Es steht zwar nicht geschrieben, wo sich die Wohnung befinden muss, aber ein Mann sollte sich dort vermählen, wo sein Haus steht. Egal … Ihr und Eure Dame …« Dustyn runzelt die Stirn. »… ich erinnere mich nicht, dass Ihr mir ihren Namen genannt hättet, ich muss ihn Wasyk mitteilen.« Er wartet.

»Ryalth … sie ist eine unabhängige Händlerin und steht dem Haus Ryalor vor.«

Dustyn schüttelt den Kopf und lächelt. »Aha … jetzt ergibt die Sache langsam einen Sinn. Ein Lanzenkämpferhauptmann aus einer Magi'i-Familie – das habe ich herausgefunden, aber nicht mehr – vermählt sich mit einem der mächtigsten aufsteigenden Handelshäuser … über eine solche Verbindung werden einige nicht sehr erfreut sein …«

»Warum? Macht sich etwa jemand Sorgen um Magierblut im Händlernachwuchs? Die Kinder können ohnehin entweder nur dem Geschlecht der Händler oder dem Geschlecht der Lanzenkämpfer angehören. Also, was müssen wir tun?«

»Das hätte ich beinahe vergessen … Ihr setzt vor Wasyk Eure Unterschrift ins Buch und besiegelt die Vermählung mit einem Silberstück. Das wär's, was den Kaiser anbelangt.«

Das bezweifelt Lorn allerdings.

»Und dann müsst Ihr selbst sehen, wie Ihr zurechtkommt.«

»Das muss man ohnehin immer selbst tun.« Lorn hält

inne, dann fügt er hinzu: »Morgen beginnt meine Patrouille. Wenn die Dame vor mir ankommen sollte ... ist sie in meinem Haus willkommen ... Ihr versteht ... Vielleicht könntet Ihr ihr dann ein wenig behilflich sein?«

»Das werde ich mit großem Vergnügen.« Dustyn runzelt die Stirn. »Ist sie wirklich das Oberhaupt des Hauses Ryalor?«

»So wahr ich hier stehe.«

»Ryalth ... Hauptmann Lorn ... Ryalor ...« Dustyn schüttelt den Kopf. »Hätte ich mir gleich denken können ...«

Lorn zwingt sich zu einem Lachen. »Überlasst das Denken anderen, Dustyn, dann wird Euch das Haus Ryalor weiterhin zu Wohlstand verhelfen.«

»Oh, das werde ich, Ser. Das werde ich. Verdanke Euch viel zu viel, als dass ich meine Nase in fremde Angelegenheiten stecken würde ...«

»Um Euren Wohlstand zu sichern ...« Lorn steckt Dustyn ein Silberstück zu.

»Ser ... Ihr müsst doch nicht ...«

»Ich muss nicht, aber schließlich war es auch nicht ganz einfach für Euch.«

»Danke, Ser, ich werde mich bestmöglich um die Händlerin kümmern, wenn sie ankommt.«

»Da bin ich sicher.« Lorn wirft einen Blick zur Tür. »Und ich muss mich nun um meine Kompanie kümmern.«

»Sehr wohl, Ser, ich freue mich auf Eure Rückkehr.«

Lorn nickt und geht zur Tür, wo ein Ritt durch die Kälte zurück zur Kaserne auf ihn wartet.

XL

Dicke, nasse Schneeflocken wirbeln an Lorn vorbei, der von der Perimeterstraße aus nicht einmal die Sperrenmauer erkennen kann. Er reitet mit Kusyl und der Zweiten Einheit durch so dichtes Schneetreiben, dass er sich ständig Schnee und Wasser von der Stirn wischen muss. Die Kopfschmerzen, die mit dem Schneesturm einhergehen, versucht er einfach nicht zu beachten.

Lorn hat kurz darüber nachgedacht, ob er die Patrouille abbrechen soll, doch er hat dagegen entschieden, zumindest für den Augenblick. Die größte Gefahr sind die umgestürzten Baumstämme und selbst der Schnee kann etwas so Großes nicht verbergen.

»Glaubt Ihr, dass es noch lange so weiterschneien wird, Ser?«

»Ich hoffe nicht. So große Flocken fallen für gewöhnlich nicht lange. Und schließlich treten wir nach dieser Patrouille unseren Urlaub an«, meint Lorn und lacht bitter, doch so laut, dass es Kusyl fünfzehn Ellen weiter auch hören kann. »Bei unserem Glück wird eine ganze Elle Schnee auf das Ödland fallen.«

Sie wissen beide, dass zwar auf den hohen, grünen Baumkronen des Verwunschenen Waldes etwas Schnee liegen bleiben kann, doch auf dem wärmeren Grün darunter wird nichts davon übrig bleiben.

»Oder der Schnee wird zu Regen und gefriert«, setzt Kusyl entgegen.

»Mal nur nicht den Teufel an die Wand.« Lorn hat schon genug Patrouillen durch Kälte und Regen mitgemacht.

»Vielleicht bleiben wir dann wenigstens von Baumstürzen verschont.«

»Hoffen wir es.«

Schnee bleibt in der Mähne des Wallachs hängen und hinterlässt nasse Flecken auf Lorns Hose. Die zwei reiten schweigend durch die dampfende Weiße, die der dicht fallende Schnee schafft, und Lorn wischt sich weiterhin Schnee und Wasser von der Stirn.

Dann, so plötzlich wie es losgegangen ist, nach weniger als einer Wegmeile, hört der Schneefall auf und lässt das Ödland mit einer Schneedecke zurück, deren Dicke jedoch nur den Bruchteil einer Spanne misst. Auf dem Granit der Perimeterstraße bleiben nur einige Pfützen und etwas Schneematsch zurück.

Lorn blickt nach rechts. Weißer Dunst steigt aus dem Verwunschenen Wald auf und verbreitet eine neblige Stimmung um die hohen Kronen und die Sperrenmauern.

Über ihnen treiben schwere, graue Wolken schnell nach Norden.

»Wir werden doch noch nass«, meint Kusyl.

Daran hegt Lorn keinerlei Zweifel. Er hofft nur, dass kein Baum umstürzt und die Patrouille sich zu sehr verzögert.

XLI

Lorn überprüft noch einmal die Schlösser an der Tür zur Waffenkammer, dann nickt er dem Wachmann zu – der aus Juists Kompanie stammt. »Alles sicher abgesperrt. Der Feuerwagen der Spiegelingenieure sollte morgen hier sein, um die Lanzen zu ersetzen. Gib den Schlüssel weiter. Truppenführer Shynt weiß Bescheid.« Shynt weiß auch, wie er Lorn über Dustyn eine Nachricht schicken kann, obwohl Lorn natürlich grundsätzlich keine Störungen während des Urlaubs wünscht.

»Ja, Ser.«

Der Lanzenkämpferhauptmann nickt noch einmal, dann dreht er sich um und verlässt das kleine weiße Granitgebäude. In der Kälte des Spätnachmittags läuft Lorn eilig über den Hof, um seine Tasche zu packen. Als er sich den Unterkünften nähert, entdeckt er Kusyl, der in der Tür steht und auf ihn zu warten scheint.

»Ihr habt es aber eilig, Ser«, bemerkt der Haupttruppenführer schmunzelnd.

»Das stimmt. Was ist mit dir?«

»Ich reise morgen in aller Frühe ab.«

»Du reitest nach Geliendra und lässt das Pferd dort?«

»Ja, Ser. Das ist erlaubt.«

»Ich weiß. Ich wollte dich nicht verhören.« Lorn lächelt. »Du bist froh, dass Shynt hier bleiben muss und nicht du, stimmt's?«

»Irgendeinen Vorteil muss man als Haupttruppenführer schließlich haben, Ser.« Kusyl grinst. »Wie werdet Ihr den Urlaub verbringen, Hauptmann? Wenn ich fragen darf?«

»Ich habe ein Haus außerhalb von Jakaafra. Ich stamme aus Cyad, und es ist zu weit, um nach Hause zu fahren, wenn man nicht die Hälfte der Zeit im Feuerwagen verbringen will. Ich werde versuchen, mich zu erholen. Es wird mir gut tun, einmal keine Patrouillen zu reiten. Und was wirst du unternehmen?«

»Ich komme aus Fyrad. Nur ein paar Tage entfernt. Ich will meine Familie besuchen. Also werde ich reiten … und reiten.«

»Na, dann gute Reise.«

»Danke, Hauptmann.«

Lorn betritt das Unterkunftsgebäude und sucht sein Quartier auf. Dort packt er zusammen, was er brauchen wird. Er bemüht sich, die Ausgehuniform sorgfältig zu falten, obgleich Schimmertuch nicht leicht knittert, und er packt das Chaos-Glas und Ryalths Buch zwischen die Kleidung. Er möchte keins von beiden zurücklassen.

Als die bereits vertraute Kälte eines fernen Chaos-Glases in sein Gemach eindringt, achtet Lorn darauf, sich nicht zu verkrampfen. Er schnürt die Tasche zusammen und sieht noch einmal im Schrank nach, ob er auch nichts vergessen hat. Den brystanischen Säbel trägt er bereits am Gürtel. Die Kälte verschwindet wieder, aber Lorn fragt sich, wie oft er das in den nächsten zwei Achttagen wohl ertragen muss.

Die Sonne berührt bereits den Horizont, als er schließlich durch die Kasernentore reitet und den weißen Wallach Richtung Jakaafra lenkt. Er würde gerne wissen, ob Ryalth schon angekommen oder noch unterwegs ist. Andere Möglichkeiten zieht er erst gar nicht in Erwägung.

Die Sonne ist schon beinahe untergegangen, als er den Wegweiser passiert, der den Hauptplatz von Jakaafra in einer Meile Entfernung ankündigt. Lorns Atem zeichnet weiße Wölkchen ins Dämmerlicht.

In der Düsternis der späten Abenddämmerung reitet Lorn gemächlich durch Jakaafra und schlägt den Weg zu dem Haus ein, das er bisher kaum genutzt hat. Der Schein von einigen wenigen Lampen schimmert durch Fensterläden, die zumeist verschlossen sind, um die Kälte des Winterabends aus den Häusern zu sperren. Wird aus seinem Heim bereits ein Lichtschein dringen oder wird er derjenige sein, der die Lampe anzündet und wartet?

Der Geruch von brennendem Holz erfüllt die Luft, als er sich dem kleinen Anwesen an der Oststraße nähert. Lorn lächelt, hinter den Fensterläden entdeckt er Licht, und er muss sich zwingen, den Wallach zuerst in den Stall zu bringen. Ein Brauner steht bereits in dem winzigen Stall. Während Lorn den Wallach absattelt, fällt sein Blick auf die blau und grün umsäumte Satteldecke.

Mit einem Lächeln schließt Lorn die Stalltür hinter

sich und trägt die Tasche mit der Ausgehuniform und anderen Kleidern zur Vordertür. Er hält einige Sekunden inne, dann klopft er und horcht auf Schritte; der Geruch von brennendem Holz und würzigen Küchendüften ist nun allgegenwärtig.

Wenige Sekunden später geht die Tür auf und Ryalth lächelt ihn an. »Du hättest einfach hereinkommen können. Es ist dein Haus.«

Lorn steht einfach nur da und sieht Ryalth an, ihr rotes Haar, die hellen Sommersprossen und die seidige Haut. Schließlich findet er seine Stimme wieder: »Ich bin so glücklich, dass du gekommen bist.«

Er macht einen Schritt nach vorn. Sie ebenfalls.

Wie lange die Umarmung dauert, weiß Lorn nicht. Es kümmert ihn auch nicht.

Als sie einander loslassen, blickt er ihr erneut ins Gesicht und kann nicht aufhören zu lächeln.

»Wie du mich ansiehst …« Sie schlägt die Augen nieder.

»Ich habe dich vermisst. Und mit jedem Wiedersehen nach so langer Zeit wird es mir bewusster.«

»Manchmal … bist du immer noch der Magierschüler, den ich in jener Nacht das erste Mal getroffen habe. Ich kann kaum glauben, dass du nach all den Jahren immer noch Sehnsucht nach mir hast.«

»Mehr als damals, als ich noch Schüler war«, gesteht Lorn. »Viel mehr.«

»Darüber bin ich froh … sehr sogar.« Ihre Augen funkeln und die Lippen lächeln, während sie um ihn herumgeht, die Tür schließt und den Bronzeriegel einschnappen lässt. »Vielleicht ist es besser, wenn die hier zu ist.«

Lorn blickt sich um. Die Tür hat er völlig vergessen. »Ich glaube, ich muss mich erst einmal waschen«, meint er schließlich, als Ryalth sich von der Tür wegdreht. »Ich wollte nicht so viel Zeit vertrödeln nach der Rückkehr von der Patrouille. Ich hatte nur einen Gedanken ... ob du wohl schon hier bist ...«

»Du hast nicht nur daran gedacht, mein Lanzenkämpferhauptmann. Das kann ich deutlich fühlen.«

Lorn spürt, wie er rot wird.

»Aber ich auch.« Ryalths Stimme klingt sehr sanft.

Nach einem Augenblick des Schweigens fährt sie fort: »Ich habe Eintopf gekocht und Brot gebacken. All meine Kochkünste musste ich dazu auffahren. Oft muss ich schließlich nicht kochen in diesen Tagen. Dieser Ofen ist wie der bei Tante Elyset ...«

»Alt, ich weiß.« Lorn grinst. »Natürlich, Kochen liegt nun unter deiner Würde als Oberhaupt eines reichen, aufsteigenden Handelshauses, oder?«

»Reich ...?«

»Das nehme ich an. Ich habe es zumindest schon vielerorts gehört ...«

»Geh und wasch dich.« Ihre Stimme klingt zwar streng, aber die Augen funkeln.

»Wie Ihr befehlt, Händlerin.« Lorn muss grinsen. »Wie Ihr befehlt.«

»Dein Abendessen wird lange vor dir fertig sein«, warnt sie ihn.

»Ich werde mich beeilen.« Lorn errötet ein zweites Mal.

Ryalth lächelt und schüttelt den Kopf, dann geht sie zurück zu dem uralten Kachelofen, der in die gegenüberliegende Wand eingemauert ist.

Lorn bringt seine Tasche in die Schlafkammer. Er faltet die Ausgehuniform auseinander und hängt sie in den Schrank. Lächelnd betrachtet er die zwei blauen Garnituren – eine davon ist sehr festlich –, die im Schrank hängen. Er schnallt den Säbel vom Gürtel und lehnt die Waffe in die Ecke. Dann geht er in den Waschraum, wo er sich rasch mit kaltem und warmem Wasser wäscht, das Ryalth in Eimern und Krügen für ihn bereitgestellt hat.

Zum Schluss, bevor er sich an den Tisch setzt, holt er eine Flasche Alafraan aus der kleinen Abstellkammer. »Solch hohe Kochkunst verdient einen guten Wein.« Lorn sucht in dem kleinen Küchenschrank nach Gläsern, er findet jedoch keine und stellt stattdessen die zwei Humpen auf den Tisch, die am wenigsten angeschlagen sind. Nach dem Entkorken füllt er die Becher zu zwei Drittel und bleibt neben dem Tisch stehen.

»Wir haben es uns verdient, jeder auf seine Art. Ich hoffe als Belohnung. Vielleicht brauchst du ihn auch als Entschädigung. Du kannst dich setzen, lieber Lanzenkämpfer.« Die rothaarige Händlerin stellt den Kessel mit dem Eintopf auf den alten Keramikuntersetzer in der Mitte des Tischs. Sie zieht die Nase hoch. »Oh … da brennt doch etwas.« Schnell läuft Ryalth zum Ofen und öffnet mit einem dicken Topflappen die Backofentür. Eine graue Rauchwolke steigt auf, als sie versucht, einen kurzen Brotschieber unter den rundlichen, dunklen Brotlaib zu schieben. Nach wenigen Augenblicken dreht sich Ryalth um und lässt den Laib in einen Korb aus getrocknetem, geflochtenem Gras gleiten, den sie zum Tisch bringt. »Glücklicherweise ist das Brot selbst nicht verbrannt. Es war nur der Teig, der mir auf dem Backrost daneben gegangen ist.«

»Aber dir geht doch sonst nichts daneben.« Lorn zieht den alten, lehnenlosen Holzstuhl heraus und setzt sich.

»Wenn ich koche, schon.« Ryalth lässt sich ebenfalls nieder.

Lorn nimmt die alte Cupridiumschöpfkelle mit dem Holzgriff und bedient zuerst Ryalth und dann sich selbst. Er deutet auf den Korb mit dem dampfenden Laib.

»Du vertraust meinen Kochkünsten nicht?«, beschwert sie sich übertrieben lautstark. »Und das schon vor der Vermählung?«

»Meine sehr verehrte Händlerin, ich habe deiner Küche schon immer vertraut … lange schon bevor ich die Vermählung vorgeschlagen habe. Oder hast du das schon wieder vergessen?« Lorn tut sein Bestes, um ihren anklagenden Ton nachzuahmen.

Ryalths Lachen ist wie eine warme Liebkosung und Lorn grinst albern.

»Meine einzige Sorge«, meint Lorn, »galt deiner gefährlichen Reise den ganzen Weg von Cyad bis in die Wildnis des östlichen Cyadors.«

»Ich bin nicht allein gereist; dein Kommisfreund war so freundlich, eine Unterkunft bereitzustellen … für Eileyt – ich dachte, es wäre besser, einen Buchhalter mitzunehmen – und einen angeheuerten Wachmann.«

»Das war sehr klug von dir, und noch besser war, sie nicht hier unterzubringen.«

»Besser für dich … oder für mich?« Ryalth zieht die fein gezeichneten Augenbrauen hoch.

Lorn errötet schon wieder und sucht Zuflucht in einem Bissen von dem knusprigen, heißen Brot. Er schluckt schnell hinunter und greift nach dem Humpen mit Alafraan, als er die Kälte eines suchenden Chaos-Glases fühlt.

»Noch immer?«, murmelt Ryalth, ihre Lippen bewegen sich dabei kaum.

»Es ist schon das zweite Mal, seit ich von der Patrouille zurück bin«, murmelt Lorn und hebt mit einem verkrampften Lächeln den Humpen, obwohl ihm überhaupt nicht danach ist.

»Auf uns, trotz der Beobachtung.« Ryalth antwortet mit einem Lächeln, das weit weniger verkrampft wirkt, als Lorn sich fühlt.

»Auf uns.« Sein Lächeln wird wieder natürlich, gleich nachdem die Kälte des Glases verschwunden ist.

»Geschieht es oft?«, fragt Ryalth leise.

»Man hat mich einige Male beobachtet, seit ich hier

bin, aber in letzter Zeit wieder öfter. Ein Major in Geliendra verdächtigt mich, mehr zu sein, als ich vorgebe. Wie war es bei dir?«

»Nur ein oder zwei Mal, aber die Kälte war nicht annähernd so … unfreundlich … nicht so kalt.«

»Vielleicht war es mein Vater. Er hat kürzlich in einem seiner Briefe zugegeben, dass er in Bezug auf dich im Unrecht war.«

Ihre Augenbrauen wandern wieder nach oben. »Dein Vater, der Magi'i – der berühmte Vierte Magier?«

»Es gibt keinen Vierten Magier«, erklärt Lorn.

»Nicht dem Namen nach, aber so nennen ihn viele, und das mit höchstem Respekt«, sagt Ryalth. »In ganz Cyad.«

Lorn muss einfach lachen, er kann nichts dagegen tun. »Er versucht, mehr über dich herauszufinden, und du über ihn – und keiner von Euch beiden hält es für notwendig, mir davon zu erzählen.«

Ryalth zuckt so hilflos die Schultern, dass Lorn nur den Kopf schütteln kann, teils aus Bewunderung, teils aus Belustigung.

Dann nimmt Ryalth einen Schluck Alafraan und kostet den Eintopf. »Er schmeckt nicht schlecht.«

Lorn nickt mit vollem Mund.

Beide essen eine Weile schweigend weiter, dann blickt Ryalth auf. »Das ist meine erste Vermählung«, sagt sie langsam.

»Es ist auch meine erste, meine liebe Händlerin.«

»Ich weiß nur, dass es für den Kaiser niedergeschrieben werden muss.«

»Für ihn niedergeschrieben wird es, aber ihm nicht bekannt gegeben«, erklärt Lorn. »Nur wenn er danach verlangt. Es kann gut sein, dass die Aufzeichnungen der Stadt Jakaafra erst in einigen Jahren wieder von Cyad angefordert werden.« Er zuckt die Schultern. »Und wenn sie es doch tun, was können sie schon finden? Ein Lanzenkämpferhauptmann hat sich mit einer Händlerin vermählt, ganz einfach.«

»Etwas anderes würden sie in Cyad auch nicht finden.«

»Aber wo sie es finden, das wird eine ganz eigene Botschaft vermitteln. Wollten wir uns in Cyad vermählen, hätte man uns längst alle Arten von Knüppeln zwischen die Beine geworfen. Mit einer Vermählung in Jakaafra signalisieren wir, dass wir nicht wünschen, dass jemand davon erfährt.«

Ryalth runzelt die Stirn. »Glaubst du das wirklich?«

»Ich hoffe, dass man es so aufnimmt ... sollte es wirklich bekannt werden.«

»Wo uns die Magi'i beide beobachten?«

Lorn zuckt die Achseln. »Sie suchen vielleicht nicht weiter, jetzt da sie uns zusammen in einem abgeschiedenen Haus entdeckt haben. Wenn niemand den Eintrag in den Büchern morgen sieht ...«

»Es ist mir gleichgültig, ob jemand davon erfährt.«

»Mir wäre es lieber, es würde erst nach deiner Ankunft in Cyad bekannt werden. Ich werde dir Briefe an meine Eltern und an Myryan mitgeben.«

»Willst du mich jetzt auch noch zum Kurier machen?«

Lorn wird wieder rot. »Ich dachte, du nimmst sie mit nach Cyad und schickst sie dann von dort per Boten weiter. So erfahren sie früher davon.«

»Solange es das ist, was du beabsichtigst ...« Der anfänglich ernste Ton weicht beschwingten, fröhlichen Worten, die von einem Grinsen begleitet werden.

»Frau ... Händlerin ... du bist gefährlich.«

»*Du* bist doch hier der Gefährliche.«

»Ich nicht. Nicht im Augenblick.«

Ryalth wischt seine Gegenrede mit einer Handbewegung beiseite. »Du machst dir über diesen Major Sorgen?«

»Ich will nicht, dass er dir etwas antut.«

»Nein. Mir wird er nichts tun. Seine kostbare Lanzenkämpferehre steht schließlich auf dem Spiel. Wäre er ein Händler, dann ...«

Beide lachen laut auf.

XLII

Lorn läuft im Hauptraum des Hauses auf und ab und passt auf, dass der brystanische Säbel keine Kerben in die Möbel schlägt. Vielleicht sollte er lieber den Lanzenkämpfersäbel tragen, aber er fühlt sich wohler mit der älteren Waffe und irgendwie liegt sie ihm auch besser.

Er wirft einen Blick in die Schlafkammer, wo Ryalth gerade einen Schal über ihr Haar wirft, das sie in mühevoller Kleinarbeit gelockt, geflochten und hochgesteckt hat. Sie trägt eine festliche blaue Tunika und eine weite Hose aus fließendem blauem Schimmertuch, darüber kommt ein blauer Wollumhang mit schmalen beigefarbenen und grünen Borten. So betrachtet sie sich im Handspiegel.

»Bist du fertig, kann ich jetzt die Pferde holen?«, fragt Lorn.

»Bist du nervös?« Ryalth sieht Lorn an, der seine Ausgehuniform mit den grünen und weißen Paspelierungen trägt. »Du gehst ständig auf und ab.«

»Nein. Ich fühle mich nur etwas nutzlos im Augenblick.«

Die rothaarige Händlerin dreht sich um und betrachtet Lorn von oben bis unten. »Es sollen wohl wirklich alle wissen, dass du ein Lanzenkämpfer bist.« Sie lächelt. »So viel zu einer Vermählung im kleinen Kreis.«

»In Jakaafra weiß es ohnehin jeder, ganz gleich was

ich trage«, meint Lorn. »Außerdem werden alle nur auf dich schauen und nicht auf mich.«

»Geh und hol die Pferde.«

Lächelnd verbeugt er sich. »Zu Befehl, meine Dame.«

»Geh schon.« Mit Mund und Augen erwidert sie das Lächeln.

Der klare Vormittag ist immer noch kalt, es weht nur ein leichter Wind aus Nordosten, der sogar kurz verstummt, während Lorn die Pferde vom Stall bis zur Tür führt. Er hat sie schon vor dem Waschen und Anziehen gesattelt. Eine Kutsche wäre vielleicht angebrachter gewesen, doch ist ihm nicht bekannt, dass es in Jakaafra so etwas zu leihen gäbe.

Lorn wartet endlos lange vor der Tür, so kommt es ihm zumindest vor, und hält die Zügel der zwei Pferde. Er tritt von einem Fuß auf den anderen und fragt sich, welche anderen Vorbereitungen Ryalth wohl hinter dem Wandschirm noch zu treffen hat. Fast hätte er die Pferde an die Hecke gebunden und wäre ins Haus gegangen, doch da kommt Ryalth endlich heraus und schließt die Tür hinter sich.

»Siehst du? Ich habe gar nicht lange gebraucht.« Sie blickt ihm ins Gesicht. »Nicht allzu lange jedenfalls.«

»Du bist noch schöner als sonst.« Lorn reicht ihr die Hand und hilft ihr beim Aufsteigen.

»Ich sollte mich öfter vermählen.«

»Es tut mir Leid, dass es nicht schon früher geschehen ist.« Lorn schwingt sich aufs Pferd.

Langsam reiten sie in die Stadt, ihr Ziel ist der Hauptplatz. Als sie an einem der größeren Häuser vorbeikommen, stehen zwei Frauen vor dem grünen Keramikwandschirm und starren ihnen schweigend nach. Doch bald darauf hören Lorn und Ryalth die getuschelten Worte, die der schwache Wind ihnen von hinten zuträgt.

»… da! Sieht ganz nach einer Vermählung aus … wenn mich nicht alles täuscht …«

»… ein Hauptmann, gut sieht er aus, aber wer ist die Dame?«

»Das ist Schimmertuch – und der Umhang … bedeutet, dass Lanzenkämpfer- und Magi'i-Blut im Spiel sind. Das haben wir hier nicht oft.«

»Eine Liebesheirat … das sag ich dir … das ist der einzige Grund.«

Lorn lächelt und lehnt sich zu Ryalth hinüber. »Eine Liebesheirat, wusstest du das?«

»Das weiß ich schon seit Jahren. Nur du hast länger gebraucht.«

Lorn zuckt übertrieben mit den Schultern, das Lächeln jedoch verbleibt auf seinem Gesicht.

Das Standesamt liegt auf der Westseite des kleinen Platzes. Um die Ecke und gut zweihundert Ellen weiter in einer Seitengasse befindet sich Dustyns Laden.

Vor den Geschäften am Platz stehen mehr Menschen als sonst. Ein Dutzend beobachtet das Paar von der Küferwerkstatt aus und genauso viele stehen vor der Weberwerkstatt, die daneben liegt.

»So viele Menschen habe ich hier noch nie auf einmal gesehen«, meint Lorn verwundert.

»Du meine Güte …« Ryalth lacht. »So etwas bekommt man hier wohl nicht alle Tage zu sehen.«

»Eine Vermählung? Das ist doch nichts Besonderes.«

»Es gibt zwar viele Lanzenkämpfer, aber nur wenige Lanzenkämpferoffiziere«, meint Ryalth.

»Sie starren alle nur dich an«, erwidert Lorn. »Es gibt nur eine Hand voll Handelshäuser hier und keines davon wird von einer Frau geführt.« Doch Ryalths Worte nagen an ihm. Seine Mutter hat es ihm schon einmal gesagt, aber er hat sich nie richtig überlegt, wie wenige Lanzenkämpferoffiziere und Magi'i es in Cyador eigentlich gibt. Doch diese Gedanken verschwinden sofort, als Lorn auf die andere Seite des Platzes blickt.

Dustyn steht auf dem Steinweg rechts von den Stufen, die zum gelben Ziegelgebäude des Standesamtes führen. Er trägt einen prächtigen braunen Umhang mit blauen Verzierungen über einer braunen Hose und einer edlen blauen Tunika. Neben ihm wartet eine silberhaarige Frau, die Lorn und Ryalth herzlich anlächelt, als diese auf sie zureiten. Hinter dem Kommis und seiner Frau stehen ein Buchhalter in Blau – das muss Eileyt sein, vermutet Lorn – und ein Wächter, der ebenfalls blaue Kleidung trägt.

Eileyts Augen mustern Lorn eingehend. Lorn lächelt höflich. Der schlanke Buchhalter verbeugt sich, es ist eine zutiefst respektvolle Verbeugung.

Ryalth steigt anmutig vom Pferd, wobei sie die Hand, die Lorn ihr reicht, kaum in Anspruch nehmen muss. Der Wächter tritt vor und nimmt die Zügel der beiden Pferde.

»Seid gegrüßt, Hauptmann, und meine besten Wünsche für Euch, Händlerin.« Dustyn verneigt den Kopf zuerst vor Lorn und dann vor Ryalth. »Das ist meine Gemahlin Wryul.« Der Kommis zeigt auf die silberhaarige Frau.

»Danke.« Lorn und Ryalth nicken beide.

»Ihr seht wunderschön aus«, meint Wryul zu Ryalth. »Und kommt von so weit her …«

»Wir hätten noch Jahre ausharren müssen, wenn wir Lorns Rückkehr nach Cyad hätten abwarten wollen«, erklärt Ryalth. »Ich freue mich sehr, hier zu sein.«

Als das Paar sich anschickt, die Stufen zu dem kleinen Gebäude hinaufzugehen, kommt auf der Hauptstraße eine Kutsche herangerauscht und bleibt auf dem Platz stehen; es ist eine geschlossene Kutsche aus polierter Goldeiche, die von zwei prächtigen grauen Pferden gezogen wird.

»Das muss Kylynzar sein«, ruft Dustyn, als das Gefährt zum Stehen kommt und ein drahtiger, weißhaariger Mann mit einem kastanienbraunen Umhang herausspringt. Der weißhaarige Mann dreht sich um und reicht einer grauhaarigen Frau mit einem ebenso kastanienbraunen Umhang die Hand.

»Eine Vermählung im engsten Kreis also?«, flüstert Ryalth leise.

»Ich habe es niemandem erzählt, nur denen, die unbedingt davon wissen mussten«, murmelt Lorn zurück.

»Und warum ist dann die halbe Stadt hier versammelt?«

»Es ist nicht die halbe Stadt …«, protestiert Lorn.

»O doch, sieh dich doch einmal auf dem Platz um.« Ryalth berührt seine Hand, um seine Aufmerksamkeit auf das Paar zu lenken, das gerade mit der Kutsche angekommen ist.

»Hauptmann, meine Dame«, begrüßt der Mann mit dem kastanienbraunen Umhang die beiden. »Ihr habt Jakaafra als Ort für Eure Vermählung auserkoren und unserer Stadt damit eine hohe Ehre erwiesen. Als Gegenleistung wollen wir nun Euch ehren.« Ein trockenes Lächeln folgt den Worten. »Wir haben uns zwar noch nicht persönlich kennen gelernt, doch geschrieben haben wir uns schon. Ich heiße Kylynzar und dies ist meine Gemahlin Mylora.«

Lorn und Ryalth verneigen sich.

»Wir freuen uns, Eure Bekanntschaft zu machen«, sagt Lorn.

»Die Freude ist ganz auf unserer Seite.«

Dustyn räuspert sich. »Äh … Ser … meine Dame. Wasyk wartet bereits.« Ryalth zieht die Augenbrauen hoch. Lorn bemerkt, dass er verlegen grinst. Sie schreiten die zwei Stufen zu den offenen Doppeltüren aus Weißeiche hinauf und gehen hinein.

Das Gebäude ist nur fünfzehn Ellen lang und halb so breit und der Boden mit glänzendem weißem Marmor gefliest. Vier große Fenster aus uraltem, bläulichem Glas – zwei auf jeder Seite – sorgen für die Beleuchtung.

In der Halle steht nichts außer einem altarähnlichen Tisch aus weißem Sonnenstein.

Eine schwergewichtige Gestalt steht hinter dem offenen Buch, das auf dem Sonnensteintisch aufgeschlagen liegt. Das Buch misst eine Länge von mindestens einer Elle und ist fast ebenso breit. Der Mann trägt eine Schärpe aus weißem Schimmertuch, die trotz seines beträchtlichen Leibesumfangs breit genug ist, um die braune Tunika fast zu verbergen.

»Ich bin Wasyk, der Standesbeamte. Tretet vor ... Ihr, die Ihr Eure Vermählung hier in der Stadt von Jakaafra besiegeln wollt.« Der Standesbeamte verneigt den Kopf vor dem Paar.

Lorn und Ryalth treten langsam vor das Buch und den Schärpenträger.

Nur Dustyn, Wryul, Kylynzar und Mylora sind den beiden in das Gebäude gefolgt und warten neben der Tür.

Das Paar steht zwei Ellen von dem Sonnensteinaltar mit dem Buch entfernt. Beide blicken den Standesbeamten an.

»Erklärt Ihr hiermit – Hauptmann Lorn von den Spiegellanzenkämpfern und Dame Ryalth aus dem Hause Ryalor – Eure Absicht, Euch hier zu vermählen?«

»Ja«, antwortet Lorn.

»Ja.« Ryalths Antwort klingt ebenso überzeugt wie Lorns, nur ein wenig melodischer.

»Wollt Ihr Eure Namen hier in dieses Buch eintragen und damit bezeugen, dass Ihr Euch aus freien Stücken und nach eigener Wahl vermählt habt, zum Wohle des Chaos und Lichts und unter der Aufsicht des Kaisers des Lichts?« Wasyk reicht ihnen eine schimmernde, weiße Feder.

Ryalth nimmt die Cupridiumfeder und schreibt ihren Namen in das Buch. Sie gibt das Schreibgerät weiter an Lorn, der nun seinerseits den Namen darunter setzt.

Wasyk nimmt die Feder zurück und steckt sie wieder in den zur Zeremonie gehörenden Cupridiumhalter, dann räuspert er sich und verkündet: »Und somit steht es im Buch von Jakaafra geschrieben, Ihr seid vermählt.« Wasyk strahlt das Paar an. »Möget Ihr stets erfüllt sein vom Licht.«

Lorn legt ein glänzendes Silberstück auf die Seiten des Buches, so wie Dustyn es ihm gesagt hat. Dann steht er eine Weile tatenlos da.

»Du könntest mich jetzt küssen«, murmelt Ryalth.

Und das tut Lorn.

Er hört ein liebliches Seufzen hinten in der kleinen Halle.

»So ein schönes Paar ...«

Arm in Arm schreitet das frisch vermählte Paar zum Ausgang.

Kylynzar tritt vor, hustet leise und spricht: »Es mag vielleicht dreist wirken, aber Dustyn, Wryul, Mylora und ich würden Euch gern einladen in den *Backsteinkamin*. Wenn Ihr damit einverstanden seid. Eine Vermählung wie diese haben wir nicht oft in Jakaafra.«

Wie könnten sie da widerstehen?

»Es ist uns eine Ehre, Euch Gesellschaft zu leisten«, antwortet Ryalth strahlend. »Unsere Familien sind weit weg von hier und wir nehmen Eure Gastfreundschaft mit Freuden in Anspruch.«

»Mit großer Freude sogar«, fügt Lorn hinzu.

»Es liegt schon drei Generationen zurück, dass ein Lanzenkämpferoffizier mit seiner Gemahlin in Jakaafra gelebt hat, wenn auch nur zeitweise«, erzählt die grauhaarige Mylora.

»Wir werden so oft hier sein, wie wir können«, meint Lorn und erinnert sich an die Worte seiner Mutter, die sie ihm kurz vor der Abreise aus Cyad zu Bedenken gegeben hat: Lanzenkämpferoffiziere sind außerhalb von Cyad fast so selten und so hoch angesehen wie die Magi'i.

Als die Gesellschaft die Gaststube des *Backsteinkamins* betritt, gedrängt von Dustyn und Kylynzar, kann Lorn nur mit offenem Mund staunen. Die Gaststube hat man geräumt und einen Tisch an die Seitenwand gestellt. Auf dem grünen Leinen drängen sich Platten mit Melonenscheiben und Käsestücken und Körbe voll Brot. Links auf dem Tisch warten mehrere Flaschen, gefüllt mit bernsteinfarbenem Wein.

Kylynzar und Dustyn lachen.

»Mehr konnten wir nicht tun«, meint Kylynzar. »Wir haben uns erlaubt, noch einige Freunde einzuladen.«

»Natürlich.« Lorn hofft nur, dass seine Stimme nicht zu überrascht wirkt.

Kylynzar macht eine Handbewegung und innerhalb weniger Sekunden stehen fast zwanzig andere Gäste in der Schenke, alle sind aufs Feierlichste gekleidet. Lorn erkennt nur ein Paar wieder: der Stallbursche aus der Kaserne – Suforis – und seine Gemahlin Lesyna. Beide tragen rotbraune Umhänge. Suforis lacht übers ganze Gesicht.

Rechts von Suforis steht Eileyt und lacht genauso.

»Eine Vermählung im allerengsten Kreis also?«, murmelt Ryalth.

»Ich hatte keine Ahnung …«, flüstert Lorn zurück.

»Das sehe ich. Du siehst aus wie vom Blitz getroffen.«

»Einen Augenblick!«, bellt Dustyn. »Da Kylynzar besser reden kann als ich, wird er nun eine kleine Ansprache halten.«

Das Stimmengewirr verstummt.

»Nur ein paar Worte«, verkündet der Melonenzüchter. »Die meisten von euch wissen, dass ich Lanzenkämpferoffiziere noch nie sonderlich gut leiden konnte – und außer Dustyn auch keine Händler. Diese beiden hier sind jedoch anders, und ich möchte, dass sie wissen, dass das Volk von Cyador sehr froh darüber ist. Nun lasst sie als Erste zugreifen und dann bedient euch.«

Mit hochrotem Kopf drückt sich Lorn an den Tisch.

Dustyn reicht ihnen zwei schwere Gläser, in die er den roten, fast bernsteinfarbenen Wein gefüllt hat. »So etwas habt Ihr bestimmt noch nicht gekostet.«

Lorn grinst und nimmt das Glas entgegen, Ryalth ebenso.

Dann probiert Lorn ein Stück weißen Käse und nippt am bernsteinfarbenen Wein, während er sich seiner Gemahlin zuwendet. »Dieser Wein hier schmeckt wirklich anders, süß und trocken zugleich.«

Sie trinkt einen kleinen Schluck, dann einen zweiten. »Er ist stark.«

Kylynzar kommt auf die beiden zu. »Das ist mein Meloneneiswein.« Er blickt Ryalth an. »Vielleicht könntet Ihr … aber davon später.« Der drahtige Melonenzüchter wird rot. »Wir wollen jetzt nicht vom Geschäft reden.«

Ryalth lacht freundlich. »Der Wein schmeckt gut, wir sollten uns später wirklich noch einmal darüber unterhalten.«

»Ihr seid sehr gütig und habt gerecht und doch mit fester Hand Eure Geschäfte betrieben.« Kylynzar schüttelt den Kopf. »Jetzt höre ich aber auf, nur vom Handel zu reden.« Er verbeugt sich vor Lorn. »Wir haben uns noch nicht persönlich kennen gelernt, Hauptmann, doch Ihr seid unseren Erwartungen gerecht geworden. Mein Vetter hat mir erzählt, dass Ihr immer als Erster den wilden Tieren entgegentretet und nicht als Letzter wie so viele andere Offiziere.« Kylynzar lacht. »Und Eure Gemahlin hat mehr für uns getan als alle Kommis in Cyador zusammen. Ich muss sagen, dass wir hauptsächlich ihretwegen unsere Gastfreundschaft anbieten, und es ist uns eine Freude zu sehen, dass sie genauso schön und charmant ist wie erfolgreich.« Der Züchter verneigt erneut den Kopf vor Ryalth.

»Sie ist in der Tat schön, charmant und erfolgreich«, bestätigt Lorn.

Eileyt drängt sich durch die Menge und verbeugt sich. »Meine besten Wünsche für Euch, Hauptmann.«

»Danke. Ich danke Euch für all die Unterstützung, die Ihr Ryalth und dem Haus Ryalor zuteil werden ließet.«

Noch bevor einer von beiden etwas sagen kann, tritt ein schwerer Mann mit dunkelbrauner Tunika vor, der Stoff ist so dunkel, dass er fast schwarz wirkt. Lorn erkennt schließlich Wasyk, der die Schärpe aus Schimmertuch abgelegt hat.

»Habe noch nie so ein schönes Paar gesehen«, sagt der Standesbeamte. »Ihr habt Jakaafra ganz schön in Aufregung versetzt. Hier hat bestimmt schon seit mehr als zwanzig Jahren keine Lanzenkämpfer- oder Händlervermählung mehr stattgefunden.«

»Das wussten wir nicht«, gibt Lorn zu und wendet den Blick nicht von dem großen Mann, während er sich fragt, wie lange die nicht ganz spontane Feierlichkeit wohl noch andauern wird.

»Ihr stammt beide aus Cyad?«

»Ich bin in Fyrad geboren«, erklärt Ryalth, »und erst später nach Cyad gekommen.«

»Ich bin in Cyad aufgewachsen«, bestätigt Lorn.

»Ich will Euch nicht lange aufhalten, ich wollte Euch nur sagen, dass das Volk sich an diesen Tag noch lange erinnern wird.« Wasyk erhebt den Humpen.

Lorn nimmt nur einen winzigen Schluck, denn er weiß, dass noch viele Schlucke kommen werden.

Nachdem auch Ryalth von dem Wein getrunken hat, drückt sie sanft Lorns Hand. »Auch wir werden uns noch lange an diesen Tag erinnern … sehr lange.«

Das bezweifelt Lorn in keinster Weise. Und er hat wirklich gedacht, es würde eine Vermählung im kleinsten Kreis werden …

XLIII

Lorn streckt sich ausgiebig, den Arm hat er noch um die schlafende rothaarige Händlerin neben sich geschlungen. Die Vormittagssonne scheint durch die geschlossenen Fensterläden des Schlafzimmers, schmale Lichtstrahlen suchen sich den Weg zum Fußboden. Die Luft ist kalt, denn am Abend zuvor sind sie früh zu Bett gegangen und haben das Feuer im Kachelofen im Hauptraum nicht weiter geschürt.

Nachdenklich lächelt Lorn in das friedliche und sommersprossige Gesicht seiner Gemahlin. Er kann es kaum glauben, dass die Vermählungsfeier vor zwei Tagen bis in den Abend dauerte.

Er und Ryalth schlichen sich schließlich bei Sonnenuntergang unter etlichen vielsagenden Blicken hinaus. Den darauffolgenden Tag verbrachten sie in aller Stille; es war der erste Tag seit Jahren, an dem weder er noch Ryalth früh aufstehen mussten, aus welchen Gründen auch immer.

»Mmmmm.« Ryalth schmiegt sich an ihn und küsst ihn zärtlich auf die Wange.

»Mmmmm, du Schlafmütze.«

Ryalth gähnt ausgiebig und kuschelt sich noch näher an ihn. »Du weißt gar nicht, wie gut es tut, morgens auszuschlafen.«

»Ich habe auch gerade daran gedacht.«

»Aber du bist schon wach …«

»Es ist schließlich längst Vormittag«, verteidigt sich Lorn.

»Mir ist so kalt.« Ryalth schaudert und zieht sich die alte Bettdecke mit einer Hand bis zum Kinn.

»Ich werde Feuer anmachen.«

»Mmmmm … wenn es dir nichts ausmacht?«

Er grinst bei dem unterwürfigen Ton in ihrer Stimme. »Ich mache Feuer und komme gleich zurück.«

Der Steinfußboden – der Teil, der nicht mit den wenigen geflochtenen Brücken bedeckt ist – fühlt sich wirklich kalt an unter Lorns nackten Füßen. Er trottet in den Hauptraum, wo er einige Holzspäne aus dem Korb heraussucht, sie in den Ofen legt und ein paar größere Holzstücke darauf schichtet. Dann konzentriert er sich.

Ein winziger, zischender Chaos-Blitz reicht aus, um ein kleines Feuer im Ofen zu entfachen.

Lorn lächelt und geht zurück ins Schlafzimmer, wo er rasch wieder unter die Decke kriecht.

»Deine Füße sind *kalt*.«

»Ich habe Feuer angemacht.«

»Gut.« Ryalth küsst ihn auf die Wange, dann fragt sie: »Bist du viel ausgeritten hier in Jakaafra?«

»Außer an den Sperrenmauern entlang? Nein. Wenn man die meiste Zeit Dienst hat … ich bin eigentlich nur nach Jakaafra geritten, um mit Dustyn zu verhandeln, die Vermählung vorzubereiten und das Haus zu mieten.«

»Das solltest du aber tun. Jetzt, da du vermählt bist, kannst du die Uniform tragen, wenn wir zusammen reiten.«

»Ich wüsste nicht, was ich sonst tragen sollte.«

»Du willst heute überhaupt nichts tragen, gib es zu, du Lüstling«, neckt ihn Ryalth.

Lorn wird rot. »Wir hatten noch nie so viel Zeit füreinander und die Tage vergehen wie im Flug.«

»Ich weiß.« Sie seufzt leise, umarmt ihn und küsst ihn noch einmal auf die Wange. »Ich habe so lange darauf gewartet. Ich habe fast nicht geglaubt, dass es überhaupt einmal wahr werden würde.«

»Lanzenkämpfer vermählen sich durchaus mit Händlerinnen.«

»Aber die Magi'i tun es nicht und du warst schließlich einmal ein Magierschüler.«

»Ich hätte es trotzdem getan.«

»So wie du jetzt bist, hättest du es getan«, stimmt Ryalth zu.

»Ich glaube nicht, dass ich anders sein könnte.« Er schlingt die Arme um sie und sie küssen sich, lange und innig.

Beide zucken zusammen, als sie die Kälte eines Chaos-Glases verspüren; ohne zu atmen halten sie sich aneinander fest, bis die Überwachung vorbei ist und die Kälte abklingt.

»Wer immer das auch sein mag ... er besitzt nicht einen Funken Anstand.« Ryalth schnaubt und lehnt sich zurück.

Lorn fragt sich, ob vielleicht der kleine Chaos-Blitz Marans Aufmerksamkeit geweckt hat, denn wer außer Maran hätte sie beobachten sollen? Oder ist der Major einfach neugierig, was Lorn während seines Urlaubs anstellt?

»Gestern während der Vermählung habe ich nichts dergleichen gespürt ... du?«, fragt Ryalth.

»Nein.«

»Dann denkt er jetzt, du hast deine Mätresse nach Jakaafra gelockt. Ich hoffe, er ist neidisch. Sehr neidisch sogar.«

»Das kann durchaus sein.«

»Es wird schon wärmer«, meint sie. »Wie hast du das angestellt? So ein Ofen wird doch sonst nicht so schnell warm.«

»Ein Trick, den ich als Schüler gelernt habe«, gibt Lorn zu.

»Gib Acht, dass dich niemand dabei beobachtet.« Sie runzelt die Stirn.

»Hab keine Angst. Du bist die Einzige, die davon weiß.«

Der Anflug eines weiteren Stirnrunzelns zeigt sich auf ihrer Stirn, bevor sie spricht: »So sollte es auch bleiben, liebster Lanzenkämpfer.« Ryalth setzt sich auf und zieht die Decke fester um sich. »Du hast mir noch gar kein Gedicht aus dem Buch vorgelesen. Du hast es doch hoffentlich mit hierher gebracht? Es war mein allererstes Geschenk an dich.«

Lorn lächelt, er ist froh, dass er den Band mitgenommen hat. »Es ist in meiner Tasche. Soll ich gleich etwas vorlesen?«

»Eins nur … während wir warten, bis es wärmer wird.«

Lorn steigt ein zweites Mal aus dem Bett, holt das Buch mit dem Silbereinband aus der Tasche und reicht es ihr. »Lies du vor. Dein Lieblingsgedicht.« Dann hüllt er sich wieder in die Decke.

»Heute Abend musst aber du mir vorlesen.«

»Das werde ich.«

Sie blättert durch die Seiten, hält inne und nickt. Danach liest sie.

Wie eine Dämmerung ohne Wolken,
ein Blatt ohne Baum,
eine Muschel ohne Meer …
wächst die Birne heran
und fällt …

Lorn lächelt sanft, als Ryalth den Schluss des Gedichtes vorliest.

… um die Früchte unseres Tuns zu erwarten
… die Früchte unseres Tuns zu erwarten.

»Das gefällt mir auch sehr gut«, meint er und küsst sie auf die Wange. Dann nimmt er das Buch und schlägt es leise zu.

Mit gespreizten Fingern hält sie ihn zurück. »Du hast versprochen, dass wir ausreiten.«

»Willst du wirklich in Jakaafra spazieren reiten?«

Ryalth nickt. »Man sollte uns zusammen sehen und die Luft wird uns gut tun.«

»Und?«

»Und mir fällt vielleicht etwas ein. Ich glaube, ich habe schon eine Idee, wo ich diesen Meloneneiswein verkaufen kann, wenn er den Transport durchhält.«

»Denkst du immer nur ans Handeln?«

»Nicht immer.« Sie küsst ihn. »Nicht immer.«

XLIV

Lorn neigt den Kopf zur Seite und schaut auf den Entwurf des Briefes, der auf dem Schreibtisch vor ihm liegt, welcher in dem kleinen Haus gleichzeitig als Esstisch dient. Dann blickt er zum Fenster, wo die inneren Fensterläden offen stehen, um mehr Licht hereinzulassen. Draußen bläst ein leichter, aber kalter Wind durch den grauen Vormittag.

Als er vorhin die zwei Pferde gesattelt hat, ist er wieder froh um die Winterjacke gewesen. Vom Tisch aus, in der Wärme des Kachelofens, studiert er den Himmel. Die Wolken stehen hoch und sehen nicht so aus, als würden sie in Bälde Regen oder Schnee bringen.

Lorn taucht die Feder in die Tinte und fügt dem Briefentwurf einen Satz hinzu, dann überlegt er und streicht einige Wörter aus, für die er andere an die Seite schreibt.

»Du bist aber fleißig heute Morgen«, meint Ryalth, die gerade aus dem Schlafzimmer kommt, wo sie sich die blaue Händlerkleidung angezogen hat. Sie geht zu Lorn, beugt sich hinunter und küsst seinen Nacken.

»Bist du fertig?«, fragt er und steckt die Feder in den Halter; dann sieht er zu ihr auf.

»Ich bin bereit, mein lieber Lanzenkämpfer.« Sie lächelt herzlich. »Hast du auch nichts dagegen, mich auf diesem Geschäftsgang zu begleiten?«

»Nein, überhaupt nicht.«

»Auch nicht nach dem gestrigen Tag?«

Lorn lacht. Sie sind fast zehn Meilen bis zu einem kleinen Weiler geritten, wo ein Schmied angeblich einzigartige Eisenwerkzeuge herstellt. Die Werkzeuge waren in der Tat einzigartig, doch nur was Größe und schlechte Verarbeitung angeht. Dann haben die beiden mit einem Obstbauern gesprochen, dessen Birnen in der ganzen Gegend berühmt sind, aber Ryalth hat den eingelagerten Winterfrüchten sofort angesehen, dass sie eine hiesige Köstlichkeit bleiben werden, weil sie zu schnell Druckstellen bekommen. Und so ist der ganze Tag verlaufen.

»Es ist doch nur, weil ich so selten so weit nach Norden komme …« Sie schüttelt den Kopf. »Ich würde niemals so weit reisen, wenn nicht du der Grund wärst.« Sie legt eine blaue Lederbörse auf den Tischrand, dumpf rasseln die Münzen darin. Lorn hat die Börse zwar schon gesehen, doch noch nie näher betrachtet, weil er dachte, es wäre eine einfache Händlerbörse und nicht mehr. Diesmal entdeckt er auf dem Leder eine grüne Prägung: die ineinander verschlungenen Buchstaben ›R‹ und ›L‹ in einem auf dem Kopf stehenden Dreieck.

Lorn betrachtet das Zeichen mit geschürzten Lippen, dann lächelt er.

»Dieses Zeichen habe ich von Anfang an benutzt«, erklärt Ryalth.

»Du hast es mir nie gezeigt.«

»Du hast mich nie gefragt.«

Lorn schüttelt den Kopf. »Ich kann dich doch nicht nach etwas fragen, was ich gar nicht kenne.«

»Ich auch nicht.« Sie lacht. »Jemand, den ich sehr liebe, hat mir das vor langer Zeit beigebracht.«

Beide müssen lachen.

»Wie denkst du darüber?« Lorn gibt ihr die Schriftrolle, die er aufgesetzt hat. Er steht auf und blickt Ryalth über die Schulter, während sie das Durcheinander von ausgestrichenen und neu darüber geschriebenen Worten liest.

… Vater hat mir vor einiger Zeit geschrieben, dass er, nachdem er mit Jerial über mögliche Vermählungen gesprochen hat, zu der Überzeugung gekommen ist, dass die Dame, mit der ich über Jahre hinweg so viel Zeit verbracht habe, doch zu mir passt. Da meine Neigung auch dahin geht und sie meine große Liebe ist und weil es nicht sehr wahrscheinlich scheint, dass ich in den nächsten Jahren nach Cyad versetzt werde, ist sie nach Jakaafra gekommen, wo wir uns nun vermählt haben.

Mir ist klar, dass dies nicht den von uns allen erhofften Vorstellungen entspricht, was Ort und Zeit eines solchen Ereignisses angeht, doch ihr alle wisst, wie unklug es wäre, solch eine Verbindung zum gegenwärtigen Zeitpunkt in Cyad bekannt zu machen. Mutter hat mir auch eröffnet, dass sie die Dame sehr liebenswürdig findet …

Ryalth blickt auf. »Das hast du mir gar nicht erzählt.«

»Nicht? Ich dachte, das hätte ich.«

Sie schüttelt nachsichtig den Kopf. »Lorn … mein Lieber, manchmal kann ich beinahe sehen, wie die Gedanken durch deinen Kopf jagen. Ich höre förmlich, wie du im Geiste mit dir selbst sprichst. Wahrscheinlich hörst du diese Worte sogar, und dann glaubst du natürlich, du hättest die Worte auch ausgesprochen.«

»Ich werde versuchen, mich zu bessern«, meint Lorn reuevoll.

»Mach dir keine Sorgen deswegen. So bist du nun einmal.«

»Manchmal bin ich eben zu sehr in meine Gedanken

vertieft.« Er blickt von der Händlerin zur Schriftrolle. »Was sagst du dazu?«

»Glaubst du, dass sie sehr verärgert sein werden darüber?«

»Das glaube ich nicht. Wusstest du, dass Mutter in Cyad zu mir gesagt hat, ich sollte nicht so viel Zeit mit ihnen verbringen? Sie meinte, ich sollte lieber zu ›meiner Freundin‹ gehen.«

»Ich hoffe, sie regen sich nicht zu sehr auf.«

»Das werden sie nicht. Sie wollen, dass wir glücklich sind.«

»Das wird oft so leicht dahingesagt«, meint Ryalth, »bis dann das Glück der anderen sie aufbringt. Ich habe immer noch Angst, dass deine Eltern nicht mit unserer Vermählung einverstanden sind.«

»Wenn du meinst, dann werde ich es ihnen einfach nicht schreiben …«

»Du musst es tun … das verstehe ich. Alles kann so sein, wie du sagst. Aber ich mache mir trotzdem Sorgen. Und du tust das auch, sonst würdest du dir nicht solche Mühe geben, den Brief zu entwerfen.« Die rothaarige Händlerin blickt zur Tür. »Es ist kalt draußen, nicht wahr?«

Lorn nickt.

»Es wird nicht wärmer, auch wenn wir hier noch so lange warten.«

Er lächelt, nimmt ihr den Briefentwurf wieder aus der Hand und legt ihn auf den Tisch. Dann holt er den Säbel aus der Ecke und schnallt die Scheide an den Uniformgürtel. Lorn wirft sich die weiße Winterlederjacke über und zieht die dicken Reithandschuhe an.

Ryalth trägt eine blaue Lederweste mit Wollfutter über der Tunika und darüber noch einen dicken dunkelblauen Wollumhang. Die Handschuhe sind ebenfalls dunkelblau.

»Ich habe die Pferde schon gesattelt.«

Zusammen gehen sie zum Stall. Lorn führt zuerst den Braunen heraus und dann den weißen Wallach, schließt die Stalltür und steigt auf.

Der raue, feuchtkalte Wind aus Nordosten bläst ihnen auf dem Ritt in die Stadt ins Gesicht, und die Gerüche, die in den Tagen nach ihrer Vermählung schon den Frühling angekündigt haben, sind nach einem erneuten Wintereinbruch verschwunden. Während des ganzen Ritts in die Stadtmitte von Jakaafra wechseln die beiden kein Wort.

Eileyt und Usylt, der Wächter, warten schon auf der kleinen Veranda vor Dustyns Laden, als Lorn und Ryalth in die Gasse einbiegen. Lorn und Ryalth zügeln die Pferde, worauf die zwei Männer zu ihren Pferden eilen und aufspringen.

»Wir reiten nur über den Platz«, meint Ryalth, »zur Werkstatt des Cupritschmiedemeisters.«

Die Werkstatt liegt an der Südseite des Platzes, etwa zweihundert Ellen vom Standesamt entfernt, und hebt sich durch ein kleines, viereckiges Schild aus der Menge hervor, das am Dachvorsprung der Veranda festgemacht ist. Auf dem Schild ist eine gelbe Lampe abgebildet. Lorn steigt ab und bindet den Wallach an einen niedrigen Pfosten neben der Veranda, dann reicht er Ryalth die Hand.

Sie lächelt und stützt sich darauf. »Ich muss mich langsam wieder daran gewöhnen, ohne all die kleinen Höflichkeiten auszukommen.«

»Genieß es, solange du kannst.«

Ryalth holt die blaue Lederbörse des Hauses Ryalor heraus und übergibt sie Eileyt. Sie nickt Lorn zu. »So ist es der Brauch in den kleineren Städten. Wenn man seinen Buchhalter dabei hat, dann sollte er die Münzen ausbezahlen und einsammeln.«

»Ich werde auf die Pferde aufpassen«, sagt Usylt schnell und will damit zum Ausdruck bringen, dass er lieber draußen warten würde, so vermutet Lorn.

»Danke«, antwortet Ryalth.

Lorn steigt die drei Holzstufen hinauf und überquert die breite Veranda, von der vor fast einem Achttag eine ganze Menschenmenge ihre Vermählung beobachtet hat. Wie schnell doch die Zeit vergeht. Bald muss er seinen Dienst wieder antreten und Ryalth muss zurück nach Cyad. Lorn macht sich Sorgen, aber die lange Abwesenheit ist ihrem Handel ohnehin schon abträglich. Mit diesen Gedanken öffnet er die Tür für Ryalth, dann bedeutet er Eileyt, hinter ihr einzutreten.

Der Buchhalter schüttelt energisch den Kopf und wartet so lange, bis Lorn schließlich nachgibt und zuerst geht.

Drinnen betrachtet Ryalth die Ausstellungsstücke auf einem kleinen Tisch. Es sind einige kunstvoll verzierte Lampen dabei, ein Kessel und eine Leuchte, die eher wie eine Sturmlaterne aussieht. Diese Laterne nimmt Ryalth näher in Augenschein.

Der Geruch von heißem Metall durchdringt die Werkstatt. Im hinteren Teil stehen eine kleine Esse, zwei Werkbänke und ein Regal mit Werkzeugen, die Lorn nicht kennt. Ein Mann scheint etwas in oder über dem Feuer zu erwärmen, aber er hat Lorn den Rücken zugewandt; ein schweißüberströmter Junge betätigt den Blasebalg. Der Lehrling bekommt große Augen, als er Ryalth sieht, und sagt etwas zu dem Handwerker.

Dieser dreht sich um. Es ist ein kräftiger Mann, klein, er reicht Lorn wahrscheinlich nicht einmal bis zum Kinn, aber muskulös und mit kurzen, dicken Fingern, die ein reich verziertes Bronzegefäß zur Seite legen. Er wendet sich der Kundschaft im vorderen Teil der Werkstatt zu. »Händlerin … Hauptmann … meine Name ist Ghylset.« Die Augen des Handwerkers wandern von Ryalth zu Lorn und wieder zurück zu Ryalth. »Was kann ich für Euch tun?«

»Ihr leistet gute Arbeit, Meister«, bemerkt Ryalth.

»Besser als das meiste, was ich bisher gesehen habe, selbst in Cyad und Fyrad findet man kaum etwas ähnlich Gutes.«

»Danke.« Der Anflug eines Stirnrunzelns begleitet die Antwort. »Sucht Ihr etwas Bestimmtes?«

»Ich suche gute Arbeiten.« Ryalth macht eine halbe Drehung und zeigt auf den Tisch und die Ausstellungsstücke darauf. »Was von diesen Dingen könnte wohl etwas für mich sein?«

»Das, was Ihr gerade betrachtet, meine Dame.«

Ryalth studiert die Bronzelampe noch einmal sehr genau.

»Verzeiht, Händlerin ... aber wenn Ihr auf die Einfassung achten wollt ... das ist das Geheimnis ... diese Lampe ... eigentlich ist es mehr eine Laterne, aber so klein, dass man sie auf einem Pferd oder Schiff mitnehmen oder an einer Kutsche befestigen könnte, und sie wird auch bei Sturm oder Regen nicht erlöschen.«

Lorn kann die Wahrheit in den Worten des Handwerkers spüren, und er weiß, dass auch Ryalth dies zu erkennen vermag.

»Könnte nicht ein anderer Cupritschmied so etwas nachbauen?«, fragt die Händlerin weiter.

»Na ja ... vielleicht schon, aber das muss schon ein guter Schmied sein. Ich habe zum Beispiel einen Weg gefunden, um das Glas besser und schneller abzudichten.« Ghylset zuckt die Schultern. »Mit fünf Silberlingen für eine Lampe, die auch im ärgsten Sturm noch brennt ... glaube ich nicht, dass mich jemand schlagen kann, weder in der Güte noch im Preis.«

»Vier Silberlinge pro Lampe und ich bestelle zehn Stück«, schlägt Ryalth gelassen vor.

»Zehn Stück?«

»Könnt Ihr bis zur Frühlingswende zwanzig davon herstellen?«, fragt Ryalth.

»Zwanzig ... vielleicht auch mehr.« Der Handwerker runzelt die Stirn. »Aber vier Silberlinge … das ist wenig.«

»Neun Goldstücke für zwanzig Stück«, feilscht Ryalth weiter. »Wenn sie sich gut verkaufen, bestelle ich noch mehr.«

»Neun Goldstücke … ja … das ließe sich machen. Aber … ich kann nicht einfach so anfangen … nicht ohne einen Beweis Eures Wortes … verzeiht, Händlerin, aber …«

Während Ryalth und der Cupritschmied verhandeln, betrachtet Lorn eine weitere Reihe von Lampen, die in verschiedenen Größen im Regal an der Wand stehen. Er lächelt, als er ein winziges Lämpchen entdeckt, kleiner als seine geballte Faust, und fragt sich, für welche Zwecke eine solche Lampe wohl nützlich sein könnte.

»… drei Goldstücke sofort … dann könnt Ihr anfangen … und zwei mehr – Dustyn wird sie Euch aushändigen –, wenn Ihr ihm die Lampen liefert, damit er sie an mich schicken kann. Wenn ich die Lampen erhalte, schicke ich vier weitere Goldstücke.«

»Ich habe gehört, dass Ihr stets gerecht handelt …« Ghylset nickt langsam.

Ryalth wirft einen Blick zu Eileyt, der drei Goldstücke aus der Börse des Hauses Ryalor hervorholt.

»Ich freue mich schon auf die Lampen, Schmiedemeister.« Ryalths Lächeln wirkt zwar förmlich, doch kann man ihm eine gewisse Wärme nicht absprechen.

»Es sind die besten.«

Lorn nickt, als er hinter Ryalth die Werkstatt verlässt. Mit ihrer Fähigkeit, den Wert von Waren und den Charakter der Menschen richtig einzuschätzen, besitzt Ryalth anderen gegenüber einen eindeutigen Vorteil, und sie strahlt so viel menschliche Wärme aus, dass sie nicht endlos feilschen und handeln muss.

»Welchen Handwerker suchen wir als Nächstes auf?«,

fragt Lorn, als sie draußen auf der windigen Veranda stehen.

»Keinen Handwerker – einen Rapsbauern.« Ryalth zieht den Umhang fester um sich.

»Der mit dem parfümierten Öl?«

»Für gutes Öl gibt es immer einen Markt, und wenn es dann auch noch ein besonderes Öl ist …« Sie zuckt die Schultern und steigt auf.

»Dustyn hat behauptet, das besagte Anwesen befinde sich gut vier Meilen entfernt von hier an der Weststraße«, meint Lorn, während auch er aufs Pferd steigt. »Ich hoffe, dass dieser Ausflug erfolgreicher sein wird als der zu dem Obstbauern.«

»Meistens ist das nicht der Fall«, dämpft Ryalth seine Hoffnungen und lenkt den Braunen in Richtung Platz. »Das solltest du mittlerweile wissen. Deshalb suche ich doch so viele auf.«

»Ich weiß.« Lorn nimmt den Wallach herum, sodass er neben Ryalths Braunem geht.

Hinter ihnen nickt Eileyt und folgt ihnen zusammen mit Usylt zur Weststraße.

XLV

Im klaren, grauen Licht, das der Morgendämmerung vorausgeht, reiten Lorn und Ryalth Seite an Seite auf der Perimeterstraße in Richtung Fyrad und Cyad nach Südwesten, hinaus aus Jakaafra. Hinter ihnen sitzen Eileyt und Usylt schlaftrunken auf ihren Pferden.

Es ist windstill und die kalte Nacht hat Frost auf dem Ödland und auf den wintergrauen Bäumen jenseits des Ödlands rechts von ihnen hinterlassen. Lorn trägt die Winterjacke über der Dienstuniform und die warme

Winterkappe auf dem Kopf. Ryalth hat die Weste unter den dicken, blauen Wollumhang angezogen. Beim Atmen bilden sich kleine Wölkchen vor ihren Gesichtern.

Lorn wirft einen Blick nach links auf den ersten Lichtschimmer, der sich hinter den Sperrenmauern und dem Verwunschenen Wald zeigt. Rasend schnell sind Lorns Urlaubstage verstrichen, bis keiner mehr davon übrig war, und nun müssen er und Ryalth wieder ihren Pflichten nachgehen.

»Hast du die Schriftrollen?« Lorn sieht Ryalth an und saugt noch einmal ihren Anblick in sich auf: das rote Haar, die hellen Sommersprossen und tiefblauen Augen, die er mehr vermissen wird, als er es jemals für möglich gehalten hätte. »Und du wirst sie auch mit einem Privatboten schicken?«

»Das haben wir doch schon besprochen.« Sie schürzt die Lippen zu einem Lächeln, das belustigt und gleichzeitig traurig wirkt, und doch auch warm und herzlich.

Lorn lacht leise. »Ihr müsst vorsichtig sein auf dem Ritt zum Großen Kanal.«

»Das werden wir, und ich werde dir eine Nachricht schicken, sobald ich in Cyad angekommen bin.« Sie lächelt zärtlich. »Du musst jetzt zurückreiten. Ich möchte nicht, dass du zu spät kommst.«

Lorn streckt den Arm aus und nimmt ihre behandschuhte Hand in die seine, während sie weiter nebeneinander reiten. »Ich hasse Abschiede, besonders jetzt.«

»Ich komme wieder, so bald ich kann«, verspricht sie. »Aber du musst jetzt gehen.«

Lorn nickt. »Gib Acht.« Er drückt ihre Hand ein letztes Mal, dann lässt er sie los.

»Das werde ich.« Sie lächelt traurig.

Lorn hält den Wallach am Straßenrand an und sieht der kleinen Reisegesellschaft nach, die in Richtung Südwesten von dannen zieht. Ryalth blickt noch einige Male wehmütig zurück. Schließlich nimmt Lorn den

Wallach herum und macht sich auf den Weg in die Kaserne. Er hat noch keine zweihundert Ellen zurückgelegt, da muss er sich noch einmal umdrehen. Ryalth schaut ebenfalls über die Schulter und Lorn hebt den Arm. Nach einer Weile blicken beide wieder nach vorn.

Lorn reitet langsam die Perimeterstraße entlang und beobachtet das orangefarbene Licht des Sonnenaufgangs, das allmählich über die Sperrenmauer und das grüne Dach des Verwunschenen Waldes quillt. Er bemerkt die unsichtbare Dunkelheit, die nur allzu gegenwärtig ist, und fragt sich, wie es ihm auf der bevorstehenden Patrouille wohl ergehen wird.

Bald schon reitet er mit dem weißen Wallach an den diensthabenden Wachen vorbei und durch die Kasernentore hindurch. Er überblickt den Hof und bemerkt, dass Kusyl und Shynt ihre Einheiten schon vor den Unterkünften aufmarschieren lassen.

Lorn steigt vor den Ställen ab und führt den Wallach hinein.

Suforis eilt ihm entgegen. »Ser, Ihr geht heute nicht auf Patrouille?«

»Morgen. Das ist früh genug.« Lorn übergibt dem blonden Stallburschen die Zügel und schnallt das Gepäck hinter dem Sattel ab.

»Sie ist wunderschön, Ser«, bemerkt Suforis, als er die Zügel von Lorn übernimmt. »Ich war allerdings überrascht, dass Dustyn mich und Lesyna zum Fest einlud.«

»Es hat uns sehr gefreut, dass ihr gekommen seid.« Lorn lacht ein wenig bitter. »Ihr zwei und Dustyn wart die einzigen Menschen, die ich wirklich kannte.« Er wirft sich die Tasche über die Schulter und nickt Suforis zu. »Ich gehe nun besser dorthin, wo ich schon längst sein sollte.«

»Ja, Ser.«

Lorn marschiert forschen Schrittes über den Hof zu den Unterkünften, er wirft nur rasch das Gepäck in sein

Quartier und geht dann zurück in den Hof, um Kusyl zu begrüßen, der gerade darauf wartet, dass sich die Zweite Einheit formiert.

»Ser.« Kusyl verbeugt sich, als er Lorn sieht.

»Truppenführer.«

»Ein halber Zug und vier, Ser. Einer fehlt, Ser.«

»Sehr gut, Kusyl. Sie sollen mit der Arbeit anfangen. Wir werden noch vor dem Mittagessen alle Waffen und sonstiges Gerät überprüfen. Während die Männer ihre Ausrüstung fertig machen, treffen wir uns im vorderen Arbeitszimmer.«

»Ja, Ser.«

Lorn nickt und geht anschließend zur Ersten Einheit.

»Ser, ein halber Zug und fünf, Ser. Alle vollzählig«, meldet Shynt.

»Sehr gut, Truppenführer. Sie sollen mit der Arbeit anfangen. Wir werden noch vor dem Mittagessen alle Waffen und sonstiges Gerät überprüfen. Kusyl, du und ich, wir treffen uns im vorderen Arbeitszimmer, während die Männer mit ihrer Ausrüstung beschäftigt sind.«

»Ja, Ser.«

Lorn macht kehrt und marschiert in sein Arbeitszimmer, er hofft, dass dort keine Schriftrollen mit schlechten Nachrichten auf ihn warten. Er findet eine aufgeschlossene Tür vor, zweifelsohne hat Kusyl sie geöffnet, aber der Schreibtisch im vorderen Arbeitszimmer ist leer. Lorn macht die Tür zur hinteren Amtsstube auf, sein Schreibtisch ist genauso leer.

Das beunruhigt ihn mehr, als es die schlimmsten Briefe von Major Maran oder Kommandant Meylyd vermocht hätten. Langsam zieht er die Garnisonskappe vom Kopf und hängt sie an den Wandhaken, die Winterjacke hängt er daneben.

Morgen wird die Zweite Kompanie die Patrouillen wieder aufnehmen, und Lorn bezweifelt nicht, dass damit auch der Kampf gegen den Verwunschenen Wald weitergeht.

XLVI

Der Kaiser lehnt sich auf seinem Malachit-Silber-Stuhl, der den kleinen Audienzsaal beherrscht, nach vorn. Seine Augen starren den Ersten Magier kalt an. »Wenn Ihr, verehrtester aller Magi'i, gütigst erklären könntet, wie diese Sperre funktioniert und wie lange das Ganze dauern wird.«

Chyenfel verbeugt sich. »Aber natürlich, Eure Hoheit. Wir alle wissen, dass es die Chaos-Türme gibt, die den Verwunschenen Wald in Schach halten. Wie Ihr bereits erfahren habt, haben drei von den Dutzend Türmen, die einst den Wald bewachten, bereits den Dienst versagt. Zwei von diesen Türmen stehen genau am nördlichsten und am östlichsten Punkt der Mauer. Einst verfügte jede Turmstation im Norden, Süden, Westen und Osten über zwei funktionstüchtige Türme, mittlerweile besitzen nur noch die Süd- und die Weststation zwei davon. Der andere defekte Chaos-Turm ist der nordöstlichste Turm, das heißt, dass wir mehr Chaos-Energie durch die Cupridiumkabel an der nordöstlichen Sperrenmauer leiten müssen. Das erfordert mehr Chaos-Energie genau von den Turmstationen, die ohnehin schon am stärksten belastet sind. Deshalb …«, der Erste Magier zuckt mit den Schultern, »… ist die Sperre an diesem Mauerabschnitt nicht so stark wie an der übrigen Mauer und folglich gibt es dort auch mehr Ausbruchversuche des Verwunschenen Waldes.«

Hinter dem Kaiser sitzt Ryenyel auf einem viel bescheideneren Malachitstuhl. Ihr Blick ist weder auf den Ersten Magier noch auf den Major-Kommandanten der

Spiegellanzenkämpfer gerichtet, sondern wieder einmal einzig und allein auf Bluoyal, den Handelsberater des Kaisers.

»Wir werden die verbliebene Energie in den Türmen nutzen, um eine Barriere zu schaffen«, fährt Chyenfel fort, »eine Barriere wie die, die den inneren Teil eines Turmes vom äußeren trennt, und diese Barriere wird eine Schlafsperre über den ganzen Verwunschenen Wald legen. Wir rechnen damit, dass eine derartige Umstellung des Chaos-Feldes mit gut vierzig Magiern zu bewältigen sein wird. Es wird eine Jahreszeit dauern, um alles Notwendige vorzubereiten, und dann nur noch einen Nachmittag, um das Werk zu vollenden.«

»*Wenn* es überhaupt gelingt«, meint der Kaiser.

»Dann wärt Ihr also im Herbst so weit, die Türme zu bewegen, wenn Seine Majestät heute zustimmen?«, fragt Bluoyal mit ruhiger Stimme.

Alle Blicke wandern bei dieser Unterbrechung zum Handelsberater. Rechts neben Bluoyal steht Rynst und nickt, als wolle er den Händler drängen weiterzureden.

»Die Angriffe der Piraten auf unsere Handelsschiffe nehmen stetig zu«, fährt der Händler fort. »Und dann müssen wir jetzt auch noch vernehmen, dass die Unterstützung seitens der Feuerschiffe weiter eingeschränkt und noch weniger Spiegelinfanterie, bewaffnet mit Feuerlanzen, auf unseren Schiffen zur Verfügung stehen wird. Über Generationen hinweg standen diese Chaos-Türme um einen Wald, der nicht einmal einen Bruchteil des Schadens verursacht, den die Barbaren und Piraten anrichten, und das nur, weil die Ehrwürdigen glaubten, dass der Wald etwas Besonderes sei. Ein paar wilde Tiere sind entkommen und haben einige Rinder und Schafe getötet. Es wäre viel billiger, die Bauern für die Verluste zu entschädigen und die Lanzenkämpfer und Türme dann dorthin zu versetzen, wo sie wirklich gebraucht werden.«

»Wie Ihr Euch sicher erinnert«, antwortet Chyenfel darauf, »kann ein Chaos-Turm nicht von der Stelle bewegt werden, es sei denn, er wird von einem geeigneten, beweglichen Behälter, wie etwa einem Feuerschiff, umschlossen. Unsere Aufzeichnungen und die Geschichte lassen keinen Zweifel daran. Sie lassen uns auch über die Gefahren des Waldes nicht im Unklaren.«

»Hat irgendjemand einmal versucht, sie zu bewegen, sagen wir, während der letzten fünf Generationen?«, bohrt Bluoyal weiter.

»Welchen könnten wir denn Eurer Meinung nach am ehesten entbehren, verehrter Händler? Wenn wir auch nur einen Turm vom Wald entfernen, können wir die wilde Ordnung selbst mit der neuen Sperre nicht mehr bewältigen. Und warum sollten wir einen der anderen Türmen bewegen?«

»Ich habe nicht an die anderen gedacht, verehrtester Erster Magier.«

»Wie wir dem Kaiser schon berichtet haben, was vielleicht Eurer geschätzten Aufmerksamkeit entgangen ist, verehrter Handelsberater, werden die Türme noch da sein, auch wenn niemand sie sehen oder fühlen kann.«

»Sie nicht fühlen?« Bluoyal zieht fragend die buschigen Augenbrauen hoch.

»Die Türme und Sperren werden sich so miteinander verbinden, dass sie nicht mehr so sein werden, wie sie jetzt sind … oder genauer gesagt, sie werden nicht mehr so erscheinen.«

Der Kaiser des Lichts runzelt die Stirn. »Wenn die Türme … verschwinden, wird das die Menschen nicht in Aufruhr versetzen? Diesen Aspekt Eurer Sperre habt Ihr noch gar nicht erwähnt. Und was geschieht mit den Lanzenkämpfern?«

»Wir sehen keinen Grund, es dann bei der gegenwärtigen Anzahl von Lanzenkämpfern am Verwunschenen Wald zu belassen«, antwortet Chyenfel vorsichtig.

»Dann können die Truppen also nach Norden versetzt werden oder auf die neuen Segelschiffe?«, wirft Bluoyal ein.

»Das obliegt der Entscheidung Seiner Majestät, nach Absprache mit dem verehrten Major-Kommandanten«, antwortet der Erste Magier.

»Einen Augenblick«, Toziel hebt die Hand. »Lasst es mich noch einmal klar ausdrücken. Ihr wollt mir damit sagen, dass ich keine Wahl habe und Eurem Plan zustimmen muss?«

»Majestät ...«, beschwichtigt Chyenfel geduldig. »Wir haben wirklich keine Wahl. Wenn wir versuchen, die Türme zu bewegen, werden sie ganz ausfallen und der Verwunschene Wald wird sich Ostcyador zurückholen. Wenn wir nichts unternehmen, werden die Türme irgendwann in den nächsten Jahren ihren Dienst versagen, wenn nicht schon früher, und der Wald wird das Gleiche wie im ersten Fall tun.«

Toziel blickt den schwitzenden Magier an. »Ich kann nicht behaupten, dass ich erfreut über die Vorstellung der Magi'i bin.«

»Hoheit ... diese Ereignisse wurden schon am ersten Tag geweissagt. Ihr habt die Originalschriften der Erstgeborenen doch gelesen ...«

»Und ausgerechnet ich werde Kaiser sein, wenn dies geschieht?« Toziels Worte klirren wie kaltes Cupridium. »Wie viele Jahre wird Euer Plan den Verwunschenen Wald noch zurückhalten können? Wie lange wird in Cyador noch Wohlstand herrschen?«

»Hoheit ... wie Ihr wisst, werden wir alle Energie der Türme brauchen, um eine Barriere zu errichten, die sparsamste Barriere, die es jemals gegeben hat. Dabei legen wir Ordnung und Chaos schichtweise um den Wald und versetzen ihn dadurch in eine Art Schlaf, sodass er dann einem gewöhnlichen Wald gleicht ...«

»Das habt Ihr mir bereits erzählt. Wie lange?«

»Fünfhundert bis sechshundert Jahre, schätze ich – wenn ... *wenn* nicht jemand mit geballter Ordnung oder konzentriertem Chaos der gleichen Stärke die Sperrenmauern bearbeitet.«

»Wie könnte das geschehen, wenn es keine andere Quelle für konzentriertes Chaos oder ebensolche Ordnung gibt außer den Chaos-Türmen – die ohnehin schon am Ende sind – und dem Wald, den Ihr einschläfern wollt?«

»Wir kennen keine andere Quelle, Majestät.« Chyenfel verbeugt sich.

»Wie schon gesagt ... ich habe also keine Wahl. Dann soll es so geschehen.« Toziel steht auf. »Wir werden diese Angelegenheit nicht noch einmal behandeln.« Er dreht sich um und begibt sich zum Ausgang des Audienzsaales.

Ein Lächeln huscht über Bluoyals Gesicht, was jedoch allein Ryenyel bemerkt, bevor sie sich umwendet und ihrem Gemahl folgt.

Rynsts kalte Augen starren zuerst zu Bluoyal und dann zum Ersten Magier. Die drei Berater verharren regungslos, bis der Kaiser den Saal verlassen hat.

Es ist schon lange Tradition, dass sich der Kaiser und seine Gemahlin nach einer Audienz in den Salon der Kaiserin zurückziehen, wo sie sich Seite an Seite auf dem weißen Diwan niederlassen.

Toziel betrachtet seine Gemahlin. »Jetzt haben wir wirklich häufig genug über die Sperren für den Verwunschenen Wald gesprochen. Chyenfel müsste sie nun ohne Störungen bauen können.«

»Du hättest ihm schon vor einem Jahr befehlen können, damit anzufangen«, meint Ryenyel, »wären da nicht noch die anderen Erwägungen gewesen.«

»Das Volk – und dazu gehören auch hochrangige Berater – muss immerzu reden und sich selbst wiederholen, so lange, bis alle mit einer neuen Sache zufrieden sind, denn wenn sie es nicht sind …«

»Dauert es noch länger«, vervollständigt Ryenyel den Satz.

»Und ich stehe da, als wäre ich beschränkt, als müsste man mich förmlich zwingen, dem Plan zuzustimmen.« Toziel schüttelt den Kopf.

Beide lächeln.

»Und all die Magi'i mussten erfahren, dass die Türme irgendwann versagen werden.«

»Du meinst Kharl und Liataphi … vielleicht noch Kien«, meint Ryalth.

»Kien weiß es. Er hat es immer gewusst. Er berät lieber und bleibt im Hintergrund. Deshalb wird er auch niemals Erster Magier werden wollen. Nicht einmal Dritter.«

»Viele wären dagegen.«

Toziel grinst sie an. »Aber du würdest zustimmen und ich vertraue deiner Urteilsfähigkeit.« Das Grinsen verschwindet und Toziel schreitet zum Fenster. Dort betrachtet er eine Weile den heftigen Herbstregen draußen, bevor er sich wieder umdreht. »Mit jedem weiteren Achttag riskieren wir das Versagen eines weiteren Turmes und einen Vorstoß des Verwunschenen Waldes, den wir vielleicht nicht mehr zurückdrängen können.«

Nach kurzem Schweigen meldet sich die Kaisergemahlin zu Wort: »Rynst weiß nun, dass Bluoyal mithilfe der Türme und Lanzenkämpfer allein die Händlerschiffe unterstützen möchte. Er kann Chyenfel zwar nicht leiden, aber er hat jetzt immerhin erkannt, dass er dem Ersten Magier mehr trauen kann als dem Zweiten und Dritten.«

»Erst jetzt?«, schnaubt Toziel. »Oder fürchtet er Bluoyal mehr als die Magi'i?«

»Bluoyal wandelt auf einem schmalen und gefährlichen Pfad und versucht sein Bestes, damit die Lanzenkämpfer und Magi'i nicht bemerken, dass deren Interessen besser zusammenpassen als seine mit ihren.« Ryenyel greift nach dem Kelchglas mit Quellwasser auf dem Tisch und leert es in einem Zug.

»Sie haben es schon bemerkt. Schon längst.« Das Lächeln des Kaisers wirkt kalt. »Aber keiner kann es sich leisten, den anderen mit Bluoyal verbündet zu sehen. Sie wissen aber auch, dass es außerhalb der drei Städte nur wenige Magi'i und Lanzenkämpfer gibt. Sie verhalten sich wie zwei Riesenkatzen gegenüber einem Rudel Nachtleoparden. Sehr vorsichtig nämlich.«

»Und wenn die Türme versagen?«, fragt Ryenyel.

»Es wird die Türme noch geben, auch wenn wir schon längst nicht mehr sind«, antwortet Toziel.

»Aber nicht mehr viele und dann nicht mehr für lange. Warum zögerst du mit der Antwort?«

»Das weißt du genauso gut wie ich, meine Liebe. Man wird mehr Lanzenkämpfer zur Verfügung haben, die gegen die Barbaren kämpfen, aber die Magi'i, die Chaos aus ihrer Umgebung schöpfen, werden weniger zahlreich sein.« Er zuckt die Schultern. »Dadurch wird der Einzelne mächtiger, die Familien hingegen werden an Macht verlieren. Bluoyals Nachfolger werden irgendwann feststellen, dass sie die Lanzenkämpfer immer noch brauchen, aber nicht bevor etliche von ihnen umgekommen und viele Schiffe verloren sind.«

»Es wird sich also nur wenig ändern«, prophezeit Ryenyel.

»Die Äußerlichkeiten nicht, aber die zukünftigen Kaiser müssen entweder mächtige Magi'i sein oder sich der Loyalität der Spiegellanzenkämpfer sicher sein, denn Lanzenkämpfer und Magi'i können einen Kaiser vernichten. Dazu brauchen sie die Unterstützung der Händler, denn ohne diese wird das nötige Gold nicht vorhanden sein, um die Spiegellanzenkämpfer zu finanzieren.«

»Bluoyal glaubt langsam, dass er entscheiden kann, wer dein Nachfolger wird. Ich frage mich, ob er wohl derjenige ist, der den brystanischen Säbel versteckt ... oder den Mann, der ihn besitzt.«

»Dieser Teil des Rätsels ist noch nicht gelöst.« Toziel sinkt auf den Diwan nieder und atmet schwer.

»Nein«, antwortet sie, »aber bald. Bluoyal glaubt, dass die Händler in wenigen Jahren den Palast des Lichts kaufen können.«

»Für eine Jahreszeit vielleicht, in zwei Generationen. Oder früher, wenn wir scheitern und Blut den Sonnenstein so tief besudelt, dass es niemals wieder entfernt werden kann.« Toziel betrachtet das müde Gesicht seiner Gemahlin. »Du gibst zu viel.«

»Was sollte ich sonst tun, Liebster? Wir wissen, dass es sonst niemanden gibt.«

»Noch nicht.«

Sie legt ihre Hand an seine Wange.

XLVII

Im düsteren Licht des Nachmittags sitzt Lorn an seinem kleinen Schreibtisch im Arbeitszimmer und liest noch einmal die letzten Zeilen des Patrouillenberichts, bevor er mit der Zusammenfassung für Major Maran anfängt. Draußen prasselt weiter der heftige Regen auf die Ziegeldächer der Kaserne, der tags zuvor – am letzten Tag der Patrouille – begonnen hat. Das Wasser läuft in Strömen über den leicht abschüssig gepflasterten Hof, um sich dann in den Abwasserkanal zu ergießen, der nach Westen führt.

Der Lanzenkämpferhauptmann massiert sich Stirn und Schläfen mit der linken Hand, schließt kurz die Augen und lauscht dem Trommeln des Regens, der ihm die Kopfschmerzen beschert.

Ryalth ist nach Cyad zurückgekehrt und Lorn hat schon eine ganze Patrouille hinter sich, überraschenderweise ohne einen einzigen Baumsturz oder anderen Ausbruch des Verwunschenen Waldes. Aber das wird noch kommen, dessen ist er sich ganz sicher. Doch Lorn hofft, dass ihm bis dahin noch etwas Zeit bleibt, denn er muss entscheiden, wie er das, was Maran möglicherweise mit ihm vorhat, handhaben wird; und wenn Maran ihn im Frühling nicht damit belästigt, dann später.

Leise klopft es an die Tür.

»Ja?«

Kusyl öffnet die Tür und späht herein. »Äh … Ser … die Ingenieure haben die Ersatzfeuerlanzen gebracht.«

Lorn winkt den Truppenführer herein.

Kusyl tritt in die Amtsstube und schließt die Tür hinter sich.

»Sie sind nicht voll geladen und es sind auch nicht genug, hab ich Recht?«, fragt Lorn.

»Nur fünfundzwanzig, Ser. Wenn Frynyl nicht getürmt wäre, dann, Ser …«

»Ich weiß. Dann hätte ich nicht einmal eine. Ich könnte mir eine von Juist borgen, aber nur eine. Meistens hat er einige in Reserve und seine Einheit verbraucht die Feuerlanzen nicht so schnell wie wir.« Lorn lächelt. »Danke, dass du mir Bescheid gegeben hast. Es wird sich nichts ändern.« Er wirft einen Blick aus dem Fenster. »Ich hoffe nur, dass der Regen bald nachlässt.«

»Ist schon nicht mehr so heftig wie vorhin, Ser.« Kusyl nickt. »Kann ich noch etwas für Euch tun, Ser?«

»Nein, danke.«

Als Kusyl draußen ist, starrt Lorn wieder hinaus in den Regen. Traurig schüttelt er den Kopf. Maran hat für Lorn die Entscheidung gefällt, obwohl Lorn bezweifelt, dass Maran die Gründe für diese Entscheidung verstehen wird. Der Hauptmann reibt sich das Kinn. Eigentlich hat Ciesrt auch an Lorns Entscheidung mitgewirkt, und der Gemahl seiner Schwester würde ebenfalls nicht verstehen, warum.

Lorn holt das nächste Stück Papier heraus und entwirft den zusammenfassenden Patrouillenbericht für Major Maran. Da nichts vorgefallen ist, kann er sich kurz fassen und ihn schon wenig später an Kusyl zum Versenden übergeben.

Anschließend läuft der Hauptmann über den Hof zu seinem Quartier; Kusyl hatte Recht, der Regen ist wirklich schwächer geworden.

Er schließt die Tür hinter sich und läuft in dem kleinen Raum nachdenklich auf und ab. Nach einer Weile beruhigt er sich und öffnet das Buch mit dem Silbereinband.

Er sucht nach einem Gedicht, das seine widersprüchlichen Gefühle spiegelt: das Gefühl des Verlustes, weil Ryalth nicht da ist – er begreift aber nun mehr und mehr, welches Glück er gehabt hat, sie getroffen zu haben –, und seinen Ärger über Marans Kleingeist. Er blättert Seite für Seite durch und spürt das Gewicht der Traurigkeit auf sich lasten; plötzlich hält er inne, ein bestimmtes Bild fesselt ihn, doch es ist nicht genau das, was er gesucht hat.

Er liest sich die Worte langsam und leise vor, die Mischung aus Fremdartigkeit und schrägen Buchstaben verlangt seine volle Aufmerksamkeit.

Ziergärten, bedeckt mit Blumen,
Liebeslauben, umgeben von Statuen,
weder in Granitmauern werden wir sie finden
noch in den Palasthallen.
Vergebliche Bilder einer lang verlorenen Welt,
die niemand erträgt zu schauen oder zu ersetzen.

Lieben werde ich dich in diesen letzten Tagen,
lieben, bis wir Asche sind und ordnungskalt,
denn alte Bilder sind nicht zum Erhalt bestimmt
und Palastwände und zweite Stürze nicht zum Klagen.

Lorn runzelt die Stirn, er würde zu gern wissen, wer der Verfasser dieser Worte war. Dann schüttelt er den Kopf und sucht nach etwas weniger Traurigem, doch das Beste, was er finden kann, ist die erste Strophe eines anderen Verses.

Tugenden aus alten Tagen bestehen fort.
Das Licht des Morgens kann nicht währen,
die Blütenblätter der Rosen vergehen bald.
Nicht so ein standhaftes Herz.

»Nicht so ein standhaftes Herz …«, murmelt Lorn. Ist sein Herz denn so standhaft? Er schüttelt den Kopf und wendet sich den Zeilen über Früchte und Birnen zu, wobei er sich an Ryalths Stimme erinnert, die die Worte an einem kalten Morgen vorlas, der aber trotzdem wärmer war als die meisten anderen.

Dann klappt er das Buch langsam zu. Ryalth hat ihn vor langer Zeit gefragt, was er denn von den Ehrwürdigen wisse.

Er weiß noch immer nichts, nur dass sie das Ende eines Zeitalters irgendwie vorherzusehen vermochten, das Ende eines Lebens, und das hat alle Verse und Gedichte in dem kleinen, scheinbar ewigen silbernen Buch gefärbt, das er in Händen hält.

XLVIII

Neben Lorn schimmert die Sperrenmauer weiß im Morgendunst des zweiten Patrouillentages. Es ist schon die zweite Patrouille für die Zweite Kompanie, seit Lorn aus dem Urlaub zurück ist und Ryalth auf dem Weg nach Cyad verabschiedet hat. Es ist zwar noch zu früh für eine Schriftrolle von ihr, aber er macht sich trotzdem Sorgen.

Er macht sich auch Sorgen um das Wetter und den Verwunschenen Wald. Dem kalten Regen ist Windstille gefolgt und eine Hitze, wie sie sonst nur zu Anfang des Sommers herrscht. Die Luft ist feucht und warm und aus Straße und Ödland steigt Dampf auf, so viel, dass Lorn kaum die Lanzenkämpfer der Zweiten Einheit ausmachen kann, die in einer Reihe zwischen Perimeter- und Mauerstraße reiten.

Lorn wischt sich mit dem Handrücken über die Stirn, und das, obwohl er die Jacke schon hinter den Sattel gebunden hat. Augen und Chaos-Sinne konzentrieren sich auf die Sperrenmauer, denn das Chaos-Feld, das die Sperren aufrecht zu erhalten versuchen, ist wahrhaft chaotisch und scheint zeitweise nahezu zu verschwinden. Lorn dreht den Kopf nach links und ruft zu Shynt: »Sag den Männern, sie sollen gut aufpassen.«

»Ja, Ser.« Daraufhin ruft der Untertruppenführer laut: »Gebt gut Acht! Es könnte irgendwas im Nebel sein! Passt auf.«

Der Wallach trägt Lorn an der Sperrenmauer entlang und der Sonne entgegen. Lorn hat Mühe, im gleißenden Sonnenlicht den Chaos-Turm auszumachen, der vor ihnen liegen muss – und den umgestürzten Baum, von dem Lorn bereits weiß, dass er auf die Zweite Kompanie wartet. Dennoch müssen die zwei Einheiten noch ganze drei Meilen zurücklegen, bevor Lorn die Linie der Dunkelheit erkennt, die die Sperrenmauer kreuzt; dahinter ragt das weiße Granitgebäude des Chaos-Turmes aus dem Bodennebel, weniger als eine halbe Meile hinter dem gefallenen Stamm. Einige Sekunden lang studiert Lorn die Stelle in fast einer Meile Entfernung, an der der Baum den Granit der Sperrenmauer zerstört hat, und er bemerkt die weißen Rechtecke, die auf der Sperrenmauer verstreut liegen – es ist das erste Mal, dass Lorn so etwas sieht.

Er dreht sich im Sattel um und ruft zu Shynt: »In Fünferreihen formieren. Wir reiten zur Zweiten Einheit.« Seine Finger berühren die einzige Chaos-Lanze im Köcher – randvoll geladen und noch mehr.

»Ein umgestürzter Baum liegt vor uns. In Fünferreihen aufstellen, versetzt! Gebt es weiter!«, befiehlt der Untertruppenführer. »Fünferreihen!«

Lorn lenkt den Wallach fort von der Sperrenmauer und neben Shynts Pferd. Die Lanzenkämpfer der unterbesetzten Ersten Einheit stellen sich in Fünferreihen auf, während Lorn und Shynt an ihnen vorbeireiten. Shynt hat schließlich die Erste Einheit etwa eine viertel Meile von der Mauer entfernt formiert und ist nun auf dem Weg zu Kusyl und der Zweiten Einheit – die schon fertig formiert auf der Perimeterstraße steht –, als ein Bote auf Lorn zugeritten kommt; er zügelt das Pferd und nimmt es herum, um neben dem Lanzenkämpferhauptmann her zu reiten.

»Ser«, platzt der Bote heraus. »Truppenführer Kusyl lässt mitteilen, dass auf der anderen Seite des Chaos-Turmes noch ein Baum umgestürzt ist.«

»Noch einer?«, murmelt Shynt.

»Danke«, antwortet Lorn. »Sag ihm, dass wir auf der Perimeterstraße auf Höhe der Baumkrone zu ihnen stoßen werden. Und sag ihm auch, dass er sich fern halten soll, bis wir dort sind.«

»Ja, Ser.«

Der Bote reitet zurück zu Kusyl und Lorn und die Erste Einheit reiten weiter in Formation durch den Bodennebel, der sich nun langsam auflöst.

Lorn wendet den Blick nicht von dem dunklen Stamm, an dem sie parallel entlang reiten, aber er kann nichts entdecken; keine Riesenkatzen auf dem Stamm, keine Nachtleoparden – nur eine riesige dunkle Mauer, die schwärzer wirkt als die meisten anderen gefallenen Waldriesen, die Lorn auf früheren Patrouillen gesehen hat.

Als Lorn sich der Zweiten Einheit nähert, kommt Kusyl schon zu ihm geritten. »Es sind zwei, Ser«, berichtet der Haupttruppenführer. »Man kann den zweiten hinter dem Turmgebäude sehen.« Er zeigt mit dem Finger darauf. »Scheint genauso groß wie dieser hier zu sein. Vielleicht noch größer. Schwer zu sagen von hier aus.«

Lorn blickt in die gezeigte Richtung und nickt. »Auch wenn es zwei sind, müssen wir uns diesen hier zuerst vornehmen. Wir folgen der Straße und reiten dann direkt auf die Krone zu.«

»Ja, Ser.«

Lorn beobachtet weiterhin die zwei umgestürzten Baumriesen, die fast eine Meile voneinander entfernt liegen, getrennt durch den Chaos-Turm und dessen Verbindungsmauer zur Sperrenwand. Außer den dunklen Vögeln, bei denen es sich ohne Zweifel um Aaskrähen handelt, bewegt sich nichts.

Beim ersten Baum angekommen, zügelt Lorn den Wallach und dreht sich um. »Formiert euch, wir nähern uns der Krone.« Der Hauptmann blickt Kusyl und Shynt an.

»Ja, Ser.«

»Ja, Ser.«

Lorn bewegt den Wallach vorwärts und zieht die weiße Feuerlanze aus der Halterung. Er überprüft noch einmal den Säbel. Als die Einheiten sich links und rechts von ihm mit einem Abstand von etwa fünfundsiebzig Ellen formiert haben, gibt er dem Pferd die Sporen und galoppiert auf das Gewirr von verbogenen und zersplitterten Ästen und Blättern zu, das noch sechshundert Ellen vor ihnen liegt.

Eine Aaskrähe flattert hernieder, um auf einem hoch herausragenden Ast zu landen, die schwarzen Federn glänzen in der heißen, frühlingshaften Sonne. Etwas Längliches baumelt aus dem Schnabel des Vogels, doch die Beute verschwindet mit der nächsten Schluckbewegung. Lorn nähert sich dem Walddach und entdeckt erstmals einen strähnigen, moosartigen Bewuchs.

Die Luft riecht nach zersplittertem, harzigem Holz, scharf nach zermalmten Blättern und auch leicht nach Moschus, was auf Wasserechsen hinweisen könnte. Dann raschelt es in den Blättern, es kracht unheilvoll und auf das Krachen folgt ein beißender Moschusgestank.

»Fertig machen zum Feuern!«, ordnet Lorn an, ohne sich umzudrehen, er lässt das Grün nicht aus den Augen.

»Feuerlanzen bereithalten!«

Die zwei Wasserechsen, die aus dem umgestürzten Baum brechen, haben eine Schulterhöhe von mindestens fünf Ellen und sind mehr als fünfundzwanzig Ellen lang. Die schweren Schwänze bewegen sich nicht. Die erste und etwas größere Echse bleibt stehen und beobachtet Lorn mit schwarzen Augen, die Lider zucken nicht. Lautlos schnellt eine schwarze Zunge wie eine Peitsche aus dem Maul und schnappt sich einen grauen Sperling, den Lorn nicht einmal gesehen hat.

Nachdem sie den Vogel vertilgt hat, bleibt die erste Echse vollkommen regungslos stehen. So auch die zweite.

Ein Abstand von hundert Ellen trennt Lorn und die

Einheiten der Zweiten Kompanie von den beiden Echsen.

Die erste Echse stapft etwa zwanzig Ellen vorwärts und bleibt wieder stehen. Die Zunge peitscht ein zweites Mal durch die Luft.

Lorn wartet.

Die zweite Echse kommt nun von rechts auf Lorn zu und bleibt etwa zehn Ellen vor der ersten stehen.

Diese wiederum legt noch einige Dutzend raumgreifende Schritte zurück und hebt den Kopf.

MMMMnnnnnnnnnnnn ...

Bei dem stummen Schrei der Echse beginnen einige der Lanzenkämpfer im Sattel zu schwanken. Einer lässt die Feuerlanze fallen und presst sich die Hände an die Schläfen, als wollte er damit seinen Schädel vor dem Zerspringen retten.

»Feuer frei!«, ruft Lorn.

»Feuer frei!«, hallt Kusyls Echo.

MMMMnnn ... Die zweite Echse geht auf Shynt los.

Zischend fliegen nun zahllose Feuerblitze durch die Luft, die meisten davon konzentrieren sich auf die zweite Echse, die die Fünferformation schon fast erreicht hat, bevor sie unter dem Lanzenbeschuss langsamer wird.

MMMnnnnnn! Lorn wird von einer unsichtbaren Druckwelle erfasst und schwankt im Sattel hin und her, obwohl er weiß, dass diese Empfindung nur in seinem Kopf stattfindet.

Die Riesenechse macht eine halbe Drehung und schlägt mit dem Schwanz um sich. Ein Lanzenkämpfer versucht sich noch zu ducken, doch er wird aus dem Sattel gehoben und der zweite Schlag lässt auch das Pferd zu Boden gehen.

Lorn gräbt die Fersen in die Flanken des Wallachs und drängt ihn vorwärts. Wie bei seiner letzten Begegnung mit einer Echse zielt er mit der Lanze auf das linke Auge des Tieres.

Zischend rauscht der Feuerstrahl durch die Luft.

MMMMMmmmm … Der stumme Schrei verbreitet eine Welle von Schmerz und Wut. *MMMMMmmmm …* Der riesige Schwanz hämmert auf das Ödland ein und kommt damit der Zweiten Einheit bedrohlich nahe.

MMMMMmmmm … Lorn feuert ein zweites Mal und wirft gleichzeitig einen kurzen Blick auf die Erste Einheit. Zwei Pferde liegen am Boden, der Kopf der zweiten Echse ist nur mehr eine verkohlte Masse. Dann konzentriert sich der Hauptmann auf die erste Echse, die ihm nun den Rücken zudreht und zu Kusyl und der Zweiten Einheit stapft.

Das Tier versucht vor Lorn zu fliehen, der Schwanz zieht einem Lanzenkämpferpferd die Beine weg und lässt das Tier samt Reiter zu Boden gehen. Lorn lenkt den Wallach mehr nach links und versucht, den um sich peitschenden Schwanz zu umkreisen, um ein zweites Mal ins Auge der Echse schießen zu können.

Plötzlich hält das Ungeheuer in der Bewegung inne und lässt die Zunge in die Richtung eines Lanzenkämpfers schnellen, aber der Mann besitzt die notwendige Geistesgegenwart und holt mit dem Säbel aus.

MMMMMmmmm!

Der Lanzenkämpfer schüttelt den Kopf, und es gelingt ihm, der peitschengleichen Zunge den Säbel entgegenzuschleudern.

Lorn bündelt einen langen Blitz, welcher geradewegs im linke Auge der Echse landet.

Ein tiefes, donnerndes Stöhnen dröhnt durch die Luft, der Schwanz schlägt weiter auf den Boden ein, einmal, zweimal. Lorn fühlt, dass das Biest verenden wird, und feuert noch einen lodernden Strahl ab, bevor er den Wallach herumnimmt. Seine Augen wandern zur Sperrenmauer. Die zwei Echsen haben das letzte Zucken noch nicht einmal hinter sich, als vier große, dunkle Gestalten nicht aus dem Blätterwerk, sondern über den massiven Baumstamm aus dem Wald flitzen.

»Riesenkatzen! Formiert euch! Schnell!«

»Lanzen bereithalten!«

Bevor die Zweite Einheit sich nach Süden und damit der Sperrenmauer zuwenden kann, hat eine der Riesenkatzen schon einen Lanzenkämpfer angegriffen.

Die Schüsse aus den Lanzen werden kürzer und schwächer und viele Kämpfer haben ihre leeren Lanzen bereits weggesteckt und setzen nun die Säbel ein.

Lorn hält den brystanischen Säbel in der einen und die Feuerlanze in der anderen Hand. Die Augen tränen und der Kopf droht ihm zu zerspringen, aber er lässt einem weiteren Chaos-Blitz freien Lauf, diesmal auf eine Riesenkatze gerichtet, die gerade Kusyl anspringen will, während der Haupttruppenführer mit dem Säbel auf eine dritte Katze einschlägt, die einem Lanzenkämpfer aus der ersten Reihe die Schulter aufgerissen hat.

Die Katze kreischt und bricht zusammen, und Lorn sucht angestrengt das Gebiet ab, das zwischen den Lanzenkämpfern und der Baumkrone liegt.

Dann rollt mit einem Mal ein runder, gelbbrauner Gegenstand aus dem Blätterwerk, der von einem dunklen Nebel umgeben ist, welcher sich langsam von der Kugel wegzubewegen scheint.

Papierwespen!

Lorn zielt mit der Lanze auf das Nest und feuert einen weiteren Chaos-Strahl ab.

Plötzlich jagen die Schmerzen wie Messerstiche durch seinen Kopf, was bedeutet, dass er das Chaos bereits aus der Umgebung schöpft, weil die Ladung seiner Waffe längst aufgebraucht ist. Er lässt die Lanze sinken; bei all den gefährlichen Raubtieren, die herumschwirren und die Zweite Kompanie angreifen, hat er einfach nicht die Zeit, sich groß um irgendwelche Waffen Gedanken zu machen.

Lorn wirft einen Blick auf die gelbbraune Kugel: Das Wespennest leuchtet gelb auf, wie auch einige der fingerlangen Wespen. Eine Hand voll entkommt dem Chaos-Strahl und die Insekten schwirren zum nächstbesten Lanzenkämpfer, der am linken Ende von Shynts Einheit steht.

Lorns Aufmerksamkeit ist rasch wieder bei den grünen Blättern der Baumkrone, das Rascheln kündigt Nachtleoparden an. »Nachtleoparden!«

»Verdammt!«

»Dunkle Engel …«

Lorn gelingt es, den anderen Säbel aus der Scheide zu ziehen, und er fragt sich kurz, wie gut er wohl den Wallach mit den Knien lenken kann. Er schluckt und zwinkert einmal kurz, während die kleinen Katzen schon aus dem Grün springen – weit mehr als zwei Dutzend.

Die wenigen Feuerlanzen, die die Lanzenkämpfer aus der dritten Reihe noch übrig haben, flammen auf und Chaos schwirrt kreuz und quer auf die katzenhaften Tiere nieder, die noch nicht bis zu den Lanzenkämpfern und ihren Pferden vorgedrungen sind.

»Kurze Schüsse! Kurze Schüsse!«, bellt Shynt.

Ein Pferd wiehert.

Lorn schwingt den brystanischen Säbel mit der linken Hand durch die Luft, um einen Nachtleoparden niederzustrecken, der ihn angreift, den zweiten Säbel hält er derweil in der rechten Hand bereit.

Lorn erinnert sich nicht recht an den nächsten Augenblick, er weiß nur, dass er mit beiden Klingen kämpft; kein Leopard versucht zu fliehen, alle greifen weiterhin an.

Und mit einem Mal, so unglaublich es auch scheint, ist es plötzlich ruhig.

Lorn blickt an sich hinunter. Ein Hosenbein ist zerrissen, Blut verschmiert Stiefel und Bein. Seine Augen fühlen sich an, als würden Messer hindurchgetrieben, und der Kopf muss mit stumpfen Keilen gespalten worden sein. Er blinzelt und versucht festzustellen, was von seiner Kompanie übrig geblieben ist.

Ganz in der Nähe entdeckt er fünf Pferde, die auf dem Ödland liegen. Eines wälzt sich am Boden und versucht aufzustehen, es zittert und versucht es immer wieder, aber vergeblich, die Vorhand der Stute ist verdreht und gebrochen, wahrscheinlich das Werk des um sich schlagenden Schwanzes der Wasserechse.

Ein Lanzenkämpfer liegt auf dem Rücken, sein Körper ist geschwollen und das Gesicht mit roten Flecken übersät. Die Papierwespen, die Lorns Feuerlanze entkommen sind, haben ihn so zugerichtet.

Weitere regungslose Körper – fünf an der Zahl – liegen neben den verkohlten Echsen, Riesenkatzen und Nachtleoparden.

Kusyl kommt langsam auf Lorn zu. Dunkle Flecken bedecken seinen grauen Umhang, Blut ist auf den Unterarmen und Ärmeln verschmiert.

Lorn ist sich nicht sicher, ob der Angriff wirklich schon vorüber und die Stille nicht nur die Ruhe vor dem nächsten Sturm ist, also sucht er weiterhin die Gegend mit Chaos-Sinnen und Augen ab. Die einzigen Geräusche kommen von den Lanzenkämpfern und Pferden und der Mitleid erregenden verletzten Stute, die wohl getötet werden muss.

Eine Aaskrähe flattert über das Schlachtfeld hinweg, kreist über Lorn und landet dann auf einem Echsenkadaver. Lorn wischt sich über die Stirn, damit ihm der Schweiß nicht in die Augen läuft, die ohnehin schon brennen und seinen Schädel beinahe zum Zerspringen bringen; er hält sie jedoch weiterhin offen.

»Formiert euch um mich!«, befiehlt Kusyl.

»Aufstellen!«, schreit Shynt mit gebrochener Stimme.

Lorn beobachtet das Blätterwerk, während sich die Lanzenkämpfer aufstellen, zumindest die, die übrig geblieben und noch dazu in der Lage sind. Dann reitet er zu Kusyl, der vor den verbliebenen elf Mitgliedern der Zweiten Einheit auf dem Pferd sitzt.

»So etwas habe ich noch niemals erlebt, Ser«, meint der Truppenführer.

Lorn schüttelt den Kopf, doch nur ganz kurz, denn schon bei der kleinsten Bewegung wird ihm schwarz vor Augen. »Ich auch nicht.« Er schluckt, doch das hilft nur wenig gegen die Trockenheit in Mund und Rachen. »Wir bleiben besser noch eine Weile formiert und warten ab, was geschieht. Ein paar Männer sollen sich um die Verwundeten kümmern ... wie viele sind es?«

»Zu Befehl, Ser.« Kusyl runzelt die Stirn. »Sieben Verwundete, glaube ich, insgesamt. Die, die noch im Sattel sitzen, sind gesund, bis auf Kratzer ... nur Thylt nicht ... die Echse hat ihn am Arm erwischt.«

Shynt gesellt sich zu ihnen und alle drei beobachten weiter die gebrochenen Äste des umgestürzten Baumes. »Wir haben nicht eine einzige geladene Feuerlanze mehr übrig.«

»Ich bezweifle, dass es solche überhaupt noch irgendwo gibt«, meint Lorn heiser.

Eine Weile ist es völlig still, nur einige Aaskrähen lassen sich flatternd auf den toten Echsen nieder.

»Es wartet noch ein Baum auf uns«, sagt Lorn. »Die Zweite Einheit soll hier bei den Verwundeten bleiben. Die Erste Einheit und ich werden den anderen Baum umkreisen, aber in weiter Entfernung. In sehr weiter Entfernung«, fügt er hinzu.

Shynt nickt.

»Wir schicken erst eine Nachricht an die Ingenieure, wenn wir einen Blick auf den zweiten Baum geworfen haben – einen sehr vorsichtigen Blick.« Der Hauptmann schaut zu Kusyl. »Lass ein paar Männer die Lanzen einsammeln, die am Boden liegen, und sieh nach, ob davon noch welche geladen sind ...« Er lacht barsch. »Was ich jedoch stark bezweifle.«

»Ja, Ser.«

Lorn dreht sich im Sattel zu Shynt. »Ist die Erste Einheit bereit?«

»Ja, Ser.«

Lorn reitet mit der Ersten Einheit langsam am Chaos-Turm vorbei, dann setzen sie den Weg eine weitere halbe Meile fort, bevor sie nach Süden abbiegen und aus einer Entfernung von gut fünfhundert Ellen die Umkreisung des zweiten Baumes beginnen. Lorn beobachtet den Stamm ... und horcht. Doch außer dem Gemurmel der Lanzenkämpfer hört er nichts.

»... zwei Wasserechsen ... habe noch nie so viele von diesen ordnungsverdammten Leoparden gesehen ...«

»... Hauptmann hat eine Echse allein getötet ... große Katze ... viele von den kleinen ...«

»... besser ... hat das größte Pech von allen Offizieren ...«

»... nicht das größte Pech ... den schlimmsten Mauerabschnitt ... Nordosten war schon immer schlecht ... soll angeblich der Wind sein ...«

»... gehört, dass er im Urlaub geheiratet hat ...«

»... schon möglich ... viele leben nicht so lange, um nach Cyad zurückzukehren ...«

Lorn konzentriert sich wieder auf den umgestürzten Baum, aber kein Rascheln ist zu vernehmen und keine Anzeichen von irgendwelchen Raubtieren – außer den Aaskrähen, die aufgereiht auf dem Stamm sitzen und auf irgendeinen Kadaver einhacken.

»Nichts zu sehen hier. Seltsam«, bemerkt Shynt. »Beim ersten Baum haben sie schon auf uns gewartet.«

Lorn nickt, seine Augen wandern zur Sperrenmauer vor ihnen, während er weiter parallel zum zweiten Baum reitet; die Feuerlanze hält er im Anschlag, obwohl kein Chaos mehr darin enthalten ist. Er vergleicht die Rinde mit früheren Bäumen und stellt fest, dass diese hier dunkler ist, glatter – vielleicht auch härter.

An der Mauer angekommen, findet Lorn auch den Beweis für die Härte. Wieder einmal hat ein Stamm gut drei Granitsteinreihen der Mauer durchschlagen.

»Zäher Baum, der hier«, sagt Shynt. »Hoffe, dass uns nicht noch mehr von dieser Sorte begegnen.«

Noch ein paar mehr von den Kämpfen, wie sie gerade einen durchgestanden haben, und es wird bald keine Zweite Kompanie mehr geben. Aber immerhin ist keine einzige wilde Bestie entkommen, es sei denn, sie sind schon vor der Ankunft der Lanzenkämpfer getürmt. Lorn zuckt die Achseln. Wenn das der Fall sein sollte, so kann er nichts mehr tun, außer hinzunehmen, dass Maran ihm auch für dieses Missgeschick die Schuld zuschieben wird.

Ganz gleich, wie vorsichtig Lorn die Patrouillenberichte auch formuliert, Maran wird einen Grund finden, um ihn zu beschuldigen.

XLIX

Nachdem Lorn den Wallach Suforis zur Pflege überlassen und die Feuerlanzen in die Waffenkammer geschlossen hat, hastet er in sein Gemach, aber nur um sein Gepäck dort fallen zu lassen und anschließend zu den Amtsstuben der Zweiten Kompanie zu rennen, um noch vor Kusyl dort anzukommen – wenn Kusyl überhaupt das Gleiche vorhat. Lorn trägt die Schriftrolle bei sich, die ihm Suforis übergeben hat. Der Stalljunge hat Lorn erzählt, dass es Lesyna war, die sie von Dustyn geholt hat. Eine zweite Schriftrolle wartet im vorderen Arbeitszimmer, eine aus Cyad, übersandt mit der offiziellen Kurierpost. Die Nachricht aus Cyad wurde geöffnet und wieder versiegelt, und das sehr behutsam.

Im Arbeitszimmer angekommen, zündet er die Lampe an, um das Dämmerlicht zu vertreiben, und öffnet zuerst Ryalths Brief; er rollt ihn sorgsam auf.

Mein Liebster,

ich bin wohlbehalten in Cyad angekommen. Es ist schon spät nachts, aber ich will gleich schreiben, denn in den nächsten Achttagen werde ich wenig Zeit dazu finden. Nein … das Haus Ryalor hat keinen Schaden genommen während meiner Abwesenheit. Drei Buchhalter und ein Junghändler müssen schließlich genügen. Es tun sich viele Möglichkeiten auf, einige davon zum ersten Mal … Ich habe schon einen Käufer für die Lampen gefunden und ein Angebot für den Meloneneiswein eingeholt …

Lorn überspringt den Rest des Berichts über die Handelsgeschäfte und sucht nach einer Botschaft, die irgendetwas über ihre Vermählung verrät oder auf eine Reaktion seitens seiner Familie schließen lässt.

Wie gewünscht, habe ich deine Schriftrollen weggeschickt. Ich habe noch einen Brief von mir dazugelegt und um die Erlaubnis für einen Besuch gebeten. Deine Schwester Jerial ist selbst auf dem Platz der Händler erschienen und hat mich zum Abendessen abgeholt. Dein Vater hat sich entschuldigen lassen und um Verständnis gebeten; seiner Ansicht nach hätte seine Gegenwart auf dem Händlerplatz alles zunichte gemacht, was wir so mühevoll aufgebaut haben. Sie sind nicht nur freundlich, sondern viel warmherziger, als ich je gedacht hätte. Wir werden weiter vorsichtig sein und ich habe deine Schwester ganz offiziell zu meiner persönlichen Heilerin bestellt. Das ist zwar selten, doch nicht ganz ungewöhnlich …

Selten unter Händlern, aber nicht bei einer Magi'i-Familie ohne eigene Heiler, grübelt Lorn. Das sieht seiner Gemahlin und seiner Schwester ähnlich, sofort haben sie einen Weg gefunden, um sich regelmäßig treffen zu können.

... Eileyt ist nun mein Oberbuchhalter und auch sehr erfreut darüber. So wie ich.

Lorn nickt.

Wenn sich die Dinge weiter so entwickeln, wie ich es durchaus für möglich erachte, könnte ich vielleicht schon im nächsten Herbst nach Ostcyador zurückkehren, um weitere Waren und Sendungen zu ordern. Das würde mich unendlich freuen und ich hoffe, dich genauso.

Die Worte ›*mein Geliebter*‹ hat sie über die Unterschrift geschrieben.

Lorn lächelt und starrt auf die letzten Worte. Schließlich nimmt er die zweite Schriftrolle zur Hand. Er weiß zwar, dass Ryalth Menschen sehr gut einschätzen kann, aber es überkommt ihn doch eine leichte Unruhe, als er das Siegel erbricht und das schwere Papier glatt streicht.

Deine Schriftrolle ist angekommen, begleitet von einer zweiten, und ich muss sagen, dass du uns überrascht hast; nicht so sehr, was deine Wahl bezüglich Person oder Ort angeht, sondern was den Zeitpunkt betrifft. Ich muss jedoch zugeben, dass das nicht völlig unerwartet für uns kam, angesichts der Lage, in der du dich gegenwärtig befindest. Die Dame bat um die Erlaubnis für einen Besuch, und Jerial begleitete sie zu uns, anders konnten wir es nicht arrangieren. Ich habe ihr versichert, dass ihre Höflichkeit zwar bezaubernd und ihre Verschwiegenheit be-

merkenswert ist, aber sie wäre uns schon immer zu jeder Zeit willkommen gewesen. Sie ist in der Tat eine bemerkenswerte junge Dame, und ich muss dich loben für deine Fähigkeit, weiter zu blicken, als deine Mutter oder ich es getan hätten …

Lorn lacht. Diese vorsichtigen Worte beinhalten zwei Dinge: einmal ein Kompliment für Ryalth und das Eingeständnis seines Vaters, dass er selbst zutiefst Unrecht hatte.

… Jerial ist ebenso erfreut, obwohl sie in letzter Zeit viel zu tun hat, was zurückzuführen ist auf jüngste bedauerliche Ereignisse, die jenem gleichen, das während deines letzten Besuches geschah.

Jüngste bedauerliche Ereignisse?

Auch Myryan wird wieder verstärkt zum Dienst herangezogen und hat nun viel weniger Zeit für das neue Haus und den Garten, als ihr lieb ist, aber ihre Fähigkeiten lassen sich nun einmal nicht verleugnen. Vernt wird vielleicht nächstes Jahr für eine Beförderung zum höheren Adepten der zweiten Stufe in Betracht gezogen, so sehr widmet er sich seiner Arbeit. Deine Mutter und ich haben ihm schon mehrere junge Damen vorgestellt und angesichts der jüngsten Ereignisse in unserer Familie wird er sich vielleicht doch schon bald für eine von ihnen entscheiden können.

Deiner Mutter und mir geht es gut, wenn wir auch nicht mehr über so große Energie wie unsere Sprösslinge verfügen, aber ich bin höchst zufrieden mit dem, was ich in meinem Leben erreicht habe …

Lorn runzelt die Stirn. Vielleicht hat es wieder eine Chaos-Explosion auf einem Feuerschiff gegeben und jetzt wird auf die Magi'i der höchsten Stufe großer Druck ausgeübt. Nur auf die der allerhöchsten Stufe, so weiß Lorn; sein Vater befindet sich rangmäßig unter dem Trio, das die Magi'i anführt.

Der Lanzenkämpferhauptmann wirft einen Blick auf die verschlossene Truhe auf der anderen Seite des Schreibtischs. Morgen ... morgen wird er die Patrouillenberichte schreiben und sich den anderen Pflichten der Verwaltung widmen.

Heute Abend ist er erleichtert.

Halbwegs zumindest, verbessert er sich, als er das hintere Arbeitszimmer verlässt.

L

Am nächsten Morgen sitzt Lorn schon früh in seinem Arbeitszimmer und schreibt den Patrouillenbericht. Er verfasst drei verschiedene Versionen davon, und es ist schon später Vormittag, als er endlich damit zufrieden ist. Die nächste Aufgabe wird sein, bei Kommandant Meylyd wieder einmal um Ersatzlanzenkämpfer zu bitten. Diese Anfrage zu formulieren ist beinahe ebenso arbeitsreich wie das Verfassen des Berichts, aber schließlich hat Lorn auch dafür einen Entwurf angefertigt.

Er schaut kurz zum Fenster hinaus und hinauf zum grünblauen Himmel und den dicken weißen Wolken, die von Norden heranziehen, dann vertieft er sich wieder in seine Anfrage und liest sie noch einmal durch.

... wie schon bei einem früheren Treffen mit Major Maran vorgebracht, war die Zweite Kompanie bereits unterbesetzt, noch bevor die außerordentlichen Anforderungen durch die verstärkten Ausbruchsversuche des Verwun-

schenen Waldes an sie gestellt wurden ... ist es gelungen, die Raubtiere mithilfe der herkömmlichen Spiegellanzenkämpfertaktiken zu vernichten, und ohne zusätzliche Feuerlanzen ... Der zu zahlende Preis ist hoch und beide Einheiten verfügen nur mehr über die Hälfte ihrer ursprünglichen Mannstärke ... Sollten die Ausbrüche des Verwunschenen Waldes weiterhin so zahlreich bleiben, ist es wohl unwahrscheinlich, dass in Zukunft selbst ein angesehener und treuer Offizier der Spiegellanzenkämpfer die Flucht der wilden Tiere ohne Verstärkung verhindern kann ... Deshalb bitte ich um die notwendige Verstärkung, um die Zweite Kompanie wieder in volle Einsatzbereitschaft zu versetzen ...

Lorn liest den Entwurf noch einmal. Er schürzt die Lippen. Die Formulierungen behagen ihm immer noch nicht ganz und der Mittag naht bereits.

Es klopft an die Tür.

Lorn blickt auf. »Ja?«

Kusyl öffnet die Tür. »Ein Major Weylt ist hier, Ser.«

»Bitte ihn herein.« Lorn steht auf.

Weylt betritt das Arbeitszimmer und Kusyl schließt die Tür.

»Major, was kann ich für Euch tun?«, fragt Lorn.

»Ich dachte, dass wir vielleicht zusammen essen könnten, bevor ich aufbreche. Wir haben den Turm überprüft«, erklärt Weylt.

»Zu Mittag gibt es für gewöhnlich nicht viel«, antwortet Lorn. »Nur Brot und Käse, manchmal auch ein paar getrocknete Früchte.« Er lächelt. »Und ich könnte eine Flasche Wein beisteuern.«

»Das würde ich sehr begrüßen.«

»Dann unterbreche ich meine Arbeit hier.« Lorn zeigt auf die Papiere auf dem Schreibtisch. »Berichte, aber die können bis nach dem Essen warten.«

»Danke.«

»Wenn es Euch recht ist, werde ich im Speisesaal zu Euch stoßen. Ich bewahre den Wein in meinen Gemächern auf«, erklärt Lorn.

»Dann bis gleich.«

Lorn überquert den Hof. Er bemerkt, dass der Feuerwagen der Ingenieure mit einigen Feuerlanzen beladen ist – die von Juist verbraucht wurden?

Es ist nur noch eine Flasche Alafraan übrig, aber für Major Weylt opfert Lorn gern den letzten Tropfen, denn er hat ihm schon so oft guten, wenn auch indirekten Rat erteilt.

Weylt sitzt allein am Tisch, eine Platte mit einem großen Keil Käse und ein Korb mit zwei kalten Laiben Brot steht in der Mitte des alten, aber polierten Goldeichentischs.

Lorn entkorkt die Flasche, dann setzt er sich an den Tisch und schneidet mit dem Gürtelmesser einige Scheiben von dem harten, weißen Käse ab. Er schenkt sich ein halbes Kelchglas ein und füllt das des Spiegelingenieurs fast voll.

Weylt trinkt langsam den ersten Schluck. »Danke, Hauptmann. Ihr habt den besten Wein von allen Waldkasernen.«

»Ich habe nur Glück. Mein Händler hat ihn mir besorgt.«

»Ihr hattet nicht nur in dieser Hinsicht Glück.« Weylt bricht sich einen Ranken Brot ab und steckt sich ein Stück davon mit etwas Käse in den Mund. »Ihr hattet Glück, dass wir gerade frei waren, als Euer Kurier uns erreichte. Als wir nach Ostend zurückkamen, empfing uns schon der nächste Kurier, zur Abwechslung von Hauptmann Tysyr.«

»Ist er nun in Ostend?«

»Ja. Er kam für Ivinyt … vor etwa einer halben Jahreszeit. Er hat einen Stamm beim südöstlichen Chaos-Turm vorgefunden. Wenn Ihr also nur ein wenig später gekommen wärt, dann hättet Ihr noch einen weiteren Tag draußen verbringen müssen, vielleicht auch zwei.«

»Da bin ich aber froh, dass dem nicht so war.« Lorn nimmt sich Brot und eine Scheibe Käse. »Auch so waren wir lange genug draußen.«

Weylt nickt langsam und bedächtig. »Ich habe die verkohlten Reste eines großen Papierwespennests entdeckt, durch puren Zufall.« Weylt lächelt. »Ich bin sicher, Ihr habt Euch nicht die Mühe gemacht, diese unwichtige Begebenheit in Eurem Patrouillenbericht zu erwähnen.«

»Bei den vielen Riesenkatzen und Wasserechsen?« Lorn lacht. »Da erschien es mir nicht so wichtig, muss ich zugeben. Schon bei den Nachtleoparden kann ich nie die genaue Zahl angeben, also habe ich nur erwähnt, dass es wahrscheinlich zwei Rudel gewesen sind und keiner der Leoparden entkommen ist.«

»Sehr klug, Hauptmann.« Weylt hebt das Kelchglas, trinkt jedoch nicht. »Ich möchte behaupten, dass Ihr nicht gerade in einer beneidenswerten Lage seid. Diese zwei Bäume waren die größten, die ich je gesehen habe. Sie gehören zu den gewaltigsten überhaupt nach den Aufzeichnungen der Ingenieure. Und wir führen sehr genau Buch über die Vorfälle, müsst Ihr wissen.«

Der Lanzenkämpferhauptmann nickt.

»Für gewöhnlich bringen solche Baumstürze eine Unzahl von freien Bestien mit sich. Aber Ihr habt angedeutet, dass Ihr einen erfolgreichen Bericht über nur wenige geflüchtete Tiere anfertigen konntet. Ein misstrauischer Vorgesetzter könnte die Zahlen infrage stellen. Er könnte unseren Bericht anfordern, welcher die Größe des Baumes bestätigen würde. Dann wartet er auf die Berichte über die Zahl der entkommenen Raubtiere. Unter Umständen gibt es sogar eine Disziplinarstrafe für die Fälschung der Berichte.« Weylt zuckt mit den Schultern. »Ihr fälscht natürlich keine Berichte, aber … die Wahrheit ist manchmal noch weniger glaubhaft.« Er trinkt einen Schluck Alafraan. »Habe ich Euch schon gesagt, dass dies ein ausgezeichneter Wein ist?«

»Nein, aber ich muss Euch Recht geben und schätze mich höchst glücklich, ihn mit Euch teilen zu dürfen.«

»Es gibt Zeiten, da frage ich mich, ob ich nicht doch hätte versuchen sollen, ein unbedeutender Magier zu bleiben. Vielleicht wäre es aber auch besser gewesen, es bei den Spiegellanzenkämpfern zu versuchen.« Der Spiegelingenieur blickt auf den restlichen Wein in seinem Kelchglas. Ein süffisantes Lächeln erscheint auf seinem Gesicht. »Dann wieder geschehen solche Dinge wie jetzt, und ich schätze mich glücklich, bei den Ingenieuren zu sein. Ich bin froh, dass ich kein Lanzenkämpfer geworden bin. Man erwartet von uns lediglich, das Notwendige zu tun, und anderswo lässt man uns nirgends ran, besonders nicht in Cyad.«

»Wir tun auch nur das, was von uns erwartet wird.« Lorn nippt noch einmal am Glas. »Es kann gefährlich werden, wenn man mehr will.«

»O ja«, antwortet Weylt, »aber vielleicht kommt einmal die Zeit, wo wir mehr tun müssen. Obwohl es gegenwärtig schwierig erscheint, sich das vorzustellen.« Der Major schluckt den letzten Rest des Weines hinunter. »Ich sollte jetzt gehen, denn wir wollen nicht zu spät in Ostend ankommen heute Abend.« Er steht auf. »Ich danke Euch für den Wein und das Gespräch und wünsche Euch alles Gute für zukünftige Patrouillen und die dazugehörigen Berichte.«

Lorn folgt dem Major hinaus. »Danke. Ich danke Euch für Eure Ausführungen.«

»Manchmal ist das alles, was ein guter Ingenieur tun kann.« Er blickt hinunter auf den Tisch. »Lasst Euch nicht stören und esst weiter.« Und damit macht Weylt auf dem Absatz kehrt und ist verschwunden.

Lorn setzt sich wieder und schneidet sich noch eine

Scheibe Käse ab. Tiefe Furchen graben sich in seine Stirn, als er über Weylts Worte nachdenkt und was sie eigentlich bedeuten.

LI

Lorn atmet tief durch und wischt sich über die Stirn. Trotz der Brise, die durch das offene Fenster hereinweht, ist es warm im Arbeitszimmer. Es ist die Hitze eines Frühlings, der einen noch wärmeren Sommer ankündigt, so fürchtet Lorn, und vielleicht bringt er auch noch mehr Baumstürze und wilde Bestien mit sich. Der Lanzenkämpferhauptmann hat gerade den Patrouillenbericht für die zweite ereignislose Patrouille seit den zwei aufeinander folgenden Baumstürzen fertig gestellt. Er hat weder von Maran noch von Kommandant Meylyd etwas gehört, auch sind keine Ersatzlanzenkämpfer in Jakaafra eingetroffen. Lorn bezweifelt ohnehin, dass sie überhaupt jemals kommen werden. Sollte er jedoch nach der nächsten Patrouille immer noch keine Nachricht erhalten haben, wird er eine zweite Anfrage schicken. Er hat die Bitte um die so dringend benötigte Verstärkung auch in den Patrouillenberichten vermerkt, die in Jakaafra verbleiben.

Gerade hat Lorn die Zusammenfassung für Major Maran angefangen, als es an die Tür klopft. Er blickt auf zu Kusyl, der mit finsterem Gesicht in der Tür steht.

»Major Maran, Ser.«

Maran stürmt schon an Kusyl vorbei, noch bevor dieser ihn richtig ankündigen kann. »Seid gegrüßt, Hauptmann.«

»Seid gegrüßt, Major«, antwortet Lorn und steht auf, wenn auch etwas träge. »Ich habe Euch nicht so bald erwartet.«

Kusyl zieht sich zurück und schließt die Tür.

»Es freut mich, Euch an Eurem freien Tag so fleißig zu sehen«, meint Maran. »Nicht, dass ich von einem solch fähigen und hart arbeitenden Hauptmann etwas anderes erwartet hätte.«

Lorn lächelt höflich.

»Ich habe den Bericht erhalten, der die Einzelheiten der Patrouille mit den zwei umgestürzten Bäumen beinhaltet.« Maran lächelt wieder sein warmes und Anteil nehmendes Lächeln und die braunen Augen strahlen freundlich. »Es handelt sich um einen ziemlich erstaunlichen Bericht.«

Lorn zuckt die Achseln, Augen und Sinne sind voll und ganz auf den älteren Offizier gerichtet. »Es ist alles wahr, was darin steht.«

»Oh, dessen bin ich mir ganz sicher. Jeder Bericht, den Ihr bisher übersandt habt, hat bis ins kleinste Detail genau gestimmt.«

»Und ich habe über alle wichtigen Einzelheiten berichtet, Major«, fügt Lorn hinzu, »damit Ihr und Kommandant Meylyd ausreichend unterrichtet seid.«

»Dies begrüßen wir beide. Das tun wir wirklich.« Marans Lächeln wirkt nun fast entschuldigend. »Hauptmann … es gibt da ein paar Dinge, die wir besprechen sollten. Allein. Ich schlage vor, wir reiten zusammen aus.«

»Das ist wahrscheinlich das Beste«, pflichtet Lorn ihm bei. »Ist Euer Pferd …?«

»Es ist draußen angebunden. Ich warte beim Tor auf Euch«, schlägt Maran vor. »Gleich.« Er lässt noch ein letztes herzliches Lächeln aufblitzen, dann dreht er sich um und geht hinaus.

Für einen kurzen Augenblick blickt Lorn aus dem offenen Fenster. Er weiß, dass er nun die Folgen seiner Entscheidungen tragen muss und dass es nach diesem Tag kein Zurück mehr geben wird. Er – er und Ryalth, denn seine Entscheidungen betreffen nun nicht mehr bloß ihn allein – haben jetzt lange gefährliche Jahre vor sich. Lorn schüttelt den Kopf. Für ihn hat es niemals einen anderen Weg gegeben, und jetzt kann er nur noch versuchen, Ryalth nicht zu sehr in Mitleidenschaft zu ziehen. Das wird weit mehr als nur schwierig werden, denn ein einziger Fehlschlag kann seinen Tod bedeuten.

Er lacht, rau und schroff. Sich von seinen Träumen abzuwenden ist ein schrecklicherer Tod, als sie nicht zu erreichen. Ein viel schlimmerer Tod – das hat er bereits gelernt –, denn man muss ihn jeden Tag aufs Neue erfahren.

Lorn stapelt die Berichte aufeinander und legt das Handbuch der Lanzenkämpfer obenauf, um die dünnen Papiere vor dem Wind zu schützen. Dann holt er den brystanischen Säbel und schnallt die Scheide an den Gürtel. So tritt er hinaus ins vordere Arbeitszimmer.

»Ser?« Kusyl blickt auf.

»Ich werde mit Major Maran ausreiten«, erzählt Lorn dem Haupttruppenführer. »Er hat darum gebeten, dass ich ihn begleite. Ich glaube nicht, dass es lange dauern wird.« Er grinst Kusyl verkrampft an. »Aber bei hohen Offizieren kann man nie wissen.«

»Nein, Ser.« Kusyl legt die Stirn in Falten, doch er sagt nichts weiter.

»Ich hoffe, dass ich bald zurück bin«, fügt Lorn hinzu und geht hinaus.

Im Hof angekommen, sucht er nach dem Major, aber Maran ist entweder schon hinausgeritten oder er versteckt sich hinter einer Säule.

Suforis ist nicht im Stall, und Lorn hat den Wallach schon fertig gesattelt und führt ihn gerade hinaus, als der blonde Stallbursche angelaufen kommt.

»Ihr werdet ihn aber heute nicht schnell reiten, oder, Ser? Ich könnte auch rasch ein anderes Pferd holen … Es würde gar nicht lange dauern.«

»Nein. Ich reite nicht weit, nur ein paar Meilen. Major Maran will mit mir sprechen oder mir etwas zeigen.«

»Ja, Ser.« Suforis' Zustimmung klingt nicht sehr überzeugt.

»Es ist nicht kalt, und es regnet auch nicht, Suforis, ich werde den Wallach schon nicht überanstrengen. Das verspreche ich.« Mit einem Lächeln steigt Lorn auf. Langsam lässt er das Pferd über den gepflasterten Hof und an den diensthabenden Wachen vorbeigehen.

Maran wartet bereits, er steht eine halbe Meile vor den Toren auf der Straße, die am Chaos-Turm vorbei zur Sperrenmauer führt. Der Major reitet noch immer denselben weißen Hengst wie damals, als er Lorn die Sperrenmauer in der Nähe von Geliendra gezeigt hat.

»Das hat aber lange gedauert, Hauptmann.«

»Der Stallbursche war nicht da und ich musste mein Pferd selbst satteln. Ich habe nicht damit gerechnet, noch auszureiten.« Lorns Stimme klingt ruhig und gelassen.

»Nein, das habt Ihr wohl nicht. Zumindest nicht heute.« Ein Anflug von Belustigung färbt Marans tiefe und warme Stimme. Die Fersen des Majors berühren die Flanken des Hengstes und das große Pferd trägt den Major zur Zubringerstraße.

Lorn folgt Marans Beispiel und unterdrückt ein wissendes Nicken, als der Major der Straße folgt, die an der Mauer entlang führt, welche den Chaos-Turm mit der Sperrenmauer verbindet. Sie biegen nach Südwesten auf die innere Mauerstraße ab und reiten in Richtung Westend.

Lorn schweigt, er reitet einfach nur auf der Straße neben der Mauer entlang. Die zwei Offiziere legen eine Meile zurück, dann noch fast eine zweite, bis Maran endlich zu Lorn hinüberschaut. »Zu dumm, dass Ihr nicht fünf Generationen früher geboren seid, Hauptmann.«

»Ich danke für das Kompliment.« Lorn lacht. »Aber ich mag diese Zeit, danke.« Er wirft einen Blick zurück über die Schulter, in der Nähe der Kaserne ist keine Menschenseele zu sehen.

»Diese Zeit geziemt Euch nicht.« Maran spricht weiter mit tiefer, nachdenklicher Stimme, fast so als würde er mit sich selbst sprechen. »Ihr seid ein sehr guter Hauptmann, viel zu klug für einen Lanzenkämpfer.«

»Alle Lanzenkämpfer sollten danach streben, ihre Sache gut zu machen«, meint Lorn im Plauderton und unterbricht damit den älteren Offizier, »von Anfang an.«

Maran wirft einen Blick zu Lorn, die braunen Augen wirken für kurze Zeit richtig matt statt warm.

»Sagt mir, Maran«, fährt Lorn fort und lässt absichtlich den Titel des hohen Offiziers weg, »kann sich eigentlich ein hoher Offizier das Recht herausnehmen, die Menschenleben der Kompanie eines jüngeren Offiziers zu gefährden, nur weil dies einer heimlichen Verschwörung dienlich ist? Oder weil es im Interesse einiger weniger Offiziere in Cyad liegt?«

Maran zieht die Augenbrauen hoch und das warme Lächeln kehrt in seine tiefbraunen Augen zurück. »Ich glaube nicht, dass so etwas jemals geschehen ist. Die Gefährdung von Lanzenkämpfern aus diesem Grund, meine ich.«

»Übrigens«, sagt Lorn, »ich dachte, es interessiert Euch vielleicht, dass Ihr mir die Entscheidung viel leichter gemacht habt … o ja, und dass ich mir die Freiheit genommen habe, mich zu vermählen.«

»Ihr habt den Kommandanten nicht konsultiert und mich auch nicht, was jedoch der übliche Weg gewesen wäre. Aber Ihr geht selten den üblichen Weg.«

»Zwingend erforderlich ist es jedoch nicht«, meint Lorn, »nicht nach den Lanzenkämpfervorschriften«, und lächelt weiter.

»Es gibt vieles, was nicht vorgeschrieben ist, aber trotzdem klug wäre«, fügt Maran hinzu, »was zweifellos auch Ihr in Eurer kurzen Laufbahn noch entdecken werdet.«

»Nein«, antwortet Lorn ruhig. »Wie Ihr in Eurer noch kürzeren Laufbahn gleich entdecken werdet.« Er zieht den brystanischen Säbel, der sich nur wenig von den Lanzenkämpfersäbeln unterscheidet, jetzt wo eine Cupridiumbeschichtung darauf glänzt.

»Ihr handelt vorausschauend, Hauptmann, aber …«

Zisch! Der Feuerblitz eines mächtigen Magiers fliegt auf Lorn zu.

Lorn hebt den Säbel und dreht ihn herum, die Schilde, die er aufgebaut hat, wendet er ebenfalls, und schleudert den Feuerball – Energie, die er in Schwarze Ordnung gehüllt hat, ein geordnetes Chaos-Feuer – zurück auf den Major. Dann nimmt er den Wallach herum, sodass er Marans rechte Seite vor sich hat.

»Schwache Vorstellung.« Maran hebt gelangweilt die Hand, um die Feuergarbe von sich abzulenken.

Lorn fängt den abgelenkten Blitz mit dem Säbel auf und lässt beides zurückfliegen. Mithilfe von Chaos-Ordnung steuert er die Waffe, die nun zum Bersten gefüllt ist mit ineinander verschlungenen Chaos- und Ordnungs-Kräften, so wie er es vom Verwunschenen Wald gelernt hat.

»Ahhhh!« Als der Feuerball zerspringt, dringt die geschärfte Spitze des brystanischen Säbels durch die Schulter des Majors.

Das warme Lächeln verschwindet von Marans Gesicht und Lorn nimmt all seine Chaos-Sinne zusammen, um noch einen Ordnungs-Chaos-Strahl auf Maran zu schleudern.

»Schwarzer … Engel …« Dies sind Marans letzte Worte. Kein Fauchen, kein Schrei – Marans Körper geht einfach in Flammen auf, als sich die golden glühende

Chaos-Weiße, umhüllt mit tiefschwarzer Ordnung, um ihn legt. Nichts bleibt von ihm übrig, es ist, als hätte es ihn nie gegeben. Lediglich einige Metallteile, Münzen und die zwei Säbel, Lorns und Marans, fallen von Marans weißem Ledersattel zu Boden.

Lorn sitzt für einige Sekunden stocksteif im Sattel. Er ist überrascht, dass sein Angriff doch so erfolgreich verlaufen ist, und dankbar, dass er Marans Ansinnen gleich verstanden hat. Im Stillen schickt er auch einen Dank an Major Brevyl.

Nachdem er sich wieder gefasst hat, lässt Lorn den Wallach einige Schritte weitergehen und ergreift die Zügel von Marans Hengst, dann steigt er ab.

Zuerst hebt er den brystanischen Säbel auf. Die Waffe glänzt, als hätte sie noch niemals Blut gesehen. Dann nimmt Lorn Marans Säbel in die behandschuhte Hand und geht damit zur Sperrenmauer.

Dort hebt er den Säbel hoch ... und wirft ihn in hohem Bogen über die Mauer, die anderen Metallteile folgen hinterdrein. Als die Waffe auf das Chaos-Netz trifft, lodern Flammen auf und die rotglühende Klinge stürzt jenseits der Granitmauer hinunter.

Daraufhin steigt Lorn wieder aufs Pferd und führt das Ross des Majors ein Stück die Straße entlang; der Hengst allerdings wirft den Kopf mehrere Male störrisch zurück. Nach etwa einer Meile schlingt Lorn die Zügel um den Sattelknauf und verabreicht dem mürrischen Pferd einen Klaps auf die Flanke. Der große Hengst trabt eine Weile dahin, dann wird er langsamer, läuft aber weiter nach Südwesten.

Lorn sieht so lange zu, bis er sichergehen kann, dass der Hengst zumindest eine Weile unterwegs sein wird. Dann nimmt er den Wallach herum und reitet zurück zur Kaserne.

Als er sich den Toren nähert, zügelt Lorn das Pferd und wendet sich an die zwei Wachen. »Major Maran wird später zurückkommen. Sagt ihm, ich bin in meinem Arbeitszimmer.«

»Ja, Ser.«

Suforis kommt aus der Sattelkammer gelaufen, noch bevor Lorn den Wallach in den Stall führen kann.

»Siehst du? Wir waren nicht lange weg und sind nicht schneller als im Trab geritten.«

»Das ist gut, Ser.« Suforis mustert den Wallach und nickt.

Lorn übergibt das Pferd der Obhut des Stallburschen und überquert den Hof, um zurück in die Amtsstube zu gelangen.

»Ser?«, fragt Kusyl.

»Major Maran hatte mir einiges zu sagen.« Lorn sieht Kusyl ernst an. »Er sagte, er würde später zurückkommen, damit ich Gelegenheit hätte, seine Worte zu überdenken.«

»Äh ... ja, Ser. Tut mir Leid, Ser.«

»Manchmal müssen wir uns einfach dem Willen unserer Vorgesetzten beugen, Kusyl.« Lorns Lachen klingt harsch. »Aber das weißt du ja selbst.«

»Äh ... ja, Ser.«

Mit einem Nicken schließt Lorn die Tür zum hinteren Arbeitszimmer.

Er stellt sich ans Fenster. Von nun an muss er – noch mehr als in der Vergangenheit – sehr gut aufpassen und alles genau abwägen, was er tut, sogar jedes Wort, das er sagt. Und er muss vorausschauend handeln.

Er wünscht sich, er könnte mit Ryalth sprechen, aber das sollte er eine Zeit lang besser nicht tun.

Lorn schüttelt den Kopf und setzt sich an den Schreibtisch, wo er die Arbeit an dem zusammenfassenden Patrouillenbericht wieder aufnimmt, die Maran unterbrochen hat. Er wird den Bericht wie vorgesehen mit dem nächsten Feuerwagen der Ingenieure versenden. Dann beginnt er mit dem Entwurf eines weiteren

Briefes an Kommandant Meylyd, in dem er wieder einmal um Ersatzlanzenkämpfer bittet. Er hat den zweiten Brief gerade fertig und liest ihn noch einmal durch, als es an die Tür klopft.

»Ser? Hier stehen zwei Lanzenkämpfer und fragen nach Major Maran.«

Lorn runzelt die Stirn. »Ist er noch nicht zurück? Sie sollen hereinkommen.« Lorn bleibt sitzen, als die zwei Lanzenkämpfer die Amtsstube betreten.

»Ser … Truppenführer Jugyt und Shalar, Ser«, stellt sich der breitschultrige Untertruppenführer vor. »Wir haben auf den Major gewartet … er ist nicht zurückgekommen und es hat ihn auch niemand gesehen.«

Lorn setzt einen verwirrten Gesichtsausdruck auf. »Wir haben einen kurzen Ausritt unternommen. Er hat mir mitgeteilt, weswegen er hierher gekommen ist, und dann gesagt, er komme später in die Kaserne zurück. Ich bin wieder hierher geritten und habe ihn seitdem nicht gesehen. Ich dachte, er wäre vielleicht schon zurück und mit euch abgereist, da ich nichts mehr gehört habe.«

»Nein, Ser.«

Lorn zupft sich am Kinn. »Als ich ihn das letzte Mal sah, ritt er an der Mauer entlang Richtung Westend, doch das war nur wenige Meilen von hier entfernt.« Er steht auf und ruft: »Kusyl!«

»Ja, Ser?« Kusyl kommt herein.

»Weißt du, wo Major Maran sich aufhält?«

»Nein, Ser.«

»Er sagte, er werde zurückkommen, aber seine Männer haben ihn nicht gesehen«, erklärt Lorn.

»Ich weiß gar nicht, ob ihn überhaupt jemand gesehen hat, seit er die Kaserne verlassen hat, Ser.«

Lorn schürzt die Lippen. »Könntest du bei den Torwachen und bei den anderen Männern nachfragen – vielleicht hat Juists Kompanie ihn irgendwo gesehen.

Sie sind gerade eben von der Patrouille zurückgekommen.«

»Ja, Ser.«

Nachdem Kusyl wieder draußen ist, blickt Lorn die zwei Lanzenkämpfer an. »Wir werden ihn suchen und nachfragen, ob ihn jemand gesehen hat, mehr können wir im Augenblick nicht tun. Ich werde meine Kompanie die Gegend absuchen lassen. Es kommt mir unwahrscheinlich vor, dass er ohne euch fortgeritten ist, aber vielleicht hat er es doch getan.«

»Er reitet manchmal wirklich allein, Ser, aber er kehrt immer wieder zurück«, sagt Jugyt.

Lorn zuckt hilflos mit den Schultern. »Ich weiß nicht, was ich dazu sagen soll. Wir könnten nachsehen, ob es vielleicht einen Baumsturz in der Nähe gab oder ob Spuren auf dem Ödland zu finden sind.« Er wirft einen Blick zum Fenster und zeigt auf die Sonne, die schon bis kurz über die Mauern der Kaserne gesunken ist. »Wir sollten uns beeilen.«

»Ja, Ser.«

Lorn schnallt sich den Säbel um und läuft in den Stall. Diesmal wird er ein Ersatzpferd nehmen, denn auch wenn sie heute Major Maran suchen, wird die Zweite Kompanie morgen planmäßig auf Patrouille gehen. Schließlich hätte Maran sicher nicht gewollt, dass Lorn von den allgemein geltenden Verfahrensregeln abweicht.

Der Hauptmann, der vielleicht bald keiner mehr sein wird, lächelt kurz, als er sich dem Stall nähert.

LII

Die Zweite Kompanie befindet sich kurz vor den Kasernentoren von Jakaafra. Lorn blickt an sich hinunter und sieht seine mit Blut bespritzte Hose, dann fällt sein Blick auf die leere Feuerlanze im Halter. Die Sonne berührt schon fast den Horizont und zeichnet im Westen die Silhouette eines entfernten Obstgartens in die Landschaft; lange Schatten liegen vor den Mauern der Kaserne.

Lorn vermeidet es, einen Blick zurück auf seine Kompanie zu werfen, die nun nur noch die Stärke einer einzigen Einheit besitzt, und auch nicht auf die drei Pferde, die tote Lanzenkämpfer tragen. Keiner einzigen Bestie ist die Flucht gelungen, obwohl ein weiterer Baum umgestürzt ist. Lorn und seine Männer hatten wohl einfach Glück und die neuerliche Neigung der Tiere, zuerst die Lanzenkämpfer anzugreifen, anstatt sofort übers Ödland zu flüchten, hat ein Übriges getan.

»Bekommen wir nun endlich Verstärkung, Ser?«, fragt Kusyl, der neben Lorn reitet.

»Ich habe nun drei Mal neue Lanzenkämpfer angefordert, Kusyl. Major Maran hat mir nie viele Hoffnungen gemacht, aber auch nicht gänzlich abgelehnt. Ich weiß noch nicht einmal, ob er überhaupt nach Geliendra zurückgekehrt ist, ich habe noch keine Nachricht erhalten.«

»Ist schon seltsam, Ser. Seine Männer haben sein Pferd gefunden, ihn aber nicht. Glaubt Ihr, der Wald hat ihn sich geschnappt? Das soll ja angeblich manchmal vorkommen.«

»Es könnte sein, aber wir haben keinerlei Spuren von Raubtieren gefunden.« Lorn zuckt müde die Achseln, als sie schließlich die Tore erreichen. »Hätten sie uns doch nur ein paar neue Lanzenkämpfer geschickt. Die Männer vollbringen im Augenblick schier Unmögliches. Aber wie lange noch?«

»Wie wäre es, wenn wir in Zukunft einfach warten würden, bis die Ingenieure kommen, bevor wir uns dem Stamm nähern, Ser?«, fragt Kusyl.

»Dann haben wir wahrscheinlich genauso viele tote Lanzenkämpfer und noch ein paar tote Ingenieure dazu und die Zweite Kompanie bekäme bald einen neuen Hauptmann und neue Truppenführer«, antwortet Lorn.

»Das habe ich mir schon gedacht, Ser.« Kusyl schüttelt den Kopf. »Kann nicht gerade behaupten, dass ich das alles verstehe. Und Ihr, Ser?«

»Nicht ganz, Kusyl. Ich habe gehört, dass die Magi'i etwas Neues vorhaben, aber das ist schon Jahreszeiten her und bisher ist nichts geschehen. Vielleicht wollen sie, dass wir einfach so weitermachen wie bisher, bis sie fertig sind. Vielleicht haben sie aber auch etwas anderes vor.«

»Was auch immer es sein mag, Ser, die Magier sollten bald etwas unternehmen, sonst laufen die Waldtiere demnächst frei in ganz Cyador herum.«

»Die anderen Kompanien haben genauso wenig Lanzenkämpfer«, bemerkt Lorn.

»Aber nicht so wenig wie die Zweite Kompanie.«

»Sie haben auch nicht mit so vielen Baumstürzen zu kämpfen.«

Kusyl schüttelt traurig den Kopf.

»n'Abend, Ser«, ruft der Torwächter, als Lorn durchs Tor reitet. »Schwere Patrouille?«

»Schwere Patrouille«, bestätigt Lorn.

Lorn wird einen neuen Brief schreiben und wieder um Ersatzlanzenkämpfer bitten müssen, so wenig es auch zu nützen scheint, aber was soll er anderes tun?

Seine Finger verkrampfen sich, während er darüber nachdenkt, dass die hohen Offiziere – Maran und nun

Meylyd – ihn zwingen, zwischen seinem eigenen Leben und dem seiner Männer zu wählen. Würde er jedoch aufgeben oder sich töten lassen, würde sich auch nicht viel daran ändern.

Vielleicht nicht, aber trotz alledem ist er weiterhin entschlossen, seinen Träumen zu folgen.

Er schiebt diesen Gedanken beiseite und verdrängt auch den Wunsch, das Chaos-Glas zu benutzen, um Meylyd zu beobachten. Wenn Meylyd es spüren kann, wird das noch mehr Probleme mit sich bringen, und Lorn sieht keinen Nutzen darin, das Glas für solche Zwecke zu missbrauchen.

Im Augenblick wenigstens.

LIII

Der Frühling hat Einzug gehalten in Cyad und die grünweißen Markisen beschatten die Straßen südlich des Lichtpalastes unter dem klaren, grünblauen Himmel. Der Zweite Magier und der Hauptmann-Kommandant der Spiegellanzenkämpfer stehen auf einem der kleineren Westbalkone des Palastes.

Kharl blickt hinunter zum Hafen, wo Gerüste zwei weiße Feuerschiffe einkleiden, die an einer bewachten weißen Steinpier vertäut liegen.

Luss blickt auf die zwei Schiffe und dann zu Kharl. »Die Dinge stehen nicht allzu günstig für das Viertel in diesen Tagen.«

»Und für die Lanzenkämpfer auch nicht. Eure Verluste im Norden steigen, genauso bei den Kompanien, die entlang der Sperrenmauer am Verwunschenen Wald stationiert sind.« Kharls grüne Augen schimmern mit einem Hauch von Chaos-Gold. »Und … Maran ist tot.«

»Spiegellanzenkämpfer kommen nun einmal bei der Erfüllung ihrer Pflichten um«, meint Luss. »Wir glauben weiterhin an die Pflicht, was Euch auch bekannt ist.«

»Ihr wart derjenige, der Interesse an Major Maran bekundet hat, wenn ich mich recht entsinne.«

»Es soll mich kümmern, wenn ein abtrünniger Magier, der sich als Lanzenkämpfer aufgespielt hat, zu Tode kommt?«, fragt Luss.

»Vielleicht ... wenn Ihr die Auswirkungen bedenkt«, antwortet Kharl.

Luss zieht die Augenbrauen hoch. »Vielleicht solltet Ihr mich aufklären, schlauer Magier?«

Kharl zuckt nur die Schultern. Nach einer Weile sagt er schließlich: »Das Glas zeigt nur die Sperrenmauer ... und dahinter nichts – wie gewöhnlich.« Dann lächelt der Zweite Magier strahlend. »Ich glaube, er wollte sich einen bestimmten Hauptmann vornehmen. Es scheint, dass dieser Hauptmann über weit mehr Erfahrung verfügt, als so mancher angenommen hat.«

»Im direkten Kampf hat er viel Erfahrung«, räumt Luss ein. »Ihr habt mir versichert, dass er nur geringe Fähigkeiten und Erfahrungen als Magier besitzt.«

»Vielleicht hat er ja nur seinen Säbel gebraucht«, gibt Kharl zu bedenken. »Ich schlage jedoch vor, Vorsicht walten zu lassen.«

»Und wie sollte Eurer Meinung nach diese Vorsicht aussehen, o weiser Zweiter Magier?«

»Es wäre am besten, wenn der Major-Kommandant von diesen Dingen nichts erfahren würde. Und auch der Kaiser nicht, denn wer weiß, was er von der *Hand* verlangen würde? Aber ... das liegt bei Euch. Wäre ich der Hauptmann-Kommandant, würde ich Kommandant Meylyd mitteilen lassen, dass der Major-Kommandant es für das Beste hält, dass die Angelegenheit mit einer stillen Warnung an den Hauptmann beendet wird. Es sei denn, es gibt Beweise dafür, was dem Major genau widerfahren ist, Beweise, die auch den Kaiser überzeugen würden.«

»Ihr glaubt, das wäre klug?«

»Sehr klug … der Hauptmann wird ums Überleben kämpfen. Wenn ein weiterer Offizier auf ihn angesetzt wird, wie etwa Euer Oberst Hybyl, so wird am Ende auch dieser sterben, und dann wird Lorn fliehen … oder es vertuschen. Wie dem auch sei, der Major-Kommandant wird erfahren, was geschehen ist. Er wird einen Schuldigen suchen, vielleicht eine hochrangige Persönlichkeit am Hofe der Spiegellanzenkämpfer in Cyad … eine Person, die er nicht leiden kann. Es ist wirklich besser, wenn dies alles noch nicht ans Licht kommt … erst später, und dann wird es den Anschein haben, als hätte *er* angeordnet, alles zu vertuschen.«

»Meylyd wird versuchen, etwas herauszufinden«, sagt Luss.

»Das glaube ich auch. Wenn, dann ist das Problem gelöst. Wenn nicht, dann wird ein anderer Feldkommandant misstrauisch werden gegenüber dem Major-Kommandanten, einer, der bereit ist, dem Kaiser zu erzählen, dass der Major-Kommandant versucht hat, einen Mord zu vertuschen. Da der Mord nicht bewiesen werden kann, wird uns eben das Gerücht dienlich sein.«

Luss nickt langsam. »So verschlagen Ihr auch sein mögt, das ergibt Sinn. Aber was soll mit dem Hauptmann geschehen?«

»Er scheint gewisse Fähigkeiten entwickelt zu haben … im Vorausahnen oder Vermeiden von bestimmten Chaos-Dingen. Ihn in Jakaafra zu beseitigen würde unser Tun ziemlich offensichtlich werden lassen. Und wenn der Erste Magier den Wald erst einmal erfolgreich eingeschläfert hat, wird jedes Vorgehen gegen den Hauptmann nur noch offensichtlicher werden.« Kharl lächelt. »Wäre ich ein hoher Lanzenkämpferoffizier, würde ich den Mann zum Oberst befördern und ihn dorthin versetzen, wo schärfere … Konflikte herrschen.«

Luss schüttelt den Kopf. »Eine vierte Runde? Für den Sohn des Vierten Magiers? Das würde Rynst auffallen, noch bevor der Hauptmann Assyadt erreicht hat, und dann wird der Major-Kommandant erst richtig anfangen zu schnüffeln. Ich denke da eher an so etwas wie einen Hafenposten, vielleicht in Biehl. Nur für kurze Zeit, so lange, bis der Fall vergessen ist. Dieser Lorn könnte ja dort auf gewisse … Schwierigkeiten stoßen …« Luss lächelt. »Und dann, wenn es notwendig werden sollte, geben wir ihm hinterher noch einen Posten in Assyadt, nach einer weiteren Beförderung, versteht sich, sodass er völlig außer Übung ist und nicht mehr … an den Nahkampf gewöhnt ist. Wenn wir ihn jetzt versetzen, bevor sein Dienst in Jakaafra regulär zu Ende geht … wird er auch nicht lange in Cyad bleiben.«

»Besser ist, er verbringt jetzt eine kurze Zeit in Cyad als später viel Zeit«, stimmt Kharl zu. »Ich halte es ohnehin für klüger, dass er sich nicht in der Nähe des Verwunschenen Waldes aufhält, wenn die Schlafbarriere des Ersten Magiers aufgebaut wird.«

Beide Männer nicken zustimmend.

»Sollte er noch mehr Zwischenfälle überleben, dann muss er nach Cyad, als Berater des Major-Kommandanten … dann, wenn der Zeitpunkt am geeignetsten erscheint«, schlägt Kharl vor.

»Nach einigen weiteren Vorfällen?«

»Ihr sagt es.«

In stillem Einvernehmen wenden sich die zwei vom Hafen und von den gestreiften Markisen ab, deren Rückkehr den Frühling in Cyad eingeleitet hat.

LIV

Lorn sitzt am Schreibtisch und starrt auf den Federhalter, dann zum offenen Fenster hinaus. Die niedrigen Wolken versprechen Regen, der jedoch noch nicht angefangen hat. Die Zweite Kompanie ist gerade von einer Patrouille zurückgekommen, auf der es jedoch nur Schösslinge zu bekämpfen gab. Lorn muss nun den Patrouillenbericht und eine Zusammenfassung schreiben und entscheiden, ob er noch einmal Ersatzlanzenkämpfer anfordern soll – und er wird weiter darauf warten, wie Kommandant Meylyd auf Marans Verschwinden reagieren wird.

Schließlich greift Lorn zur Feder und schreibt die Einzelheiten der letzten Patrouille nieder. Er hat kaum drei Zeilen verfasst, da steckt Kusyl den Kopf zur Tür herein.

»Ja?«

»Ser! Es ist ein Feuerwagen gekommen – mit Kommandant Meylyd. Er ist schon auf dem Weg hierher.«

Lorn bemerkt, dass ein grimmiges Lächeln auf seinen Lippen liegt. »Vielleicht überbringt er uns endlich die Nachricht von neuen Lanzenkämpfern.«

»Ser?«

Lorn schüttelt den Kopf und steht schleunigst auf.

Als Stimmen im vorderen Arbeitszimmer ertönen, tritt Kusyl zurück und hält die Tür für den Kommandanten auf, dem ein kleinerer Offizier folgt, ein Oberst. Der Truppenführer schließt die Tür leise, aber fest hinter sich.

Meylyd setzt sich nicht, sondern richtet das Wort sofort an Lorn. »Hauptmann … ich bin sicher, Ihr wisst, warum ich hier bin. Das ist Oberst Hybyl. Er ist Major Marans Stellvertreter.«

Hinter den zwei Offizieren öffnet Kusyl noch einmal die Tür und stellt einen zweiten Stuhl herein.

»Tut mir Leid, das weiß ich nicht.« Lorn sieht den Kommandanten höflich und etwas verwirrt an. »Ich muss zugeben, ich weiß wirklich nicht, warum Ihr hier seid. Vermutlich aufgrund meiner vielen Gesuche um Ersatzlanzenkämpfer.«

»Ihr wisst es nicht?« Nun ist Meylyd an der Reihe mit dem ratlosen Gesichtsausdruck. »Major Maran hatte angedeutet, dass er nicht sehr zufrieden mit Euch wäre, bevor er abreiste. Und Ihr wollt vorgeben, dass Ihr nichts davon wisst? Wo er sofort nach dem Treffen mit Euch verschwand? Nach einem Treffen außerhalb der Kaserne, bei dem zufällig niemand außer ihm und Euch zugegen war?«

»Nein, Ser. Ich weiß wohl, dass der Major unzufrieden mit mir war. Wir ritten zusammen aus, damit niemand hören konnte, was er mir zu sagen hatte. Dabei teilte er mir mit, dass Ihr zwar mit meinen Erfolgen bei der Bekämpfung der Raubtiere zufrieden wärt, aber er nicht mit meiner neuen Strategie. Er meinte, diese verstoße gegen die Patrouillengrundsätze.«

Hybyl nickt. »Major Maran hatte davon gesprochen, bevor er aus Geliendra abreiste.«

»Der Ordnung halber, Hauptmann, mit welchen Strategien genau war Major Maran nicht einverstanden?«, fragt Meylyd.

»Dass ich mich selbst zur Zielscheibe mache und dabei zwei Feuerlanzen trage.« Lorn zuckt die Schultern. »Im Handbuch ist nichts zu finden, was dagegen spricht, und da wir ohnehin unterbesetzt sind, dachte ich, dass eine zusätzliche Feuerlanze kein Problem wäre. Zu der Zeit hatten wir etwa fünfzehn Mann zu wenig und die zusätzliche Lanze befand sich in der Hand eines Offiziers.«

Die zwei Offiziere tauschen fragende Blicke aus.

»Im Augenblick verfügen wir nur noch über die Hälfte der erforderlichen Mannschaftsstärke, und ich dachte eigentlich, Ihr wärt gekommen, um meine Bitte um Nachschub zu besprechen.« Lorn zeigt auf den Stuhl. »Äh, Ser … wenn Ihr Platz nehmen wollt?«

Der Kommandant setzt sich auf den Stuhl, den Kusyl hereingeschoben hat, und Hybyl nimmt den Holzstuhl vor dem Schreibtisch. Lorn lässt sich ebenfalls nieder, nachdem die anderen beiden sitzen, und wartet.

»Wenn Ihr nun mit der Darstellung Eures Treffens mit Major Maran fortfahren wollt, Hauptmann «, fordert Meylyd.

»Ich weiß nicht, ob es da noch viel mehr zu erzählen gibt, Ser. Major Maran verlangte von mir, die üblichen Patrouillentaktiken anzuwenden, und meinte, ich hätte die wilden Bestien ohne zusätzliche Chaos-Verschwendung zu bezwingen. Er sagte, Ihr erwartet von mir, dass ich die üblichen Verfahren anwende. Ich erwiderte das, was ich auch Euch gerade gesagt habe; darauf meinte er, dass junge Offiziere manchmal erst verstehen müssten, dass nicht alle allgemein anerkannten Methoden auch aufgeschrieben seien. Das hat er mir so zu verstehen gegeben. Daraufhin versicherte ich ihm, dass ich die zusätzliche Feuerlanze weglassen würde … wenn das in seinem Sinne wäre.«

»Und?«

»Er wurde sehr förmlich, Ser. Er sagte, ich wäre ein nicht ganz hoffnungsloser Fall und dass ich klüger gehandelt hätte als jeder andere Hauptmann und er mich genau beobachten würde. Er sagte das alles sehr höflich, aber indirekt und überaus freundlich.« Lorn zuckt die Achseln. »Ich kann nicht einmal annähernd wiedergeben, wie er zu mir gesprochen hat.«

Ein Lächeln zuckt um Hybyls Mund.

»Und was habt Ihr nach dem Ausritt getan?«, fragt Meylyd.

»Ich bin hierher zurückgekommen. Der Major sagte, er wollte einen Augenblick allein sein und würde wenig später nachkommen. Ich habe nach ihm Ausschau gehalten, aber er ist nicht zurückgekommen. Zuerst dachte ich, er hätte beschlossen, nach Westend zu reiten, aber als seine Lanzenkämpfer zu mir kamen und behaupteten, er hätte das nicht getan, suchten wir alle nach ihm. Wir fanden sein Pferd etwa drei Meilen von der Stelle entfernt, wo ich ihn allein gelassen hatte, aber ihn haben wir nicht gefunden. Auch Fußspuren waren keine zu finden. Aber das habe ich alles bereits in dem Bericht erwähnt, den ich Euch geschickt habe.«

»Ich glaube, wir werden uns zuerst einmal mit Euren Männern unterhalten, wenn Ihr nichts dagegen habt, Hauptmann. Ich würde es begrüßen, wenn Ihr derweil hier in Eurem Arbeitszimmer bleiben würdet.« Meylyd erhebt sich. »Danach komme ich zurück und wir werden das Gespräch fortsetzen.«

Lorn steht auf. »Ja, Ser. Sie werden Euch alles sagen, was sie wissen.«

»Da bin ich ganz sicher.« Meylyd lächelt kalt.

Hybyl verlässt mit steinernem Gesichtsausdruck hinter Meylyd das Zimmer.

Nach einer Weile zuckt Lorn die Schultern und setzt sich. Da er ohnehin nichts an seiner Lage ändern kann, beschäftigt er sich einfach weiter mit dem Patrouillenbericht.

Bald ist er auch damit fertig und hat Zeit zum Nachdenken. Er hofft, dass er den Kommandanten richtig einschätzt, und ist dankbar, dass zumindest die Folgen seines Tuns – wenn seine Entscheidung in Sachen Maran sich als falsch herausstellen sollte – sich nicht unmittelbar auf Ryalth auswirken werden. Während er aus dem offenen Fenster starrt und die Wolken beobachtet, die im Laufe des Nachmittags noch dunkler geworden sind, vernimmt er plötzlich Stimmen. Als Meylyd und Hybyl zurück ins Arbeitszimmer kommen, steht Lorn aufmerksam hinter dem Schreibtisch.

Hybyl schließt die Tür.

Meylyd bedeutet Lorn, sich zu setzen, dann lässt er sich selbst auf dem größeren der beiden Stühle nieder.

Beide Offiziere aus Geliendra werfen einen Blick zur geschlossenen Tür.

»Alles *scheint* sich so zugetragen zu haben, wie Ihr gesagt habt, Hauptmann«, fängt Meylyd an. »Und alle Männer sagen die Wahrheit. Das stellt uns vor ein Rätsel. Major Maran war ein höchst fähiger Lanzenkämpfer. Und das seid Ihr auch. Doch es gibt keinen Grund, warum der Major verschwinden sollte, und Ihr wart der Letzte, der ihn gesehen hat.«

Lorn schweigt und wartet.

»Habt Ihr dazu etwas zu sagen?«

»Nichts, was ich nicht schon gesagt hätte, Ser. Ich wusste, dass der Major etwas mit mir vorhatte, aber er sagte mir nicht, was. Und er ist nie in die Kaserne zurückgekehrt.«

»Seine Lanzenkämpfer haben das Pferd gefunden.«

»Ja, Ser. Ich war dabei und auch mein Truppenführer Shynt.«

Meylyd wirft dem Oberst einen Blick zu. »Würdet Ihr Euch noch einmal vergewissern, Hybyl, ob das vordere Arbeitszimmer wirklich leer ist und es auch bleibt?«

»Ja, Ser.«

Meylyd sieht Lorn ins Gesicht, während er darauf wartet, dass zwei Türen zuschlagen. Seine Lippen lächeln, bevor er zu sprechen beginnt, aber seine Augen wirken kalt. »Wir befinden uns in einer schwierigen Lage. Auf der einen Seite haben wir einen Lanzenkämpferhauptmann, der für den problematischsten Abschnitt der Sperrenmauer zuständig ist. Er neigt dazu – sagen wir es einmal so –, die Lanzenkämpfertechniken in etwas abgeänderter Weise anzuwenden. Aber die Ergebnisse, die er damit erzielt, sind gut und die hiesigen … wichtigen Persönlichkeiten … zufrieden. Auf der anderen Seite haben wir den herausragenden Lanzenkämpfermajor, der sich um die Sperrenmauer und den Hauptmann sorgt. Die zwei treffen sich, der Hauptmann kehrt zurück, der Major reitet weiter und ward nie mehr gesehen. Es gibt keinerlei Beweise für irgendetwas. Selbst die Pferdespuren geben keinen Aufschluss. Ja, auch darüber habe ich die Lanzenkämpfer befragt. Die zwei Männer ritten zusammen; sie blieben auf ihren Pferden sitzen und redeten. Einer von beiden stieg vom Pferd und ging ein paar Schritte, dann stieg er wieder auf und sie ritten nach Südwesten, dann trennten sie sich. Der Major ließ sein Pferd zurück. Hat etwas aus dem Verwunschenen Wald ihn vom Pferd geholt?« Meylyd zuckt mit den Schultern.

Lorn sagt nichts und wartet.

»Ich habe den Major-Kommandanten um Unterweisung gebeten. Er hat mir gesagt, dass ich am besten gar nichts unternehme, solange keine Tatsachen bekannt sind, auf die ich mich stützen könnte. Also denke ich, dass es nichts weiter zu sagen gibt, Hauptmann.« Meylyd hält inne. »Irgendetwas muss der Major vorgehabt haben. Leider hat er mir … und auch Euch … nichts davon gesagt. Was immer auch geschehen sein mag, es scheint ziemlich sicher, dass niemand es je erfahren wird. Vielleicht ist es auch besser so.« Dann schaut Meylyd lange zum Fenster hinaus, als dächte er darüber nach, ob er noch mehr sagen soll; schließlich wendet er sich wieder an Lorn. »Ich erwarte von Euch, dass Ihr seine Vorgaben erfüllt, Buchstabe für Buchstabe. Oberst Hybyl wird den Posten des Majors einnehmen. Er wird in Kürze zum Sub-Major ernannt werden und Ihr werdet Eure Berichte in Zukunft an ihn senden. Ich lege dabei größten Wert auf höchste Genauigkeit.«

»Ja, Ser.«

»Und, Hauptmann, Major Maran ist ein sehr fähiger Mann gewesen. Ich hoffe, Ihr habt mich verstanden.«

»Ja, Ser.«

»Ich beabsichtige, Euch in Zukunft an ihm zu messen.« Meylyd steht auf. »Und um sicherzustellen, dass es keine Abweichungen mehr von den herkömmlichen Lanzenkämpfermethoden geben wird, wird Eure Verstärkung innerhalb der nächsten Tage hier eintreffen. Sie sind schon auf dem Weg von Westend hierher.«

»Ja, Ser. Ich verstehe, Ser.«

Meylyd nickt kalt. »Guten Tag, Hauptmann.« Nach einem letzten eisigen Blick wendet er sich ab und marschiert hinaus, beide Türen bleiben offen stehen.

Lorn fragt sich, ob der Major-Kommandant der Spiegellanzenkämpfer wirklich hinzugezogen wurde, und wenn dem so ist, warum?

Im Augenblick ist jedoch nur wichtig, dass die Zweite Kompanie Verstärkung erhält, selbst wenn jeder Einzelne der neuen Männer angewiesen wurde, über alles zu berichten, was der Hauptmann anstellt.

Lorn holt tief Luft.

Draußen hat ein warmer Nieselregen eingesetzt.

LV

Vor dem Kasernenstall in Jakaafra steigt Lorn langsam vom Pferd, dabei fällt sein Blick erneut auf den langen Kratzer über der Schulter seines Wallachs. Er hat diese Wunde mit einer winzigen Menge Schwarzer Ordnung behandelt, so wie es Myryan und Jerial ihm vor Jahren beigebracht haben. Während seiner ganzen Dienstzeit bei den Lanzenkämpfern hat er diese Heilerfähigkeiten auf kleine Verletzungen beschränkt, denen ohnehin nicht viel Beachtung geschenkt wird.

Seine Uniformhose ist über den Stiefeln zerrissen und weist mehrere Blutflecken von den letzten Angriffen durch Riesenkatzen und Nachtleoparden auf. Nun besitzt er nur noch eine tragbare Uniform, die anderen sind völlig blutverschmiert und zerrissen und mit Nähen und Waschen wird wohl auch nichts mehr auszurichten sein. Dass er überhaupt noch etwas anzuziehen hat, hat er Ryalth zu verdanken, denn sie hat ihm diese Uniform mit der letzten Weinladung geschickt. In der nächsten Schriftrolle wird er sie darum bitten müssen, eine weitere Uniform schneidern zu lassen und zu schicken, obwohl er solche Betteleien nicht mag, denn sie hat ihm schon so viel zukommen lassen und dabei einiges riskiert.

Lorn wirft einen Blick zur Waffenkammer und schüttelt den Kopf. Um die Feuerlanzen und deren sichere Unterbringung hat er sich schon gekümmert, im entladenen Zustand stellen die Waffen ohnehin keine große Gefahr dar.

»Ser?«, fragt Suforis, als Lorn mit dem Wallach gerade den Stall betritt. »Wieder eine anstrengende Patrouille?«

»Ja.« Lorn geht nicht näher auf die zwei Lanzenkämpfer ein, die die Zweite Kompanie wieder verloren hat, oder auf die kalten, musternden Blicke, mit denen jede seiner Bewegungen von den Ersatzlanzenkämpfern beobachtet wird.

»Tut mit Leid, das zu hören, Hauptmann.«

»Einige Patrouillen sind nun mal so.« Lorn bindet sein Gepäck und den zweiten Säbel los und hievt sich die Satteltaschen auf die Schultern.

»Ja, Ser.«

»Aber das ist mein Problem und nicht deines. Wie geht es Lesyna?«

»Es geht Ihr gut, Ser.« Suforis lächelt.

»Schön zu hören.« Lorn nickt und macht sich im letzten Tageslicht langsam auf den Weg in die Unterkünfte. Der Hof ist wie leergefegt, die Lanzenkämpfer sind wohl schon alle im Speisesaal, so vermutet er.

Juist kommt aus dem kleinen Verwaltungsgebäude, sieht sich um und ruft: »Lorn!« Der Unteroffizier winkt und Lorn zwingt sich zu einem schnelleren Gang, um eine Energie an den Tag zu legen, über die er eigentlich gar nicht mehr verfügt, nicht nach dieser durch einen Baumsturz verlängerten Patrouille.

Juist wedelt mit einer Schriftrolle in der Hand herum. »Hybyls Truppenführer ist mit den Ingenieuren gekommen. Hat das hier für Euch abgegeben und darauf bestanden, dass ich es Euch persönlich übergebe.« Er grinst und hält einen kleinen Lederbeutel hoch. »Und das. Wenn mich nicht alles täuscht, dann befinden sich hier drin die Streifen eines Oberst.«

»Nach all den Rügen, die ich erhalten habe?«, fragt Lorn.

»Könnte ja sein, dass dem Major-Kommandanten einfach die guten Ergebnisse gefallen«, meint Juist. »Meylyd möchte einfach alles so machen, wie die Lanzenkämpfer es schon immer gemacht haben. Aber nach dem, was man so hört, hat er damit wenig Erfolg.«

Lorn lacht trocken. »Was hört man denn so?«

»Andere Hauptmänner verlieren fast genauso viele Männer, nur dass sie es mit nur halb so vielen Baumstürzen wie Ihr zu tun haben. Und diese Berichte gelangen alle nach Cyad …«

»Das weiß ich. Ich war mir nur nicht sicher, ob sie dort auch gelesen werden.«

Juist übergibt ihm den Beutel. »Werdet Ihr ihn gleich öffnen?«

Lorn rückt die Satteltaschen auf seinen Schultern zurecht und nimmt den Beutel; vorsichtig öffnet er ihn.

Juist hat Recht. Darin befinden sich zwei verbundene Doppelstreifen mit einem Bogen darüber, die Streifen eines Oberst. Er lässt die Abzeichen zurück in den Beutel gleiten und steckt diesen in die Tunika.

»Hab's gleich gewusst«, sagt Juist. »Ihr werdet noch berühmt werden, und ich kann dann damit prahlen, dass ich Euch kenne – das allerdings werde ich vor meinem Kamin tun, lange Jahre bevor Ihr Eure Karriere beendet.« Der Unteroffizier grinst.

»Ihr seid nicht wütend?«

»Ich?« Der kleinere und ältere Offizier schüttelt den Kopf. »Nein. Ich bin froh, dass ich nur Unteroffizier bin. Stamme nicht aus dem richtigen Haus und kann auch nicht so schön reden, und bis auf wenige Achttage im Jahr, wenn die Kompanie Urlaub hat, habe ich glücklicherweise auch nichts mit dem Wald zu tun. Noch drei Jahre und ich gehe in Pension. Viele bringen es nicht so weit.« Er wirft einen Blick auf die Schriftrolle.

Lorn erbricht das Siegel und liest rasch durch, was dort geschrieben steht; er muss die Augen zusammenkneifen, um im Dämmerlicht des Hofes die Worte erkennen zu können.

»Nun ... Oberst?«, fragt Juist nach einer Weile.

»Sie schicken mich nach Biehl, ich soll dort den Hafenposten übernehmen.«

Juist lacht. »Kaum zu glauben. Aber es ergibt wirklich Sinn. Man versetzt einen guten Offizier dorthin, wo nicht täglich jemand versucht, ihn umzubringen ... vielleicht lernt er dann außer Taktiken noch etwas dazu.«

Lorn schüttelt den Kopf.

»Freut Euch, Lorn«, rät Juist ihm. »Ihr habt genug Schlimmes erlebt.«

Der neue Oberst zwingt sich zu einem Lächeln. »Danke. Ich werde es versuchen.« Noch während er spricht, fragt er sich, wie diese Beförderung und Versetzung wohl zu bewerten sind. Mit einem letzten Nicken zu Juist sucht Lorn sein Quartier auf.

Dort zündet er die Lampe an und liest die Schriftrolle ein zweites Mal durch … und schließlich noch ein drittes Mal. Dann wäscht er sich rasch, wechselt jedoch die Uniform nicht und macht sich mit einer Flasche Fhynyco in der Tasche auf den Weg zum Speisesaal. Juist und Ilryk haben sich schon vom Hammeleintopf genommen, der so verpfeffert ist, dass Lorn es schon von weitem riechen kann.

»Hat nichts geahnt, als er gekommen ist, der Glückspilz«, ruft Juist lachend.

»Ist es wirklich wahr?«, fragt Ilryk.

»Sieht so aus«, meint Lorn.

»Die Flasche spricht dafür. Und außerdem war es Sub-Major Hybyls Truppenführer, der die Nachricht überbracht hat. Der hat vielleicht ein mürrisches Gesicht gemacht …« Juist lacht.

Lorn entkorkt die Flasche und schenkt die drei schweren Kelchgläser zur Hälfte voll.

»In einem mürrischen Gesicht kann man wenigstens etwas erkennen. Maran hat immer nur gelächelt, hat immer so betroffen gewirkt, als würde er wirklich an unserem Schicksal Anteil nehmen.« Ilryk hält inne, dann wendet er sich an Lorn. »Ihr habt ihn als Letzter gesehen. Er ist in Richtung Westend geritten, nicht wahr?«

Lorn trinkt einen Schluck Fhynyco, bevor er antwortet. »Er ist zwar in die Richtung geritten, aber er hat mir nicht gesagt, was er vorhat. Nur, dass ihm nicht passt, wie ich die Zweite Kompanie führe.«

»An meinem Führungsstil hat er auch schon herumgemäkelt«, antwortet Ilryk. »Er sagte, ich soll ein Stück vor den Männern reiten, sodass sie mich sehen können.« Der blonde Hauptmann zuckt die Achseln. »Ich reite immer in der ersten Reihe, aber das ist zu weit vorne, so kann ich nicht sehen, wo genau die Männer sind. Das erschwert es mir, die richtigen Befehle zu erteilen.«

Lorn schüttelt den Kopf. »Zu mir sagte er, man soll nicht so weit vorn reiten. Ich reite angeblich zu weit voraus.«

Ilryk lacht. »Majore!« Er erhebt das Glas. »Auf dass Ihr nicht so werdet wie er, Oberst! Und Ihr Euch daran erinnert, wie es war als kleiner Hauptmann.«

»Auch Ihr werdet bestimmt bald Oberst«, meint Lorn, nachdem er den spontanen Trinkspruch über sich hat ergehen lassen. Er bricht sich ein Stück von dem harten Brot ab und tunkt es in den völlig verpfefferten Eintopf.

»Eine Beförderung hat man erst in der Tasche, wenn die Abzeichen auf dem Kragen festgenäht sind. So ist das bei den Lanzenkämpfern.« Ilryk erhebt erneut das Glas. »Man hat nur den Wein sicher, den man gerade trinkt.«

»Da ist etwas Wahres dran«, stimmt Juist zu.

Lorn nickt anerkennend und isst noch einen Löffel Hammeleintopf.

»Guter Wein«, fügt Ilryk hinzu. »Danke.«

»Freut mich, dass er Euch schmeckt.«

Obwohl es ein langer Tag gewesen ist, bringt Lorn kaum einen Teller von dem dicken und stark gewürzten Eintopf herunter. Er entschuldigt sich früh und lässt den Rest vom Wein für die anderen zwei Offiziere auf dem Tisch stehen.

In seiner Kammer angekommen, liest er die Schriftrolle noch einmal durch. Da nichts Gegenteiliges daraus hervorgeht, scheint die Beförderung schon in Kraft zu sein und er kann die neuen Abzeichen sofort tragen. Der nächste Tag ist zwar sein freier Tag und er hätte Zeit, aber die Nachricht an Ryalth muss er sofort schreiben.

Er setzt sich an den kleinen Schreibtisch in seinem

Zimmer, in den Lichtschein, den die kleine Lampe auf das Holz wirft, und legt sich eines der letzten Papierblätter zurecht. Diese Schriftrolle wird in jedem Fall mit Suforis zu Dustyn geschickt – am nächsten Tag ganz früh.

Meine Liebste,
mir wurde überraschend mitgeteilt, dass ich befördert und versetzt werde, fast zwei Jahre früher als erwartet. Schon in drei Wochen werde ich in Cyad sein und von dort aus weiterreisen nach Biehl zur Hafenkaserne der Spiegellanzenkämpfer …

Er hält kurz inne, dann fährt er fort.

Ich werde nur etwas mehr als einen Achttag in Cyad bleiben, denn ein Heimaturlaub steht mir erst wieder in zwei Jahren zu. Ich hoffe inständig, dass du nicht gerade auf Reisen bist, wenn ich in Cyad ankomme. Schließlich müssen wir jede Gelegenheit nutzen in dieser unsicheren Welt.

Weitere Neuigkeiten, die ihr geschäftlich weiterhelfen könnten, fallen ihm gerade nicht ein, und auch sonst nichts, was genauso wichtig wäre wie seine Ankunft in Cyad. Nur zögernd fügt er noch ein paar Zeilen hinzu.

Ich wäre dir sehr dankbar, wenn du weitere drei Uniformen für mich besorgen könntest. Ich werde dir das Geld zurückzahlen, wenn ich in Cyad ankomme. Ich werde schon so bald dort sein, dass sie wahrscheinlich nicht rechtzeitig fertig würden, wartete ich mit dem Auftrag bis zu meiner Ankunft.

Er sieht aus dem Fenster, aber die Wolken versperren den Blick auf die Sterne. Nach einer kurzen Pause nimmt er schließlich die Feder wieder zur Hand und beendet den Brief.

Ich freue mich auf die kurze Zeit, die wir miteinander verbringen können, und darauf, dich viel früher wieder zu sehen, als ich es je für möglich gehalten hätte ... In Liebe und tiefer Zuneigung ...

Gähnend legt Lorn die Feder beiseite. Der Brief an seine Familie steht noch aus und morgen muss er zudem die restlichen Patrouillenberichte fertig stellen. Am Tag darauf beginnt schon die nächste Patrouille. Es wird die vorletzte sein, bevor er Jakaafra verlässt. Es gibt also noch genug Gelegenheiten, sich selbst in Schwierigkeiten zu bringen, wenn er nicht gut aufpasst und seine Fähigkeiten erfolgreich unter Beweis stellt im Kampf gegen den Verwunschenen Wald.

Aber ... wird es jemals eine Zeit geben, in der er nicht ständig irgendwelchen Problemen ins Auge sehen muss? Er ist nun einmal so, wie er ist, und nicht wie andere ihn gern haben wollen.

Lorn richtet den Blick in die Dunkelheit. Aber ergeht es nicht allen Menschen so? Unterscheidet er sich überhaupt von den anderen?

Darauf weiß er keine Antwort, keine, die seiner Selbsteinschätzung nicht schmeicheln würde.

LVI

Lorn kennt das Gesicht des Offiziers, der am späten Nachmittag in die Kaserne von Jakaafra reitet, doch auf den Namen kommt er nicht sofort.

Der schwarzbärtige Hauptmann ist ziemlich dunkelhäutig und überdurchschnittlich groß.

Akytol – jetzt fällt es Lorn ein – war der ältere Offiziersanwärter, der mit ihm im Feuerwagen nach Kynstaar saß, als er Cyad das erste Mal verließ, um zur Lanzenkämpferausbildung zu fahren. Lorn nickt und überquert den Hof. Er erreicht den Stall kurz nach dem groß gewachsenen Lanzenkämpferoffizier.

»Stallbursche!«, ruft Akytol.

Suforis kommt herausgelaufen und blickt auf zu dem großen Hauptmann. »Ja, Ser?«

»Kann ich hier mein Pferd einstellen?«

»Ja, Ser.«

Lorn geht hinüber zu dem älteren, aber nun rangmäßig unter ihm stehenden Offizier, während Akytol vor dem Stall vom Pferd steigt.

Der schwarzbärtige Offizier runzelt die Stirn, als er Lorn sieht, doch er wendet sich zuerst wieder Suforis zu, um ihm die Zügel zu übergeben.

»Ihr seid gekommen, um das Kommando über die Zweite Kompanie zu übernehmen?«, fragt Lorn freundlich.

»Ja.« Akytol dreht sich um und fügt schnell hinzu: »Äh, ja, Ser«, denn die verbundenen Doppelstreifen mit dem Bogen darüber, die nun an Lorns Kragen prangen, glänzen auffallend im Nachmittagslicht.

Der Stallbursche blickt von Akytol zu Lorn.

»Das ist Hauptmann Akytol, Suforis«, stellt Lorn vor. »Er ist ein hoch angesehener und sehr guter Lanzenkämpferoffizier.«

Akytols leicht verwirrter Gesichtsausdruck lässt erkennen, dass er Lorn noch immer nicht einordnen kann.

»Ich heiße Lorn. Wir sind vor einigen Jahren zusammen von Cyad nach Kynstaar gefahren.«

Akytol schluckt. »Oh … es tut mir Leid, Ser. Ich habe Euch nicht erkannt.«

»Schon gut. Wir alle haben uns über die Jahre verändert. Ihr habt allerdings damals schon einen Bart getragen, deshalb hatte ich es leichter. Wenn Ihr Euer Gepäck abgeschnallt habt, zeige ich Euch die Unterkünfte. Ihr könnt entweder das erste Quartier haben oder meines, wenn ich morgen abgereist bin. Ihr könnt es Euch aussuchen. Dann zeige ich Euch die Arbeitszimmer und beim Abendessen können wir uns dann über alles Weitere unterhalten.«

»Sehr gern.« Akytol nickt ungelenk. Er dreht sich um und bindet die zwei großen Taschen hinter dem Sattel los; damit folgt er Lorn über den Hof.

»Dies ist die einzige Kaserne, in der es keine Abordnung der Spiegelingenieure gibt. Die andere Kompanie, die hier stationiert ist, ist eigentlich nur dafür da, die öffentliche Ordnung in der Gegend aufrecht zu erhalten. Sie wird von Unteroffizier Juist kommandiert«, erklärt Lorn. »Er reitet nur Patrouillen, wenn die Zweite Kompanie in Urlaub ist, sonst tragt Ihr die volle Verantwortung für die nordöstliche Sperrenmauer.«

»Sub-Major Hybyl hat mich bereits darüber unterrichtet.«

Lorn öffnet die Tür zu den Unterkünften. »Ihr könnt Euer Gepäck in den ersten Raum stellen. Ich habe immer den zweiten bewohnt.« Während Akytol die Taschen abstellt, holt Lorn die letzte Flasche Alafraan aus seinem Schrank und gesellt sich dann wieder zum Hauptmann. Gemeinsam gehen sie hinaus in den Hof und Lorn zeigt Akytol das kleine Verwaltungsgebäude.

»Für uns ist das hintere Arbeitszimmer vorgesehen. Im vorderen werden die Mannschaftslisten geführt und aufbewahrt; es dient dem Haupttruppenführer als Amtsstube.« Lorn öffnet die erste Tür, Kusyl hat sein Tagwerk bereits beendet und ist gegangen. Dann öffnet Lorn die zweite Tür. »Dies ist das hintere Arbeitszimmer. In der kleinen Truhe hier werden die Patrouillenberichte gesammelt und alle anderen Unterlagen. Ich werde Euch morgen früh den Schlüssel übergeben.«

Akytol nickt.

»Und nun … lasst uns zum Essen gehen.«

Der Speisesaal der Offiziere ist leer, wie Lorn schon vermutet hat. Juist ist früh am Morgen aufgebrochen, um sich einem Vorfall etwa vierzig Meilen weiter westlich zu widmen, in einem Ort, von dem Lorn vor diesem Morgen noch niemals gehört hat. Ilryk wird erst in ein paar Tagen wieder in Jakaafra erwartet, vorausgesetzt, die Fünfte Kompanie muss nicht länger bei einem gestürzten Baum ausharren.

Lorn öffnet den Wein und füllt eines der Kelchgläser, sein eigenes gießt er nur halb voll. Dann setzt er sich. Als hätte er auf die Offiziere gewartet, erscheint sofort ein Dienstbote und stellt eine Kasserolle und den Korb mit Brot auf den Tisch.

»Geflügel, nehme ich an«, rät Lorn. »Meistens gibt es nämlich Hammel.« Er zeigt auf den Topf. »Bedient Euch.«

Während Akytol sich bedient, erzählt Lorn weiter. »Ihr müsst regelmäßig Patrouillenberichte schreiben, genauso wie bei den Barbaren, zusätzlich fällt nach jeder vollen Patrouille – nach Ostend und zurück – auch ein zusammenfassender Bericht für Sub-Major Hybyl an.« Lorn erklärt, wo sich die Daten über die Lanzenkämpfer und die Berichte befinden, und bedient sich derweil am Eintopf.

Während Lorn spricht, starrt Akytol auf die Streifen an Lorns Kragen, mindestens schon zum dritten Mal, seit sie nun beim Essen sitzen.

»... macht der Haupttruppenführer – das ist Kusyl.« Lorn hält inne und füllt Akytols Glas erneut auf.

»Danke.«

»Wo wart Ihr bisher stationiert?«, fragt Lorn.

»In Inividra – das ist einer der Außenposten von Assyadt. Ich hatte dort die Dritte Kompanie unter mir.«

»Im letzten Jahr soll es vermehrt barbarische Übergriffe gegeben haben, hört man.«

»Fast zweimal so viele wie vorher. Sie haben jetzt

auch brystanische Waffen. Besseres Eisen, manchmal sogar fast so hart wie Cupridium.« Akytol nimmt sich eine zweite Portion. »Die angreifenden Horden werden immer größer.«

»Bogenschützen?«, fragt Lorn beiläufig und trinkt einen kleinen Schluck Alafraan.

»Einige. Vor ein paar Jahren hat es sie angeblich noch nicht gegeben. Sie schießen aber nicht sehr gut. Mit einer guten Feuerlanze kein Problem.« Akytol stürzt den letzten Schluck Wein hinunter. »Guter Wein.«

»Das ist Alafraan. Habe ihn von einem Freund bekommen. Wir müssen ihn trinken, mitnehmen werde ich den Wein wohl kaum.« Lorn füllt erneut Akytols schweres und grob gearbeitetes Kelchglas.

»Schmeckt ausgezeichnet.«

»Als ich in Isahl war, haben uns die Barbaren wahllos angegriffen«, bemerkt Lorn. »War es in Inividra auch so?«

Akytol nickt mit vollem Mund.

Lorn wartet und ermutigt den großen Offizier fortzufahren.

»... reiten mit ihren langen Klingen einfach drauflos. Es scheint sie nicht zu kümmern, wen sie gerade angreifen ... Offizier oder einfacher Soldat. Erst kürzlich sind einige Gruppen mit neuen Lanzen aufgetaucht ... lange Stangen mit Hippen daran. Unangenehm, wenn sie einem damit zu nahe kommen.« Akytol trinkt einen großen Schluck Alafraan. »Die Infanterie würde besser damit zurechtkommen.«

»Wenn die Feuerlanzen leer sind, ist es auch nicht gerade angenehm.«

Akytol nickt wieder. »Mehrere Male haben wir keine vollständig geladenen Feuerlanzen bekommen. Haben mindestens fünf Mann deswegen verloren. Der Sub-Major sagte, er könne nichts dafür, die Magi'i hätten irgendwelche Schwierigkeiten.« Der große Offizier schnaubt.

»Wie ich hörte, ist ein alter Bekannter von mir in Assyadt stationiert. Ein Sub-Major Dettaur. Wir sind zusammen aufgewachsen. Seid Ihr ihm zufällig einmal über den Weg gelaufen?« Wieder füllt Lorn Akytols Glas auf.

»Sub-Major Dettaur … er ist die Nummer zwei im Hauptquartier in Assyadt. Manchmal übernimmt er auch eine Patrouille. Guter Mann.«

»Er konnte immer schon gut mit Klingen aller Art umgehen«, meint Lorn.

»Er trainiert nach wie vor häufig, wie ich gehört habe, aber ich selbst war nicht oft in Assyadt. Zwischen Inividra und Assyadt liegen gut sechzig Meilen.« Akytol runzelt die Stirn. »Habt Ihr eine Schwester … äh, Ser?«

»Ich habe zwei. Sub-Major Dettaur hat einer davon einmal den Hof gemacht.«

»Euch eilt ein … gewisser … Ruf voraus«, sagt Akytol nachdenklich. »Ich wusste nicht …«

Lorn nickt. »Das ist mir klar. Wahrscheinlich ist das auch der Grund, warum Ihr hierher versetzt worden seid. Kommandant Meylyd und Sub-Major Hybyl wünschen sich einen traditionsfesten Nachfolger für mich. Sie sind bestimmt froh, dass Ihr verfügbar seid, da bin ich sicher.«

»Sub-Major Hybyl hat nicht viel gesagt. Er hat mir nur die Methoden geschildert und mir ein Patrouillenhandbuch gegeben.«

»Das solltet Ihr sehr sorgfältig durchlesen«, sagt Lorn trocken. »Vielleicht darf ich hinzufügen, dass es im Kampf mit den wilden Bestien durchaus üblich ist, in versetzten Fünferreihen vorzugehen. Die Riesenkatzen und Wasserechsen sind ausdauernder als die Barbaren und Ihr werdet so viele Feuerlanzen wie nur möglich auf sie richten müssen. Und die Riesenschlangen – von diesen habe ich jedoch nur eine in meiner bisherigen Laufbahn gesehen – sind nicht sonderlich gefährlich, denke ich, solange man genügend Abstand hält. Das würde *ich* im Falle des Auftauchens einer Schlange empfehlen ...« Er lächelt. »Das Handbuch schweigt nämlich, was Schlangen anbetrifft. Truppenführer Kusyl wird Euch sicher gern mehr darüber erzählen.«

»Riesenschlangen?«

Lorn nickt und blickt hinunter auf seinen leeren Teller, seine Portion kann nicht sehr groß gewesen sein. »Ich werde das Übergabepapier für die Zweite Kompanie morgen früh unterschreiben.« Lorn hält inne. »Habt Ihr noch Fragen, die ich beantworten könnte?«

»Wo kann ich einen Wein wie diesen bekommen?« Akytol grinst.

»Ihr könntet es beim Kommis für Spirituosen und Getränke in Jakaafra versuchen. Sein Name ist Dustyn. Er kann Spirituosen aller Art und in beliebigen Mengen beschaffen. Der Krämer angeblich auch, so hat man mir gesagt, aber ich persönlich habe die Dienste des Kommis in Anspruch genommen.«

»Gut zu wissen.« Akytol nickt. »Wo werdet Ihr hingehen, Ser?«

»Zum Hafenposten in Biehl. Ich nehme an, dort ist jemand ausgefallen, doch Näheres hat man mir nicht mitgeteilt.«

»Ihr habt Glück, Ser. So einen Posten hätte ich auch gern einmal.«

»Vielleicht bekommt Ihr ihn eines Tages.« Lorn steht auf. »Ich muss noch einige Dinge erledigen. Ihr könnt die Flasche austrinken. Wir sehen uns morgen früh.«

»Seid Ihr sicher ... ich möchte Euch den Wein nicht wegtrinken.« Akytol erhebt sich ebenfalls.

»Genießt ihn.« Lorn lacht freundlich und bedeutet dem Offizier, sich wieder zu setzen.

»Danke, Ser.« Akytol bleibt stehen, während Lorn hinausgeht.

In seinem Quartier angekommen, ist Lorn froh, dass

er den Rücktransport der restlichen Sachen aus dem kleinen Haus an der Oststraße nach Cyad und zum Haus Ryalor schon geregelt hat; auch hat er Dustyn zwei weitere Silberstücke gegeben, die Miete für zwei Jahreszeiten.

Lorn hofft, dass die Lanzenkämpfer der Zweiten Kompanie nicht mehr allzu lange leiden müssen, bis entweder die Magi'i ihr mysteriöses Vorhaben am Wald verwirklicht haben oder bis der Wald Akytol umgebracht hat. Er befürchtet fast, dass Letzteres wahrscheinlicher ist. Obwohl er nichts gegen den großen Offizier hat, dessen traditionelle Vorgehensweise Sub-Major Hybyl sicher sehr entgegenkommt, kann er wenig sagen oder tun, das Akytol verändern würde.

Lorn hält das silberne Buch in der Hand und lächelt. Er denkt an die Früchte seines Tuns und hofft, dass ihm die kurze Zwischenstation in Cyad in Erinnerung bleiben wird. Sein Lächeln wird noch breiter, als er an Ryalth denkt, und er packt die letzten wenigen Sachen zusammen, die er mitnehmen wird, wenn er morgen mit dem Feuerwagen abreist.

Wird er den Verwunschenen Wald noch einmal wieder sehen? Oder wird das Vorhaben, das die Magi'i anstreben, den Wald zu einer bloßen Erinnerung machen, ihn verändern, noch bevor Lorn zurückkehrt? Wird Lorn überhaupt jemals zurückkehren?

Die Lippen formen sich erneut zu einem Lächeln. Er wird Ryalth wieder sehen, eine Zeit lang hat er fast befürchtet, dass dies nicht mehr geschehen würde.

So wie Ilryk gesagt hat: »Man hat nur den Wein sicher, den man gerade trinkt.« Und es sieht so aus, als hätten er und Ryalth zumindest noch ein paar gemeinsame Tage vor sich. Was danach kommt – wer weiß?

LVII

Im vorderen Abteil des Feuerwagens ist nur Lorn wach. Der Major der Spiegellanzenkämpfer zu seiner Rechten schläft, so auch der beleibte Kommis, der ihm gegenübersitzt. Lorn blickt hinaus in die Dunkelheit. Der Nachthimmel ist bewölkt, schwarz, aber doch beleuchtet – allerdings nur für Lorn – durch das Chaos, das sich aus den Zellen des sechsrädrigen Fahrzeugs verflüchtigt, welches über die glatten Steine der Großen Oststraße westwärts rumpelt, nach Cyad – und zu Ryalth.

Lorn hat einen höherrangigen Offizier getötet. Maran lebt nicht mehr, und so soll es auch sein, denn Maran hätte weitere Lanzenkämpfer sterben lassen – was unklug und unnötig gewesen wäre –, bloß um Lorn nicht überleben zu lassen. Lorn runzelt die Stirn. Ganze Züge von Barbaren sind seinetwegen gestorben, und in Isahl sind einige Lanzenkämpfer nur am Leben geblieben, weil er so gut töten kann. Ist Cyad die vielen Toten überhaupt wert, die es fordert, um den Erwartungen gerecht zu werden – auf die eine oder andere Weise? Kann Lorn es denn verantworten, seine Träume mithilfe all dieser Toten zu verwirklichen?

Ein Leben ohne Träume bedeutet den Tod, aber sind Lorns Hoffnungen, ein besseres Cyad zu führen, mehr wert als Marans Träume, ein altes Cyad zusammenzuhalten, oder mehr wert als die Träume der Barbaren, Cyad zu Fall zu bringen? Gewinnt am Ende der beste Traum? Oder der mächtigste Träumer? Oder sind alle Träume nur Trugbilder, die sich am Ende mit dem Tod des Träumenden auf den Stufen zum Paradies auflösen?

Was wird aus Ryalth? Sie kennt zwar seine Träume

und hat ihm stets weitergeholfen und ihm versichert, dass seine Träume es wert sind … aber mit jeder Handlung werden die Auswirkungen seines Tuns unberechenbarer und damit wächst auch die Bedrohung für sie.

Der Händler auf der anderen Seite des Abteils schnaubt, verlagert das Gewicht und fällt wieder in einen tiefen, ruhigen Schlaf.

Während der Feuerwagen weiter Richtung Cyad rollt, versucht Lorn sich seine Zukunft auszumalen; er sieht eine Dunkelheit, die erhellt wird durch das Chaos, das nur er sehen kann – aber immerhin wird sie erhellt.

LVIII

Lorn marschiert über den Platz der Händler und zu den breiten Stufen, die hinauf ins oberste Stockwerk der Halle führen. Zum ersten Mal trägt er die Lanzenkämpferuniform auf dem Platz und mehr als nur eine Hand voll Händler in Blau werfen einen unverhohlenen Blick in seine Richtung. Lorn muss einfach lächeln, mit einem mulmigen Gefühl, aber doch voller Vorfreude nähert er sich der Treppe.

»… Oberst … kenne ihn nicht …«

»… bekommen wir hier nicht oft zu sehen …«

»… vielleicht der Sohn eines Händlers …«

Mit einem immer noch breiten Lächeln steigt Lorn die breite Treppe in der Mitte zwischen den zwei Flügeln der Händlerhalle hinauf und bleibt ratlos stehen. Muss er nun nach rechts oder links? Er weiß nur, dass das Haus Ryalor inzwischen das ganze obere Stockwerk gemietet hat. Er wendet sich nach links und entdeckt, dass dort alle Türen geschlossen sind. Also geht er zurück zur Treppe und daran vorbei und kommt schließlich an eine Doppeltür, die offen steht.

Er bemerkt das Zeichen über der offenen Tür: die ineinander verschlungenen Buchstaben ›R‹ und ›L‹ in einem auf dem Kopf stehenden Dreieck. Lorn nickt und schreitet durch die Tür. Inmitten der Tische und der blau gekleideten Händler findet er Ryalth zwar nicht, aber er entdeckt eine geschlossene Tür, die zu einem kleineren Zimmer zu führen scheint.

»Ser?«, fragt ein schmalgesichtiger, junger Buchhalter, der sich von einem Tisch erhebt, auf dem sich zerknitterte Papiere stapeln. Er geht ein paar Schritte vor und sieht Lorn an, als halte er es für vermessen, dass Lorn das Gebäude überhaupt betreten hat. »Kann ich Euch irgendwie weiterhelfen?«

Ein anderer schlanker, grauäugiger Buchhalter erblickt den Oberst, er schnellt hinter seinem Schreibtisch in der Ecke hervor und kommt Lorn zu Hilfe. »Sygul ... das ist Oberst Lorn – *der* Oberst Lorn«, stößt Eileyt hervor.

»Oh, Ser ... Ich bitte vielmals um Entschuldigung, Ser.« Sygul verbeugt sich tief. »Es tut mir so Leid. Es ist nur ... na ja ... niemand hat jemals Euer Äußeres beschrieben ...«

Lorn lacht freundlich. »Leider bin ich keine fünf Ellen groß, und ich habe auch keine so breiten Schultern, die kaum durch die Tür passen.« Er sieht Eileyt an. »Ist sie da?«

»Ja, sie ist da, und ich glaube, es wäre das Beste für uns alle, wenn wir Euch gleich zu Ihr bringen, bevor sie bemerkt, dass wir Euch hier so lange aufhalten.« Eileyt marschiert auf die geschlossene Tür zu, die sich links von den Tischen befindet.

»... wusste nicht ...«

»... kannst nur hoffen, dass *sie* das nicht erfährt ... du hast sie noch nicht erlebt, wenn sie wirklich wütend ist ... als damals die Rechnung nicht stimmte, das war noch gar nichts ...«

Lorn lächelt verständnisvoll, während er dem Oberbuchhalter folgt.

Eileyt klopft an die Tür. »Händlerin ... eine wichtige Person möchte Euch sprechen. Höchst wichtig.« Er grinst.

»Bringt diese Person herein, Eileyt.«

Lorn öffnet die Tür und tritt ein.

Ryalth und ein älterer, fast kahlköpfiger Händler in orangefarbener hamorischer Kleidung sitzen sich am Schreibtisch gegenüber. Das Kontor wirkt beinahe trist, obwohl der Schreibtisch, ein paar Stühle und mehrere Truhen im Zimmer stehen. Es gibt zwei hohe Fenster, die beide geschlossen sind.

Der Händler dreht sich um und Lorn kann die Verärgerung in seinem Gesicht sehen. Ryalth hingegen bekommt große Augen und springt auf.

Lorn lächelt. »Ich kann warten, aber Eileyt meinte, du solltest gleich von meiner Ankunft erfahren.«

Ryalth deutet auf den sitzenden Händler. »Darf ich vorstellen, dies ist Duhabrah. Er ist der Vertreter seines Hauses in Cyad.«

Lorn verbeugt sich. »Entschuldigt bitte die Störung, ich bin hoch erfreut, Euch kennen zu lernen.«

»Der Oberst und seine Familie waren die Ersten, die Ryalor unterstützt haben.« Ryalth lächelt. »Er ist derjenige, der den Handel mit bernsteinfarbenen Goldspirituosen überhaupt erst ermöglicht hat ... und auch den Handel mit einigen anderen Gütern. Von manchen dieser Waren haben wir gerade gesprochen.«

Der Händler mustert Lorn nun genauer. »Ihr seid kein geborener Händler, möchte ich behaupten.«

»Nein. Ich entstamme dem Geschlecht der Magi'i.«

»Ein Lanzenkämpferoffizier mit Magi'i-Blut, der sich mit Handel beschäftigt!« Duhabrah lacht ein tiefes, donquerndes Lachen. »Händlerin … daraus lässt sich mehr schließen als aus allem anderen, es freut mich wirklich, hier zu sein.«

Lorn verbeugt sich. »Ich werde Euch nun wieder Eurem Geschäft überlassen. Eileyt hat bestimmt nichts dagegen, mich ein wenig herumzuführen«, schlägt er vor. »Diese Räume kenne ich nämlich noch nicht.«

Ryalth beantwortet seine Verbeugung mit einem Lächeln.

Lorn macht kehrt und schließt leise die Tür hinter sich, dann wendet er sich an Eileyt. »Sie hat Euch wirklich gesagt, ich soll hineingehen, auch wenn sie Besuch hat?«

»Ja, Ser.«

Lorn nickt. Mit einer ausholenden Handbewegung zeigt er auf den großen Raum. »Erzählt mir ein wenig über die Menschen hier und was sie tun.«

Eileyt räuspert sich. »Sygul – der neben der Tür – ist ein Jungbuchhalter. Er behält die Warentafeln in der Halle im Auge und lässt mich wissen, wenn sich die Werte um mehr als ein Zwanzigstel verändern – oder wenn er glaubt, dass sich etwas tut bei den Preisen für Getreide, Obst und die wichtigsten Metalle. Wir handeln selbst nicht damit, außer mit getrockneten Früchten und manchmal auch mit Eisen und Cuprit, aber die Händlerin Ryalth weiß aufgrund ihrer Erfahrung, welche Folgen solche Preisveränderungen haben können. Der Jungbuchhalter vergleicht auch die Frachtbriefe mit den Rechnungen, um festzustellen, ob die richtigen Mengen abgerechnet wurden, und …«

Lorn verfolgt die verhaltenen Gesten des Buchhalters und hört aufmerksam zu.

»Kutyr – der mit dem blonden Bart dort in der Ecke – ist ein Unterhändler, er handelt hauptsächlich mit Früchten und Spirituosen … Er wird in einigen Achttagen nach Hydlen reisen, um die Vorverträge über getrocknete Früchte abzuschließen …«

Lorn nickt beinahe ständig, während Eileyt mit ihm den großen Raum abschreitet, doch er bezweifelt, dass er auch nur die Hälfte von dem versteht, was der Buchhalter ihm erzählt – bestimmt jedoch nicht die Bedeutung hinter den Worten.

»Und Ihr?«, fragt Lorn, als Eileyt am Ende seiner Ausführungen angekommen ist, »Ihr seid derjenige, der aufpasst, dass alles in geordneten Bahnen verläuft, und führt die Bücher?«

»Die Händlerin führt die Bücher selbst, aber sie möchte, dass ich sie noch einmal durchsehe, um sichergehen zu können, dass alles stimmt und richtig gerechnet ist.«

»Und findet Ihr Fehler? Bestimmt nicht viele, nehme ich an.«

»Wenige«, meint Eileyt, »aber das ist auch besser so, denn die Zollbuchhalter des Kaisers verlangen für jede Unstimmigkeit den doppelten Betrag als Strafe. Und Bluoyal – der Handelsberater des Kaisers – zögert nicht zu behaupten, dass die Häuser, die betrügen, von den anderen Häusern stehlen, weil wir anderen mehr Zölle zahlen müssen als die Betrüger.«

Lorn hat noch nie etwas von Zollbuchhaltern gehört, aber er nickt und fragt sich, welche Lücken sich in seinem Wissen und seiner Erfahrung wohl noch auftun werden. Er hat auch den Widerwillen in Eileyts Stimme vernommen, als dieser von Bluoyal erzählt hat. Lorn wird Ryalth einmal über diesen Mann befragen müssen.

Die Tür zum Kontor geht auf und Ryalth begleitet Duhabrah zur Haupttür des Hauses Ryalor, wo sich der ausländische Händler zweimal verbeugt und sich mit einem überglücklichen Lächeln auf den Lippen entfernt.

Eileyt begibt sich schnell zurück an seinen Arbeitsplatz, als Ryalth zu Lorn kommt. Ohne ein Wort zu sagen, folgt er ihr ins Kontor, wo sie diesmal die Tür schließt.

Sie umarmen sich.

Es dauert lange, bis sie sich wieder loslassen, und Ryalth sieht Lorn an, Auge in Auge. »Du bist zuerst hierher gekommen?«

»Fast … Ich habe nur das Gepäck ins Haus meiner Eltern gebracht, hallo gesagt und dann bin ich sofort hierher gekommen. Meine Mutter habe ich natürlich noch schnell geküsst. Ich wusste nicht, ob ich einfach in deine Wohnung gehen kann und ob du überhaupt noch dort wohnst, meine reiche Händlerin …«

»Ich bin nicht reich.«

»Aber alle denken das.« Lorn grinst. »Und wunderschön.«

Ryalth schüttelt den Kopf. »Du bist unmöglich. Nach wie vor.«

»Außerordentlich unmöglich … deshalb frage ich mich, ob wir wohl bald gehen könnten.«

Sie lächelt. »Ich bin fast fertig für heute, wir können in Kürze aufbrechen.«

»Äh … Mutter hat gefragt, ob wir heute zum Abendessen zu ihnen kommen.« Lorn zuckt entschuldigend die Schultern. »Ich wollte eigentlich nicht … wo uns doch ohnehin nicht viel Zeit bleibt … aber …«

»Ich weiß. Jerial hat bereits eine Einladung ausgesprochen für den Abend, an dem du ankommst, und ich habe zugesagt.« Sie lächelt zurück. »Ich habe ihr schon gesagt, dass wir nicht allzu lange bleiben werden, und sie meinte, sie würde schon dafür sorgen.«

»Ihr habt schon wieder alles eingefädelt.« Lorn schüttelt den Kopf. »Ihr zwei.«

»Nicht alles, aber deine Familie ist viel herzlicher, als ich mir jemals hätte träumen lassen.« Ihr Lächeln verschwindet. »Sie sind aber auch sehr vorsichtig.« Ein Schaudern durchfährt die Händlerin. »Ich möchte nicht so leben, ständig muss man daran denken, dass jedes Wort irgendwo auf die Goldwaage gelegt werden kann, jede Bewegung beobachtet.«

»Es könnte so werden«, sagt Lorn. »Du hast es bereits gesehen … oder gefühlt … mit mir.«

»Für dich werde ich es auf mich nehmen, aber nicht wegen eines Standes oder eines Postens.«

Lorn küsst sie noch einmal.

»Wir werden nicht sehr bald aufbrechen können und zu spät zum Essen kommen … wenn du mich nicht zum Abschluss kommen lässt.«

»Was musst du abschließen?«

»Den Bericht, der mit den Einfuhrzöllen der gesamten Jahreszeit an den Kaiser geht.«

»Ich bitte darum«, sagt Lorn und lässt ihre Hand los.

»Ich beeile mich. Dann nehmen wir eine Kutsche und holen dein Gepäck. Von nun an wohnst du bei deiner Gemahlin in Cyad.« Sie lächelt.

»Das habe ich inständig gehofft.«

»Du hast lüsterne Gedanken, mein lieber Lanzenkämpfer. Gäbe es die Zolleintreiber des Kaisers nicht, wären wir schon lange weg.«

Lorn nimmt noch einmal ihre Hand und drückt sie. »Dann tu, was du tun musst.« Er zieht den Stuhl neben dem Schreibtisch hervor und setzt sich. Dabei denkt er darüber nach, wie er ihr sagen soll, was er noch zu sagen hat. Er muss es ihr sagen, denn alles, was er tut, betrifft auch sie. Sie lebt schließlich in Cyad, wo alle beobachtet werden, sei es aus Stärke oder aus Schwäche.

Ryalth blättert weiter durch die Seiten und schreibt gelegentlich ein paar Zahlen aufs Papier. Schließlich unterzeichnet sie auf der letzten Seite und sieht Lorn an. »Ich bin fertig … aber du nicht, so scheint es.«

Er nickt, dann steht er auf und geht zu ihr. Er umarmt sie zärtlich und flüstert ihr ins Ohr: »Ich bin da … und froh darüber. Es ist nur … weil Maran verschwunden ist … der Lanzenkämpferoffizier, von dem ich dir erzählt habe, der einst ein Magier war. Kommandant Meylyd und wahrscheinlich auch der Major-Kommandant der Spiegellanzenkämpfer verdächtigen mich, dass ich ihn irgendwie beseitigt hätte – aber man hat ihn nie gefunden. Er … dieser Maran … hat mir immer mehr Beschränkungen für die Patrouillen auferlegt …«

»Er wollte, dass der Wald dich umbringt …«

Lorn nickt, er schmiegt den Kopf an Ryalths warme Wange. »Alles, was ich tue … könnte sich auf dich auswirken …«

»Das weiß ich schon lange.« Sie erwidert die Umarmung – zärtlich und doch fest. »Du hast zu mir gehalten … als sonst keiner da war … du hast deine Familienbande wegen mir aufs Spiel gesetzt … und du hast immer Wort gehalten. Das hättest du nicht getan, wenn du hättest sterben sollen.«

»Du weißt … auf was ich hoffe … und nach was ich strebe … und du kennst die Gefahren …«, murmelt er und hält sie dabei fest in seinen Armen.

»Hättest du nicht dein Leben riskiert, damals in jener Nacht … wäre ich jetzt vielleicht tot – oder eine furchtsame Frau, die nach der Pfeife irgendeines Händlers tanzt. Hättest du dich nicht gegen deine Familie gestellt für mich …« Ihre Lippen berühren seine Wange, dann legt sie ihre Wange an seine. »Und weil du das getan hast, sehen sie in mir nun die, die ich wirklich bin, und nicht mehr die, die ich in ihren Augen einmal gewesen bin.«

»Ich habe mir viele Gedanken gemacht … um Maran … aber ich habe keinen anderen Weg gesehen.«

»Viele machen sich Gedanken … nur wenige handeln. Du handelst und ich werde zu dir halten.« Sie drückt seine Hand. »Das werde ich, daran besteht kein Zweifel für mich. Für immer.« Die letzten Worte flüstert sie sehr entschlossen.

Was auch immer kommen mag, was es auch sein wird … sie werden es gemeinsam durchstehen.

»… selbst wenn tausende von Meilen uns voneinander trennen«, murmelt Ryalth.

Er hält sie fest umschlungen, ohne Schranken, ohne Vorbehalte … und Ryalth erwidert seine Umarmung auf die gleiche Weise.

Die Chronik von Recluce

1. *Magische Insel* Band 06/9050	*Mitte des 15. Jh.s*	Lerris, ein angehender Schreinergeselle, langweilt sich auf Recluce und ist gezwungen, der Hochburg der Ordnung den Rücken zu kehren. In Candar begegnet er dem Grauen Magier Justen und sein Leben nimmt einen dramatischen Lauf.
2. *Türme der Dämmerung* Band 06/9051	*Beginn des 6. Jh.s*	Creslin, der Sohn der Marschallin von Westwind, flieht vor einer arrangierten Ehe mit Megaera, doch er gerät dabei in die Fänge der Weißen Magier. Als es ihm gelingt zu entkommen, fällt er wiederum Megaera in die Hände. Um ihrer beider Leben zu retten, heiraten sie und fliehen nach Recluce. Creslin, der sich zu einem gefürchteten Sturm-Magier entwickelt hat, ist bald gezwungen, seine Kräfte im Kampf ums Überleben einzusetzen.
3. *Magische Maschinen* Band 06/9052	*Beginn des 8. Jh.s*	Dorrin wird wegen seiner Leidenschaft für Maschinen von Recluce vertrieben. In Candar lernt er das Schmiedehandwerk und verwirklicht Erfindungen, die seiner Zeit weit vorauseilen. Doch die Weißen sind dem Ordnungs-Schmied bald auf den Fersen und er wird in ihre Kriege verwickelt. Ihm gelingt die Flucht zurück nach Recluce, aber auch der Schwarzen Insel droht der Untergang.

4. *Krieg der Ordnung* Band 06/9053	*Spielt 200 Jahre vor Band 1*	Die Weißen Magier haben ihre Herrschaftsgebiete auf Candar weiter ausgedehnt. Ohne Verbündete sind ihnen die restlichen Länder schutzlos ausgeliefert. Recluce schickt Justen, einen genialen Ingenieur, zu Hilfe. Doch seine Waffen vermögen vor der Übermacht der Weißen nichts auszurichten. Justen flieht in die Steinhügel und wird von einer Druidin gerettet – eine Begegnung, die letztendlich machtvolle Auswirkungen auf das Gefüge von Chaos und Ordnung hat.
5. *Kampf dem Chaos* Band 06/9054	*Spielt 5 Jahre nach Band 1*	Das überseeische Reich Hamor schickt sich an, Candar und auch Recluce zu unterjochen. Als die feindlichen Truppen sich nähern, entschließt sich Lerris, inzwischen ein mächtiger Magier wider Willen, das Chaos tief aus der Erde zu holen und mit Hilfe der Ordnung zu bündeln, um seine Heimat zu retten.
6. *Sturz der Engel* Band 06/9055	*Im Jahre 1*	In einer Weltraumschlacht gegen die Dämonen stürzt das Raumschiff der Engel in ein anderes Universum. Die eisigen Gipfel der Westhörner werden zur neuen Heimstatt. Unter dem Kommando Rybas entsteht bald eine eigene Kultur, die geprägt ist vom Kampf gegen die unwirtlichen Lebensbedingungen und die Einwohner im Tal, die mit einem großen Truppenaufgebot ihr Land zurückerobern wollen.

7. *Der Chaos-Pakt* Band 06/9056	*Im Jahre 3*	Nylan und Ayrlyn kehren Ryba und Westwind den Rücken. Sie begeben sich nach Lornth, doch dieses wird von Cyador, dem ersten Reich der Weißen, angegriffen. Nylan offenbart sich das Geheimnis des Großen Waldes und mit Hilfe seiner Kräfte werden er und sein Sohn gerettet.
8. *Weiße Ordnung* Band 06/9096	*Spielt 10 Jahre vor Band 3*	Der Waisenknabe Cerryl, Sohn eines abtrünnigen Weißen, wird sich mehr und mehr seiner besonderen Fähigkeiten gewahr. Nachdem er Onkel und Tante verloren hat, gelangt er schließlich über die Arbeit in einer Sägemühle als Schreiberlehrling nach Fairhaven, wo die Weiße Gilde bald auf ihn aufmerksam wird – und nach seinem Leben trachtet.
9. *Die Farben des Chaos* Band 06/9097 und 10. *Der Magier von Fairhaven* Band 06/9098	*Spielen zur gleichen Zeit wie Band 3*	Cerryl ist zum vollwertigen Weißen Magier geweiht worden. Er entwickelt seine außergewöhnlichen magischen Fähigkeiten im Geheimen weiter, denn er traut insbesondere dem Obermagier Jeslek nicht über den Weg. Als Jeslek Erzmagier wird und Cerryls Mentor Myral stirbt, zieht sich das Netz aus Intrigen immer enger um den jungen Magier zusammen. Doch dann droht der Krieg mit Recluce.

11. *Sturm der Barbaren* Band 06/9099 und 12. *Freiheit für Cyador* Band 06/9100	*Spielen ca. 400 Jahre vor Band 6*	Im alten Kaiserreich Cyador herrscht ein strenges Kastensystem. Lorn, dem vielversprechenden Spross eines alten Magiergeschlechts, mangelt es an Ergebenheit und so muss er sich fortan als Spiegellanzenkämpfer verdingen. Doch er kennt das Geheimnis der Chaos-Türme, die zu versagen drohen, und weiß sich gerissen zu wehren – bis er nach Jakaafra versetzt wird, wo ihn der Verwunschene Wald mit seinem machtvollen Ordnungs-Chaos-Geflecht bis zum Äußersten treibt.

Weitere Romane in Vorbereitung